17. 9. 2013

AVI PRIMOR

Süß und ehrenvoll

— Roman —

Aus dem Hebräischen
von Beate Esther von Schwarze

QUADRIGA

— Für meinen Sohn Daniel —

1

Frankfurt am Main

— September 1910 —

»Infanterie, Achtung!«, gellte die Stimme. »Los, los, los, los! Sturmangriff! Mann gegen Mann!«

Der Sedantag war ein Feiertag – nicht amtlich festgesetzt, aber von der Schulbehörde begrüßt und gefördert. Alle Jahre wieder wurde der Tag gefeiert, an dem Napoleon III. in Sedan kapituliert hatte – mit Paraden, Gedenkveranstaltungen, Schulfeiern und Volksbelustigungen. Am Gymnasium, das Ludwig besuchte, war daraus der »Manövertag« geworden, dem alle entgegenfieberten. Seit über vierzig Jahren hatte die deutsche Jugend nicht mehr das Glück gehabt, an einem Kampf teilzunehmen, der das Wort heroisch verdient hätte. Doch wenn die Jungen die Schlacht von Sedan nachspielten, genossen sie die Illusion, sie seien an diesem ruhmreichen Sieg von 1870 beteiligt.

Für den »Manövertag« wurde eine Nebenstraße in der Nähe der Schule von vier Gendarmen eigens abgesperrt. Die Jungen wurden aufgeteilt in zwei Lager und gingen mit hölzernen Stöcken aufeinander los, die als Gewehre, Säbel und Bajonette zugleich dienen mussten. Aus der Ferne schauten die Lehrer zu, denn der Krieg musste ritterlich verlaufen, nach festen Regeln. Manchmal achtete Dr. Stegemann persönlich darauf, dass die Schlacht militärisch einwandfrei verlief. Wann greift die Infanterie an? Wann die Kavallerie (die von fußtrappelnden Tertianern dargestellt wurde)? Wann setzte der berühmte Rechtsschwenk hinter der feindlichen Front ein? Wann ist es so weit, dass der Feind sich ergibt? Es war herrlich, die Schlacht von Sedan nachzuspielen. Immer wieder dieselbe Schlacht gegen den historischen Erbfeind im Westen.

Auch Ludwig liebte diesen Manövertag. Sich hier draußen an der frischen Luft dem Gegner zu stellen erregte die Nerven und weckte die besten Instinkte. Das Leben war Kampf, und der Kampf fürs Vaterland war das Heiligste, was er sich vorstellen konnte. Allerdings hatte die Sache einen mächtigen Haken: Er kämpfte nicht etwa bei den siegreichen »Preußen«, den blonden Bengeln, die jetzt mit Hurrageschrei losrannten. Er musste wieder einmal »Franzose« sein. Das heißt, er musste in der falschen Richtung marschieren, sich einkesseln lassen und sich am Ende »ergeben« – soweit er nicht ohnehin »fiel« und auf dem Kopfsteinpflaster herumliegen musste. Ausgerechnet der dicke Müller, Wilhelm Müller, ging mit seinem Holzgewehr auf ihn los, ein stämmiger Bursche, der aber große Mühe hatte, im Unterricht mitzuhalten, und Ludwig ständig als »Streber« verspottete, weil der bessere Noten hatte und sich gegenüber den Lehrern stets höflich verhielt.

Eigentlich hätte Ludwig wohl zulassen müssen, dass die »Preußen« ihn überrannten, aber als der dicke Müller sein Holzgewehr allzu triumphierend schwenkte und Miene machte, es ihm in die Brust zu rammen (was äußerst schmerzhaft sein konnte), riss Ludwig, statt sich einfach »niedermachen« zu lassen, seinen eigenen Stock hoch, um sich damit zu schützen. Die Parade kam für Müller so überraschend, dass sein Knüppel ihm aus der Hand flog. Mit offenem Mund blieb er stehen, dann wurde er krebsrot und stürzte sich mit fliegenden Fäusten und Stiefeln auf Ludwig, der von seinem Erfolg so verdutzt war, dass er wie gelähmt stehen blieb.

Aber noch ehe ernsthafter Schaden entstand, ertönte ein schriller Pfiff. Das gesamte »Schlachtgetümmel« erstarrte. Die »Preußen« blieben stehen wie Zinnsoldaten, die »Franzosen« wurden nicht eingekreist, ergaben sich nicht, wurden auch nicht gefangen genommen. Mit großen Schritten kam Dr. Stegemann, der gefürchtete Rektor der Schule, über das »Schlachtfeld«.

»Was ist hier los?«, rief er zornig. »Nennt ihr das ritterlich kämpfen?«

Müller, immer noch erhitzt und in Rage, schrie voller Empörung: »Der Itzig hat sich gewehrt!«

Jetzt wurde es totenstill auf dem Schlachtfeld. Eine solche Beleidigung durfte der Rektor nicht durchgehen lassen, das spürten nicht nur Ludwig und Müller, sondern auch die anderen Jungen, die um sie herumstanden. Gleich würde ein Donnerwetter erfolgen.

Aber Dr. Stegemann war nicht umsonst Rektor des hoch angesehenen humanistischen Lessing-Gymnasiums geworden. Er hatte selbst noch als Freiwilliger beim Ersatzbataillon des 82. Regiments am Deutsch-Französischen Krieg und der Belagerung von Paris teilgenommen. Er hatte in Italien und England gelebt, und er wusste, was er sich, der traditionsreichen Schule, der ehemals Freien Stadt Frankfurt und dem preußischen Staat schuldig war. Er strich sich über den schmalen Schnurrbart und verschränkte die Arme vor seiner Brust. »So, so«, sagte er ruhig, »Ihr Klassenkamerad Kronheim hat sich gewehrt. Was haben Sie einzuwenden dagegen?«

Der dicke Müller wurde sichtlich verlegen. »Na, die Franzosen verlieren doch immer«, brachte er schließlich heraus. »Und überhaupt, ich weiß nicht, was so ein Jude …« Unsicher sah er sich um, fand aber nirgendwo Unterstützung.

»Es reicht«, sagte Stegemann. »Müller, ab sofort gehören Sie zu den ›Franzosen‹! Vielleicht lernen Sie dann, was ritterlich kämpfen heißt. Kronheim, Sie sind jetzt ein ›Deutscher‹.« Stegemann sah sich mit Adlerblick auf dem »Schlachtfeld« um, wo die Jungen die Blicke senkten.

»WEITERMACHEN!«, schrie er. »ATTACKE!«

Normalerweise kam Ludwig an diesen Manövertagen in ausgelassener Stimmung nach Hause in die schöne Wohnung in der Königsteiner Straße, doch diesmal war seine Stimmung gedrückt. Er hätte gern mit seinen Eltern über den Vorfall geredet, doch seit er siebzehn war, hatte er sich immer weiter von ihnen entfernt und war der Ansicht, er müsse mit seinen Problemen selbst fertig werden.

»Was ist los mit dir?«, fragte seine Mutter gleich, als er die Wohnung betrat, seine Jacke ordentlich an die Garderobe hängte und seine Schuhe wechselte.

»Ach, nichts.« Er hatte jetzt keine Lust, darüber zu reden. Vielleicht später einmal. Trotz aller Strenge beider Eltern war seine Mutter die sensiblere und versuchte, verständnisvoll zu sein, doch sie konnte sich, auch wenn sie sich bemühte, nicht richtig in ihn hineinversetzen, und er wollte jetzt keine langen Erklärungen abgeben.

»Du hast doch etwas, das sehe ich dir an«, beharrte sie. »Ich kenne dich genau, mein Liebling.«

Damit hatte sie recht. Früher hatte sie immer viel mit ihm geredet, ihm Geschichten erzählt und ihn in allem und jedem ermutigt. Er spürte zu ihr eine weit größere Nähe als zu seinem Vater, der sich immer sehr distanziert gab, geradezu verschlossen. ›Vielleicht bin ich ungerecht‹, dachte er. ›Sie bemüht sich ja, mich zu verstehen.‹ Trotzdem versuchte er, ein längeres Gespräch zu vermeiden. Es änderte ja doch nichts mehr. »Es war nur anstrengend. Ich möchte mich ausruhen«, gab er vor.

»Das nehme ich dir nicht ab.« Seine Mutter konnte sehr hartnäckig sein.

Ludwig spürte den Ärger in sich aufsteigen, den er vorhin geschluckt hatte. Sie würde ohnehin keine Ruhe geben und ihn nicht in sein Zimmer gehen lassen, bevor sie nicht zufrieden war. »Jemand hat mich vors Schienbein getreten«, brummte er. »Nichts Besonderes, wirklich. Ich habe gar nicht darauf reagiert und wollte mich nicht auf einen Streit einlassen. Das wäre auch gut gegangen, wenn Doktor Stegemann nicht gewesen wäre. Ich wollte auf keinen Fall petzen, das ist feige. So einen Tritt, den bekomme ich halt öfter. Das tut weh und macht mich ganz schön ärgerlich, aber ich will keinen Streit mit den anderen, das macht alles nur schlimmer. Die sollen mich einfach in Ruhe lassen. Aber diesmal hat Doktor Stegemann alles gesehen.«

»Und? Was ist daran so schlimm? Dann bekommt dieser Junge eben mal eine Standpauke.«

Ludwig schüttelte den Kopf. »Bei einer Standpauke belässt es der Stegemann nicht, du kennst ihn doch auch, ich habe dir oft erzählt, wie er ist. Da kommt immer noch eine andere Strafe nach. Diesmal wurde Müller zu den ›Franzosen‹ versetzt, und ich war ›Deutscher‹ an seiner Stelle.« Er spürte Ungeduld in sich aufsteigen, er wollte jetzt in sein Zimmer.

»Und das nächste Mal geht es wieder umgekehrt, und er wird wieder auf deutscher Seite in den Kampf ziehen, das weiß ich«, versuchte seine Mutter, ihn zu trösten. »Du wirst sehen, das vergisst er schnell.«

Ludwig schüttelte den Kopf. »›Franzose‹! Das ist doch eine Schande für ihn«, erwiderte er. »Und das vor den Augen aller anderen! Er wird niemals vergessen, dass er wegen eines Juden geschmäht wurde. Nie!« Die Wut trieb ihm plötzlich Tränen in die Augen.

»Ich werde mal mit den Eltern sprechen und dafür sorgen, dass sie ihrem Sohn ins Gewissen reden.«

»Bloß nicht.« Merkte sie denn nicht, wie peinlich das für ihn wäre? »Damit machst du es nur schlimmer! Das ist doch in Nullkommanichts in der ganzen Klasse herum, und ich habe plötzlich Krach mit jedem. Für mich ist die Sache erledigt. Müller plappert vielleicht nur nach, was er von anderen hört. Immer geht es gegen uns Juden. Was ist denn an uns so anders?«

»Das hat dein Vater dir doch oft erklärt.«

»Ja, ja. Ich weiß schon. Wir haben die klügsten Köpfe, die besten Wissenschaftler, die berühmtesten Künstler, und die Leute sind einfach nur neidisch. Deswegen ging es immer wieder gegen uns. Aber sind wir nicht auch Deutsche?«

Die Mutter seufzte. »Das ist nun mal unser Schicksal.«

»Und damit will ich mich nun mal nicht abfinden«, protestierte Ludwig. »Es muss sich was ändern, damit wir von den Leuten anerkannt werden. Man kann nicht einfach die Hände in den Schoß legen und warten.«

»Ja«, pflichtete sie ihm bei. »Wenn wir uns anpassen, fallen wir auch nicht mehr auf. Wir müssen nur die gesellschaftlichen Regeln befolgen, und zwar mit Geduld, Beharrlichkeit und eiserner Disziplin, da muss ich deinem Vater recht geben.«

Ludwig verdrehte die Augen. Das hatte er schon so oft zu hören bekommen, dass es ihm auf die Nerven ging. »Und? Hat das bisher etwas gebracht?«

Die Mutter machte ein verschlossenes Gesicht. »Immerhin wurdest du am Lessing-Gymnasium aufgenommen, was nicht ganz einfach war«, erinnerte sie ihn. »Das ist ein großer Schritt. Schreib dir das hinter die Ohren.«

Das war eine Formulierung seines Vaters, und Ludwig hasste es, sich etwas »hinter die Ohren schreiben« zu müssen. »Kann ich jetzt in mein Zimmer gehen?«

»Von mir aus ja. Aber denk daran, dass es bald Essen gibt. Komm bitte pünktlich zu Tisch. Dein Vater ist heute nicht gut bei Laune.«

›Das ist er nie‹, dachte Ludwig. Selbst wenn draußen die Welt unterginge, hätte Vater kein Verständnis für die geringste Verspätung. Preußischer als die Preußen will er sein. Fünf Minuten vor der Zeit, das ist des Kaisers Pünktlichkeit.

In seinem Zimmer warf Ludwig sich voll bekleidet aufs Bett. Er würde es gleich wieder sorgfältig richten müssen, damit niemand etwas merkte. Er war noch immer wütend und wusste nicht, auf wen er diese Wut richten sollte, auf den Mitschüler, auf Mutters penetrantes »Verständnis«, auf Vaters Strenge oder auf das Leben, das ihm alles so schwer machte.

Sein Vater achtete kaum auf die Gefühle anderer, war selbst aber höchst empfindlich. Disziplin war wichtiger als alles andere. Und wehe dem, der es gewagt hätte, ihm etwas vorzuwerfen. Machte er einen Witz, erwartete er großes Gelächter, während er seine ausdruckslose Miene beibehielt, wenn jemand anderes einen Scherz machte. Eine von Ludwigs schlimmsten Erinnerungen an seinen Vater war, wie er ihm an dessen Geburtstag beim Gang zum Frühstückstisch lediglich einen Guten Morgen gewünscht hatte, statt ihm zu gratulieren. Die folgende bösartige Rüge, die einer verbalen Ohrfeige gleichgekommen war, würde er zeitlebens nicht vergessen.

Seine letzte handgreifliche Ohrfeige hatte Ludwig ausgerechnet bei seiner Bar-Mizwa-Feier bezogen, erinnerte er sich bitter. Und das noch in Gegenwart von Gästen. Dabei war er lediglich ein paar Minuten zu spät gekommen, weil er so aufgeregt gewesen war.

An sich fühlte Ludwig sich in der Schule wohl. Er war heimlich stolz darauf, dass der Literaturnobelpreisträger des Jahres 1908 früher Lehrer an seiner Schule gewesen war, und der Latein- und Griechischunterricht führte dazu, dass er sich oft genug in die »Ilias«, die »Odyssee« und die klassischen Heldensagen hineinträumte. Seine Mitschüler stammten größtenteils aus bürgerlichen Familien, die sich für aufgeklärt und fortschrittlich hielten. Ein oder zwei von ihnen kamen aus »gemischten«, katholisch-evangelischen Elternhäusern, und es gab sogar christlich-jüdische Elternpaare. Nicht weniger als ein Fünftel seiner Mitschüler ging gelegentlich in die Synagoge. Das finstere Mittelalter schien so fern wie nie. Dass der Frankfurter Rat Lessings berühmtes Drama »Nathan der Weise« bei seinem Erscheinen noch hatte konfiszieren und die Juden am Sonntag nicht aus der »Judengasse« hatte herauslassen wollen, war längst vergessen. Napoleon hatte die Juden mit einem Federstrich »emanzipiert«, und heute waren sie preußische Staatsbürger wie alle anderen. Und dennoch gab es immer wieder einen verstockten Schulkameraden, der Ludwig heimlich piesackte oder hinter seinem Rücken einen »Saujuden« nannte.

Wenn Ludwig Albträume hatte, handelten sie immer von seinem Vater. Doch manchmal, wenn er an ihn und seine pedantischen Gewohnheiten dachte, musste er lächeln, was Vater bestimmt als »unverschämtes Grinsen« bezeichnet hätte. Ludwig beschwor solche Gedanken bisweilen herauf, um sich über seinen Ärger hinwegzuhelfen. Das klappte auch jetzt, als er sich eine allabendliche Szene vor Augen führte. Dr. Kronheim vergaß nie, vor dem Zubettgehen sein Haar mit einem eng anliegenden Netz zu bändigen. Noch wichtiger als die Frisur war ihm sein mächtiger Schnauzbart mit den aufwärts gezwirbelten Spitzen. Um diese Form getreu dem kaiserlichen Vorbild zu erhalten, spannte der Vater jede Nacht ein Netz über die Oberlippe, das im Nacken zusammengebunden wurde. Als Kind hatte Ludwig sich vorgestellt, dass es der Kaiser genauso hielt. Jetzt, in seinem etwas fortgeschrittenen Alter, fragte Ludwig sich, ob man mit so einem Bartnetz auch küssen konnte. Aber eine körperliche Liebesbeziehung schien ihm bei seinem Vater ohnehin völlig undenkbar. Vielleicht war das Märchen, dass der Storch die Kinder in die Welt brachte, doch nicht ganz falsch.

Dennoch hatte sein Vater, der in Ludwigs Augen irgendwo zwischen Pedanterie und Lächerlichkeit pendelte, einen gewaltigen Einfluss auf ihn. Ludwig würde es ihm nämlich zeigen. Er würde erfolgreicher sein als sein Vater. Ob das mit Fleiß gelang? Das Abitur war nicht mehr weit, und er musste sich ins Zeug legen. ›Ich werde auf jeden Fall studieren‹, dachte Ludwig, ›aber nicht dasselbe wie Vater. Ich will kein Mediziner werden, der anderen in den Hals schauen muss und den Frauen den Puls nimmt.‹ Es musste etwas sein, was Karriere und Ansehen versprach, das war das Wichtigste.

Er würde dem Staate dienen, so viel war klar. Er würde für Gerechtigkeit sorgen wie Dr. Stegemann, nur in ganz anderem Maßstab. War es denn völlig undenkbar, dass er Minister wurde? Oder zumindest Richter oder Professor? Ans Militär brauchte er nicht zu denken, trotz seiner vaterländischen Gesinnung, denn es war allgemein bekannt, dass ein Jude unter keinen Umständen die geringste Chance hatte, in der Armee Karriere zu machen oder auch nur Offizier des niedrigsten Ranges zu werden. Selbst der Kaiser hätte ihm da nicht helfen können. Aber Jura, das war etwas anderes. Juristen wurden immer gebraucht, nicht nur bei den Gerichten. Niemand würde ihn dann als Juden benachteiligen oder verspotten. Zwar war es nicht vielen Juden gelungen, in den Staatsdienst aufgenommen zu werden, aber gerade deshalb wäre es ein Durchbruch auf diesem Gebiet, ein befreiender, ja erlösender Schritt.

›Ja, das war's‹, dachte er. Sein Vater würde zu ihm aufschauen, und nicht nur er, sondern all die ehrenwerten Bürger, um deren Gesellschaft und Anerkennung sein Vater sich so angestrengt wie vergebens bemühte.

Ein lautes Scheppern in der Diele riss ihn aus seinem Schlaf. In Sekundenschnelle war er vom Bett hoch, rieb sich die Augen, griff nach seinem Kamm in der Hosentasche und richtete sein Haar, bevor er ins Esszimmer ging. Er musste schließlich anständig aussehen und verbergen, dass er untertags geschlafen hatte. Als er den Flur hinaufkam, hatte seine Mutter einen Topfdeckel in der Hand, den sie offenbar mit Absicht fallen gelassen hatte, um ihn zu wecken. Sie zwinkerte ihm zu.

2

Bordeaux

— Frühjahr/Frühsommer 1913 —

Louis hatte es eilig, zur Backstube zu kommen. Nach der Schule war er erst um halb fünf nach Hause gekommen. Die halbe Stunde Schulweg hatte er in schnellem Schritt zurückgelegt. Ihm lag es nicht, mit anderen Jungen noch ein Weilchen herumzutrödeln. Er hatte sowieso keine richtigen Freunde, mit denen er gern seine Zeit verbracht hätte.

Er wollte seinen Vater begleiten, wenn dieser nach einem kurzen Mittagsschlaf in die Backstube zurückging, um die Vorbereitungen für morgen zu treffen. Die Arbeit begann für Vater um drei Uhr in der Frühe, da musste alles bereitliegen, gereinigt und sortiert, damit man nichts lange suchen musste. Als Letztes wurde abends der Hefeteig vorbereitet und in der Wärmekammer neben dem Backofen bereitgestellt. Die Heizkammer des Backofens, in der man aufrecht stehen konnte, war zuvor ausgeräumt worden, der Ruß ausgefegt und neues Feuerungsmaterial aufgeschichtet. Die Glutnester der Braunkohle waren behutsam in einen Blecheimer geschaufelt, sorgfältig mit pulveriger grauer Asche abgedeckt und in eine noch heiße Ecke des Mauerwerks gestellt worden, damit der Geselle, der schon um zwei kam, den großen Ofen schneller anheizen konnte. Der riesige, mit Schamotteblöcken ausgelegte Metallwagen war schon mittags von jedem Krümelchen und jedem Rest Mehlstaub gereinigt worden. Auf Sauberkeit wurde in der Bäckerei von jeher besonderer Wert gelegt.

Louis half seinem Vater bei dieser Arbeit gern, denn er liebte die Atmosphäre der Backstube. Es herrschte eine gemütliche Wärme, was immer willkommen war, wenn man aus der ständigen Brise, die vom Meer herüberkam, in die Backstube trat, und es roch so angenehm nach frischem Brot. In einem Körbchen lagen abgeschnittene Ränder von Blechkuchen, manchmal auch die Krusten eines Brotes, das nicht ganz gelungen war. Normalerweise wanderte ein solches Brot in den Wärmeraum, um zu trocknen und später zu Paniermehl verarbeitet zu werden, aber seit Vater gemerkt hatte, wie gern Louis die Krusten aß, hob er ihm immer ein paar davon auf.

Noch lieber half Louis am frühen Morgen, wenn Stangenbrot und Hörnchen geformt wurden. Diese Betätigung mit den Händen war ihm eine willkommene Abwechslung zum Schulalltag, an dem er seinen Kopf mit Wissen vollpackte, bis ihm der Schädel brummte. Er ließ es sich nicht nehmen, in den Ferien jeden Tag mit Vater aufzustehen und ihn in die Backstube zu begleiten.

Noch mehr als diese »äußere Wärme«, wie Louis es nannte, liebte er aber die »innere Wärme«, die Gespräche mit seinem Vater. In der späten Nachmittagsstunde – länger dauerten diese Arbeiten meist nicht – waren sie ganz ungestört und konnten über alles reden, buchstäblich über Gott und die Welt. Louis fühlte sich vom Vater bevorzugt, und offenbar traf das auch zu, denn sonst wären seine drei älteren Schwestern, besonders Corinne, nicht so häufig eifersüchtig oder neidisch gewesen.

Sie war es, die ihn begrüßte, als Louis jetzt heimkam in das niedrige Gebäude im bescheidenen Stadtviertel Sauteyron. »Du kommst zu spät«, ließ Corinne ihn wissen. »Vater ist schon gegangen. Er konnte nicht auf dich warten, weil er heute mehr zu tun hat als sonst. Eine der Maschinen funktioniert wieder mal nicht.«

Das war ein Signal für Louis, sich möglichst rasch auf den Weg zu machen. Er begrüßte nur kurz seine Mutter, die ihn nachsichtig gehen ließ. Wenige Minuten später kam er in die Backstube, wo ihn sofort der vertraute Duft und der Lärm der Grillen in der Ofenmauer umfing. Die beiden Katzen ließen von ihrer Mäusejagd ab und strichen ihm um die Beine.

»Gut, dass du schon da bist!«, rief ihm der Vater entgegen. »Du kannst zum Mechaniker hinüberlaufen und ihm sagen, dass die Bröselmaschine nicht funktioniert. Wir können morgen früh kein Paniermehl anbieten.«

»Lass mich die Maschine mal ansehen«, sagte Louis. »Ich weiß, was da los ist. Wir hatten das Problem schon mal vor vier Wochen, erinnerst du dich?«

Ohne die Antwort seines Vaters abzuwarten, trat Louis an die Maschine. Er hängte den ledernen Transmissionsriemen aus, der über eine hoch unter der Decke laufende Welle mit der kleinen Dampfmaschine im Hof verbunden war, und versuchte, die Maschine mit dem Handrad zu bewegen. »Hörst du das Knirschen?«, fragte er. »Da ist wieder etwas im Mahlwerk. Das haben wir gleich.«

Sein Vater schüttelte den Kopf, während er Louis beim Aufschrauben der Maschine beobachtete. Die Geschicklichkeit, mit der Louis vorging, schien ihn zu begeistern. »Du könntest Ingenieur werden und nicht nur Maschinen reparieren, sondern auch welche erfinden. Nach dem Bakkalaureat kannst du alles studieren, was du willst. Philosophie oder Mathematik, oder eben Technik. *Ingenieur* Naquet, wie hört sich das an?«

»Fast so gut wie Bäckermeister Naquet«, erwiderte Louis und begann, das Handrad zu drehen, nachdem die Maschine wieder verschlossen war und der Vater trockene Brotstücke in den Trichter gefüllt hatte. Jetzt, am Nachmittag, gab es im großen Wasserkessel über dem Backofen nicht mehr genug Druck für die Dampfmaschine. »Ich bin viel lieber hier in der Backstube bei dir, Vater.«

Der Vater lächelte ihn an. »Das kannst du machen, wenn du mal einen freien Tag hast«, erwiderte er. »Aber bring erst einmal die Schule hinter dich. Mit dem Bakk in der Tasche stehen dir so viele Möglichkeiten offen. Was habt ihr denn heute gemacht?«

»Eine Passage von Victor Hugo besprochen«, erwiderte Louis. »Aus ›Die Elenden‹.«

»Da habt ihr ja einen ganz fortschrittlichen Lehrer«, gab sein Vater zurück. »Ich dachte, so etwas liest man nicht in der Schule.«

»Hast du den Roman denn auch schon gelesen?«

»Sicher«, sagte sein Vater. Sie hatten die Arbeit an der Bröselmaschine beendet und machten sich jetzt gemeinsam an die Reinigungsarbeiten, wobei sie sich, wie immer, angeregt unterhielten. Vater Lucien besaß selbst keine formale Bildung, war aber ein regelrechter Bücherwurm. Obwohl er schon lange vor Tagesanbruch am Backtrog stand, vertiefte er sich jeden Abend in die Bücher. Er lieh sie sich stapelweise aus der *Bibliothèque municipale* aus, die sich in dem alten Gebäude des Dominikanerklosters befand. Vater hatte immer davon geträumt, dass sein Sohn Louis das Gymnasium besuchen würde, was ihm selbst verwehrt geblieben war. In einem halben Jahr würde Louis die Prüfungen machen, und wenn nichts dazwischenkam, war er der erste Naquet, der studieren würde. Er würde ein zweiter Eiffel werden, er würde Autos bauen, Schiffe oder gar Flugzeuge. Der Bäcker war unendlich stolz auf seinen klugen Sohn.

»Louis Naquet!« Die Stimme des Schulleiters, der pedantisch von seiner Namensliste ablas, tönte durch die Aula des Lycée Michel-Montaigne, das zu den besten in Frankreich gehörte.

Der Bäckermeister Naquet schreckte auf und stieß seinen Sohn an, der zwischen ihm und seiner Frau in der ersten Reihe saß.

»Du bist aufgerufen worden!«

Der Junge sprang vor und stolperte fast auf das erhöhte Podium. Die ganze Zeit hatte der Bäckermeister gefürchtet, dass man seinen Sohn vergessen haben könnte, während ein Schüler nach dem anderen nach vorn gerufen wurde und sein Zeugnis in Empfang nahm, bis nur noch wenige Namen übrig waren. Das konnte zweierlei bedeuten – wenn der Name Naquet noch genannt wurde, hieß das, sein Sohn gehörte zu den Besten.

Wurde er gar nicht erwähnt, war der Junge durchgefallen, und die Familie hatte nur den Brief noch nicht bekommen, der in diesem Fall nach Hause geschickt wurde. Dass Louis zu den besten Prüflingen gehörte, hatten weder er noch sein Sohn zu hoffen gewagt. Es war für den Jungen schon schwer genug gewesen, überhaupt einen Platz im Lycée zu bekommen. Louis war der Erste in der langen Familiengeschichte der Naquets, der ein Gymnasium besuchen konnte, und Lucien war ungeheuer stolz auf ihn.

Er erlebte es wie im Traum, wie sein Sohn jetzt aufgeregt, mit leicht geröteten Wangen und wahrscheinlich mit zitternden Knien da oben stand und nicht wusste, wohin er schauen sollte. Einen »sehr selbstständigen Kopf«, nannte ihn der Direktor, »einen jungen Mann, der in der besten Tradition unserer Schule steht und von dem wir noch viel erwarten dürfen.« Er übergab ihm die Urkunde, umarmte und küsste ihn förmlich auf beide Wangen. Louis stellte sich in die Reihe der Mitschüler, die vor ihm auf die Bühne gekommen waren, und wartete mit ihnen auf das Ende der Feier. Als das Schulorchester die Marseillaise anstimmte, blickte er auf seine Eltern hinunter. Sein Vater lächelte ihm zu, sein Gesicht schien vor Stolz zu glühen. Für ihn und die ganze Familie, einschließlich seiner drei Schwestern, die wie die Hühner auf der Stange saßen, war das der größte Tag der Familiengeschichte.

Als Louis jetzt zu seinen Eltern trat, waren sie von zahlreichen Gratulanten umringt. Vater legte ihm einen Arm um die Schulter und sagte immer wieder: »Wer hätte das gedacht! Wer hätte das gedacht!«

Maître Vernier, der Notar, der sein Haus an der Hauptstraße hatte und dessen Frau zu den Stammkunden der Bäckerei Naquet zählte, nickte bedächtig. »Ja, der schüchterne Junge von damals ist jetzt ein richtiger Mann, ein echter Franzose! Damals, als er zu meinem Sohn in die Klasse kam, habe ich zu meiner Frau gesagt: ›Das geht niemals gut. Der Sohn eines einfachen

Handwerkers, dazu noch jüdischer Abstammung, der wird sich nicht lange halten.‹ In diesem Fall habe ich gern mal unrecht! Und wie scheu er damals war! Ich glaube, er hatte nicht einmal Freunde, erinnere ich mich richtig?«

Louis war es unangenehm, dass in seiner Gegenwart so über ihn gesprochen wurde. Er wich einen Schritt zurück und schaute verlegen zu Boden.

»In der Volksschule war es schlimmer«, erwiderte sein Vater. »Schon im Kindergarten war er wenig geneigt, sich mit Kindern seines Alters anzufreunden. Er zog sich damals von allem zurück, was neu und unbekannt war. Er weigerte sich sogar, mit Buntstiften zu malen oder zu kritzeln. Er hatte Angst, nicht damit umgehen zu können und sich zu blamieren. Aber wenigstens das hat sich geändert.«

»Da haben Sie ein gutes Stück Arbeit geleistet«, lobte der Maître jovial. »Trotzdem sehr mutig von Ihnen, den Jungen aufs Gymnasium zu schicken, das muss ich schon sagen. Dieser ganz in sich gekehrte Junge zwischen all den Söhnen aus der Bürgerschaft – Söhne von Anwälten und Ärzten, Lehrern und höheren Beamten! Er muss sich ganz klein vorgekommen sein. Was hätten Sie gemacht, wenn es schiefgegangen wäre?«

Louis wusste im Voraus, was sein Vater antworten würde. »Er hätte immer noch Bäcker werden können, wie sein Vater und sein Großvater. Er ist mir schon als Kind so oft in der Backstube zur Hand gegangen und hat manchmal sogar allein den Backofen gereinigt. Wenn ich nicht eingeschritten wäre, hätte er am liebsten seine kostbare Zeit mit Reparaturen verbracht statt mit Lernen.«

»Immerhin, ein Bäcker mit Bildung dann«, hörte er den Maître noch sagen, der sich jetzt aber anderen Leuten zuwandte – er musste der Familie eines Beamten von der Präfektur gratulieren.

»Mein lieber Louis!« Seine Mutter hatte ihn abseits stehen sehen und schloss ihn in die Arme. »Zu Hause werden wir dich richtig feiern! Hier ist ein wenig zu viel Trubel. Du kannst dich auf eine Überraschung gefasst machen.« Sie sah in die Runde, und Louis' Schwestern Éliane, Corinne und Françoise lächelten geheimnisvoll.

»Wir haben zu deinen Ehren die gesamte Verwandtschaft aus Bordeaux und sogar aus Avignon zum Abendessen eingeladen«, sagte Vater. »Schließlich ist dies ein historischer Anlass: Du bist der erste Naquet, der das Abitur gemacht hat. Dass du zu den Besten deines Jahrgangs gehörst, wird auch für sie eine Überraschung sein. Und wer, glaubst du, wird als Ehrengast neben dir sitzen? Rate mal.«

Louis kam nicht darauf, wen er meinen könnte. Vielleicht ein Schulkamerad, von dem die Eltern glaubten, er hätte sich mit ihm angefreundet? Aber da kam niemand infrage. Heute feierten ja alle zu Hause, es sei denn, sie hatten keinen Anlass, und dann wäre es ihnen unangenehm, eingeladen zu werden. Das würden seine Eltern keinem antun. Nein, Louis konnte sich niemanden denken. »Der Rabbiner?«, sagte er ins Blaue hinein.

Vater schüttelte den Kopf. »Eine alte Dame«, sagte er. »Schon in Pension, aber bei klarem Verstand, und deshalb hat sie unsere Einladung gern angenommen.«

»Alte Dame? Ihr meint doch nicht etwa ...«

»Madame Duprez«, platzte seine Schwester Éliane heraus. Sie hatte noch nie ein Geheimnis für sich behalten können und wollte immer diejenige sein, die eine Neuigkeit als Erste herausposaunte. Sie war die jüngste der drei, aber immer noch deutlich älter als Louis, der Nachzügler.

»Madame Duprez!« Louis fiel erst Mutter, dann Vater in die Arme. »Eine größere Freude hättet ihr mir nicht machen können.«

»Gehen wir!«, sagte die Mutter. »Deine Schwestern und ich haben noch eine Menge vorzubereiten, ehe die Gäste kommen.«

Die Familie Naquet machte sich auf den Heimweg ins Sauteyron, das in der Nähe des alten jüdischen Friedhofs lag, wo die Mitglieder der Familie seit zweihundertfünfzig Jahren begraben wurden. Es war ein bescheidenes Viertel, in dem viele Nachkommen der Juden lebten, die Anfang des siebzehnten Jahrhunderts von Avignon nach Bordeaux übergesiedelt waren. Das Haus der Familie Naquet glich den übrigen Häusern der Straße wie ein Ei dem anderen: Es war einstöckig, hatte in der Mitte einen Korridor, von dem vier Zimmer abgingen, und einen kleinen Hintergarten. Die drei älteren Schwestern hatten sich früher ein Zimmer geteilt, während Louis, der Jüngste, als einziger Sohn und »Kronprinz« eines für sich allein hatte. Seit die Mädchen ausgezogen waren, diente ihr Zimmer als Gästezimmer, und sie bewohnten es manchmal selbst, wenn sie die Eltern besuchten. Louis' Zimmer wurde gehütet wie ein Heiligtum, und er wusste, dass es auch in Zukunft immer für ihn bereitstehen würde.

Auf dem Heimweg freute er sich auf seinen »Ehrengast«. Dass er nicht sofort an sie gedacht hatte! Seine alte Volksschullehrerin Anne Duprez war neben seinen Eltern wohl der wichtigste Mensch in seinem Leben. Er hatte sie mit der ganzen Kraft seines kindlichen Herzens geliebt. Der Gedanke, sie noch heute wiederzusehen, war ihm beinahe wichtiger als die Urkunde, die der Direktor ihm überreicht hatte.

Sie war streng gewesen, aber er hatte damals schon gespürt, was sie mit ihm im Sinn gehabt hatte. Obwohl er noch ein Kind gewesen war, hatte sie mit ihm geredet, als verstünde er alles so gut wie ein Erwachsener. Sie hatte ihn ernst genommen, mit all seinen kleinen Sorgen. Sie wusste, dass er begabt war und nur nicht wagte, sein Können in die Tat umzusetzen. Weil er nicht den Mut hatte, mit anderen Kindern zu reden, setzte sie ihn in der Klasse neben ausgewählte Kinder, die ihn bisweilen von selbst ansprachen, ihn aber in Ruhe ließen, wenn ihm das lieber zu sein schien. »Selbstbewusste und zugleich sensible Kinder«, wie sie einmal in einem Gespräch mit einem Kollegen gesagt hatte.

Sie hatte ihn verändert. Sie förderte ihn, so gut sie konnte, aber sie verlangte auch viel von ihm. Oft bekam er einen Spruch von ihr zu hören: »Der Mensch wächst mit seinen Aufgaben.« Das hatte er zuerst wörtlich genommen, aber nie eine Veränderung im Spiegel entdeckt. Aber sie hatte dieses Zitat, von dem er später erfuhr, dass es vom deutschen Dichter Schiller stammte, unterschiedlich eingesetzt – mal als Forderung, wenn sie ihn zu etwas bewegen wollte, und mal als Lob, wenn er einmal etwas zustande gebracht hatte, was ihre Aussage bestätigte.

Dabei lobte sie ihn häufig, um sein Selbstbewusstsein zu stärken. »Wenn der Junge seine Minderwertigkeitsgefühle nicht überwindet«, predigte sie seinen Eltern, »kann er seine Fähigkeiten nicht entwickeln. Sie sollten ihn nicht tadeln und bestrafen, auch wenn er es verdient zu haben scheint. Fördern Sie sein Selbstbewusstsein.« Die Eltern ließen sich leicht überzeugen und übertrugen diesen Rat auch auf seine drei Schwestern. Der Wechsel von der Volksschule zum Gymnasium war Louis hauptsächlich als Trennungsschmerz in Erinnerung. Er hatte Anne Duprez sehr in sein kindliches Herz geschlossen.

Im Gymnasium tat sich Louis daher zunächst schwer. Doch sein Vater stärkte ihm stets den Rücken und prägte ihm immer wieder ein: »Vergiss nie, dass du in erster Linie Franzose bist, der Sohn einer alteingesessenen französischen Familie. Aber du bist auch Jude, und der Status der Juden, einer winzigen Minderheit in unserer Gesellschaft, hängt seit jeher von ihrer Bildung ab.« Das galt seiner Meinung nach auch für Bordeaux, wo Juden im Gegensatz zu anderen französischen Städten schon vor der Großen Revolution als geachtete Bürger angesehen wurden. »Unsere Stärke liegt darin begründet, dass wir das Lernen seit jeher als höchsten Wert geschätzt haben.«

Die Eltern hatten ins Schwarze getroffen. Wenn Louis sich an diesem ereignisreichen Tag auf etwas freute, so war es das Wiedersehen mit seiner strengen, heißgeliebten Lehrerin. Seinen Erfolg hatte er vor allem ihr zu verdanken, dachte er auf dem Heimweg und nahm sich vor, ihr das auch zu sagen.

Doch zunächst erlebte Louis eine Überraschung ganz anderer Art. Unter der Gratulationspost befand sich, völlig unvorhergesehen, ein amtliches Schreiben. »Gestellungsbefehl«, las Louis.

»Wozu haben die es so eilig?«, schimpfte Vater Lucien. »Man kann doch einem Jungen nach der anstrengenden Reifeprüfung ein wenig Ruhe gönnen!« Doch Louis meinte auf seine ruhige Art, es sei besser, vor dem Beginn des Berufslebens einberufen zu werden als mittendrin.

Der Gestellungsbefehl konnte die allgemeine Freude nicht trüben. Er lenkte aber die Gespräche am langen, dicht besetzten Tisch auf den Militärdienst, der an diesem Abend zum zentralen Thema wurde. Einige Vettern und andere entfernte Verwandte von Louis waren ebenfalls einberufen worden, alle am gleichen Tag, und die Erwachsenen gaben ihnen Ratschläge aus ihren eigenen Erfahrungen in der Armee.

In dieser fröhlichen Runde schien niemand die Einberufung für eine Tragödie zu halten. Im Gegenteil, zumindest die Männer betrachteten den Militärdienst als spannendes Erlebnis, das Abenteuer im weltumspannenden Kolonialreich versprach. »Jetzt wirst du ein Mann!«, rief man Louis zu und stieß auf sein Wohl an.

»Du wirst ganz schön herumkommen«, meinte ein anderer. »Man stelle sich vor, unser Louis in Indochina, oder im tiefsten Afrika! Wenn es dir gefällt, kannst du dich freiwillig melden und länger bleiben.«

Louis sagte nichts dazu, aber er war sich ganz sicher, dass er keinen Tag länger als nötig in der Armee bleiben würde. Er hatte jetzt schon das Gefühl, Vater mit seiner Bäckerei im Stich zu lassen, und er wollte so schnell wie möglich wieder dabei sein.

Von Gefahren sprach niemand. Welche Gefahren sollten einem Soldaten in diesem Frühsommer des Jahres 1913 auch drohen? Nie war das Leben in Europa besser gewesen. Die Krisen, mit denen sich die europäischen Mächte in den ersten Jahren des neuen Jahrhunderts hatten auseinandersetzen müssen, waren beigelegt und aus dem Wege geräumt. Die wirtschaftlichen und kulturellen Beziehungen in Europa konnten sich ungestört entfalten. Zwischen den europäischen Staaten herrschte lebhafter Reiseverkehr. Die Grenzen waren offen, als hätte es sie nie gegeben, und die Wirtschaft blühte. Gewiss, der Wehrdienst war lang. Volle drei Jahre, doch das fiel an diesem Abend kaum jemandem auf. Nur Louis dachte immer wieder: ›Drei Jahre fort von zu Hause. Wie werde ich das durchhalten?‹

Seine alte Lehrerin hatte er in die Arme geschlossen und sie auf beide Wangen geküsst wie eine alte Freundin, und dabei war ihm aufgefallen, wie dünn und zerbrechlich sie geworden war – in seiner Erinnerung war sie eine kräftige, selbstbewusste und dominante Person gewesen, aber das hatte er wohl nur so gesehen, weil er selbst noch ein Kind gewesen war. Sie hatte sich gefreut über seinen Erfolg und hatte sich in ihrer Meinung über ihn bestätigt gefühlt. »In dir steckt noch mehr, sehr viel mehr«, hatte sie gemeint, und dann gefragt: »Meinst du, du wirst in der Armee zurechtkommen?«

Sie hatte seine Befürchtungen ganz direkt getroffen. Sie schien ihn noch immer so gut zu kennen wie früher, obwohl so viele Jahre dazwischen lagen. »Wieso nicht?«, war seine Gegenfrage gewesen. »Ich bin jung und nicht mehr ganz so schüchtern wie als Kind, und ich habe heute Lorbeeren geerntet, auf denen ich mich ausruhen kann.«

»Das wirst du nicht tun, denn ausruhen liegt dir nicht«, hatte sie gemeint. »Aber denk ja nicht daran, dass du als Soldat Karriere machen wirst. Als Jude bist du nicht überall so gut gelitten wie hier in Bordeaux. Es gibt eine Menge Antisemiten, die dir das Leben schwer machen werden, gerade beim Militär. Du erinnerst dich ja an die Affäre Dreyfus. Der Mann ist zwar rehabilitiert, aber die Atmosphäre, die ihn zu Fall gebracht hat, existiert immer noch. Sei auf der Hut, und tu dich nicht hervor.« Sie hatte ihn angelächelt. »Aber dafür bist du ohnehin nicht der Typ.«

Am nächsten Morgen, in der Backstube, sprach ihn sein Vater an, weil er gemerkt hatte, dass Louis sehr in sich gekehrt wirkte. »Was ist mit dir los?«, fragte er, obwohl er doch wusste, dass Louis kaum ansprechbar war, wenn ihn etwas beschäftigte. Solange er in Nachdenken versunken war, konzentrierte er sich auf das eine Problem, und der Rest der Welt hörte auf, für ihn zu existieren.

Diesmal aber hob Louis den Blick und sah dem Vater in die Augen. »Papa, bist du sicher, dass ich keine Probleme in der Armee haben werde? Dass dort alles so rosig ist, wie die Leute gestern Abend geschwärmt haben? Ich meine nicht die physischen Strapazen. Das ist es nicht, was mir Sorgen macht. Körperlich bin ich in bester Form.«

»Aber was macht dir denn dann Sorgen?«

»Papa, erinnerst du dich noch an die Vorträge, die du uns gehalten hast, als wir noch Kinder waren? Lange Vorträge, wie es deine Art ist. Damals hast du manchmal über den Dreyfus-Prozess gesprochen. Ich habe nicht immer alles verstanden, aber ich erinnere mich, dass du gesagt hast, dass Dreyfus nicht wegen eines harmlosen Irrtums verfolgt wurde. Du hast versucht, uns klarzumachen, wie sehr die militärische Elite von antisemitischen Vorurteilen beeinflusst war. Du hast oft betont, und nicht nur in diesem Zusammenhang, dass der Status, den wir Juden in Bordeaux genießen, nicht typisch für die Einstellung aller Franzosen zu den Juden sei, und ganz gewiss nicht in der Armee. Die Elite der Offiziere sei überwiegend konservativ und teilweise antisemitisch gesinnt.« Er sah seinen Vater ernst an.

»Die Armee ist natürlich kein Kaffeekränzchen«, sagte Vater Lucien, »und auch in der zivilen Gesellschaft sind selbst anständige Leute nicht frei von Vorurteilen. Die Toleranz der kultivierten Gesellschaft ist oft geheuchelt. Aber Soldaten können wirklich grausam sein. Grausamer als Kinder. Trotzdem sollte man nicht übertreiben. Die Dreyfus-Affäre war für uns Juden traumatisch. Nicht nur Dreyfus wurde unschuldig an den Pranger gestellt, sondern wir alle. Genau das bewirkt der Antisemitismus. Wenn ein Jude sündigt, werden wir alle beschuldigt. Selbst wenn Dreyfus wirklich schuldig gewesen wäre, hätte das noch lange nicht bedeutet, dass uns alle die Schuld trifft, aber man sieht es so. Doch auf der anderen Seite müssen wir uns fragen, Louis, wer für Dreyfus eingetreten ist. Die Juden? Glaub das bloß nicht. Es waren andere Franzosen, Männer wie Émile Zola, die sich für die Wiederaufnahme des Verfahrens eingesetzt haben, und sie wussten weite Kreise der Öffentlichkeit auf ihrer Seite. Sie haben sich gegen den Antisemitismus durchgesetzt und die Rehabilitierung des Hauptmanns sowie die Bestrafung einiger Männer erreicht, die sich gegen ihn zusammengetan hatten. Wo gibt es so etwas in der Geschichte? Zwar ist der Judenhass noch lange nicht aus der Welt geschafft, doch gerade die schreckliche Dreyfus-Affäre hat unser Ansehen letztlich gehoben.«

3

Heidelberg

— Herbst/Winter 1912 —

Ludwigs Abitur war am Ende nur reine Formsache. Die schriftlichen Prüfungen bestand er mühelos, die mündlichen waren »das reinste Vergnügen«, wie Dr. Stegemann ihm herzlich versicherte. Mitte September bezog er ein Zimmer in Heidelberg, kaum zweihundert Meter entfernt von der Juristischen Fakultät. Einer Verbindung schloss er sich nicht an, behielt sich aber vor, dies später nachzuholen. Zumindest die »Bavaria« im Kartell-Convent der jüdischen Studenten stand ihm ja offen. Er war sich aber nicht sicher, ob ihm ein Schmiss wirklich stehen würde, und den Namen »Bavaria« fand er ziemlich exotisch. Dass sich in der Gaststätte »Goldenes Fässchen« noch regelmäßig eine zweite Verbindung namens »Ivria« traf, die scharfe Mensuren schlug, im Übrigen aber davon träumte, in Palästina Orangenbäumchen zu pflanzen, erfuhr Ludwig gar nicht erst. Es wäre ihm vollends verrückt erschienen.

Stattdessen bemühte er sich, die große alte Universität mit ihren über die ganze Stadt verteilten Gebäuden kennenzulernen, und stieß dabei auch auf das berühmte Studentengefängnis, den Karzer. Dieses Gefängnis war tatsächlich noch in Benutzung, so hieß es. Die Haftstrafen waren aber nie lang und die Lebensbedingungen weitaus besser als in einem normalen Gefängnis. Die geräumigen Zellen waren nicht durch Wände, sondern durch Gitter getrennt, durch die man sich sehen und sogar unterhalten konnte. Abgesehen von der Einschränkung der Bewegungsfreiheit war die Karzerstrafe für die Studenten eigentlich mehr ein Jux. Sie sangen, bemalten die Wände, schrieben witzige Inschriften und verfassten gemeinsam Gedichte oder Theaterstücke.

Ab und zu durften organisierte Gruppen den Karzer besuchen. Nach einigen Wochen Wartezeit erhielt Ludwig die Erlaubnis, sich einer solchen Gruppe anzuschließen. Die Besucher wurden von den Karzerinsassen mit lautem Jubel begrüßt. Sie überreichten den Inhaftierten Geschenke, Esswaren und Getränke durchs Gitter und unterhielten sich prächtig.

Plötzlich hörte Ludwig aus einer der Zellen eine weibliche Stimme: »He, du mit dem Babygesicht, kennen wir uns nicht? Warst du nicht auf dem Lessing-Gymnasium in Frankfurt?«

Ludwig ging zögernd hinüber. Ein Blick genügte: Es war Gudrun, das große, üppige Mädchen, das er ein ganzes Jahr angeschwärmt hatte.

Es war nämlich keineswegs so gewesen, dass Ludwigs Wunsch, ein hervorragender Schüler zu sein, ihn gänzlich hätte übersehen lassen, dass es ein sogenanntes »schönes Geschlecht« gab. Ganz im Gegenteil. Manchmal konnte er sich im Unterricht kaum noch auf den Stoff konzentrieren. Immer wieder wanderten seine Gedanken und Fantasien zu den Schülerinnen der benachbarten Mädchenschule hinüber.

Ludwig traute sich zwar nur ganz selten einmal in die Nähe des hohen Staketenzauns, der die beiden Schulhöfe trennte. Doch aus der Ferne verfolgte er fasziniert, was in den Pausen dort vorging. Die Schüler und Schülerinnen, die sich am Gitter herumtrieben, wechselten provozierende Scherze und Zurufe und hatten offensichtlich viel Spaß. Er beneidete insgeheim einige seiner Freunde, die »Erfolg« bei den Mädchen hatten, was immer das sein mochte. Sogar der dicke Müller, der seit dem Ereignis am Sedantag Ludwigs ärgster Widersacher in der Klasse geworden war, hatte sich dabei hervorgetan. Manches, was die Jungen den Mädchen durchs Gitter zuriefen, wäre Ludwig nie im Leben über die Lippen gekommen – er hätte weder die Idee noch den Mut dazu gehabt.

Eins der Mädchen fiel ihm besonders auf. Sie war größer als die anderen und hatte einen ausgeprägten Busen. Ihr Name war

Gudrun. Sie war äußerst selbstbewusst und genoss es, die Jungen zu necken. Wenn sie in der Nähe des Zauns war, war er nicht der einzige Junge, der sehnsüchtig hinschaute.

Einmal kam sie nahe an die Stelle, wo Ludwig stand, und rief: »Hallo! Schau nicht so blöd! Hast so etwas wohl noch nie gesehen, was?« Sie legte die Hände unter ihre Brüste und hob sie leicht an, ganz kurz nur.

Am letzten Schultag, nach den Feierlichkeiten zum Abitur, rückte Gudrun so nahe an den Zaun, dass sie die Hände der Jungen berühren konnte. Ludwig, der wie immer ein wenig abseits stand, beobachtete, wie sie unter schallendem Gelächter der Schulkameraden jedem etwas in die Hand drückte, und die Jungen nahmen die geheimnisvolle Gabe freudig entgegen. Ludwig hatte sich lange gefragt, was das wohl gewesen sein könnte.

Und jetzt stand sie hier vor ihm, in Heidelberg. Ausgerechnet im Karzer. Auch hier gab es ein Gitter. Ihr rabenschwarzes Haar war vierfach gescheitelt und fiel lose nach allen Seiten herab. Ein langer Pony bedeckte ihre Stirn fast bis zu den großen schwarzen Augen und verlieh ihr etwas Dunkles, Geheimnisumwittertes.

»W-w-was machst du denn hier?«, fragte er stammelnd. »Hast du was verbrochen?«

»Quatsch!«, sagte sie lachend. »Glaubst du, ich lasse mich von den Idioten hier einsperren? Ich bin auch bloß zu Besuch da. Lass uns zu ›Schillers‹ gehen und eine heiße Schokolade trinken.«

Eine halbe Stunde später saßen sie vor den dampfenden Tassen. Während Ludwig ihr amüsiert und staunend zuhörte, entging ihm nicht, dass ihn Gudrun eindringlich musterte. ›Was hatte dieser Blick zu bedeuten‹, fragte er sich unsicher. ›Ob er ihr gefiel?‹ Er war jetzt so aufgeregt, dass er gleich mit der ersten Frage herausplatzte, die ihm in den Kopf kam: »Sag mal, am letzten Schultag hast du den anderen Jungen etwas geschenkt. Ich habe mich immer gefragt, was das war …«

Zu seiner Überraschung errötete Gudrun. »Willst du das wirklich wissen?«

»Ja«, sagte er wahrheitsgemäß.

Sie lachte. »Warte einen Moment.« Sie stand auf und verschwand. Fünf Minuten später war sie zurück und gab ihm einen mehrfach gefalteten Zettel. »Du darfst es aber erst anschauen, wenn ich gegangen bin.«

Ludwig nickte. Es war Mitte Dezember, und die Weihnachtsferien standen vor der Tür. »Fährst du über die Feiertage nach Hause?«, fragte er nach einer Pause.

»Nein.«

»Warum denn nicht?«

»Weil ich keine Lust habe. Die ewigen Familienfeiern, Advent, Heiligabend, Weihnachten, das bedeutet mir alles nichts mehr und hat mich schon letztes Jahr zu Tode gelangweilt«, erklärte Gudrun lachend. »Aber du braver Sohn wirst die nächsten Wochen bestimmt in Frankfurt bei Muttern verbringen«, sagte sie und warf ihm einen prüfenden Blick zu.

»Nein«, sagte Ludwig und spürte, wie seine Wangen brannten. »Chanukka ist vorbei, und Weihnachten feiern wir nicht.«

»Chanukka? Ist das nicht dieses Lichterfest?«

Ludwig lachte. »Chanukka ist ein Siegesfest. Es erinnert an den Sieg der Makkabäer über die Griechen und die Wiedereinweihung des Tempels im Jahre 165 vor unserer Zeitrechnung.« Im Stillen dachte Ludwig, dass er, was die Familienfeste betraf, genauso zwiespältige Gefühle hegte wie Gudrun. Der Synagogenbesuch am jüdischen Neujahr im Herbst und am Versöhnungstag, dem heiligsten Tag des Jahres, war ihm unendlich lang und ermüdend erschienen. Vielleicht würde er den Vater im nächsten Jahr nicht mehr begleiten.

»Ich wusste gar nicht, dass ihr Juden so kriegerisch seid«, sagte Gudrun, aber man spürte, dass sie immer neugieriger wurde.

»Vielleicht können wir uns ja in den Ferien mal treffen?«, wagte Ludwig sich vor.

»Warum nicht?«, gab sie augenzwinkernd zurück, stand auf und verließ das Café.

Ludwig hatte das Gefühl, dass ihm der Zettel ein Loch in die Tasche brannte. Vorsichtig zog er ihn heraus, um die geheime Botschaft zu lesen. Zu seiner Überraschung war das Papier unbeschrieben. Aber als er es ganz aufgefaltet hatte, fiel ein kurzes, hartes, stark gekräuseltes Schamhaar heraus.

Die Universität leerte sich zusehends. Immer mehr Studenten fuhren nach Hause. Ludwig und Gudrun trafen sich von nun an fast täglich. Er war jetzt schon einundzwanzig und von dem dringenden Verlangen getrieben, endlich gewisse Dinge zu erkunden, die ihm bisher verschlossen geblieben, aber unbedingt zu erledigen waren, und Gudrun fand anscheinend nichts dabei, in Abwesenheit anderer Verehrer mit ihm vorlieb zu nehmen. Sie zeigte sich nicht zimperlich, und wenn sie spazieren gingen, endete das Rendezvous meist in einer lauschigen Ecke mit glühenden Küssen. Eines Tages lud Ludwig sie, bis unter die Haarwurzeln errötend, in das Zimmer ein, das seine Eltern in der Stadt für ihn gemietet hatten. Seine Zimmerwirtin war über die Feiertage zu ihrer Verwandtschaft gefahren, und so konnte er den »Damenbesuch« ausnahmsweise riskieren. Gudrun, die in einer streng überwachten Pension wohnte, zeigte sich nicht im Geringsten überrascht. Es schien so, als hätte sie längst in Erfahrung gebracht, dass er eine »sturmfreie« Bude hatte.

»Einverstanden«, sagte sie, »ich komm heute Abend um acht.« Sie sah ihm tief in die Augen, stand auf und ging. Ludwig blieb noch sitzen. Vor lauter Aufregung wusste er nicht, wohin mit sich.

Am Abend begrüßte Gudrun ihn mit einem Blick, dessen Weichheit ihn überraschte. Leichtfüßig kam sie die Treppe herauf (während er eine Höllenangst hatte, dass die Nachbarn aufmerksam werden könnten), inspizierte sein Zimmer, warf ihren Mantel auf einen Sessel und legte sich rücklings aufs Bett, ohne ein Wort zu sagen. Ludwigs Herzschlag schien ihm den Kopf zu sprengen. Ihm war klar, dass er den nächsten Schritt tun musste, und er beschloss, direkt zur Sache zu kommen. Er nahm nicht ihre Hand, versuchte nicht, ihr Gesicht zu küssen, sprach kein Wort. Wie ein Amokläufer von der Angst besessen, dass sein künstlicher Mut nicht von Dauer sein würde, zerrte er unbeholfen an ihrem Rock. Gudrun sah ihm schweigend dabei zu, beobachtete seine fieberhaften Versuche, einen Weg durch die Verschlüsse zu finden. Mit einem Mal sprang sie auf, warf Ludwig einen Blick zu, in dem er Mitleid zu lesen meinte, streichelte mit einem mütterlichen Lächeln seine Wange, packte ihren Mantel und ging zur Tür. Die Hand schon auf der Türklinke, wandte sie sich noch einmal zu dem verblüfften Ludwig um: »Tut mir leid, Junge. Du musst dir wohl eine andere Lehrerin suchen.«

Die Geschichte mit Gudrun ging ihm noch lange nach. Verzweifelt dachte er darüber nach, was er wohl falsch machte bei Mädchen. Er konnte nicht so leichtherzig mit ihnen umgehen wie seine Schulkameraden. Er hätte gern eine Freundin gehabt, aber er war einfach zu schüchtern. Vielleicht lag das an seinem Elternhaus, seiner strengen Erziehung, seiner Herkunft. Irgendwann musste er sich überwinden, und das würde, so hoffte er, von allein passieren, wenn er die Richtige traf.

In der Königsteiner Straße hatte es eine Nachbarstochter gegeben, die ihn sehr faszinierte, aber noch unerreichbarer schien als jede Gudrun. Sie war etwas älter als er, studierte bereits und trug enge Blusen. Er fand ihren Anblick aufregend. Wenn sie ihm begegnete, schien sie ihn nicht zu beachten. Doch einmal hörte er, wie sie im Treppenhaus zu einer Freundin sagte: »Ein hübscher Junge, der kleine Kronheim.«

›Hübsch?‹, dachte Ludwig. ›Ich soll hübsch sein?‹ Er betrachtete sich im Spiegel und seufzte, wenn ihm sein rundes Kindergesicht entgegenblickte. In den Unterklassen des Gymnasiums war er kleiner gewesen als die meisten seiner Klassenkameraden, doch dann war er plötzlich in die Höhe geschossen. Sein Haar war kastanienbraun, seine Augenfarbe wie der Himmel an einem besonders klaren Tag, wie eine Freundin seiner Mutter einmal bewundernd festgestellt hatte. Er hatte das übertrieben gefunden. Die kleine Nase war gerade und frech. Er lächelte viel, oft aus Verlegenheit, und beim Lächeln sah man eine Reihe weißer Zähne, die soldatengleich in Reih und Glied standen. Auch seine Hände mit den langen Fingern waren schön; stark, aber nicht grob. ›Aber was nützt mir das‹, dachte er oft. Ihm fehlte die Selbstsicherheit.

4

Heidelberg

— Frühjahr 1914 —

Es wurde Frühling. Die Prüfungen rückten näher. Eines Morgens ging Ludwig am linken Neckarufer spazieren, wenige Schritte vom Hauptgebäude der Universität entfernt. Wegen des noch recht kühlen Windes, der vom Fluss heraufkam, suchte er sich einen bequemen, geschützten Platz im Botanischen Garten. Er setzte sich auf eine Bank, packte Bücher und Hefte aus. Ach, es war aussichtslos. Wieder einmal ringelten sich die Paragrafen wie Schlangen vor seinen Augen. Er würde am Ende ins Repetitorium müssen, wenn er das Staatsexamen mit einer guten Note bestehen wollte.

Nach einer Weile drang Mädchengelächter an sein Ohr. Er hob nur kurz den Kopf, um den Faden nicht zu verlieren. Wenige Meter von ihm entfernt war eine Gruppe von jungen Frauen dabei, es sich auf der Wiese bequem zu machen. Er wollte sich schon wieder seinen Vorlesungsmitschriften zuwenden, als er stutzte. Eins der Gesichter kam ihm bekannt vor. War das nicht die Studentin, die ihn neulich im Seminar gebeten hatte, ein Buch für sie aus einem hohen Regal herunterzuholen? Er spähte aus dem Augenwinkel zu der Gruppe hinüber. Tatsächlich, das Lächeln kam ihm bekannt vor.

›Nein, nein‹, dachte er, ›das ist nicht die Zeit, an Mädchen zu denken. Ich muss mich auf die Prüfung vorbereiten.‹ Bald war er wieder so in seine Lektüre vertieft, dass er nur noch das Vogelgezwitscher hörte. Plötzlich spürte er, dass jemand auf ihn zukam. Es war eine der jungen Frauen. Sie fragte, ob sie und ihre Freundinnen ihn zum Picknick einladen könnten, und zeigte auf einen üppig bestückten Korb. Ludwig zögerte trotz des

Hungers, der ihm jetzt erst bewusst wurde. Die Mädchen würden ihn bloß in Verlegenheit bringen.

»Na, kommen Sie schon«, meinte die Studentin, »Sie haben doch nichts zu essen und zu trinken mitgebracht! Typisch Mann.« Da er dem nichts entgegenzusetzen wusste, nahm er die Einladung mit einem verlegenen Murmeln an.

»Ludwig Kronheim aus Frankfurt«, stellte er sich mit einer leichten Verbeugung den anderen vor. Während die Studentinnen ihn unverhohlen musterten, spürte er, wie ihm die Hitze in die Ohren stieg. Er achtete darauf, nicht zu der kleinen Studentin aus der Bibliothek hinüberzuschauen, doch sie war die Erste der Gruppe, die sich ihrerseits vorstellte: »Karoline Schulzendorf, ebenfalls aus Frankfurt«, sagte sie und reichte ihm die Hand mit einem ganz besonderen Lächeln.

»Ich dachte, ihr kennt euch schon!«, rief das Mädchen, das Ludwig geholt hatte.

»Wir sind uns schon mal über den Weg gelaufen«, antwortete Karoline, »aber vorgestellt haben wir uns noch nicht. Ich wusste jedenfalls bisher nicht, wie unser Gast heißt.«

Sie betrachtete sein rundes Kindergesicht, das immer röter wurde. Die anderen Mädchen nannten ebenfalls ihre Namen und begannen kichernd, die Körbe auszupacken, breiteten eine Decke aus und stellten die mitgebrachten Speisen darauf. Eine Studentin drückte Ludwig ein Glas Weißwein in die Hand und forderte ihn auf zuzugreifen.

Karoline tat so, als sei sie mit ihren Freundinnen ins Gespräch vertieft. Dabei langte sie kräftig zu. Während Ludwig höflich auf alle Fragen antwortete, schielte er immer wieder zu Karoline hinüber. Wenn sie ihm den Kopf zuwandte, sah er schnell in eine andere Richtung. Er wollte ihrem Blick nicht begegnen, denn dann wäre er gewiss gleich wieder rot geworden. Karoline hatte die Schuhe ausgezogen. Sie trug feine Seidenstrümpfe, die ihre zierlich gewölbten Füße und die vollendete Rundung ihrer Waden betonten. Das geblümte Kleid umspielte lose den schlanken Körper. Ludwig konnte nicht anders, er musste sie in Gedanken ausziehen: schmale Hüften, kleine Brüste. Er versuchte sogar, sich die Farbe ihrer Brustspitzen vorzustellen, konnte sich aber nicht entscheiden. Mehr noch fesselte ihn Karolines Gesicht: die großen, braunen, wachen Augen, in denen manchmal ein grüner Schimmer aufleuchtete. Sie nur ab und zu flüchtig anzuschauen fiel ihm mit jeder Minute schwerer. Ihre helle, glatte Haut stand im Gegensatz zum dunklen Haar. Ihre Nase hatte am Ansatz eine kleine Senkung und wölbte sich lang und schmal über die Lippen. ›Eine provokante Charakternase‹, dachte Ludwig bei sich. Ihren Mund mit den schönen Zähnen nahm er schon als Selbstverständlichkeit. Sie strahlte so eine Sinnlichkeit aus! Wie kam es, dass er das nicht bemerkt hatte, als er sie zum ersten Mal gesehen hatte?

Mit einem Mal sprang Karoline auf, zog ihre Schuhe an und verkündete, man müsse jetzt wieder arbeiten. Sie reichte Ludwig zum Abschied die Hand. »Sie müssen uns nicht beim Zusammenpacken helfen. Schön, dass Sie uns Gesellschaft geleistet haben, aber jetzt lernen wir weiter.« Ludwig erstarrte. War alles schon vorbei? Wie auf dem Flur, als er vor ihr davongelaufen war? Würde er auch diesmal nichts unternehmen, um sie wiederzusehen?

Da rief Karoline plötzlich: »Wenn Sie morgen früh in der Bibliothek sind, können Sie mir wieder die Bücher herunterreichen!«

Am nächsten Tag war Ludwig schon sehr viel früher im Seminar, als er vernünftigerweise mit Karolines Erscheinen rechnen konnte. Für eine Studentin, die den ganzen Morgen arbeiten wollte, kam sie sogar reichlich spät, und Ludwig hatte sich schon eine Erklärung zurechtgelegt, mit der er sich trösten würde: Das Ganze sei von Anfang an nichts Ernstes gewesen. Mit ihrer Bemerkung über die Bibliothek habe sie kein Interesse an ihm bekunden wollen. Sie habe einfach nur gesagt, dass sie am nächsten

Tag hier lernen wolle, mehr nicht. Es war völliger Unsinn, zu glauben, dass sie ein Rendezvous mit ihm hatte vereinbaren wollen. Sie kannte bestimmt viel interessantere Männer.

Aber dann kam sie. Ihre Augen suchten ihn, und als sich ihre Blicke trafen, ging in ihrem Gesicht wieder dieses Lächeln auf. Sie kam auf ihn zu und murmelte irgendeine Begründung für ihre Verspätung. Ludwig hörte nur mit halbem Ohr zu. Hauptsache, sie war da! Sie schien auch nicht viele Bücher zu brauchen. Er hatte den Eindruck, dass die Folianten, die er für sie herunternahm, sie nicht wirklich interessierten. Schon bald verließen die beiden das Seminar und gingen zu einem frühen Mittagessen in eine Schankwirtschaft.

Ludwig nahm kaum wahr, was sie aßen. Wichtig war nur, dass sie im Getümmel zusammensaßen. Als ihnen klar wurde, dass sie schon über zwei Stunden im Schatten der großen Linde saßen und die Sonne allmählich zu ihnen herumkam, standen sie auf, und Ludwig begleitete Karoline zu ihrer Pension. Aber auch dort konnten sie sich nicht trennen, sondern gingen wieder zurück ans Ufer des Neckars und unterhielten sich weiter. Die Studenten, die an ihnen vorbeigingen, störten sie nicht im Geringsten. Schließlich gab Karoline ihm die Hand und sagte, sie müsse nun wirklich gehen. Doch sie zog ihre Hand nicht zurück und hielt die seine scheinbar unabsichtlich fest, als wolle sie ihm nur noch schnell eine Geschichte zu Ende erzählen. Langsam begannen ihre ineinander verschränkten Hände sich zu bewegen. Sich zaghaft zu streicheln. Sie streichelten sich auch noch, als Karoline zu sprechen aufgehört hatte. Sie standen nur da und sahen sich an, während ihre Hände einander liebkosten.

5

Frankfurt am Main

— Juni 1914 —

Am Ende des Sommersemesters fuhren Karoline und Ludwig gemeinsam nach Frankfurt zurück. Das Semester war vorbei, und sie fühlten sich grenzenlos frei. Die Klausuren hatten sie bestanden, und jetzt lag nur noch ein Studienjahr vor dem Staatsexamen. »Stell dir vor, in einem Jahr bin ich Referendar«, sagte Ludwig und strahlte die ihm im Abteil gegenübersitzende Karoline an.

»Ja, und dann?«

»Dann werfe ich mich in den Kampf um eine Stellung im Staatsdienst.«

»Willst du das wirklich tun? Du weißt doch, wie schwer sie es dir machen werden. Und selbst wenn es dir irgendwie gelingen sollte, wirst du ständig darum kämpfen müssen, befördert zu werden. Warum gehst du nicht in die Privatwirtschaft? Du könntest doch in einem Anwaltsbüro arbeiten. Das machen die meisten. Du verdienst gutes Geld und gewinnst rasch hohes Ansehen.«

»Die meisten?« Ludwig biss wütend die Zähne zusammen. »Die meisten Juden, meinst du. Das sehe ich gar nicht ein.« Erneut, und nicht zum ersten Mal, versuchte er ihr zu erklären, warum gerade für ihn der Staatsdienst das große Ziel war. Doch sie sah ihn nur verständnislos an. ›Nun ja‹, dachte Ludwig, ›sie ist eben keine Jüdin. Was versteht sie schon von unseren Problemen, Empfindlichkeiten und Ambitionen! Vielleicht ändert sich das, wenn sie erst meine Frau ist – doch davon kann ich wohl nur träumen.‹ Er verstummte und starrte hinaus auf die Berge des Odenwalds, die in der Ferne vorbeizogen.

Von klein auf, und das war wirklich kurios, war Ludwig ein begeisterter Reiter gewesen. Schon als Sechsjährigen hatte ihn seine Mutter zu einer Ponyreitschule gebracht. Auf der runden Reitbahn trabten etwa zehn Ponys mit ihren kleinen Reitern durch den tiefen Sand. Die Kinder saßen schwankend im Sattel, wurden hin- und hergeworfen und fielen auch manchmal herunter, ließen sich aber gleich wieder aufs Pferd setzen. Beim ersten Mal sah Ludwig wie hypnotisiert zu. »Hast du keine Angst herunterzufallen?«, fragte seine Mutter. »Nein, überhaupt nicht«, rief Ludwig begeistert, »ich will auch reiten!« Als ihn der Reitlehrer auf das kleinste Pony gesetzt hatte, war ihm dann aber doch ziemlich mulmig geworden. Er wollte um Hilfe schreien, seiner Mutter zurufen, sie solle ihn von diesem wippenden Tier herunterholen, und zwar sofort, doch er traute sich nicht. Alle Kinder würden ihn auslachen! Ludwig hielt durch und war stolz auf sich, wollte aber trotzdem nach dieser ersten kurzen Reitstunde schnell nach Hause. Aus irgendeinem Grund war sogar seine Hose ein bisschen nass. Ludwig musste lachen, als er daran dachte.

Karoline warf ihm einen erstaunten Blick zu. »Was ist?«, fragte sie.

»Ach, nichts«, sagte Ludwig, »das erzähle ich dir ein anderes Mal. Hättest du denn Lust, am Sonntag einen kleinen Ausflug zu Pferde mit mir zu machen?«

»Wie stellst du dir das vor?«, fragte sie. »Meine Eltern geben mir niemals Geld für solch einen Luxus. Solange ich studiere, liege ich ihnen sowieso schon auf der Tasche.«

»Ich bekomme von meinen Eltern auch kein Geld für solche Dinge. Aber ich habe dir doch mal erzählt, dass ich auf diesem Hof in der Nähe von Niederrad Reiten gelernt habe. Ich habe die Ställe ausgemistet, die Pferde gestriegelt und sie auf die Koppel gebracht. Als Gegenleistung durfte ich immer ein paar Stunden umsonst reiten, wenn wenig Betrieb war. Die lassen bestimmt mit sich reden. Wir können mit der Straßenbahn rausfahren.«

Karoline zögerte. »Ich bin schon so lange nicht mehr geritten. Mal sehen, ob die Eltern mich weglassen.« Am Bahnhof in Frankfurt nahmen sie eine Droschke. Karoline bis vor die Tür zu bringen, ließ er sich nicht nehmen. Vor dem großbürgerlichen Stadthaus im Westend verabschiedeten sie sich voneinander – das Treffen mit ihren Eltern musste noch warten.

Gleich am nächsten Morgen machte er sich auf den Weg nach Niederrad. Er konnte nur einen Teil des Weges mit der Straßenbahn fahren, die restliche Strecke musste er zu Fuß zurücklegen. Er hätte sich die Mühe sparen und anrufen können, denn nicht nur die Reitschule war seit Kurzem an das neue Telefonnetz angeschlossen, auch in Ludwigs Elternhaus war jetzt ein Fernsprechgerät installiert. Man brauchte nur den Hörer im Flur abzunehmen, ihn ans Ohr zu halten und zu warten, bis die städtische Telefonzentrale sich meldete. Aber ein solches Gespräch hätte er vor seinen Eltern nicht verbergen können, und sie hätten sich gewiss dafür interessiert, wer denn die junge Dame war, mit der er so dringend ausreiten wollte.

Am Ende gelang dann alles vortrefflich. Am letzten Junisonntag fuhr Ludwig mit Karoline hinaus. Die Pferde standen bereit. Er hatte für Karoline eine Stute gewählt, die als ruhig und zahm galt. Dagegen war Ludwig alles andere als ruhig, er redete ununterbrochen. Er hielt ihr Vorträge über Pferde und ihren Charakter, über Pferdepflege und Reitkunst. Als sie nach einem Ritt von anderthalb Stunden aus dem Stadtwald zurückkamen und Ludwig immer noch weiterschwatzte, wurde es Karoline schließlich zu viel. Kaum waren sie von den Pferden herunter und wieder allein, fasste sie ihn am Hinterkopf, zog ihn zu sich herunter und verschloss ihm mit ihren geröteten Lippen den Mund. »Sonst hörst du ja nie auf!«, sagte sie.

Am nächsten Morgen, dem 29. Juni, wurden Extrablätter in Frankfurt verkauft: DER ÖSTERREICHISCHE THRONFOLGER UND SEINE GATTIN ERMORDET!

Das Attentat, das Österreich-Ungarn, den Bundesgenossen des deutschen Kaiserreichs, erschütterte, bekümmerte Ludwig nicht übermäßig. So sensationell der Anschlag auf den ersten Blick war, er schien nichts mit seinem Leben oder dem Alltag der Deutschen zu tun zu haben. So etwas gab es auf dem Balkan ja nicht gerade selten. Die Völker dort stritten sich ständig. Diesmal hatten sie zwar erstmals das große Habsburgerreich provoziert, doch keiner konnte sich vorstellen, dass das Attentat über den Balkan hinaus wirken würde.

Dennoch waren die folgenden Tage nicht mehr so unbeschwert glücklich. Ludwig brachte immer noch nicht den Mut auf, Karoline einen Heiratsantrag zu machen. Wie konnte er das wagen, wenn er ihr noch nicht einmal seine Liebe erklärt hatte? Mit seinen Eltern darüber zu reden, traute er sich erst recht nicht, geschweige denn mit den Schulzendorfs. Was würden seine Eltern davon halten, dass er ein christliches Mädchen zur Frau nehmen wollte? Und was würden ihre Eltern sagen, wenn sie einen Juden heiraten wollte (falls sie überhaupt dazu bereit wäre)?

Und dann war plötzlich alles in weite Ferne gerückt: Studium, Liebe, Karriere. Es sollte Krieg geben! In solchen Zeiten war ans Heiraten nicht zu denken. War das ein Grund zur Trauer oder gar Verzweiflung? Keineswegs. Welche Ehre würde es für Ludwig sein, in diesen Krieg ziehen zu dürfen! Im Hause Kronheim herrschte freudige Aufregung. Auch seine Mutter, die wie andere Mütter um ihren einzigen Sohn bangte, konnte sich der allgemeinen Begeisterung nicht entziehen.

Karoline hielt sich als Einzige zurück. Ihre Eltern saßen schon über Landkarten und versuchten, die Entwicklungen an den künftigen Fronten vorauszusehen. Auch ihre Freundinnen und Bekannten waren im Bann des historischen Augenblicks, nur sie war still, fast melancholisch.

Ludwig versuchte, sie aufzumuntern: »Du wirst sehen, es wird ein kurzer Krieg, kurz und ruhmreich. In ein paar Wochen kehrt alles wieder in gewohnte Bahnen zurück. Ich werde weiterstudieren. Schlimmstenfalls verliere ich ein Studienjahr. Aber was ist ein Jahr, wenn uns der Atem der Geschichte anweht?« Er lächelte. »In ein paar Monaten«, fuhr er fort, »sind wir wieder zusammen und können Zukunftspläne schmieden.«

Karoline warf ihm einen forschenden Blick zu, der ihm zu Bewusstsein brachte, dass er bisher noch gar nicht gewagt hatte, von irgendwelchen Zukunftsplänen mit ihr zu sprechen. Dann wechselte sie plötzlich das Thema. »Habe ich dir eigentlich schon von Friede erzählt? Sie kommt aus Berlin und ist zur Zeit bei uns zu Besuch. Ich möchte, dass du sie kennenlernst.«

»Ist das eine von deinen Freundinnen aus Heidelberg?«

»Nein. Ich dachte, ich hätte dir schon von ihr erzählt. Ich kenne sie schon seit unserer Kindheit, weil unsere Eltern befreundet sind. Die Friedmanns stammen auch aus Frankfurt, sind aber nach Berlin gezogen, als Friedes Vater ans Kaiser-Wilhelm-Institut berufen wurde. Seitdem besuchen Friede und ich uns in den Ferien. Ich fahre zu ihr nach Berlin, oder sie kommt zu mir nach Frankfurt. Und wenn wir nicht zusammen sind, schreiben wir uns.«

Die Begegnung fand schon am nächsten Tag bei einem Spaziergang am Mainufer statt. Friede war groß, hatte üppiges blondes Haar, ungewöhnliche graue Augen und eine resolute, aristokratische Nase – wie Friedrich Schiller, fand Ludwig.

»Karoline hat mir gesagt, dass Sie Friedmann heißen?«, sagte er vorsichtig.

»Allerdings«, erwiderte sie, »Sie brauchen nicht lange herumzurätseln, wir sind Juden.«

»Das habe ich mir schon gedacht. Sind die Berliner Juden auch so kriegsbegeistert wie die Juden in Frankfurt?«

»Ich denke ja, auch wenn ich es nicht verstehen kann.« Aus dem Augenwinkel sah Ludwig, dass Karoline ihrer Freundin zunickte. Er ließ das Kriegsthema fallen.

Sie verbrachten einen unbeschwerten Nachmittag miteinander, während sie von der Wilhelmsbrücke durch das »Nizza« zum Eisernen Steg schlenderten und in der Neuen Kräme noch Eis aßen. Ludwig wurde dennoch das Gefühl nicht los, dass die Freundin aus Berlin ihn die ganze Zeit beobachtete, und er fragte sich, was das wohl zu bedeuten hatte.

»Hast du Lust, heute Abend zum Essen zu uns zu kommen?«, fragte Karoline plötzlich.

Ludwig erschrak. Sollte er sich so unvermittelt bei Karolines Eltern vorstellen? Zumindest ihre Mutter wusste wohl, dass sie gelegentlich ausgingen – aber eine regelrechte Essenseinladung, das war doch etwas anderes.

»Keine Angst«, lachte Karoline. »Du kannst den schwarzen Anzug im Schrank lassen. Meine Eltern sind nicht zu Hause.«

Tatsächlich hatten die jungen Leute die Wohnung für sich. Als sie nach dem Essen gemütlich auf dem Balkon saßen, fragte Karoline ihre Freundin: »Wärst du damit einverstanden, wenn wir in Ludwigs Gegenwart auch über ein Thema sprechen, das dich betrifft?« Friede nickte, und Karoline wandte sich an Ludwig: »Friede und ich haben über ihre Heiratspläne gesprochen. Sie ist seit einem halben Jahr mit Friedrich verlobt, einem Maler, einem Schüler Max Liebermanns. Diese Woche haben ihre drei Brüder den Einberufungsbefehl erhalten, und sie fragt sich jetzt, wann ihr Verlobter einberufen wird. Was glaubst du, mit welchen Gefühlen sie diesem Krieg entgegensieht? Mit derselben Freude und Begeisterung wie du?« Unversehens war ein kritischer Unterton in Karolines Stimme gekommen.

Friede versuchte, sie zu beschwichtigen: »Lass nur, Karoline. Es wird nicht so lange dauern, bis wir uns alle wiedersehen und den Sieg feiern, du und Ludwig, meine drei Brüder und mein künftiger Bräutigam und ich«, sagte sie mit einem Lächeln, das wenig überzeugend wirkte. Karoline erwiderte ihr Lächeln nicht und wechselte das Thema.

Friede und Karoline sahen sich nicht oft. Aber wenn sie beisammen waren, breiteten sie ihre intimsten Geheimnisse aus. So war es nur natürlich, dass Friede nach dem sonntäglichen Treffen zu dritt gern mehr über Ludwig erfahren wollte. Sie bat Karoline, mit ihr in den Palmengarten zu gehen, für den die Schulzendorfs als Gründungsmitglieder der »Palmengarten-Gesellschaft« ein Abonnement hatten.

Ausgerechnet im Großen Gewächshaus, unter den hohen Bananenpflanzen mit den spärlichen grünen Früchten, die nie richtig reif wurden, ging Friede zum Generalangriff über. »Wollt ihr euch verloben?«, fragte sie.

Karoline sah sie entgeistert an. »Was redest du, ich weiß gar nicht, was unsere Beziehung ihm bedeutet, ob er ernsthafte Absichten hat. Ich weiß nicht einmal, ob er überhaupt an die Zukunft denkt. Ich bin ja auch keine Jüdin.«

»Ich glaube, dass er es ernst meint«, sagte die Freundin. »Außerdem weiß niemand, was uns bevorsteht. Alles deutet darauf hin, dass wir auf einen Krieg von bisher unbekannten Ausmaßen zusteuern, und Ludwig wird eingezogen werden wie alle anderen …«

»Was heißt, wie alle anderen?«, fiel ihr Karoline ins Wort. »Er ist schon ganz ungeduldig und will als Freiwilliger an die Front!«

»Dann ist meine Frage erst recht aktuell. Ich dachte, dass Ludwig sich vielleicht vom Wehrdienst zurückstellen lässt, bis er sein Studium beendet hat, aber wenn er das nicht tut, frag ich mich wirklich, warum ihr euch nicht jetzt schon verlobt.«

»Will dein Verlobter denn heiraten, bevor er eingezogen wird?«

»Friedrich und ich wollen heiraten, sobald es geht. Wir sind fest entschlossen. Die Zeit ist knapp, und unsere Eltern sind unsicher, ob die Hochzeit stattfinden soll, bevor er in einen Krieg zieht, dessen Dauer nicht abzusehen ist, aber ich werde darauf bestehen.« Friede erklärte, sie seien beide der Meinung, dass sie gerade wegen der ungewissen Zukunft ihre Beziehung auf eine feste Basis stellen sollten, damit nichts Unvorhergesehenes sie trennen könne.

»Du hast recht«, sagte Karoline. »Aber bei mir liegen die Dinge ganz anders. Ich habe keine Ahnung, wie es um unsere Beziehung steht und welche Absichten Ludwig hat. Er sagt mir zwar immer wieder, wie schön und anziehend er mich findet und wie wichtig ihm unsere Freundschaft ist. Er behauptet sogar, dass er viel von mir lernt. Aber die Worte ›Ich liebe dich‹ bringt er nicht über die Lippen.«

»Und du? Hast du ihm schon gesagt, dass du ihn liebst?«

»Um Himmels willen!«, rief Karoline. »Wo denkst du hin?«

»Aha«, sagte die Freundin, »du liebst ihn, du bist in ihn verknallt, traust dich aber nicht, es zu sagen. Kannst du dir nicht vorstellen, dass er dir in dieser Beziehung ähnlich ist? Fragen wir einmal anders: Habt ihr schon miteinander geschlafen?«

»Äh, hm ...«, stotterte Karoline, konnte aber dem durchdringenden Blick ihrer Freundin nicht widerstehen. »Ja und nein.«

»Was meinst du damit?«

»Wir haben alles gemacht«, sagte sie und fügte hastig hinzu: »Aber ich habe ihm nicht erlaubt, in mich einzudringen.«

Friede lachte: »Und du denkst, dass du auf diese Weise deine Unschuld bewahrt hast, wie es sich für ein anständiges Mädchen aus gutem Haus gehört, stimmt's?«

Das Gespräch war für Karoline ebenso peinlich wie notwendig. Endlich konnte sie über dieses Thema reden, das sie so sehr beschäftigte. Sie schluckte. »Was soll ich denn machen?«

»Eines ist offensichtlich«, erwiderte Friede, »du bist in ihn verliebt und kannst dir vorstellen, dein Leben mit ihm zu verbringen. Ermutige ihn! Ich habe den Eindruck, dass er ein feinfühliger, romantischer Mensch ist. Ein wenig verträumt. Selbst wenn er über den bevorstehenden Krieg spricht, fällt einem seine romantische Ader auf. Er scheint auch nicht übermäßig viel Selbstvertrauen zu haben. Aber ich bin sicher, dass er in dich verliebt ist. Ich habe den ganzen Nachmittag beobachtet, wie er dich ansieht. Er zieht dich mit den Augen aus, er saugt jedes deiner Worte ein. Als ich ihn ansprach, hatte ich fast das Gefühl, dass ich störe. Er will nur mit dir reden, nicht mit mir ...«

»Nein, nein«, unterbrach Karoline sie, »du übertreibst. Woher willst du das wissen?«

Friede schwieg und warf Karoline einen spöttischen Blick zu. Insgeheim dachte sie: ›Wie typisch für Liebende – diese Ängste und Missverständnisse.‹ Schließlich sagte sie: »Du musst Ludwig dazu ermutigen, dir zu sagen, was er für dich empfindet. Und behaupte nicht, dass du nicht weißt, wie man das macht!«

»Angenommen, du hast recht«, sagte Karoline. »Angenommen, er liebt mich und sieht in unserer Beziehung mehr als eine Episode. Glaubst du, dass diese Verbindung eine Zukunft hat?« Sie zögerte einen Augenblick, als sie Friedes fragenden Blick auffing, und fügte hinzu: »Er ist doch Jude.«

Die Freundin brach in Gelächter aus: »Ist dir eigentlich klar, mit wem du redest? Was ist mit mir? Bin ich keine Jüdin? Und trotzdem heirate ich Friedrich, einen getauften und konfirmierten Christen!«

»Das ist nicht dasselbe«, gab Karoline zurück. »Du bist eigentlich nur eine halbe Jüdin, da deine Mutter nicht jüdisch ist. Einmal hast du mir sogar erklärt, dass du nach jüdischem Glauben gar keine Jüdin bist, weil nur das Kind einer jüdischen Mutter als Jude gilt.«

»Darauf kommt es nicht an«, entgegnete Friede. »Wichtig ist die Beziehung zwischen den Partnern – wenn sie gut ist, hat alles andere nur wenig Bedeutung. Die Frage, wie die Umwelt gemischte Paare sieht, ist nebensächlich. Antisemiten ist sowieso alles egal. Wenn du Friedmann heißt und eine große Nase hast, bist du Jude, auch wenn du getauft bist. Die lehnen dich ab, und damit fertig. Aber auf diese Leute kommt es nicht an.«

»Und die Eltern?«, fragte Karoline. »Bei deinen Eltern gibt es offenbar kein Problem, aber was ist mit Friedrichs Eltern? Und mit meinen und Ludwigs Eltern?«

»Die Krise mit Friedrichs Eltern haben wir überstanden, als wir uns verlobt haben«, sagte die Freundin. »Friedrich war so fest entschlossen, dass sie zugestimmt haben, wenn auch widerwillig. Deine und Ludwigs Eltern werden zweifellos Schwierigkeiten machen, doch man sollte jedes Problem zu seiner Zeit lösen. Noch bist du nicht so weit. Du bist dir ja nicht einmal sicher, ob Ludwig dich liebt und ernste Absichten hat! Das solltest du als Erstes klären und dich nebenbei auch fragen, was du wirklich willst. Dann wirst du auch in der Lage sein, deinen Eltern, der Familie und der Umwelt gegenüberzutreten. Alles hängt von eurer Willenskraft und Entschlossenheit ab.«

Karoline lachte, dann schüttelte sie den Kopf. »Bleib stehen«, sagte sie. Dann stellte sie sich auf die Zehenspitzen, reckte sich hoch und küsste ihre Freundin fest auf die Wange. »Friede, was würde ich nur ohne dich machen!«

Ludwig fuhr jetzt täglich zum Hippodrom, wo für einen Wettbewerb im Hindernisspringen trainiert wurde. Der Parcours war nach olympischem Vorbild angelegt, wenn auch die Hindernisse nicht ganz so hoch waren. Nach dem anstrengenden Training entspannten sich die Reiter im Klubhaus. Einen von ihnen, Wilhelm Frankl, hatte Ludwig schon auf dem Parcours erspäht.

»Was machst du hier, Wilhelm, du hast dich lange nicht mehr blicken lassen«, sprach Ludwig ihn an.

»Ich war in Berlin-Johannisthal. Ich hab bei Melli Beese den Pilotenschein gemacht. Ich kann jetzt fliegen.«

»Einen Pilotenschein? Was ist denn das?« Die beiden setzten sich zusammen, und Ludwig ließ sich ausführlich von der Fliegerei erzählen. Nach einer Weile kamen sie auch auf private Themen zu sprechen. Frankl hatte keine feste Freundin. Er neigte eher zu flüchtigen Abenteuern. Doch was Ludwig über seine Beziehung zu Karoline erzählte, interessierte ihn, vielleicht gerade, weil diese Liebesgeschichte sich von seinen Erlebnissen unterschied.

»Hast du ihr schon einen Heiratsantrag gemacht?«, fragte er.

»Ich hab ihr ja bis heute noch nicht einmal gestanden, dass ich sie liebe!«

Frankl lachte. Er wartete nie lange, bis er einem Mädchen sagte, dass er es liebe, und hatte viele schöne Erfolge mit dieser Taktik gehabt. Ludwigs Naivität erschien ihm kindlich, rührte ihn aber auch. »Ist das dein einziges Problem?«, fragte er. »Ich kann dir gern ein paar praktische Ratschläge geben.«

»Nein«, wehrte Ludwig ab, »was nach der Liebeserklärung kommt, macht mir noch mehr Angst. Wenn Karoline meinen Antrag annimmt, was ja keineswegs sicher ist, bleibt immer noch die Frage, wie ich meinen Eltern unsere Heiratspläne beibringen soll. Wir sind beide sehr jung und studieren noch. Um den Schritt ins Leben zu wagen, muss man eine Basis haben. Du weißt doch, wie Eltern das sehen.«

»Unsinn«, erwiderte Frankl, »sie werden sich daran gewöhnen.«

»Aber meine Eltern sind Juden. Sie werden dagegen sein, dass ich eine Christin heirate. Und was mich noch viel mehr ängstigt, ist die Reaktion von Karolines Eltern. Würden sie zulassen, dass ihre Tochter einen Juden heiratet? Was meinst du, Wilhelm? Du bist doch auch Jude.«

»Keine Ahnung. Für mich spielt das keine Rolle. Was mich interessiert, ist die Fliegerei.«

»Und Frauen?«

»Ja, natürlich. Aber nur in meiner Freizeit.« Sie lachten ein herzhaftes, männliches Lachen und leerten die Gläser.

6

Berlin

— August 1914 —

Ende Juli überraschte Ludwigs Vater ihn mit dem Beschluss, die ganze Familie müsse jetzt nach Berlin fahren. Die Erste-Klasse-Fahrkarten lagen schon bereit. Bereits am nächsten Morgen würden sie in aller Frühe in den Zug steigen. Der offizielle Anlass war ein medizinischer Kongress, an dem Dr. Kronheim teilnehmen sollte, aber er war ganz offensichtlich der Ansicht, auch seine Frau und sein Sohn müssten jetzt in die Hauptstadt. »Der Kaiser braucht uns«, erklärte er unvermittelt, und Ludwig wagte nicht, genauer zu fragen, was er damit meinte.

»Wir müssen uns sehen«, sagte Karoline, als er sie anrief. Sie trafen sich wieder am Mainufer, auf der berühmten Platanenallee. Es war Hochsommer, die Sonne brannte vom Himmel. Zuerst gingen sie schweigend nebeneinander her. Beide hatten das Gefühl, dass in ihrem Leben eine Änderung eintreten würde. Es lag etwas in der Luft, und das hatte nicht nur mit den immer lauter werdenden Kriegsgerüchten zu tun. Endlich blieb Karoline stehen und sah ihn lange an. »Sag mir …«, flüsterte sie und verstummte.

Ludwig schlug das Herz bis zum Hals. Aus ihren Augen sprach so viel Liebe und Gefühl. »Ja«, sagte er, »ja, ich liebe dich.« Er meinte, einen kaum hörbaren Seufzer wahrzunehmen. War das ein Seufzer der Erleichterung? Warum fühlte sie sich erleichtert? Weil sie sich ein Herz gefasst hatte? Oder weil er endlich ausgesprochen hatte, was er empfand? Karoline antwortete nicht, doch das Glück in ihren Augen sagte alles. Mehr als diese Bestätigung brauchte Ludwig nicht.

In den letzten Julitagen gärte es in Berlin. Überall war die wachsende Spannung zu spüren, obwohl nach außen hin alles seinen gewohnten Gang nahm. Vereinzelt gab es auch kritische Stimmen, was die Kriegsbegeisterung betraf. Dr. Kronheim erzählte entrüstet, er habe von einem Demonstrationsmarsch der Gewerkschaften in Prenzlauer Berg und Friedensaufrufen gehört. Noch schlimmer war, dass die Demonstranten zur Solidarität mit den französischen Arbeitern aufriefen und sich erfrechten, die Marseillaise zu singen! Das ist Verrat, empörte sich Ludwig, wie kann die Polizei so etwas dulden?

Doch die wenigen pazifistischen Demonstrationen kamen gegen die allgemeine Stimmung nicht an. Seit der österreichischen Kriegserklärung an Serbien vom 28. Juli bezweifelte niemand mehr, dass die Zeit des Abwartens und Zögerns vorbei war. Am Freitag, dem 31. Juli, wurde für Berlin der Kriegszustand erklärt. Ein großer Teil der Straßenbahnfahrzeuge wurde vom Militär beschlagnahmt. Die Börse war geschlossen, der Verkehr in der Stadt stark eingeschränkt und verlangsamt. Am Bismarckdenkmal strömten Menschenmassen zusammen, um zu beten.

Gegen Abend versammelte sich eine riesige Menge vor dem kaiserlichen Schloss, darunter waren auch Ludwig und seine Eltern. Der Kaiser verließ die Notstandssitzung des Kabinetts und der Armeeführung und trat unter jubelndem Beifall auf den Balkon. »Man drückt uns das Schwert in die Hand!«, rief er und wiederholte seine Behauptung, dass Deutschland von Feinden umringt sei, die Böses im Schilde führten.

Auf dem Schlossplatz waren nur wenige Frauen zu sehen. Die Menge setzte sich hauptsächlich aus gut gekleideten Männern zusammen, die Hüte oder Strohhüte schwenkten. Die Knaben trugen Krawatte oder frisch gebügelte Matrosenanzüge. Sie sahen nicht aus, als ob sie zum Arbeiterstand gehörten. Nichts erinnerte an die Demonstranten, die vor wenigen Tagen in

Prenzlauer Berg gegen den Krieg protestiert hatten. Sie waren wie vom Erdboden verschluckt. Viele von ihnen befanden sich schon außerhalb von Berlin und trugen die feldgraue Uniform.

Ludwig war von Begeisterung übermannt, er biss sich auf die Lippen, um nicht in Tränen auszubrechen. Wenn er gläubig wäre, dachte er, hätte er an diesem Freitagabend eine Synagoge besucht und Gott gedankt, dass er ihm das Glück gewährt hatte, diese Zeit zu erleben. Er warf einen verstohlenen Blick auf seinen Vater, der sich seine Gefühle kaum anmerken ließ. Mit seinem buschigen Schnurrbart sah er dem Kaiser ähnlicher denn je. Der Bart war das Einzige, was an seinem ernsten, verschlossenen Gesicht in Bewegung geriet. Ein wenig feucht sahen die Schnurrbarthaare aus. ›Vielleicht vom Schweiß?‹, fragte sich Ludwig. Ihm fuhr ein alberner Gedanke durch den Kopf: ›Hoffte sein Vater womöglich, dass der Kaiser nur eine Sekunde, eine winzige Sekunde lang, auf ihn herabblicken und ihn bemerken würde? Hatte er seinen Schnurrbart auf diesen Augenblick hingetrimmt?‹ Es trennten ihn hier nur ein paar Dutzend Meter von dem heiß verehrten Monarchen.

Am nächsten Tag, dem 1. August, erklärte Deutschland Russland und zwei Tage später auch Frankreich den Krieg. Die Oberste Heeresleitung hatte es eilig, den berühmten Schlieffen-Plan in die Tat umzusetzen.

Zwei Tage nach dem unvergesslichen Abend auf dem Schlossplatz hatte Ludwig noch eine weitere wunderbare Begegnung: Karoline war nach Berlin gekommen. Friede hatte ihr telegrafiert, dass sie in Berlin bei ihr wohnen könne, und Karoline hatte alle Hebel in Bewegung gesetzt, um sich einen Platz im Nachtexpress zu verschaffen.

Die Kronheims waren bei Verwandten zu Gast, und es war für Karoline nicht schwer, ihre Telefonnummer herauszufinden. Sechs Stunden nach ihrer Ankunft saß sie bereits mit Ludwig in einem Café am Kurfürstendamm.

»Was macht ihr eigentlich immer noch in Berlin?«, fragte sie ihn besorgt.

»Ich würde sofort nach Frankfurt zurückkehren«, versicherte er, »und sei es nur, weil ich hoffe, meine Einberufung dort vorzufinden. Aber mein Vater möchte noch ein paar Tage hierbleiben. Übermorgen empfängt der Kaiser Persönlichkeiten der Zivilgesellschaft zu einer Audienz, darunter einige Vertreter der Jüdischen Gemeinde. In der Gemeinde herrscht schon große Aufregung, und wir möchten hören, was sie uns von dem Empfang berichten werden.« Karoline sah ihn nachdenklich an. Die Kriegseuphorie trübte ihren Blick nicht. Sie war nicht weniger patriotisch gesinnt als alle anderen, doch ihr vorherrschendes Gefühl war Angst. ›Ludwig hat es so eilig, in den Krieg zu ziehen‹, dachte sie. ›Denkt er denn gar nicht an mich?‹

Am Dienstag, dem 4. August, mussten Dr. Kronheim und die anderen Mitglieder der Jüdischen Gemeinde lange auf die Rückkehr der Delegierten warten, die der Einladung ins Schloss gefolgt waren. Doch als er zu den Verwandten zurückkehrte, wo seine Familie ihn erwartete, war er so begeistert, wie Ludwig ihn noch nie erlebt hatte. »Gott sei Lob und Dank, dass wir in dieser herrlichen Zeit in Berlin sind!«, rief er. »Die Freude in der Gemeinde war unbeschreiblich, als unsere Vertreter aus dem Schloss zurückkamen. Stellt euch vor! Im Weißen Saal des Schlosses war der gesamte Reichstag versammelt, sogar die Sozialdemokraten, dazu Repräsentanten aus allen Bereichen der Gesellschaft, einschließlich der Kirche. Ja, und auch wir genossen die große Gunst, unter den Geladenen zu sein. Seine Majestät versprach uns feierlich, dass von nun an alle Unterschiede der Religion, der Partei- und Standeszugehörigkeit und der Abstammung aufgehoben seien. Er wandte sich an alle Völker und Stämme im Deutschen Reich, jenseits von Parteien und Konfessionen, und rief sie auf, im Guten wie im Bösen, in Not und Tod zusammenzustehen. ›Ich kenne keine Parteien mehr, ich kenne nur Deutsche‹, das hat er wörtlich gesagt. Begreift ihr, was das bedeutet?«, rief Dr. Kronheim mit erstickter Stimme und gerötetem Gesicht. »Das heißt, dass die letzten Schranken zwischen Juden und Nichtjuden in Deutschland gefallen sind! Wir sind Deutsche! Deutsche wie alle anderen. Endlich hat die Emanzipation der deutschen Juden ihr höchstes Ziel erreicht! Jetzt werden wir dem Kaiser und unseren Volksgenossen zeigen, dass wir dieser Anerkennung würdig sind.«

Seinen Sohn brauchte er gar nicht zu überzeugen, Ludwig war Feuer und Flamme. Sein einziger Wunsch: Er musste Karoline aufsuchen und seine Freude mit ihr teilen. Ohne ihr seinen Besuch anzukündigen, ohne auch nur zu wissen, ob sie zu Hause war, schwang er sich auf das Fahrrad eines Vetters und fuhr im Eiltempo zum Haus der Friedmanns nach Dahlem hinaus. Ein blondes Dienstmädchen, das sächsischen Dialekt sprach, empfing ihn etwas verwirrt an der Tür, es war ja schon später Nachmittag, und rief dann Friede, die den atemlosen Ludwig erstaunt begrüßte. Solche Überfälle waren in ihrem Elternhaus nicht gerade üblich.

Friede bat ihn herein und eilte fort, um Karoline zu holen. Als sie die frohe Überraschung in Karolines Augen sah, verzichtete sie kurz entschlossen darauf, die Gastgeberin zu spielen. Sie führte die beiden nicht ins Wohnzimmer, bot auch keine Getränke an, sondern sagte nur, sie müsse sich beeilen, um rechtzeitig zu einem unaufschiebbaren Treffen zu kommen, und werde erst am späten Abend wieder zu Hause sein. Dann schlüpfte sie in einen leichten Sommermantel, griff nach Strohhut und Schirm und eilte zur Wohnungstür. Auf der Schwelle drehte sie sich noch einmal um. »Meine Eltern sind übrigens weggefahren und kommen erst morgen zurück. Karoline, du kennst dich in Haus und Küche aus. Ihr werdet schon zurechtkommen. Das Mädchen sorgt fürs Essen.« Damit verschwand sie.

Ludwig war über diesen raschen Abschied fast ein bisschen enttäuscht. Eigentlich hatte er auch Friede von den dramatischen Ereignissen erzählen wollen. Sie war ja auch Jüdin! Doch dann war Friede bald vergessen, und anstatt Platz zu nehmen, brach er in einen Redeschwall aus, der nicht zu stoppen war. Karoline schenkte seinen glühenden Schilderungen nicht allzu viel Aufmerksamkeit. Sie betrachtete zärtlich ihren glücklichen Geliebten, und das Herz schmolz ihr in der Brust. Sie streichelte sanft sein Gesicht, schloss ihn in die Arme, doch selbst als er sie umarmte, redete er immer weiter.

»Karoline«, rief er, »es ist so weit! Wann fährst du nach Hause? Die Stunde des Abschieds wird bald schlagen. Wer weiß, vielleicht ist meine Einberufung schon eingetroffen.«

Karoline antwortete nicht. Sie nahm ihn an der Hand und führte ihn eine breite, mit einem farbenprächtigen persischen Teppich ausgelegte Treppe hinauf. Als sie in dem Zimmer standen, das Friede für sie hergerichtet hatte, schloss Karoline die Tür ab und fiel ihm um den Hals. Noch nie hatten sie sich so lange und leidenschaftlich geküsst. Ihre Lippen und Zungen verschlangen sich ineinander. Sie rangen nach Luft, doch es fiel ihnen nicht ein, voneinander abzulassen. Ihre Hände tasteten sich vor, erkundeten ihre Körper. Karoline streifte Ludwig die Jacke ab, und er beeilte sich, ihr zur Hilfe zu kommen. Dann riss er sich plötzlich los und schloss die Vorhänge, als ob die Sonne im Westen nicht sehen dürfte, was jetzt kommen würde. Karoline lächelte. ›Wie schüchtern und unsicher er immer noch ist‹, dachte sie.

Rasch verdrängte sie die Erinnerung an ihre bisherigen Erfahrungen mit jungen Männern, die ernüchternd und enttäuschend gewesen waren. Stattdessen zog sie ihr Kleid aus und schlüpfte ins Bett. Diesmal würde alles ganz anders sein.

Unter der Decke bemühte Ludwig sich vergeblich, mit ungeschickter Hand ihre Wäschestücke zu öffnen, bis sie alles selbst abstreifte. Sie zog ihm behutsam die Hose aus, ohne sein steifes

Glied zu berühren. Er war wie von Sinnen, konnte nicht mehr an sich halten und versuchte sofort, in sie einzudringen. Doch Karoline schob ihn sanft von sich. »Langsam«, mahnte sie, »langsam, liebe mich so, wie ich dich liebe.« Dann führte sie seine Hand zu ihrem Körper, bis er, von sich und seiner Lust abgelenkt, ihre Regungen und Empfindungen wahrzunehmen begann. Ihre Gefühle verschwammen. Er konnte nicht mehr unterscheiden, ob er sie oder sich spürte, und sie verschmolzen zu einem Wesen.

Ludwig vergaß seine Eltern, die nicht wussten, wohin er gegangen war. Er vergaß, dass er noch am selben Abend mit ihnen zum Bahnhof hatte fahren wollen, um den Nachtzug nach Frankfurt zu nehmen. Einen Augenblick lang streifte ihn der Gedanke an die Vorwürfe, die sie ihm machen würden, doch im nächsten Moment war das alles vergessen. Beide dachten kein einziges Mal daran, dass Friede am späteren Abend zurückkehren würde. Auch das Abendessen vergaßen sie. Endlich schliefen sie erschöpft und ineinander verschlungen ein.

Am Morgen erwachte Ludwig, eingehüllt in den berauschenden Duft der Geliebten. Er wollte die Augen nicht aufschlagen, wollte sie nur spüren, atmen, träumen. Schließlich klopfte Friede an die Tür und weckte sie.

Sie wirkte sehr niedergeschlagen und in sich gekehrt. Auf Karolines Fragen antwortete sie schließlich, dass Friedrich schon in wenigen Tagen eingezogen werde. Er hatte die Grundausbildung bereits absolviert und musste damit rechnen, als Reservist sofort an die Front geschickt zu werden. »Heiraten kommt nicht mehr infrage«, sagte sie. »In so kurzer Zeit kann man keine Hochzeit ausrichten. Wir würden auch standesamtlich heiraten, ohne aufwendige Feier. Die kann man später immer noch nachholen. Aber unsere Eltern – ihr hättet hören sollen, was die uns gesagt haben: ›Ihr heiratet nicht wie Diebe in der Nacht!‹ Sie bestehen auf einer standesgemäßen Hochzeit.«

Karoline wurde plötzlich bewusst, dass ihre Freundin sie beschwindelt hatte, als sie behauptet hatte, ihre Eltern seien weggefahren. ›Während Ludwig und ich im siebten Himmel schwebten‹, dachte sie, ›hat sich ein Drama hier abgespielt.‹ Wie dankbar war sie der Freundin, dass sie ihr das ungestörte Beisammensein mit ihrem Liebsten ermöglicht hatte! Und dazu noch im Haus einer gutbürgerlichen Familie, die entsetzt gewesen wäre, wenn sie es gewusst hätte … ›Ach, Friede, du treue Freundin!‹ Karoline fühlte sich ihr so nahe wie nie zuvor. Doch Friede war in einer anderen Welt, zerrissen von Trauer und Schmerz.

Jetzt mischte Ludwig sich in das Gespräch ein. »Es wird nicht lange dauern«, versuchte er, Friede zu trösten, »in ein paar Wochen oder Monaten ist der Krieg vorbei.« Und Karoline fügte hinzu: »Bis dahin kommt Friedrich gewiss öfter auf Urlaub, vielleicht sogar so lange, dass ihr eine richtige Hochzeit feiern könnt.«

Aber Friedrich kam nicht auf Urlaub.

Er sollte nie mehr zurückkommen.

Er war einer der Ersten, die in Belgien fielen.

7

Frankfurt am Main

— Sommer 1914 —

Die Strafpredigt seines Vaters und die Vorwürfe seiner Mutter überstand Ludwig unbeschadet. Er war jetzt ein richtiger Mann und bald würde er einberufen werden, da konnten ihn die elterlichen Standpauken nicht kümmern.

In Frankfurt herrschte Aufbruchstimmung. Jeder Tag brachte neue, aufregende Ereignisse. Ludwigs Freunde aus der Nachbarschaft und seine ehemaligen Klassenkameraden wurden einer nach dem anderen eingezogen. Er selbst machte sich zunehmend Sorgen. Hatte man ihn womöglich vergessen? Sollte er sich freiwillig melden? Wozu auf die Einberufung warten? Wenn er als Freiwilliger eingezogen wurde, konnte niemand mehr an seiner Vaterlandsliebe zweifeln!

Auch zu Hause drehten sich alle Gespräche um den Krieg. Es gab kaum ein anderes Thema. Sein Vater brachte jeden Tag Artikel und Reden prominenter jüdischer Persönlichkeiten aus dem Krankenhaus mit. Ludwig interessierte sich schon deswegen dafür, weil er in der Überzeugung bestätigt werden wollte, dass nicht nur er, sondern alle deutschen Juden von glühendem Patriotismus erfüllt waren. Es war ihm wichtig, dass diese Dinge in der Öffentlichkeit gesagt und in der Presse abgedruckt wurden. Alle Deutschen sollten wissen, dass die Juden treu zu ihrem Vaterland und Kaiser standen, dass sie ein integraler Bestandteil des Volkes waren. Und es fehlte in der Tat nicht an Reden, Stellungnahmen und Artikeln, die Ludwig zufrieden zur Kenntnis nahm.

Nicht nur die Publikationen der jüdischen Gemeinden waren voll davon, auch bekannte Blätter wie die »Frankfurter Zeitung« und das »Berliner Tageblatt« zitierten die Führer der jüdischen Gemeinden. In der Wochenzeitschrift »Im deutschen Reich«, dem offiziellen Presseorgan des »Central-Vereins« der deutschen Juden, erschien gleich nach der Kriegserklärung an Russland und Frankreich ein Leitartikel, den Dr. Kronheim seinem Sohn voller Begeisterung zeigte. Darin schrieb der Vorsitzende des Central-Vereins, Eugen Fuchs, dass Deutschland nur seine Kultur verteidige, wenn es in den Krieg ziehe. Der Redakteur schmähte »die russische Bosheit«, »die französische Rachsucht«, »die englische List« und »die serbische Mordlust«.

Auf derselben Frontseite erschien in großen Lettern ein Aufruf des Central-Vereins an die deutschen Juden: »Wir rufen Euch auf, über das Maß der Pflicht hinaus Eure Kräfte dem Vaterland zu widmen! Eilet freiwillig zu den Fahnen! Ihr alle – Männer und Frauen – stellet Euch durch persönliche Hilfeleistung jeder Art und durch Hergabe von Geld und Gut in den Dienst des Vaterlandes!« Fuchs betonte, er sei durch und durch Deutscher, und wiederholte seine Angriffe auf die Feinde Deutschlands in einem Leitartikel der Wochenzeitung des Central-Vereins, bei denen er auch die »gelben japanischen Straßenräuber« nicht zu erwähnen vergaß.

Diese Äußerungen wurden in den lokalen und überregionalen Presseorganen, in Kommentaren und Leserbriefen mit Befriedigung registriert. Zitiert wurde auch Leo Baeck, ein Rabbiner und aufsteigender Stern am Himmel des deutschen Judentums, der bislang als überzeugter Pazifist und Gegner des Militärs galt. Er hatte Anfang August in der liberalen Synagoge in Berlin-Charlottenburg in einer viel beachteten Predigt erklärt, dass »die schweren Tage uns alle haben empfinden lassen, wie das Leben des Vaterlandes unser Leben ist und wie das Gewissen des Volkes in dem unseren widerklingt«. Er werde als Feldrabbiner seinen Dienst leisten, hatte er angekündigt.

Niemand mochte zurückstehen: Walther Rathenau und die Brüder Felix und Victor Klemperer, Persönlichkeiten des Geisteslebens, die sich bisher durch ihre gemäßigte Haltung hervorgetan hatten, darunter bekannte Pazifisten wie Martin Buber, Stefan Zweig, Emil Ludwig, Arnold Zweig und Nahum Goldmann, übertrafen sich schier mit patriotischen Publikationen und setzten für diesen Zweck ihr gesamtes literarisches Talent ein. Die Familie Kronheim las diese Beiträge mit Genugtuung. Endlich waren die deutschen Juden und sogar die Skeptiker unter ihnen zur Einsicht gekommen!

Karoline war in diesen Tagen seine Lehrerin und Geliebte. Sie trafen sich beinahe täglich und redeten stundenlang über Gott und die Welt. Karoline war etwas älter als Ludwig, sie war reifer und verständiger als er. Zu Fantastereien und Großmannssucht neigte sie nicht, stattdessen versuchte sie, bei ihm das Interesse an Literatur, Malerei und Kunst zu wecken, und führte ihn auch an philosophische Themen heran. Dadurch hoffte sie insgeheim, ihn von seinem militaristischen Enthusiasmus ein wenig abzulenken.

Schwieriger war es, sein Verständnis für Musik zu wecken. Karoline war überzeugt, dass Musik einen stärkeren Einfluss auf die Seele und die Stimmung des Menschen ausübte als alle anderen Künste. Doch gerade gegen Musik hegte Ludwig eine tief verwurzelte Abneigung, was Karoline zunächst vor ein Rätsel stellte. Ein sensibler Mensch, der für Literatur, Malerei und Kunst so aufgeschlossen war, hätte in ihren Augen die Musik lieben müssen. Warum hatte ein solcher Mensch eine Aversion gegen Musik?

Erst allmählich wurde ihr klar, woher seine Abneigung kam. Ludwigs Vater war – teils aus echter Neigung, teils aus Konformismus – ein glühender Wagner-Verehrer. Dessen schwere Musik, die deutsche Mythen feierte und auf die Bühne brachte, war die einzige, die vor Dr. Kronheims Ohren Gnade fand. Ludwig war schon von klein auf regelmäßig von seinen Eltern in einen schwarzen Anzug (zunächst noch mit kurzen Hosen) gezwängt und in die stolze Frankfurter Oper geschleppt worden, wo er »Die Meistersinger«, »Lohengrin«, den »Fliegenden Holländer«, vor allem aber den »Ring des Nibelungen« über sich ergehen lassen und andächtig schauen musste. Auf diese Weise begriff er allerdings nur, warum sein Vater so unsäglich stolz darauf war, dass seine Eltern ihn »Siegfried« genannt hatten. Die Plätze der Kronheims lagen ganz vorne im Ersten Rang, und Ludwig wurde bei Wagners schwülstiger Musik geradezu seekrank. Er fürchtete immer, sich irgendwann erbrechen zu müssen, und schaute ängstlich hinab ins Parkett.

Als er Karoline von diesem Kindheitstrauma erzählte, musste sie sich ein Lachen verkneifen. Nach einer solchen Schädigung, das war klar, musste sie behutsam vorgehen. Sie versuchte es mit Haydn und Mozart, und Ludwig ging ihr zuliebe gern darauf ein. Heitere Musik zu hören und mit seiner Geliebten zusammen zu sein – das ließ er sich gern gefallen.

Ludwigs musikalischer Erziehung kam zugute, dass der Musikgenuss nicht nur auf die Oper, Konzertsäle und häusliches Musizieren beschränkt war. Es gab immer mehr Grammofone, zumindest in besser situierten Kreisen. Bei den Familien Schulzendorf und Kronheim nahm das Grammofon einen Ehrenplatz neben dem Telefon ein. Schallplatten waren allerdings teuer. Karoline spannte ihre Freundinnen für ihre Zwecke ein und lieh sich von jeder eine oder zwei Schallplatten. Natürlich nahm sie nicht alles, was ihr angeboten wurde. Sie wählte mit Bedacht nur solche aus, die es Ludwig leicht machen würden, einen Zugang zu klassischer Musik zu finden. Die imposante fünfte Symphonie von Beethoven und eine ähnlich eindrucksvolle Symphonie von Georges Bizet, die Ludwigs Temperament entsprach, brachten den Durchbruch. Eine kraftvolle, mitreißende Musik, die aber nicht so schwülstig und deprimierend wie Wagner war. Dann kam die »Neue Welt«-Symphonie von Antonín Dvořák hinzu, ein Werk, das die Fantasie anregte. Beim Hören dieser Platte sah sich Ludwig auf einem Segelschiff dahingleiten, während am fernen Horizont der geheimnisvolle, verlockende Kontinent Amerika auftaucht. Von da aus war es nur noch ein kleiner Schritt zu Tschaikowsky und Schubert.

Nur einmal schlug Karolines Versuch fehl, Ludwig für die Musik zu begeistern. Jetzt ist es Zeit für Bach, hatte sie gedacht und lud ihn zu einer Aufführung der Matthäuspassion ein. Doch die Passionsgeschichte erinnerte Ludwig an den religiös geprägten Judenhass und war kein Erfolg. Dieses antijüdische Narrativ deprimierte ihn nicht weniger als Wagner, und Karoline fürchtete nach diesem Rückschlag bereits, dass er sich wieder von der Musik abwenden würde. Da sie ihren Geliebten und seine empfindsame Seele kannte, wählte sie deshalb Werke aus, von denen sie sicher war, dass sie ihn beeindrucken würden: das Requiem von Mozart, das Requiem von Verdi (mit dem schauerlichen Tanz der Toten und Lebenden) und als krönenden Abschluss das Requiem von Hector Berlioz.

»Karoline«, sagte Ludwig auf dem Nachhauseweg, »beim letzten Satz war mir, als hörte ich das Totengebet bei einem echten Begräbnis. Ich hatte das Gefühl, einen geliebten Toten auf seinem letzten Wege zu geleiten und mit ihm ins Grab zu sinken!«

Das wiederum machte Karoline Angst. Heftig umarmte sie Ludwig und presste ihm einen leidenschaftlichen Kuss auf die Lippen. Sie wollte ihn doch nicht traurig machen! Sie hegte vielmehr die Hoffnung, dass er in Zukunft auch bei langer Trennung an sie denken würde, wenn die bekannten Klänge an sein Ohr drangen. Die Musik würde ein immerwährendes, festes Band zwischen ihnen schmieden. Davon war sie fest überzeugt.

8

Frankfurt am Main

— 1914 —

In der nervenaufreibenden Wartezeit bis zu seiner Einberufung kamen Ludwig viele Geschichten über die Armee zu Ohren. Dabei war ihm bewusst, dass das meiste auf Hörensagen beruhte. Denn bisher war noch kein Frankfurter von der Front, den Rekrutenkasernen oder den diversen Militärschulen auf Urlaub nach Hause gekommen. Allerdings wurden hin und wieder schwer verwundete, darunter sogar arm- oder beinamputierte Soldaten in die Frankfurter Krankenhäuser eingeliefert. Ludwig hatte keine Möglichkeit, sie selbst zu befragen, und sein Vater schwieg eisern, doch diese Verwundeten trugen ihren Anteil zu den kursierenden Gerüchten bei. Was Ludwig zu Ohren kam, stammte meistens aus dritter oder vierter Hand. Geschichten, die im Laufe ihrer Verbreitung verzerrt oder aufgebauscht wurden.

Aber Ludwig erhielt auch einige zuverlässige Informationen. So wusste er, dass er zwei bis vier Monate im Rekrutenlager verbringen würde. Die Dauer der Ausbildung hing davon ab, welcher Einheit er zugeteilt werden würde. Er machte sich auch keine Illusionen, dass die Ausbildung schwere körperliche Anforderungen an ihn stellen würde. Schlimmer noch war die Aussicht auf Schikanen vonseiten der Ausbilder, die zum Teil als regelrechte Sadisten galten. Aber darauf glaubte Ludwig sich seit längerer Zeit innerlich vorbereitet zu haben. Danach würde der eigentliche Wehrdienst beginnen, mit allem Glanz und allen Gefahren, die damit einhergingen. Die Mühsal der Rekrutenzeit würde verblassen vor einer Realität, in der jeder Soldat bereit sein musste, Gesundheit und Leben zu opfern.

Ludwig hatte beantragt, zur Kavallerie eingezogen zu werden. Als geübter Reiter glaubte er, für diese Waffengattung prädestiniert zu sein. Bereits in seiner Kindheit war er regelmäßig geritten, und zwar in einer der bekanntesten Reitschulen Deutschlands, die sich in Sachsenhausen südlich von Frankfurt befand. Dieses sogenannte »Hippodrom« war in einem riesigen, von einer kupfernen Kuppel gekrönten Gebäude untergebracht, das nicht nur etliche Reitbahnen, sondern auch die größte Reithalle Deutschlands enthielt. Die Reitlehrer waren kaiserliche Kavalleristen, nicht wenige von ihnen mit Kampferfahrung. Sie waren nicht gerade befähigt, Amateure das Reiten zu lehren, da sie ihre Schüler hart anfassten und sie mit kurzen, gebrüllten Befehlen dirigierten, anstatt sich auf Erklärungen einzulassen. Mancher Reitschüler musste auch befürchten, dass der Reitlehrer seine lange Peitsche spielen ließ, wenn er seinen Gaul nicht schnell genug in Bewegung setzte. Allerdings war es zur Erleichterung der verängstigten Schüler nicht der Reiter, der die Peitsche zu spüren bekam, sondern das Pferd, obwohl der Reitlehrer die erste Möglichkeit vermutlich vorgezogen hätte.

Für den unerfahrenen Reiter gab es jedoch kaum etwas Schlimmeres, als auf einem Pferd zu sitzen, das vom Reitlehrer mit einem gezielten Peitschenschlag auf die Fesseln angespornt wurde. Das erschrockene Tier sprang vorwärts oder in die Höhe, und man landete nicht selten mit einem schmerzhaften Aufprall auf dem Boden.

Ludwig erinnerte sich noch heute daran, wie sein Pferd eines Tages beim Hindernisspringen ein besonders hohes Hindernis verweigerte und kurz davor abrupt zum Stehen kam. Ludwig, der das Pferd aus Angst nicht kräftig genug angetrieben hatte, verlor das Gleichgewicht und konnte sich nur mit Mühe im Sattel halten. Doch der eigentliche Schreck stand ihm noch bevor. Der Reitlehrer, ein blonder, breitschultriger Hüne in Teilen seiner ursprünglichen Kavallerieuniform, die gezückte Peitsche in der Hand, marschierte mit großen Schritten auf ihn zu, baute sich vor ihm auf und schrie mit funkelnden Augen: »Wenn ich keine Angst um mein Pferd habe, das mit einem Trottel wie dir ein Hindernis nehmen muss, warum hast du dann Angst um dein elendes Leben?«

›Nach dieser harten Schule stehen die Chancen gewiss nicht schlecht, dass ich zur Kavallerie eingezogen werde‹, dachte Ludwig. ›Andererseits war die Kavallerie eine aristokratische Waffengattung mit einer glorreichen Tradition. Nahm man dort auch einfache Rekruten auf, schlichte Bürger, die nur in Kriegszeiten zu den Waffen gerufen wurden? Hatte man als Jude überhaupt eine Chance?‹ Ludwig wusste, dass er sich keinen Illusionen hingeben durfte. Je länger er darüber nachdachte, desto unwahrscheinlicher erschien es ihm, dass ein Jude namens Kronheim in die Reihen der Kavallerie aufrücken dürfte.

Endlich traf der ersehnte Brief mit dem Gestellungsbefehl ein. Von einem Moment zum anderen schlug Ludwigs Stimmung um. Alle Grübeleien, ob froher oder trüber Natur, alle Zweifel waren wie weggeblasen. Was ihn erfüllte, war nur noch Neugier und Ungeduld. In der Nacht konnte er lange nicht einschlafen, und am Morgen wachte er viel zu früh auf. Die Bitte seiner Mutter, ihn zur Kaserne begleiten zu dürfen (›was soll das‹, dachte er, ›ich bin doch kein Kind mehr, das man am ersten Schultag in die Schule bringt‹), lehnte er ab. Den Abschied von seinem Vater, der ihn schulterklopfend entließ, nahm er kaum wahr. Sogar von Karoline hatte er sich am Vorabend nur kurz verabschiedet. Er wollte keine herzzerreißenden Szenen, weder von ihrer noch von seiner Seite. In Gedanken war er schon weit fort von zu Hause. Ohne das üppige Frühstück anzurühren, das seine Mutter ihm auftischte, machte er sich auf den Weg und eilte mit großen Schritten zur Straßenbahn.

In der Kaserne traf Ludwig mit jungen Rekruten zusammen, in deren Gesellschaft er sich zunächst einmal wohlfühlte: Abiturienten und Studenten. Es herrschte dort eine aufgeheizte patriotische Atmosphäre, die im einfachen Volk kaum zu finden war. ›Eine Euphorie im wahrsten Sinne des Wortes‹, dachte Ludwig. Viele deklamierten patriotische Gedichte und brannten vor Ungeduld, an die Front zu kommen. Einige behaupteten sogar, es sei ihr größter Wunsch, fürs Vaterland zu sterben. Nicht mehr und nicht weniger! Ludwig distanzierte sich insgeheim von solchen übertriebenen Erklärungen. Fürs Vaterland zu sterben – dazu musste auch er bereit sein, aber als Ziel schien ihm dies viel zu pathetisch. Doch die allgemeine Begeisterung gefiel ihm sehr.

Seine Hochstimmung sollte nicht lange anhalten. Schon am zweiten Tag lernte Ludwig die verschlungenen Pfade der Militärbürokratie kennen. Vor jeder Dienststelle standen lange Schlangen. Endloses Warten auf eine Unterschrift oder einen Stempel, auf ärztliche Untersuchungen, auf die Zuteilung der Grundausstattung. Am Ende dieses langen, frustrierenden Tages ging Ludwig nachdenklich zu seiner Unterkunft. Er war so in Gedanken versunken, dass er vom Weg abwich und in einen Bezirk geriet, in dem Rekruten nicht erwünscht waren. Plötzlich versperrte ihm ein Reiter den Weg. Ludwig blickte auf. Der Uniformierte hoch zu Ross brüllte ihn ohne Vorwarnung an: »Was machen Sie hier?«

Ludwig stammelte erschrocken: »Verzeihung, Herr Offizier.«

»Das heißt nicht ›Herr Offizier‹!«, schrie der Reiter noch lauter. »Sehen Sie nicht, dass Sie vor einem Oberleutnant stehen, Sie Vollidiot? Und antworten Sie mir nicht! Einen Oberleutnant spricht man nicht an!«

Ludwig blieb in strammer Haltung stehen und drückte den Rücken durch, um möglichst militärisch auszusehen. Von dem gebrüllten Wortschwall verstand er kaum ein Wort. Als der erlösende Befehl »Wegtreten!« kam, lockerte Ludwig seine verspannten Rückenmuskeln und machte sich im Laufschritt davon.

Die Grundausbildung dauerte keine zwei Monate. Nicht einmal zwei Wochen. Die schweren Verluste der ersten Kriegsmonate zwangen die Armeeführung, die gelichteten Reihen so rasch wie möglich wieder zu füllen. Schon eine Woche nach seiner Ankunft in der Kaserne wurde Ludwig in die Schreibstube bestellt. Dort erwartete ihn eine Nachricht, auf die er kaum noch zu hoffen gewagt hatte: Er war den Ulanen zugeteilt worden. Den Rest der Grundausbildung würde er bei der Kavallerie absolvieren. Ludwig war vor Freude wie gelähmt. Er rührte sich nicht vom Fleck, als fürchte er, aus einem Traum aufzuwachen.

»Was haben Sie denn?«, fragte der Feldwebel. »Das hatten Sie doch beantragt, oder nicht?«

»Doch, doch«, sagte Ludwig freudestrahlend, »vielen Dank!«

Er salutierte, nahm den Marschbefehl entgegen und ging zu seiner Einheit zurück. Seine Kameraden klopften ihm in einer Mischung aus Anerkennung und Neid auf die Schultern.

Ein Lastwagen brachte Ludwig und eine Gruppe anderer Rekruten in die Ulanen-Kaserne. Alle waren Amateurreiter und ebenso erleichtert wie er über die Versetzung. Nach ihrer Ankunft wurden sie von ihren neuen Vorgesetzten mit verächtlichen Blicken gemustert. Sie schienen sich zu fragen, was dieser Haufen von Sonntagsreitern bei den Ulanen zu suchen hatte, die alle eine dreijährige Ausbildung hinter sich hatten.

In der Kaserne standen die Rekruten unter einem Druck, wie sie ihn bisher noch nicht erlebt hatten. Die Disziplin war strenger und die Ausbildung wesentlich härter. Gerade die Übungen zu Pferde und die Ausbildung für berittene Kampfeinsätze, auf die sich alle gefreut hatten, wurden zur Qual. Zwar waren sie alle ordentliche Reiter, doch das, was hier von ihnen erwartet wurde, hatte mit dem zivilen Reiten nicht viel zu tun. Letztlich waren alle überfordert. Lanze, Karabiner, Seitengewehr, Pistolen und Säbel – allein schon das Gewicht der Waffen war überwältigend. Obendrein gab es offenbar große Meinungsverschiedenheiten, wie sie überhaupt eingesetzt werden sollten.

Bereits nach einer Woche erhielten die Rekruten den Befehl, beim Quartiermeister die Ausrüstung für den Frontdienst abzuholen. Die jungen Männer tauschten erstaunte Blicke. Was, schon an die Front? Wir haben doch gerade erst mit der Ausbildung begonnen. Doch die Aufregung dämpfte alle Zweifel. Wieder leuchtete patriotische Begeisterung aus ihren Gesichtern. Auch in seinem Brief an Karoline versuchte Ludwig, seine Unsicherheit zu verdecken.

Meine geliebte Karoline,

heute Abend schreibe ich Dir keinen Liebesbrief wie in den ersten Tagen nach meiner Einberufung. Bisher habe ich es vermieden, Dir von der Armee und meinen ersten Eindrücken zu erzählen, weil ich mir selbst nicht sicher war, was ich von alldem halten soll. Der Schock der Umstellung auf das Rekrutenleben – und damit meine ich nicht nur den physischen Schock – hatte mich zutiefst verwirrt. Ununterbrochener Druck, permanenter Zeitdruck und chronische Müdigkeit haben es mir unmöglich gemacht, klare Gedanken zu formulieren. Ich sah keine Möglichkeit, Dir einleuchtend zu erklären, was ich wirklich spüre. Weiß ich es doch selbst kaum …

Sobald ich Zeit fand, stürzte ich mich wie süchtig auf ein Blatt Papier, um meine Sehnsucht und meine Liebe zu Dir in Worte zu fassen. Denn dessen war und bin ich mir sicher. Es war eine Art Pause, eine Art Blase, in die ich mich hineindrängte, um alleine mit Dir zu sein, getrennt vom Rest der Welt.

Gewiss, ich schrieb Dir, wie glücklich ich war, als ich zur Kavallerie versetzt wurde. Doch nun ist alles anders. Die Armee, die Einberufung, der Dienst an der Front, all das war mein höchstes Ziel, seit der Krieg ausgebrochen ist. Das weiß niemand besser als Du. Du warst nicht gerade begeistert von meinem überschwänglichen Patriotismus, doch Du hast stets Verständnis für meine Gefühle aufgebracht. Und jetzt beginnt für mich die wahre Prüfung. Keine Träume mehr und keine romantischen Illusionen. Morgen geht es an die Front. Nicht zu Übungen, sondern direkt ins Feuer. Was fühle ich in diesem Augenblick? Ich weiß es nicht. Bin ich glücklich? Ich würde eher sagen: aufgeregt. Ist es die Aufregung über die erhabene Aufgabe, die mir auferlegt ist? Freilich, aber nicht nur das.

Hier kennt die patriotische Begeisterung keine Grenzen, doch man hört keinen Jubel und keine Freudenrufe. Meine Kameraden sind still und in sich gekehrt. Fast scheint es mir verdächtig, mit welchem Ernst und welcher Hingabe sie sich auf den morgigen Tag vorbereiten. Ist es Angst? Habe auch ich Angst? Vor dem gestrigen Befehl, uns auf den Frontdienst vorzubereiten, habe ich vor allem an meinen knurrenden Magen gedacht. Wir hatten seit dem Morgengrauen keine Essenspause. Der Hunger plagte mich unaufhörlich. Trotz des Fastens mussten wir anstrengende Übungen absolvieren. Doch seit dem überraschenden Frontbefehl habe ich den Appetit verloren. Ich würde mich womöglich übergeben, wenn ich etwas äße. Was ist es also? Was fühle ich wirklich? Im Moment bin ich außerstande, mir darüber klar zu werden.

Doch eines weiß ich gewiss: Ich liebe Dich über alles in der Welt. Manchmal wird mir bewusst, dass ich Dich mehr liebe als mich selbst. Jetzt, in diesem Augenblick, habe ich wieder dieses Gefühl. Ich bin zu aufgewühlt, um an körperliche Liebe zu denken. Ich kann mir nicht einmal vorstellen, Dich zu berühren. Meine Liebe zu Dir ist ganz rein. Von allem losgelöst. Ja, ich liebe Dich mehr als mich selbst.

Dein Ludwig

Als er den Umschlag in der Poststelle aufgab, fragte er sich plötzlich, ob er wohl unbewusst einen Abschiedsbrief verfasst hatte … Rasch schob er diesen Gedanken beiseite.

9

Belgien

— Herbst 1914 —

Im Morgengrauen rückte das Regiment nach Belgien aus. Bis Lüttich wurden sie mit dem Zug transportiert. Sie teilten sich die Waggons mit den Pferden und mussten die Tiere beruhigen. Die Pferde waren wie die Reiter aus dem Zivilleben herausgerissen worden und hatten keine Erfahrung mit solchen Transporten. Zum Teil waren es nicht einmal Reitpferde, sondern Zugpferde oder Ackergäule. Sie waren noch nie mit der Eisenbahn gefahren und hatten sich bereits gegen die Verladung massiv gewehrt. Jedes einzelne musste über die Rampe in den Waggon gezerrt werden. Ein Soldat zog im Wagen stehend am Zügel, während zwei weitere Soldaten sich den Tieren vorsichtig von hinten näherten und ihnen ein straff gespanntes Seil um das Kniegelenk legten. Das Pferd, überrascht von dem Kontakt mit dem Seil, sprang nach vorn und geradewegs in den Waggon hinein. Der Soldat, der den Zügel hielt, musste darauf achten, nicht zu Boden gestoßen zu werden.

Am Ende zweier langsamer, mühseliger Tagesreisen durften sie endlich aussteigen, um in einem provisorischen Zeltlager zu übernachten. Am nächsten Morgen hieß es Aufsitzen, und der lange Ritt begann.

Das Ziel der Reise war die belgische Front. Ein großer Teil Belgiens war bereits in deutscher Hand. Trotzdem war es dem belgischen König Albert I. gelungen, Teile seiner geschlagenen Armee zusammenzuziehen und eine Verteidigungslinie an der Yser einzurichten. Nördlich der Yser-Front gruben sich Einheiten der britischen Expeditionstruppe ein und südlich davon die französische Armee.

Zu Ludwigs Freude ritt er dasselbe Pferd, mit dem er schon einige Tage geübt hatte. Der hochbeinige, kräftige, silbergraue Wallach, der bisher als Zugpferd gedient hatte und die schwere Ausrüstung gut tragen konnte, war kaum eingeritten und ziemlich unruhig. Ludwig hatte ihm den Namen Goliath gegeben. Er nutzte jede freie Minute, um sich um sein Tier zu kümmern. Er streichelte es unter gutem Zureden und steckte ihm Zuckerstücke, trockenes Brot oder Karotten zu, die er sich von seinen Rationen absparte.

Nach ihrer Ankunft wurden sie noch im Sattel über das weitere Vorgehen informiert. Die Ulanen sollten mit ihren langen, stählernen Lanzen eine Bresche in die feindliche Front schlagen, die sich inzwischen wieder formiert hatte.

»Wir müssen die belgischen Linien in der Mitte aufbrechen, damit unsere Infanterie hindurchstürmen kann!«, rief der Kompanieführer. »Die feindliche Division hat sich in Sichtweite eingegraben. Sie wird kommandiert von General Bernheim. Viele von euch werden ihn schon von den Kämpfen um Antwerpen kennen.«

Ludwig hörte, wie sein Feldwebel, ein kampferprobter ostpreußischer Soldat, lauthals höhnte: »Bernheim? Der ist doch Jude! Ein jüdischer General? Was kann man von dem schon erwarten? Wir spießen die Belgier auf, ehe sie wissen, wie ihnen geschieht!« Ludwig fühlte einen Stich im Herzen, ließ sich aber nicht lange ablenken. Die kalte, klamme Nacht verbrachten sie unter freiem Himmel. Die meisten konnten nicht einschlafen, denn ihnen war bewusst, dass sie im Morgengrauen angreifen würden. Und tatsächlich wurde in aller Frühe der Befehl zum Aufsitzen gegeben.

Oberst August von Eichhorn, der Regimentskommandeur, stand vor Tausenden von berittenen Soldaten, zog seinen Säbel und rief mit lauter Stimme: »Jetzt werden wir unseren Feinden zeigen, was es bedeutet, Seine Majestät den Kaiser und Deutschland herauszufordern!« Damit wendete er sein Pferd, deutete mit dem gezückten Säbel auf die belgischen Stellungen und gab das Zeichen zum Angriff.

Bis zu diesem Augenblick hatte Ludwig Beklommenheit verspürt. Angst vor dem Unbekannten. Seine Schläfen klopften. Doch als das Zeichen zum Angriff kam, als er mit Schenkeldruck, vorgeschobener Hüfte und erhobener Lanze angaloppierte, war dieses Gefühl wie weggeblasen. Was ihn nun erfüllte, war Freude. Abenteuerlust. Ja, seine Brust dehnte sich vor Begeisterung. Vor seinem geistigen Auge sah er seinen Kommandeur, Oberst von Eichhorn, im Glorienschein eines zweiten Bismarck, der sein Volk zu unsterblichen Siegen über die Feinde Deutschlands führt ...

Diese heroische Vision dauerte allerdings nur wenige Minuten, vielleicht nur Sekunden. In dem Hagel von Erdbrocken und Steinen, die ihm von den Hufen der vorausgaloppierenden Pferde entgegengeschleudert wurde, sah er andere und weitaus gefährlichere Dinge auf sich zukommen. Noch hatte keine Feindberührung stattgefunden, doch schon schlugen Granaten in das voranstürmende Regiment ein. Zwar schwiegen die Gewehre in den belgischen Stellungen noch, aber das feindliche Schrapnellfeuer riss breite Lücken in die Reiterformationen. Ludwig nahm die gefallenen Kameraden, die Schreie der Verwundeten, das Wiehern der verängstigten Pferde kaum wahr. Als wäre er betrunken, schien alles um ihn herum zu verschwimmen. Er konnte sich nur auf eines konzentrieren, konnte nur einen Gedanken denken: Voran!

Da setzte auch schon das Rattern der Maschinengewehre und das Gewehrfeuer ein. Maschinengewehre? Davon war in der Ausbildung gar nicht die Rede gewesen. Ganze Reihen von Reitern wurden dahingemäht. Trotzdem gelang es Ludwig und vielen seiner Kameraden, in verwegenem Galopp die vorderste Linie des Feindes zu erreichen. Ludwig stieß mit der Lanze nach einem belgischen Soldaten, der mit aufgepflanztem Bajonett aus einem Graben auftauchte. Er verfehlte seine Brust, doch der Soldat stürzte zu Boden. Ludwig reagierte blitzschnell und spornte Goliath an, fast aus dem Stand heraus über den breiten Graben zu springen. Der Wallach streckte den hohen Rücken zu einem gewaltigen Sprung, und Ludwig, ganz mit ihm verschmolzen, nahm seine Bewegung auf, indem er sich in den Bügeln aufstellte und über den Pferdehals nach vorn beugte. Er gab nur so viel in den Zügeln nach, dass Goliath nicht im Sprung gestört wurde, und landete sicher auf der anderen Seite des Grabens. Doch er hatte keine Zeit, sich über das geglückte Wagnis zu freuen. Zu seinem Schrecken sah er, dass er schnurstracks auf die zweite Verteidigungslinie des Feindes zugaloppierte. Eine gewaltige Welle von Soldaten rollte auf ihn zu. Rechts und links von ihm stürmten feindliche Truppen voran, um die Bresche in der ersten Verteidigungslinie zu schließen. Ludwig und die wenigen Reiter seines Regiments, die noch im Sattel saßen, waren von Feinden umgeben.

Noch überlegte Ludwig fieberhaft, wohin er sich wenden sollte, als Goliath sich in Panik aufbäumte und den Kopf nach hinten warf. Ludwig verlor das Gleichgewicht und rutschte seitlich aus dem Sattel, doch bevor er fiel, brach das Pferd mit einem Röcheln unter ihm zusammen. So wurde Ludwigs Sturz gemildert, der ihn sonst mit Wucht zu Boden geschleudert hätte. Goliath war tot. Eine Kugel hatte ihn in die Brust getroffen. Innerhalb von Sekunden hatte ihm der silbergraue Wallach zwei Mal das Leben gerettet.

Ludwig raffte sich auf. Sein Körper schmerzte und war von Schlamm bedeckt. Er hatte keine Waffen mehr. Die Lanze war ihm bei dem Sturz aus der Hand geglitten, das Gewehr von der Schulter gerutscht. Um ihn herum war es stiller geworden. Das Feuer war eingestellt. Umso lauter drangen die Schreie der Verwundeten und das Röcheln sterbender Pferde zu ihm. Direkt vor Ludwigs Gesicht galoppierte ein Wallach vorbei. Sein Bauch war aufgerissen, der Darm hing herunter – lang und verdreht.

Mit einem Mal blieb das Bein des Pferdes im Darm hängen, und es kippte um, sprang sofort wieder auf und verschwand mit wildem Galopp aus Ludwigs Gesichtsfeld.

Als er sich abwandte, sah Ludwig, dass sein Kommandeur, Oberst von Eichhorn, und einige seiner Ulanen von belgischen Soldaten mit angelegten Gewehren umringt wurden. Er glaubte, jeden Augenblick die Schüsse fallen zu hören, die von Eichhorn und seine Begleiter zu Boden strecken würden. Doch sein Kommandeur senkte den Säbel und ließ ihn dann fallen. Seine Begleiter taten es ihm nach. Ludwig zwang sich, nicht weiter über diese schmachvolle Kapitulation nachzudenken. Sein einziger Gedanke musste der Flucht gelten. Wie konnte er dieser Falle entrinnen? Da die Belgier sich ganz auf ihre prominenten Gefangenen zu konzentrieren schienen, hatten sie noch nicht bemerkt, dass keine vierzig Meter von ihnen entfernt ein weiterer deutscher Soldat am Boden lag.

Ludwig fasste einen Entschluss und rannte hinter einem der reiterlosen Pferde her, erwischte es am Zügel, sprang in den Sattel und galoppierte in einem großen Bogen in die Richtung, aus der er gekommen war. Die belgischen Soldaten waren weiter mit ihren hochrangigen Gefangenen beschäftigt und sahen ihn erst ein paar Sekunden später. Schon pfiffen die Kugeln ihm um die Ohren. Ludwig hatte keine Ahnung, wohin genau er galoppierte und wo seine Kameraden waren, sofern sie noch lebten. Er ließ sich von seinem Instinkt leiten, der nur ein Ziel kannte: Deckung finden, den Verfolgern entkommen.

In einem nahen Wald blieb das Pferd außer Atem und schwankend vor Erschöpfung ohne Aufforderung stehen. Der Schweiß triefte ihm von den Flanken. Mit Mühe stieg Ludwig ab. Er löste den Gurt des Sattels und band das Tier an einem Baum fest. Jeder Zentimeter seines Körpers schmerzte. Er zwang sich, ruhig zu bleiben, und tastete seine Glieder ab. Anscheinend war nichts gebrochen, er hatte nur Prellungen erlitten. Auch Blut war keines zu sehen. Verwirrt und ratlos legte er sich auf den feuchten Waldboden und versuchte, seine Gedanken zu ordnen. »Karoline«, murmelte er, »du hast mich nicht verloren. Jetzt muss ich nur sehen, dass ich nach Hause komme.«

Ludwig wusste zwar, dass er keinesfalls auf feindlichem Gebiet einschlafen durfte, aber er war so erschöpft, dass er einnickte. Sein Schlaf war unruhig, voller Albträume, durch die sein Vater zu geistern schien. Nach kurzer Zeit fuhr er hoch und sprang auf. Es war dunkel geworden. Er spürte brennenden Durst. Seit dem Morgengrauen war kein Tropfen Wasser an seine Lippen gelangt. Er fühlte sich nach all der Aufregung, Angst und körperlichen Anstrengung regelrecht ausgetrocknet. Seine Zunge schien geschwollen zu sein wie die eines Elefanten. ›Wenn ich nicht trinke, sterbe ich noch im Laufe dieser Nacht.‹ Unter heftigen Schmerzen zurrte er den Sattelgurt wieder fest, band das Pferd los, stieg schwerfällig in den Sattel, zog die Zügel kurz an und ließ sie dann locker.

Das Pferd zögerte einen Moment, bevor es sich scheinbar ziellos in Bewegung setzte. Ein paar Minuten später blieb es schnuppernd an einer kleinen Quelle stehen. Ludwig vergaß seine Prellungen, sprang aus dem Sattel, warf sich auf den Boden und trank in langen Zügen. Dank der Reiterinstinkte, die er von Jugend auf entwickelt hatte, hielt er die Zügel fest, weil sonst das Pferd einfach weitergelaufen wäre.

Als es den Widerstand des Zügels spürte, blieb das Pferd stehen, und Ludwig hievte sich zurück in den Sattel. Auch jetzt zog er die Zügel kurz an und ließ sie gleich darauf wieder locker. Das Pferd machte sich gemächlich, mit lang gestrecktem Hals auf den Weg. Ludwig saß im Vertrauen auf den Instinkt des Tieres entspannt im Sattel und musste nur aufpassen, dass er nicht einnickte und herunterfiel. Nachdem er so stundenlang durch die Dunkelheit geritten war, gelangte er aus dem Wald ins Freie. Am Horizont sah Ludwig im ersten Morgengrauen das Ausgangsbiwak seines Regiments, das er vor zwei Tagen verlassen hatte.

Nach und nach trafen die versprengten Reste des geschlagenen Regiments ein. Keiner der Offiziere, die Ludwig kannte, kam aus der Schlacht zurück. Von Tausenden Reitersoldaten waren nicht einmal hundert Mann geblieben. Die Zahl der Pferde, die den Weg zurückgefunden hatten, war höher, doch ebenfalls drastisch reduziert.

Geschlagen traten die Truppen den Rückzug zum Hauptquartier an. Auch Ludwig und eine Gruppe von Kameraden, die mehr oder weniger unverletzt geblieben waren, machten sich nach kurzer Ruhepause zu Fuß auf den Weg und führten die wenigen verbliebenen Pferde am Zügel.

Die Verwundeten wurden auf Karren, die man bei den Bauern beschlagnahmt hatte, in Feldlazarette gebracht. Als einer der Karren an ihm vorbeifuhr, weckte ein bewusstloser Soldat Ludwigs Aufmerksamkeit. Ihm fehlte ein Arm, das Kinn war zerschossen. Erst auf den zweiten Blick erkannte er in dem Schwerverletzten den Feldwebel, der sich über den jüdischen General Bernheim lustig gemacht hatte. Für einen Moment war Ludwig in Versuchung, dem verletzten Feldwebel eine sarkastische Bemerkung ins Gesicht zu schleudern, doch dann überkam ihn das Mitleid …

Im Hauptquartier herrschte Verwirrung und Niedergeschlagenheit. Fast alle Kavallerieregimenter, die an dem Angriff teilgenommen hatten, waren an einem Tag beinahe vollständig aufgerieben worden. Der gleichzeitige Sturmangriff der Infanterie hatte kaum mehr Erfolg gehabt. Von einem Durchbruch an der belgischen Front konnte keine Rede sein.

Ludwig hatte keine Ahnung, zu welcher Einheit er nun gehörte und was von ihm erwartet wurde, bis er wie alle anderen kampffähigen Soldaten zu einem improvisierten Armeebüro in einer Baracke gerufen wurde. Ludwig erfuhr, dass er nicht nur in eine andere Einheit versetzt, sondern auch einer anderen

Waffengattung zugeteilt wurde. Von nun an würde er als Infanterist an der französischen Front kämpfen.

Meine geliebte Karoline,

dass ich Dir noch vor wenigen Tagen geschrieben habe, ist kaum zu glauben. Mir ist, als läge mein letzter Brief Jahre zurück. Inzwischen habe ich mehr erlebt, als ich begreifen und wohl auch verkraften kann. In meinem vorigen Brief schrieb ich Dir glücklich und aufgeregt, dass es endlich an die Front geht – und nicht nur das: dass ich als Kavalleriesoldat des Kaisers in den Krieg ziehe. Jetzt sieht alles anders aus. Wo ist der Soldat, der fest mit einem Sieg rechnete? Der unsere ruhmreiche Kavallerie für unbesiegbar hielt? Ich bin nicht mehr bei der Kavallerie, und es scheint mir, dass es sie praktisch gar nicht mehr gibt. Meine Feuertaufe liegt hinter mir. Offenbar gibt es keine erfreulichen Feuertaufen. So ein Erlebnis ist vor allem ein Schock. Und wenn das auch noch in einer Niederlage endet, wird der ganze Mensch von Grund auf erschüttert. Nein, Liebste, ich habe nicht aufgehört, an Deutschland zu glauben. Ich stehe nach wie vor in unerschütterlicher Treue zu meinem Kaiser und zweifle keinen Augenblick an unserem Sieg, doch ich weiß jetzt, dass es einen abgrundtiefen Unterschied zwischen Jugendträumen und der Wirklichkeit gibt.

Natürlich wusste ich, dass eine Schlacht kein Zuckerschlecken ist, ja, dass es grauenvoll ist. Aber die Realität ist noch viel grauenhafter. Ich kann es Dir nicht beschreiben, weiß selbst noch nicht, was ich fühle.

Der Traum, meinem Kaiser hoch zu Ross zu dienen – aus und vorbei! Die Kavallerie hat ausgespielt. Im modernen Krieg ist sie überflüssig, ein Anachronismus. Wir Reitersoldaten sind nur mehr alberne Don-Quichotte-Figuren. Mein Regiment wurde an einem einzigen Kampftag vernichtet und wird sich nicht wieder neu formieren. Und das gilt auch für die meisten anderen Kavallerieregimenter. Ich gehöre jetzt zur grauen Masse der Infanteristen, einer Waffengattung, der nichts vom Glorienschein der Kavallerie anhaftet. Wie fern ist nun der Glanz, der mich geblendet hat. Ich bin Teil der Realität geworden. Des wirklichen Lebens. Das bedeutet Krieg. Und zwar einen echten Krieg, einen gerechtfertigten und unvermeidbaren Krieg, aber einen Krieg ohne falsche Romantik. Ein Krieg, der bestimmt noch lange Monate andauern wird. Ein grausiger Krieg.

In alldem ist alleine eines unverrückbar. Das ist meine Liebe zu Dir, mein Verlangen nach Dir. Und mein Glaube an Dich und an uns als Paar. Dieser Glaube an uns ist der Fels in der Brandung, der jedem seelischen Wandel und jeder Erschütterung standhält. Er erscheint mir als Wunder und er hält mich aufrecht. Er ist der schlagende Beweis dafür, dass unsere Verbindung ewig ist. Es gibt keine absolute Wahrheit, die sich damit vergleichen ließe.

Meine Geliebte, ich werde diesen Brief heute nicht fortsetzen. Was ich bis jetzt geschrieben habe, nimmt mich zu sehr mit. Ich brauche Ruhe. Ich brauche Dich und den segensreichen Einfluss, den Du auf mich hast. Meine Gefühle scheinen mir übertrieben dramatisch. Vielleicht sogar theatralisch. Ich brauche Dich, Deine Sicht der Dinge, Deine Aufmunterung.

Ich schreibe Dir noch einmal, bevor wir an die Front gehen.

Dein für immer
Ludwig

Ludwig steckte den Brief in einen Umschlag, doch da er um die Zensur wusste, schickte er ihn zunächst nicht ab. Wie würden seine Vorgesetzten, diese Feldwebel, die als Militärzensoren fungierten, auf einen solchen Brief reagieren? Über seine Gefühle für Karoline würden sie sich lustig machen, vielleicht sogar über ihn spotten. Seine Äußerungen über die Kavallerie dagegen könnten als Preisgabe von Militärgeheimnissen oder Schlimmeres aufgefasst werden. Er beschloss, Karoline den Brief bei seinem ersten Heimaturlaub in Frankfurt zu geben. Einen Tag vor dem Abmarsch zur Front holte Ludwig den Umschlag wieder hervor. Er war zum ersten Mal seit seiner Einberufung auf einen Armeerabbiner gestoßen, Dr. Anton Nobel, den Seelsorger der Garnison Frankfurt am Main. Dieser hatte sich bereit erklärt, den Brief am folgenden Tag persönlich mit nach Frankfurt zu nehmen. In fliegender Eile fügte Ludwig noch ein paar Zeilen hinzu:

Geliebte Karoline,

den Brief, den Dir Rabbiner Nobel überbringen wird, habe ich vor einer Woche geschrieben. Wenn wir uns wiedersehen, werde ich Dir erklären, warum ich ihn nicht gleich abgeschickt habe. Morgen geht es an die Front.

Gestern wurden wir zu einem Konzert eingeladen. Ein mobiles Militärorchester trat auf. Die Soldaten hatten an verschiedenen Konservatorien studiert, es waren junge Musiker, die nicht gerade wie die Frankfurter Philharmoniker spielten, aber auf einem Niveau, das mir voll und ganz genügte. Du weißt ja, wie wenig ich von Musik verstand, bevor Du sie mir nahegebracht hast. Mein Ohr war für Musik etwa so empfänglich wie das von Vincent van Gogh.

Das Konzert war nur schwach besucht. So kurz vor dem Aufbruch an die Front hatten die meisten Soldaten andere Sorgen. Doch ich schloss mich sofort den wenigen an, die sich für den Konzertbesuch gemeldet hatten. Musik ist für mich immer mit dem Gedanken an Dich verbunden. Ich empfinde sie als besonderes Liebesband zwischen uns. Darüber hinaus reizte mich das Programm. Außer Walzern von Strauss und populären Operettenarien wie dem Schlager »Puppchen, du bist mein Augenstern« stand auch ein Werk von Hector Berlioz auf dem Programm. Die »Symphonie fantastique«. Da ich Berlioz durch Dich kennengelernt habe, war das Grund genug, mir das Konzert anzuhören.

Ich habe es nicht im Geringsten bereut, die letzte Gelegenheit zu einer langen Nachtruhe versäumt zu haben. Mir war, als ob Du mit mir zusammen der Musik lauschtest, als ob ich in einem berauschenden Liebesakt mit Dir vereint sei. Ich glaubte, Deine Stimme zu hören, die mir die »Symphonie fantastique« erklärte: ein Werk, das zarten und doch stürmischen Gefühlen entsprungen ist.

Einer meiner Kameraden hier, der adliger Abstammung ist und sich als großer Musikkenner gibt, war nicht gerade beeindruckt. Auf dem Rückweg zu unserem Zeltlager sagte er, das Stück sei vulgär, weil zu viel auf die Pauke gehauen werde.

Bevor ich Dich kannte, hätte ich mich mit meinem mangelnden musikalischen Gehör vielleicht seiner Meinung angeschlossen. Doch da Du mein Ohr geschärft hast und ich das Gefühl hatte, in dem Konzert neben Dir zu sitzen, ließ ich mich von der Symphonie gefangen nehmen. Ich glaubte, ein Leitmotiv herauszuhören, das alle Sätze durchzieht: die Sehnsucht nach der geliebten Frau. Und mit ihr eine Flut des Verlangens und eine Fülle von Träumen und Fantasien. Wellen von Zärtlichkeit und dann wieder Zorn und auch Angst.

Wirst Du aus meinen wirren Reden klug? Vielleicht verwirrten mich nicht nur die gelehrten musikalischen Erklärungen, die Du mir ins Ohr rauntest, sondern vor allem die übermächtige Sehnsucht und Leidenschaft, die mich beim Hören dieser Symphonie durchströmte. Berlioz und Du, Du und Berlioz. Hier an diesem tristen Ort hätte ich mir niemals träumen lassen, dass mir vor dem Aufbruch zur Front ein so bewegender Abschied von Dir beschert sein würde.

In Liebe, ganz und gar der Deine
Ludwig

Karoline schrieb nicht nur über ihre Liebe und ihre Erlebnisse im Studium. Sie ging auch auf andere Themen ein, die Ludwig interessieren könnten – die Atmosphäre in der Heimat, die nach wie vor patriotische Stimmung der Menschen. Mit allerlei Geschichten versuchte sie, ihm zu beweisen, wie recht er mit seinen patriotischen Ansichten hatte. Sie bestärkte ihn in seiner Begeisterung, obwohl sie in Wirklichkeit längst zu zweifeln begonnen hatte.

Gestern war ich mit Friede, die wieder einmal in Frankfurt ist, in der Oper. Es gelingt mir nicht, sie zu trösten. Sie trauert um ihren Verlobten und sorgt sich um ihre drei Brüder. Sie stehen wohl irgendwo an der Front, und es kommt keine Nachricht. Ich versuche, sie abzulenken und aufzuheitern, so gut ich kann. Gestern Abend nun überraschten uns das Orchester und der Chor mit einer nicht sehr opernmäßigen Einlage: einem in Musik gesetzten Gedicht von Ernst Lissauer mit dem Titel »Hassgesang gegen England«. Im Publikum brach ein Beifallssturm los. Die Besucher stampften mit den Füßen, klatschten rhythmisch in die Hände und wollten das Lied immer wieder hören. Ich habe den Text für Dich aufgeschrieben:

»Dich werden wir hassen mit langem Hass,
Wir werden nicht lassen von unserem Hass,
Hass zu Wasser und Hass zu Land,
Hass des Hauptes und Hass der Hand,
Hass der Hämmer und Hass der Kronen,
Drosselnder Hass von siebzig Millionen,
Sie lieben vereint, sie hassen vereint,
Sie haben alle nur einen Feind:
ENGLAND!«

Am nächsten Tag erschien der Text des Liedes, den Karoline im dunklen Opernsaal gehört hatte, auf den Frontseiten der Zeitungen. Und wer keine Zeitungen las, bekam die Verse von den Zeitungsjungen, die ihre Blätter anpriesen, in die Ohren geschrien.

Liebster, Du kannst Dir nicht vorstellen, was Lissauers patriotisches Lied hier bewirkt. Man singt es auf der Straße. Es gehört zum festen Repertoire der Theater und Opernhäuser im ganzen Land. Es wird in den Cafés gespielt. Heute Morgen las ich einen Artikel in der »Frankfurter Zeitung« aus der Feder von Stefan Zweig persönlich. Er schreibt, Lissauers Gedicht habe eingeschlagen »wie eine Bombe in einem Munitionsdepot«. Es habe schneller die Runde gemacht als »Die Wacht am Rhein«.

Karoline ahnte nicht, dass Ludwig Lissauers Gedicht bereits kannte. Jeder Soldat in der Armee hatte eine Kopie erhalten.

Mit ihrem nächsten Brief hoffte Karoline, Ludwig eine besondere Freude zu machen.

Ihr bekommt die Zeitungen doch immer mit Verspätung, wenn überhaupt. Darum möchte ich Dir nur schnell berichten, dass der Kaiser Ernst Lissauer in sein Berliner Schloss eingeladen und ihm bei einem Festakt vor aller Öffentlichkeit den Roten Adlerorden verliehen hat. Wusstest Du (das fügte sie dick unterstrichen hinzu), *dass Ernst Lissauer Jude ist? Und sogar ein erklärter, stolzer Jude!*

Ludwig faltete den Brief lächelnd zusammen. Er wusste es sehr wohl. Wochen später, als er sich unter ganz anderen Umständen selbst kaum noch an Berlioz erinnern konnte, las Ludwig in Karolines Brief: *Ich dachte nicht, mein lieber Ludwig, dass ich Dir so viel Gefühl für die Musik vermittelt habe. Das macht mich sehr glücklich. Einen Gedanken möchte ich noch hinzufügen, über den ich schon oft nachgedacht habe: Gelegentlich ist Musik die Sehnsucht nach Ehrgeiz, der sich nie verwirklichen wird.* ›Das‹, sagte sich Ludwig, nachdem er den Satz ein paarmal gelesen hatte, ›wird mir Karoline, wenn wir uns wiedertreffen, besser erklären müssen.‹

10

Champagne

— 1914 —

Den langen Weg zur Front in der Champagne legten Ludwig und seine Kameraden erst in Lastwagen, dann zu Fuß zurück. Da man ihnen eingeschärft hatte, dass die ganze Region durch französisches Artilleriefeuer gefährdet war, durften die stundenlangen Nachtmärsche nicht unterbrochen werden. So gab es keine Ruhe und Essenspausen. Nicht einmal, um ihre Notdurft zu verrichten, durften sie anhalten. Wer es nicht mehr aushielt, erleichterte sich im Gehen wie ein Tier. Der Soldat musste dann mit voller Hose weitermarschieren, auch wenn der Kot am Gesäß klebte und der Urin die Haut verätzte.

Je näher die Front rückte, desto unruhiger wurde Ludwig. Die Angst wuchs in ihm. Sie wurde zu einem physischen Schmerz in den Schläfen und in der Magengrube. Es war die beklemmende Furcht vor dem Unbekannten. Einen Vorgeschmack davon hatte er vor dem Sturmangriff auf die Truppen des belgischen Generals Bernheim empfunden. Damals allerdings war die Angst verflogen, weil die Pferde die feindlichen Linien so schnell erreicht hatten. Diesmal dauerte der Marsch zur Front unendlich lange, und die physische Anstrengung des Marschierens mit dreißig Kilo Ausrüstung auf dem Rücken war nicht dazu angetan, seine Angst zu beschwichtigen.

Zu seiner eigenen Überraschung wurde Ludwig viel ruhiger, sobald sie in ihre Stellungen eingerückt waren. Als er keine fünfzig Meter vom Feind entfernt war, ließ seine innere Anspannung von einem Augenblick auf den anderen nach. Er betrachtete das geschäftige Treiben im Schützengraben und das winzige Ecklein, das von nun an für lange Zeit sein Zuhause sein würde, und warf einen beinahe gleichgültigen Blick auf die hölzerne Leiter, die an der Grabenwand lehnte.

Ihm war klar, dass er diese Leiter immer wieder hinaufsteigen und sein Leben riskieren musste. Nicht nur dann, wenn befohlen wurde, die gegnerischen Stellungen anzugreifen, sondern auch, wenn es galt, den Feind zu beobachten und Wache zu halten. Doch die Angst hatte ihren Schrecken verloren, denn nun glaubte er zu wissen, was ihm bevorstand. In den letzten Wochen hatte Ludwig genug Schauergeschichten über das Leben in den Schützengräben gehört. Die Realität, in der er sich künftig würde zurechtfinden müssen, schien ihm nun schon fast vertraut.

Nach einer kurzen Schlafpause wurde die Einheit aufgestellt und für die verschiedenen Aufgaben eingeteilt. Ein Drittel, erklärte der Feldwebel, werde Wache halten, ein weiteres Drittel übernehme die Instandhaltung und den Ausbau der Stellungen, und das letzte Drittel könne schlafen. Diese Tag- und Nachtroutine werde nur dann unterbrochen, wenn Angriffe oder Gegenangriffe stattfänden. Diese Befehle wurden der Kompanie, die über die gesamte Länge der Schützengräben verteilt war, mit leiser Stimme, fast flüsternd, übermittelt. Zuletzt ermahnten die Abteilungsführer die Soldaten, sich ebenfalls nur im Flüsterton zu unterhalten, damit der Feind nicht mithören konnte. Vor allem war es bei Todesstrafe verboten, sich durch Rufe oder Schreie mit dem Feind zu verständigen.

Als Ludwig sich umsah, fiel ihm auf, dass er seit Tagesanbruch keinen Offizier mehr gesehen hatte. Es dauerte nicht lange, bis er begriff, was ihm seit seinem ersten Tag in der Armee hätte klar sein müssen: Offiziere waren eine Klasse für sich. Selbst die niedrigen Ränge wohnten auch an der Front in eigenen Quartieren. Für sie wurden hinter den Stellungen tief eingegrabene, durch Bohlen verstärkte Bunker errichtet, die bei Artillerieangriffen weitgehenden Schutz boten. Diese Bunker waren durch Laufgräben mit den Schützengräben verbunden.

Die Offiziere hatten im Gegensatz zu den einfachen Soldaten praktisch immer ein Dach über dem Kopf, und ihre Quartiere waren mit Betten, kleinen Tischen und Lampen ausgestattet. Im Laufe des Krieges kamen auch Radiogeräte, Plattenspieler und natürlich Funkgeräte hinzu. Jeder Offizier hatte einen Burschen, der ihn persönlich bediente. Unter den Soldaten, die als Burschen herhalten mussten, kursierten wilde Klatschgeschichten. Besonders gern wurde die Frage erörtert, wie oft die Offiziere sich getraut hatten, im Schützengraben zu erscheinen oder die Leitern hinaufzusteigen und zum Feind hinüberzuspähen. Ludwigs Nachbarkompanie wurde von einem Leutnant Hans-Joachim von Bodenhof befehligt, von dem sein Bursche erzählte, dass er aus Angst um sein Leben niemals die Latrinen hinter der Frontlinie aufsuchte, sondern seine Notdurft in einen alten Helm verrichtete, den der Bursche dann draußen entleeren und reinigen musste.

Was Ludwig vor allem beschäftigte, waren aber nicht die Offiziere, sondern die Gewöhnung an das Frontleben, die ihn einige seelische Überwindung kostete. Als Rekrut hatte er bereits das gemeinsame Duschen als peinlich empfunden, doch im Schützengraben wäre er froh über eine Dusche gewesen. Hier galt es, sich mit allen möglichen Formen der öffentlichen Entblößung abzufinden. Am schwersten fiel es ihm, seine Notdurft vor aller Augen zu verrichten. Zu diesem Zweck mussten die Soldaten den Schützengraben verlassen und sich hinter den Stellungen erleichtern, was auch bei Dunkelheit gefährlich war, weil der Feind wusste, dass solche nächtlichen Ausflüge unvermeidlich waren, und nicht selten blind ins Gelände schoss, sodass man jederzeit von Granaten oder Granatsplittern getroffen werden konnte. Da es verboten war, allein auszutreten, stiegen die Soldaten in Gruppen aus dem Graben und suchten eine Bodenwelle oder einen kleinen Abhang, der ein wenig Deckung vor dem feindlichen Feuer bot. Dort zogen sie die Hosen herunter und verrichteten ihr Geschäft.

Ludwig brauchte lange, um sich an diese Realität zu gewöhnen, doch nach einiger Zeit trat eine erstaunliche Abstumpfung ein. Wenn er sich seinen zugeknöpften Vater in dieser Situation vorstellte, konnte er ihr sogar einen komischen Aspekt abgewinnen. Er lernte auch, mit seinen Kameraden drastische Witze über dieses Thema zu reißen, während sie mit blankem Hintern den Darm entleerten und manchmal sogar länger als nötig hocken blieben, um sich keine Pointe entgehen zu lassen. Der entsprechende Wortschatz war allen Soldaten geläufig, da die meisten Gespräche sich um einander ergänzende Körperfunktionen wie Essen und Verdauung drehten.

Doch es gab noch weitere Widrigkeiten, an die Ludwig sich gewöhnen musste. Auf Tuchfühlung mit anderen, oft bestialisch stinkenden Soldaten zu schlafen, fiel ihm äußerst schwer. Bei nassem Wetter war der Schlamm so tief, dass sie Rücken an Rücken im Sitzen schliefen. Sie aßen aus einem Blechnapf, den sie nur hin und wieder notdürftig mit Grasbüscheln säuberten, sofern sie welche fanden. Und die Gesellschaft, in der sich Ludwig befand! In seiner neuen Einheit traf er mit einer sozialen Schicht zusammen, mit der er im Privatleben und in der Grundausbildung keinerlei Kontakt gehabt hatte. Mit diesen Arbeiter- und Bauernsöhnen fand er anfangs, abgesehen vom Thema Essen und Verdauung, nur mühsam eine gemeinsame Sprache.

Der erste Bauernsohn, den Ludwig kennenlernte, fiel ihm dadurch auf, dass er mit heftigen Handbewegungen etwas zu verscheuchen suchte, als wolle er ein lästiges Insekt abwehren. »Was hast du?«, fragte ihn Ludwig, und der Junge entgegnete: »Stören dich denn die Fliegen nicht, die uns dauernd in den Ohren summen?« Ludwig verbiss sich das Lachen, um den armen Jungen nicht zu beleidigen. »Das Summen«, belehrte er ihn mit ernstem Gesicht, »kommt nicht von den Fliegen. Das sind die Kugeln, die uns um den Kopf zischen.« Der Junge sah ihn zweifelnd an, als sei er sich nicht sicher, ob Ludwig ihn zum Narren halten wollte.

Ludwig und seine Kameraden lernten bald allerlei Tricks und Methoden, die zum Alltag des Grabenkriegs gehörten. Da ständig geraucht wurde, übten sie sich darin, Zigaretten zu drehen und auch bei Regen und Sturm anzuzünden oder mit feuchtem Holz ein Feuer in Gang zu bringen. Ja, Regen, Sturm und feuchtes Holz – die Nässe war zu allen Jahreszeiten eines der Hauptprobleme der Soldaten. In den Schützengräben herrschten weitaus niedrigere Temperaturen als in der Stadt oder im Dorf. Selbst in der primitivsten Hütte war es nicht so kalt wie in den Gräben. Hinzu kamen die Nässe und der Schlamm. Wenn der Graben sich mit Wasser füllte, bildeten sich Schlammlöcher. Ludwig merkte rasch, dass er nicht bewegungslos im Schlamm hocken durfte, weil er dann Gefahr lief, nicht wieder hochzukommen. Auch außerhalb des Grabens musste man in der Nacht, wenn das Gelände nur sporadisch von Artilleriefeuer erleuchtet wurde, immer damit rechnen, in ein Schlammloch zu fallen. Ein solcher Sturz konnte leicht ein fatales Ende nehmen.

Die Stiefel sogen sich bei Regen mit Wasser voll, die Füße schwammen, und wenn man Pech hatte, blieb der Stiefel im Schlamm stecken und verschwand auf Nimmerwiedersehen. Dann blieb einem nichts anderes übrig, als barfuß durch den Matsch zu waten. An Ersatz aus der Kleiderkammer war nicht zu denken. Wenn man Glück hatte, bekam man von zu Hause ein Paar neue Stiefel, doch das konnte Wochen dauern.

Bei trockenem Wetter setzte der Schlamm sich in den Kleidern fest und wurde steinhart. Die Stiefel durfte Ludwig normalerweise nur alle zwei Wochen ausziehen und die lehmverkrustete Uniform noch seltener. Das Koppel und den Patronengurt legte er fast nie ab, wenn er sich in der ersten Frontlinie befand. Die schlammsteife, von Läusen und Flöhen wimmelnde Uniform, die seine ständig juckende Haut aufscheuerte, kam Ludwig wie ein Folterkorsett vor. ›Der Mann in der eisernen Maske‹, dachte er so manches Mal.

Wir leben wie Schweine – liegen im Schlamm, fressen alles, was uns unterkommt, schnarchen und grunzen im Schlaf und im Wachen. Der Vergleich mit Schweinen liegt schon deshalb nahe, weil manchmal echte Schweine zwischen den Frontlinien auftauchen. Sie sind aus zerstörten Bauernhöfen geflohen und dermaßen verwildert, dass sie Leichen auffressen, die nicht geborgen werden können. Vor ein paar Tagen kam so ein Schwein auf mich zu, als ich Wache hielt. Es wühlte im Schlamm und legte die Leiche eines unserer gefallenen Kameraden bloß. Wenn man so etwas Grausiges mit eigenen Augen ansehen muss, kann man sich nicht beherrschen. Obwohl gerade Ruhe herrschte und zu befürchten war, dass ein Schuss die Front wieder aufheizen würde, habe ich auf das Schwein geschossen. Am Hinterteil getroffen, rannte es davon, einen Arm des toten Soldaten im Maul.

Als Ludwig mit seinem Brief so weit gediehen war, hielt er inne. Er überlas das Geschriebene und dachte: ›Arme Karoline! Wie wird ihr zumute sein, wenn sie solche Geschichten liest? Doch auch wenn ich ihr nichts vormachen will, so möchte ich doch versuchen, eine etwas humorvollere Note hineinzubringen.‹

Glaube nur nicht, dass wir nicht manchmal auch herzhaft lachen, und zwar nicht nur über die albernen unanständigen Witze, die bei jeder Gelegenheit erzählt werden. Vor ein paar Tagen brachten die Sanitäter einen Verwundeten, dessen Zustand höchst bedenklich war. Trotzdem bewahrte der Ärmste die Ruhe und bewegte nur unablässig die Lippen. Als der Feldarzt sich über ihn beugte, um ihn zu untersuchen, flüsterte der Soldat: Doktor, habe ich eine Chance zu überleben? Ich denke schon, erwiderte der Arzt zögernd, doch ich fürchte, dass es mit der Liebe vorbei ist, weil sie dir die Hoden weggeschossen haben. Ach, das ist nicht mehr so wichtig, flüsterte der Verwundete mit schwachem Lächeln, ich bin Novize.

Du findest das nicht lustig, liebste Karoline? Das kann ich verstehen. Bei uns gehen Lachen und Weinen oft ineinander über. Hier noch ein Beispiel für ein Lächeln unter Tränen. Den letzten Angriff der Franzosen haben wir nur mit größter Mühe abgewehrt. Sie griffen immer wieder wild entschlossen an und hätten uns fast überrannt, doch schließlich waren auch sie erschöpft und entmutigt wegen der eigenen Verluste. Zwar hatten wir die Front gehalten, doch es kam nicht die geringste Freude auf. Wir waren so ausgepumpt, dass wir beinahe ohnmächtig zu Boden gesunken wären. Ein Blick in die Runde, und die Luft blieb uns weg: Etwa zwei Drittel von unserem Bataillon waren gefallen oder schwer verwundet (die Leichtverletzten nicht mitgezählt). Wenn die Franzosen noch einen einzigen Vorstoß unternommen hätten, wäre es unser Ende gewesen. Wir hockten ein paar Stunden schweigend in unseren Löchern. Keiner brachte ein Wort heraus. Erst dann spürte ich den Hunger. Wir hatten seit dem Beginn des feindlichen Angriffs, also über einen Tag lang, nichts mehr gegessen. Natürlich konnte unter Kampfbedingungen keine Verpflegung geliefert werden. Und dann geschah das Wunder: Die Soldaten, die oben Ausguck hielten, brachen in Freudenrufe aus; sie hatten in der Ferne eine Kolonne von Verpflegungswagen erspäht, die sich im Schneckentempo einen Weg durch das zerbombte Gelände bahnte. »Essen! Es gibt Essen!«, rief einer der Soldaten, dem der Anblick der Kolonne neue Kräfte verlieh. Die meisten von uns brachten nur ein trauriges Lächeln zustande, doch wir spürten, wie das Blut schneller durch unsere Adern floss.

In Heidelberg erzählte mir ein Studienkollege, der sich mit seinen Eltern einige Zeit in Japan aufgehalten hat, eine kleine Geschichte. An glutheißen Sommertagen pflegen die Japaner feine, dünne Glasperlenketten an den Pfosten der Haustür aufzuhängen. Bei der kleinsten Brise, die ein Mensch kaum spürt, geben die Glasperlen ein zartes Klingen von sich, und wer sich im Haus aufhält, hat das Gefühl, einen erfrischenden Windhauch zu spüren. Genau so ein Gefühl hatte ich, als ich hörte, dass die Verpflegungskolonne unterwegs war, obwohl ich wusste, dass es noch lange dauern würde, bis ich etwas zwischen die Zähne bekam. Und doch spürte ich im selben Augenblick schon eine ungeheure Erleichterung.

Als die Verpflegung dann endlich eintraf, stellten wir uns zum Essensempfang auf. Der Koch vom Dienst stand auf seinem Wagen und schüttelte den Kopf: »Hier stimmt etwas nicht. Ich hatte Order, Essen für achthundert Mann zu bringen. Doch selbst wenn ich die Wachen und die Verwundeten mitzähle, komme ich höchstens auf zweihundert Mann. Ich habe viel zu viel Essen!« Der Major, der das Kommando von dem gefallenen Bataillonsführer übernommen hatte, fasste sich ein Herz und befahl dem Koch und seinen Helfern, sich auf der Stelle von den Wagen zu entfernen. Dann rief er uns zu: »Nehmt euch alles, lasst keinen Krümel zurück! Das gehört alles uns. Was für unsere gefallenen Kameraden bestimmt war, ist unsere Beute.«

Beute, dachte ich, wie die Beute, die man vom Feind erbeutet? Doch ich zögerte nicht, brach wie die anderen in Jubelrufe aus und stürzte mich wie von Sinnen auf die, nun ja, auf die Beute, die übrigens darüber hinaus einen Vorrat von Zigarren, Zigaretten und Kautabak enthielt.

Auch damit kann ich Dir kein Lächeln entlocken, Liebste? Vielleicht widert Dich unser Jubel über die Rationen unserer toten Kameraden sogar an? Das könnte ich Dir nicht verdenken. Doch es gibt eben nichts Erfreulicheres oder Amüsanteres zu berichten. Wir lachen selbst über die ordinärsten Witze oder die peinlichsten Begebenheiten. Die Franzosen nennen das »rire jaune«. So passen wir uns unserer neuen sozialen Umgebung an: Kultivierten Soldaten fällt es viel leichter, sich trotz anfänglichem Widerstreben auf die primitive Ebene der Masse herabzubegeben, als der Masse der einfachen Soldaten, sich zum höheren Niveau einiger weniger Kameraden aufzuschwingen. Daher hat sich unser Leben hier den derben Umgangsformen der Mehrheit angepasst. Dabei ist es keineswegs so, dass die Gebildeten die kultivierteren oder auch nur die besseren Soldaten wären.

Was ich in meiner Freizeit mache, wenn es ruhiger an der Front wird und ich nicht Wache halten muss oder mit Schanzarbeiten beschäftigt bin? Wenn ich nicht schlafe oder Dir schreibe oder immer wieder dieselben Bücher lese, die ich und meine Kameraden mitgebracht haben, dann spielen wir Karten oder hören den Liedern zu, die manche auf der Mundharmonika spielen (manchmal ertönt sogar Beifall aus den französischen Schützengräben!), und rauchen, rauchen, rauchen …

Nicht selten habe ich das Bedürfnis, alldem zu entfliehen. Dann ziehe ich mich in mich selbst zurück und träume vor mich hin. Natürlich geht es in fast allen Träumen um Dich. Was ich denn träume, wirst Du fragen. Ich werde Dir ein Beispiel nennen. Letzte Nacht ging meine Wache erst um drei Uhr morgens zu Ende. Ich konnte vor Übermüdung nicht einschlafen. Die Nacht war ungewöhnlich ruhig, sogar das Artilleriefeuer hatte nachgelassen (vielleicht konnte ich nicht einschlafen, weil mir die »Hintergrundmusik« der Granaten fehlte, die uns sonst in unseren Schlaf begleitet). In der ungewohnten Stille hörte ich plötzlich das Gurren von Tauben. Gru, gru, gru, so ging es hin und her, als führten sie lange Gespräche. Die Franzosen halten viele Tauben an der Front. Es heißt, dass sie mit Brieftauben die Kommunikation aufrechterhalten, wenn unsere Artillerie die Funkverbindungen lahmlegt. Überhaupt sind auf der französischen Seite eine Menge Tiere im Einsatz. Als ich einmal während der Wache mit dem Feldstecher zu den Franzosen hinüberspähte, sah ich zu meiner Überraschung ein ganzes Rudel von Hunden, die Lastschlitten und auch Bahren durch den Schnee zogen. Sie haben keine Angst, unser Feuer macht ihnen nichts aus, es sei denn, sie werden direkt getroffen. Doch zurück zu den Tauben. Ich muss gestehen, ihr Gurren rührt mich, weil es so menschlich klingt. Es klingt so, als rufe ein Mensch nach einem Freund oder einer Freundin. Als werbe er um Liebe oder Verständnis.

Als ich die Tauben hörte, musste ich daran denken, wie wir in Friedes Haus in Berlin frühmorgens im Bett lagen und den Tauben auf dem Dach lauschten. Und mir kam der Gedanke, dass Du in dieser Nacht vielleicht auch nicht schlafen kannst und das Gurren von Tauben hörst. Es klingt hier und dort gleich, wir hören dasselbe. Und denken vielleicht sogar an dasselbe. Wir verständigen uns ohne Worte. Bei diesem Gedanken stiegen mir heiße Tränen in die Augen.

Nächste Woche werden wir hier abgelöst. Eine neue Kompanie übernimmt unseren Frontabschnitt. Was von unserer Einheit übrig ist, wird zum Ausruhen zu einer Basis hinter der Front geschickt. Ich denke, dass ich Dir von dort aus weniger deprimierende Briefe schreiben werde.

Ganz und gar der Deine in inniger Liebe
Ludwig

Seit Ludwigs Ankunft in der Champagne im November 1914 war seine Einheit mehrmals abgelöst worden, doch jeweils nur für kurze Ruhepausen in Unterkünften, die zwei bis drei Kilometer hinter der Hauptkampflinie lagen. Immerhin konnten sie die Kleider wechseln, sich waschen, sich einigermaßen geregelt ernähren und vor allem in relativem Komfort schlafen. Sie wurden in halbwegs sicheren Unterständen oder verlassenen französischen Dörfern einquartiert. Die Offiziere waren in den Bauernhäusern, die Soldaten in Scheunen untergebracht, die mehr Platz, aber keinen Schutz vor Artillerieangriffen boten. Nicht selten mussten die Soldaten mitten in der Nacht aus den Scheunen in die überfüllten Unterstände flüchten. Daher wurde befohlen, vollständig angekleidet, mit Stiefeln und Koppel, zu schlafen. Ohnehin dauerten die Ruhepausen nur wenige Tage, bevor man wieder in den Schützengraben zurückmusste. Doch zu Beginn des Jahres 1915 konnten Ludwig und seine überlebenden Kameraden sich auf einen richtigen Urlaub in der Etappe freuen.

Dafür gab es ein großes Feldlager, das außer Reichweite der feindlichen Artillerie lag und zum größten Teil aus Zelten bestand. Es diente als Versorgungsstützpunkt und Erholungslager für Frontsoldaten. In den festen Bauten, meist beschlagnahmten französischen Bauernhäusern, waren die Befehlsstelle, die Speiseräume, die Offiziersquartiere, die Vorratslager und das Lazarett untergebracht. Doch schon die Zelte erschienen Ludwig und seinen Kameraden wie Luxusvillen. Es herrschte überraschend mildes Wetter, doch vor allem genossen die Soldaten die luftige Unterkunft ohne Schlamm, Verwesungsgeruch und Pulvergestank, die Befreiung von Schanzarbeiten und teilweise auch vom Wachdienst und vor allem die Betten. Es waren nur dicht an dicht aufgeschlagene Feldbetten, aber immerhin Betten! Der Geschützdonner verstummte auch hier nicht, doch er klang so fern, als ginge er die Soldaten nichts an. Ein Paradies auf Erden, und das für eine ganze Woche! Zu seiner Freude entdeckte Ludwig, dass es nicht nur ein Kino, sondern auch eine Lagerbibliothek mit einer großen Auswahl an Büchern, einem Plattenspieler, Schallplatten und Zeitungen aus der Heimat gab. »Bald bekommen wir auch ein Radio«, erzählte ihm der Bibliotheksleiter, »vielleicht schon, wenn ihr das nächste Mal herkommt.«

Zwar herrscht auch hier strenge Militärdisziplin, schrieb er an Karoline, *und auch hier gibt es Pflichten zu erfüllen. Wachehalten, das verstehe ich noch, aber wozu die Appelle und das Exerzieren, Stiefelputzen und Uniformbügeln wie in der Rekrutenzeit? Vielleicht will man uns in Spannung halten. Wir sollen nicht vergessen, dass wir Soldaten sind und sehr bald wieder an die Front müssen. Die Dienstuniform, die wir hier tragen, müssen wir der Kleiderkammer zurückgeben, bevor wir zur Front ausrücken. Wie das Spielzeug, das man in den ärmeren Familien Kindern zu Weihnachten schenkt und sie damit spielen lässt, bis das Fest vorbei ist. Dann packt man es wieder ein und versteckt es auf dem Dachboden, bis zum nächsten Jahr.*

Die Lagerbibliothek enthält vor allem Bücher, die ich als Dienstmädchenromane bezeichnen würde, die Art von leichter Lektüre, die von den meisten Soldaten bevorzugt wird, oder Propagandaliteratur, wie sie in den Frankfurter Buch- und Zeitungsläden angeboten wird. Doch man findet auch erstklassige literarische Werke, die erstaunlicherweise zum größten Teil aus dem Ausland und noch dazu aus dem feindlichen Ausland stammen: russische, französische und englische Literatur, zum Teil übersetzt, zum Teil auch in der Originalfassung. Mir ist aufgefallen, dass gerade Bücher aus feindlichen Ländern sehr gefragt sind. Die begehrtesten Autoren sind der Franzose Victor Hugo und der Engländer Charles Dickens. Unsere Propagandaschriften verstauben auf den Regalen.

Während des Erholungsurlaubs trafen neue Rekruten ein, die Ludwigs dezimierte Einheit auffüllen sollten. Ludwig musterte die Neuankömmlinge mit mildem Spott. ›Wie begeistert diese jungen Leute sind!‹, dachte er. ›Genau wie ich vor einem halben Jahr. Warten wir ab, bis sie ihre Feuertaufe erleben und sich vor Angst in die Hosen machen …‹

Einem dieser Rekruten wurde das Feldbett neben Ludwig zugewiesen. Er stellte sich vor: Johann Pfefferberg aus Worms. Ein stiller, zurückhaltender Junge. Auch er schien stolz darauf zu sein, endlich zur kämpfenden Truppe zu gehören. Nur hatte er wie die meisten seiner Kameraden noch nicht begriffen, dass dieses frontnahe Feldlager zwar völlig anders aussah als seine Garnison in der Heimat, aber im Vergleich zum Frontdienst im Schützengraben immer noch ein Eldorado war. Ludwig würde ihm nicht erzählen, was ihn dort erwartete. ›Das wird er früh genug erfahren‹, dachte er. Auch war er nicht auf einen engeren Kontakt aus. Nachdem so viele von Ludwigs Freunden gefallen oder schwer verwundet worden waren, wollte er sich nicht mehr auf engere Beziehungen zu Kameraden einlassen. Je flüchtiger seine Bekanntschaft mit den Gefallenen gewesen war, umso leichter würde er ihren Tod verschmerzen.

Aber nach zwei Tagen sprach Ludwig den jungen Rekruten doch an, da dieser mit seinem seltsamen Verhalten seine Neugier geweckt hatte. »Johann«, fragte er ihn, »was murmelst du da vor dem Einschlafen und frühmorgens beim Aufstehen?«

Johann sah ihn betreten an. »War ich zu laut? Das tut mir leid.«

»Nein, nein, mich stört das nicht«, erwiderte Ludwig, »du warst sehr leise, ich höre nur ein leises Murmeln. Ich will auch nicht indiskret sein, aber ich würde gern wissen, was du da tust. Hältst du Zwiesprache mit deiner Freundin in Worms?«

Johann verzog das Gesicht zu einer verlegenen Grimasse. »Nein, nein«, wehrte er ab, »überhaupt nicht! Ich habe keine Freundin. Ich bin – äh …« Er blickte sich um, überzeugte sich, dass niemand zuhörte, und fuhr leise fort: »Ich bin Jude. Ein frommer Jude. Wir beten dreimal am Tag. Das kann ich hier natürlich nicht. Ich muss auf viele religiöse Gebote verzichten. Im Krieg bin ich nur Deutschland und dem Kaiser verpflichtet. Trotzdem möchte ich meine religiösen Pflichten nicht ganz vernachlässigen. Was du als Murmeln bezeichnest, sind stark gekürzte Gebete. Gestern hast du mich summen hören, weil Sabbat war. Wir heiligen den Samstag, so wie ihr den Sonntag, und deshalb habe ich versucht, ein paar Sabbatgesänge zu summen. Entschuldige bitte, wenn ich dich gestört habe, ich werde von jetzt an noch leiser sein.«

Ludwig starrte den Jungen an, als sei er eine Erscheinung aus einer anderen Welt. Johann war eingeschüchtert von Ludwigs Blick, doch er ließ sich nicht beirren und sagte leise, aber bestimmt: »Das heißt aber nicht, dass ich kein guter Deutscher bin. Wäre ich sonst hier? Ich bin bestimmt nicht weniger patriotisch und loyal als du.«

Als Ludwig zu lachen begann, stand Johann auf, um der peinlichen Situation zu entfliehen, doch Ludwig hielt ihn am Ärmel fest, drückte ihn auf sein Feldbett zurück und sagte: »Lauf nicht fort! Von mir hast du nichts zu befürchten. Du hast mich nur überrascht.«

»Überrascht?«

»Ja. Ich bin nämlich gar nicht so anders als du. Genauer gesagt: Ich bin auch Jude. Aber ich bete nicht. Ich habe die Gebete nie gelernt. Und doch bin ich Jude. Und wie du mit Recht gesagt hast, bin ich auch ein deutscher Patriot, genau wie du.«

Johann setzte sich. Eine leichte Röte stieg in sein blasses Gesicht. »Du bist Jude? Du siehst gar nicht wie ein Jude aus!«

»Warum auch?«, erwiderte Ludwig. »Wie soll ein Jude denn aussehen?«

»Na ja«, sagte Johann. Und dann brachen beide in ein befreiendes Lachen aus.

»Ich habe schon eine Menge Juden kennengelernt, seit ich in der Armee bin«, sagte Ludwig. »Aber ich bin noch nie einem orthodoxen Juden begegnet. Denn das bist du doch, wenn ich dich recht verstanden habe, nicht wahr? In Frankfurt gibt es eine orthodoxe Synagoge, doch ich habe sie nie besucht. Auch in der liberalen Synagoge war ich nicht oft. Als ich mich mit dreizehn auf die Bar-Mizwa vorbereitete, bin ich ein paarmal hingegangen. Also gibt es auch in der kleinen Stadt Worms eine orthodoxe Gemeinde?«

»Ja«, sagte Johann, »und das schon seit tausend Jahren, vielleicht sogar schon seit der Römerzeit. Du darfst nicht vergessen, dass Worms, Speyer und Mainz im Mittelalter die wichtigsten jüdischen Zentren der Welt waren.«

»Seit der Römerzeit? Willst du damit sagen, wir waren eher hier als die Germanen? Vor der Völkerwanderung?«

»Kann schon sein. Aber wir waren ja immer nur ganz wenige. Ein paar Hundert oder Tausend, die mit den Legionen herumgezogen sind.«

»Wie viele Juden gibt es denn überhaupt?«, fragte Ludwig jetzt plötzlich.

»Genau weiß das keiner. In Deutschland wohl ungefähr fünfhunderttausend, in Frankreich genauso viel, auf der ganzen Welt vielleicht achtzehn Millionen. Woher soll man das wissen? Wir haben ja nicht einmal eine gemeinsame Sprache. Der eine spricht Deutsch, der andere Französisch, der dritte Englisch. Jesus Christus hat Aramäisch gesprochen, und Paulus war Römer.«

»Jesus Christus war Jude?«

Johann lachte. »Ja, natürlich. Und seine Mutter auch. Was dachtest du denn? Buddhist?«

Ludwig schüttelte den Kopf. So hatte er das noch nie gesehen. Und er war sich auch jetzt noch nicht sicher, ob ihn nicht Johann auf irgendeine vertrackte Weise aufs Glatteis geführt hatte. Dieses Judentum war eine schwierige Sache, es hatte eine lange Geschichte und war sehr kompliziert. Um wieder für klare Verhältnisse zu sorgen, erklärte er nachdrücklich: »Jetzt sind wir jedenfalls Deutsche und kämpfen für unser Vaterland. Das hat der Kaiser persönlich gesagt, und daran halte ich mich.«

Johann nickte. »Wir werden allen zeigen, dass wir genauso gute Deutsche wie alle anderen sind.«

Am Tag nach diesem ersten Gespräch erfuhren die neuen Freunde, dass ein Armeerabbiner das Lager besuchen und einen Gottesdienst abhalten würde. Johann nahm diese Nachricht mit Schaudern auf: Nicht nur, dass es sich bei dem Gast um den »modernen« Rabbiner Nobel aus Frankfurt handelte – der Gottesdienst sollte auch noch in der kleinen Kirche des Lagers stattfinden. »So ist das nun mal«, erklärte ihm Ludwig. »Wie du weißt, gehören fast alle deutschen Juden dem liberalen oder reformierten Judentum an. Und was die christliche Kirche betrifft: Es würde sich hier kein Protestant weigern, einem Gottesdienst in einer katholischen Kirche beizuwohnen, und das gilt umgekehrt auch für Katholiken. Wir sind im Krieg. Du hast mir selbst erklärt, dass du auf koscheres Essen in der Armee verzichtest. Du kannst auch den Sabbat nicht halten, nicht einmal das Fasten am Versöhnungstag. Und wenn unter diesen Notstandsbedingungen weder eine Synagoge noch ein anderes Gebäude zur Verfügung steht, dann hält der Rabbiner Nobel den Gottesdienst eben in einer Kirche ab. Freu dich lieber, dass wir die Kirche benutzen dürfen. Vielleicht verdanken wir das dem Umstand, dass der örtliche Priester Franzose ist und deshalb nicht um Erlaubnis gefragt wird.«

Es fanden sich am Ende mehr Juden ein, als Ludwig gedacht hätte. Zu jener Zeit hielten sich etwa zweitausend Soldaten aus verschiedenen Einheiten im Feldlager auf. An dem Gottesdienst nahmen fast hundert jüdische Soldaten teil. »Und das, obwohl die Juden noch nicht einmal ein Prozent der deutschen Bevölkerung ausmachen!«, flüsterte Johann erstaunt.

»Richtig«, erwiderte Ludwig und konnte es nicht lassen, eine kleine Spitze hinzuzufügen: »Und orthodoxe Juden gibt es noch weniger.«

Dr. Nobel, der Rabbiner, sprach die Gebete in deutscher Sprache. Fast noch wichtiger aber schien ihm das, was er in einer kleinen Ansprache sagte: »Was ausnahmslos alle Juden in Deutschland vereint, ist unsere absolute Treue zum deutschen Vaterland und unsere Bereitschaft, unser Leben dafür hinzugeben. Und das werden wir in diesem Gottesdienst zum Ausdruck bringen.«

In der Tat enthielt das vom Rabbinerrat der deutschen Juden herausgegebene Gebetbuch zahllose Lobpreisungen des Kaisers und Fürbitten für einen Sieg des deutschen Heeres über »die verbrecherischen Feinde«. Ludwig notierte sich einige Passagen, um sie in seinem nächsten Brief an Karoline zu zitieren:

Vor dem Schall der Kriegstrompeten weichen die Völker, denn die Feinde Deutschlands, unseres höchsten Guts, schmieden Ränke, um unseren ruhmreichen König zu verderben.
Im Namen des Herrn, unseres Gottes, werden wir erstarken … und den Herrn der Heerscharen heiligen und preisen.
Beschütze unsere Krieger, die in der Blüte ihrer Jahre mit starker Hand in den heiligen Krieg gegen den Widersacher und Unterdrücker ziehen. Gewähre ihnen Beistand, beflügele sie mit Deinem Geist, führe sie mit Deiner Rechten, spende ihnen Trost.
Rette unser geliebtes Deutschland, denn seine Feinde sind zahlreich: Lasse unsere Krieger nicht erschlaffen und straucheln, und gib, dass unsere Feinde auf sieben Wegen fliehen.

Als sie aus der Kirche kamen, fragte Ludwig seinen neuen Kameraden: »Nun, hat dich etwas an diesem Gottesdienst gestört?«

»Nein«, antwortete der sichtlich bewegte Johann, »jedes Wort war mir aus der Seele gesprochen.«

11

Viel zu bald war der Urlaub vorbei. Einen Tag vor dem Abmarsch wurden alle Soldaten der Kompanie aufgefordert, ihre Ausrüstung abzuholen.

Während sie im Lastwagen zur Front fuhren, bemühte sich Ludwig, den aufgeregten Johann zu beruhigen. Sein junger Kamerad saß kreidebleich, mit eingesunkenen Augen, in sich gekehrt und schweigend neben ihm. »Du wirst sehen, Johann, die Angst vergeht sofort, wenn wir die Schützengräben erreichen. Mir ist es früher genauso gegangen. Aber das ist nur die Angst vor dem Unbekannten …«

Als sie mitten in der Nacht die Front erreichten und jeder sich einen winzigen Platz im engen Schützengraben suchte, merkte Ludwig, dass sein Schützling das Gleichgewicht verlor. Er schwankte, als würde er jeden Augenblick in Ohnmacht fallen. »Was hast du?«, raunte ihm Ludwig ins Ohr.

»Ich krieg keine Luft«, flüsterte Johann mit erstickter Stimme. »Dieser grässliche Gestank!«

»Luft hast du genug, du bist unter freiem Himmel. Der Gestank kommt von den Leichen, die zwischen unseren und den französischen Linien liegen, und solange wir sie nicht beerdigen können, müssen wir darunter leiden. Keine Sorge, daran wirst du dich gewöhnen.«

»Gewöhnen?«, begehrte Johann auf. »Wie kann man sich daran gewöhnen? Wann werden die Toten beerdigt?«

»Das weiß kein Mensch«, erwiderte Ludwig. »Manchmal bleiben sie einen Monat liegen, aber es hat auch schon länger gedauert, bis es einen Waffenstillstand gab und beide Seiten ihre

Toten bergen konnten. Vorausgesetzt, dass die Gefallenen überhaupt noch als Franzosen oder Deutsche identifiziert werden können. Wenn das nicht möglich ist, begräbt jede Seite diejenigen, die ihren Frontlinien am nächsten liegen.«

Ludwig konnte im Finstern Johanns Gesicht kaum erkennen, doch er ahnte, dass es dem jungen Rekruten schlecht ging. Rasch versuchte er, ihm etwas Wasser aus seiner Feldflasche einzuflößen, doch zu spät: Johann brach ohnmächtig zusammen. Ludwig konnte ihn gerade noch auffangen, bevor er im Schlamm landete.

Am Morgen herrschte Ruhe an der Front. Bei Tageslicht konnten die Soldaten sich in ihrem Graben einrichten. Johanns Gesicht hatte wieder etwas Farbe bekommen. Ludwig nahm ihn an der Hand und führte ihn zum Ausguck: »Du musst wissen, wie dein Frontabschnitt aussieht. Von hier aus greifen wir an, und hier wirst du Wache stehen und den Feind beobachten.« Johann bat um das Fernglas.

»Das brauchst du nicht«, sagte Ludwig, »du kannst sie mit bloßem Auge sehen.«

Vorsichtig schob Johann den Kopf an die Brustwehr. ›So können die Franzosen höchstens meinen Helm sehen‹, dachte er. Dann riskierte er einen Blick und traute seinen Augen nicht. »Was ist das?«, stammelte er. »Das da drüben, sind das die feindlichen Stellungen?«

»Erraten«, antwortete Ludwig. »Was hast du erwartet? Die Rheinpromenade von Worms? Die Franzosen sind genau dreißig Meter von uns entfernt!«

»Die Franzosen sind nur dreißig Meter von uns entfernt …«, flüsterte Johann entgeistert.

»Allerdings, aber wir sind auch nur dreißig Meter von den Franzosen entfernt«, dröhnte eine Stimme hinter ihm. Es war ein stämmiger, rotgesichtiger Feldwebel, der lustig und gutmütig aussah und nicht in diese Umgebung zu passen schien. »Mein Name ist Joseph Beck«, sagte er. »Ich komme aus Bayern.

Wollt's ihr wissen, warum ich hier bin und nicht beim Kronprinzen Rupprecht? Ganz einfach, weil meine Einheit nicht mehr existiert. Komplett vernichtet. Ihr wisst schon: Maschinengewehre. Ratt-tat-tat-tat – weg ist die ganze Kompanie. Na ja, am liebsten würdet ihr mich gleich wieder wegschicken, was? Ja, ja, wir kennen euch Saupreißn.« Er lachte. »Dabei habt's ihr mit mir das große Los gezogen. Ihr kriegt's den besten Feldwebel, den man sich vorstellen kann. Ein Geschenk des bayerischen Königs an diese traurige preußische Kompanie. Ihr habt's einfach Glück.«

Ludwig und Johann wechselten einen amüsierten Blick. Preußen? Sie, zwei Juden aus Worms und Frankfurt, sollten Preußen sein? Preußische Katholikenfresser? Johann sprach den Schehechejanu-Segen. War es nicht ein ungeheurer Fortschritt, wenn Juden als Preußen beschimpft wurden? Beide brachen in Lachen aus.

Beck zeigte bald, dass er sich nicht ohne Grund gelobt hatte. Keine andere Einheit genoss die Vorzugsbehandlung, die er seinen Soldaten verschaffte. Auf seine gewitzte Art gelang es ihm, mehr Verpflegung, Ausrüstung und Bekleidung für sie zu ergattern als alle anderen. Außerdem setzte er beim Kompaniechef einen neuen Plan für den Wachdienst durch, der ihnen das Leben deutlich erleichterte.

Welchem Geheimrezept der Mann den Erfolg verdankte, konnte Ludwig nie ganz ergründen, doch er begriff bald, dass Beck ein richtiges Schlitzohr war. Er ließ nicht nur seine Überredungskünste und seinen Charme spielen, sondern konnte auch bestens »organisieren«. Jedes Mal, wenn ein Versorgungszug an der Front eintraf, verschwanden einige Säcke mit Lebensmitteln von den Wagen und fanden sich später in einer verborgenen Ecke des Unterstands wieder, in dem Beck seine Vorräte hortete.

Schwieriger war es, Ersatz für Kleidungsstücke, Stiefel, Gasmasken und andere Ausrüstungsgegenstände zu finden, die zerrissen, beschädigt oder einfach im Schlamm versackt waren. Die Versorgungsdepots befanden sich weit hinter der vordersten Front. Beck, der sich von solchen Problemen nicht abschrecken ließ, rief Ludwig an einem relativ ruhigen Tag zu sich und befahl ihm, sich mit Johann zu diesen Depots zu schleichen. »Geht's zum Quartiermeister, und der wird euch Kleider, Stiefel und Strümpfe für die ganze Mannschaft geben. Hier«, er drückte Ludwig eine Liste in die Hand, »der Kerl hat Befehl, euch alles zu geben, was auf der Liste steht.«

›Wenn das gelingt, ist es ein Wunder‹, dachte Ludwig. ›Einen Monat an der Front und schon neue Ausrüstung? Das wäre ja eine Revolution.‹

Der Quartiermeister empfing Ludwig und Johann mit verkniffener Miene. Er konnte nicht begreifen, was ihm der Bataillonskommandeur am Telefon befohlen hatte. Die letzten Reserven einer Abteilung zur Verfügung zu stellen, die erst vor einem Monat ausgerüstet worden war, war schlicht und einfach nicht zu verantworten. Aber die Donnerstimme des Kommandanten war unmissverständlich gewesen. Diese markante Stimme mit dem Berliner Akzent hatte jeder zu respektieren. Aus gutem Grund wurde der cholerische Kommandeur von allen gefürchtet, die geringste Verzögerung zog drastische Strafen nach sich. Deshalb lieferte der Quartiermeister gehorsam alles aus, was auf der Liste stand, die Ludwig und Johann ihm vorlegten. Im Schützengraben freuten sich alle über die unverhofften Gaben und stellten keine überflüssigen Fragen, und natürlich landete wieder ein Großteil der Beute in Becks geheimem Warenlager.

Als der Feldwebel in der Nacht zur Latrine ging, schloss Ludwig sich an, und als sie nebeneinander auf dem »Donnerbalken« hockten, fragte er beiläufig: »Sind Sie eigentlich aus Ober- oder aus Niederbayern?«

»Aus der Nähe von Rosenheim.«

»Also mitten aus Oberbayern. Und wo haben Sie gelernt, mit Berliner Akzent zu sprechen? Und dann noch im tiefsten Bass?«

Beck zögerte einen Moment. »I woaß net, was du willst.« Er putzte sich umständlich den Hintern ab und brach dann plötzlich in lautes Gelächter aus, das er allerdings gleich unterdrückte. »Du Schlawiner«, sagte er schließlich, »ich glaub fast, du bist a Jidd. Du bist mir a bisserl zu schlau. Deshalb ist es euch ja auch gelungen, den Jesus ans Kreuz zu bringen – weil ihr so schlau seid.« Aus seiner Stimme sprach keine Wut oder Gehässigkeit, sie klang eher belustigt.

»Sie haben recht«, erwiderte Ludwig, »ich bin Jude. Na und?«

Beck warf ihm einen erschrockenen Blick zu. »Hör mal, ich hab nicht gewusst, dass du Jude bist. Ich wollte dich nicht beleidigen. Eigentlich weiß ich nichts über Juden, und ich habe noch nie einen kennengelernt.«

»Interessiert Sie das?«, fragte Ludwig.

»Was meinst du damit?«, entgegnete Beck in gedehntem Ton.

»Möchten Sie wissen, was ein Jude ist?«

»Ja«, sagte Beck zögernd, »ja, doch, gewiss. Die Juden sind uns allen ein Rätsel.«

»Dann sollten wir mit Johann reden«, schlug Ludwig vor. »Er versteht viel mehr vom Judentum als ich.«

»Wie, ist der auch Jude?«, fragte Beck mit großen Augen. »Wie viele seid's ihr denn?«

»Ich glaube, in unserer Abteilung sind wir die einzigen«, erwiderte Ludwig, »es sei denn, dass die anderen ihre Identität verheimlichen. Es gibt keine äußerlichen Merkmale, an denen man uns erkennen kann.«

Von da an entwickelte sich eine engere Beziehung zwischen Beck und seinen beiden jüdischen Soldaten. Johanns Erklärungen über Juden und Judentum faszinierten ihn. Er hatte das Gefühl, als habe er ein historisches Geheimnis entschlüsselt, das nur wenigen Auserwählten zugänglich war.

Einige Zeit darauf wurde ein kurzer Waffenstillstand ausgehandelt, damit beide Seiten ihre Toten beerdigen konnten. Trotz aller Angriffe und Gegenangriffe hatten die Fronten sich nicht verschoben, und wenn ein Durchbruch gelang, wurden die Angreifer an der zweiten Verteidigungslinie zurückgeschlagen. Territoriale Gewinne waren nicht zu verzeichnen, obwohl die Zahl der Gefallenen ständig wuchs. Die schwelende Sommerhitze beschleunigte die Verwesung, und der Gestank wurde immer unerträglicher. Die Befehlshaber störten sich nicht daran, weil ihre Unterkünfte weit genug von der Front entfernt waren. Was sie störte, waren die Krankheiten und Seuchen, die durch die verwesenden Leichen verursacht wurden. Die Generäle konnten nicht zulassen, dass ihre Soldaten dadurch kampfunfähig wurden.

Beck gab den Befehl aus, vor der Bergungsaktion im Niemandsland Gasmasken aufzusetzen. Im Sommer 1915 waren die Masken noch eine Neuerung, und Ludwigs Abteilung hatte das Anlegen zwar geübt, aber noch keinen Gasangriff miterlebt. Eine solche Maske zu tragen war für die Männer ein Albtraum. Der Kopf dröhnte und summte, als werde er jeden Moment platzen. Die Lungen rangen nach Luft, doch was sie einsaugten, war die verbrauchte warme Luft, die der eigene Körper absonderte. Die Adern schwollen, der Schweiß floss in Strömen, man glaubte zu ersticken. Die Maskenbrille lief an und behinderte die Sicht.

Dennoch legten die Soldaten die Masken bereitwillig an. Es gab keine andere Möglichkeit, den Verwesungsgestank zu neutralisieren und sich physisch und auch psychisch vor dem Kontakt mit den Leichen zu schützen. Schutzkleidung, Stiefel und Helme, doch vor allem die gefürchteten Gasmasken waren in diesem Fall unentbehrlich. Und all das in sommerlicher Gluthitze.

Die Bergung fand nur bei Tage statt. In der Nacht wäre es den Soldaten selbst mithilfe von Taschenlampen schwergefallen, die Leichen zu identifizieren, doch vor allem war das Sicherheitsrisiko zu groß. Trotz der weißen Fahnen, die von beiden

Seiten mitgeführt wurden, musste man in der Dunkelheit immer mit Zusammenstößen und Missverständnissen rechnen.

Ludwigs Abteilung war vom Morgengrauen bis zum späten Nachmittag mit der Bergung der Leichen beschäftigt. Als Ludwig nach der Rückkehr in den Schützengraben die Gasmaske und die Handschuhe abstreifte, ging ihm der Gedanke durch den Kopf, dass er sich noch nie so durch und durch beschmutzt gefühlt hatte. Der Gestank und die Verwesung waren ihm bis ins Mark gedrungen. Wenn er sich nur waschen könnte, mit warmem Wasser und viel Seife! Ein Wunschtraum. Wenigstens gab es an diesem Tag genug Trinkwasser. Mehr durfte er sich nicht erhoffen.

Am Abend versammelten sie sich an dem Ort, an dem die Beerdigung stattfinden sollte. Mit letzter Kraft hoben sie die Gräber für ihre toten Kameraden aus. Auf Ehrensalven verzichtete man, um dem Feind keinen Vorwand zu liefern, auf einen vermeintlichen Angriff zu reagieren. Zwei Reihen von Soldaten traten zu beiden Seiten der Gräber an, richteten ihre ungeladenen Mauser-Gewehre himmelwärts und ließen den Abzugshahn klicken, als Ersatz für die nicht abgefeuerte Salve. Der Bataillonskommandeur hielt eine knappe Ansprache. »Die Kameraden, die wir hier begraben, sind auf dem Feld der Ehre gefallen. Sie starben einen rühmlichen Tod. Das ist es, was uns alle erwartet.«

Damit war die Trauerrede zu Ende. ›Wer sind diese Soldaten, die eines rühmlichen Todes gestorben sind?‹, dachte Ludwig. ›Wir wissen nicht einmal, ob all die Leichenteile, die wir beerdigt haben, überhaupt Deutschen gehört haben.‹

Zwei Tage nach der Bergungsaktion teilte Beck seinen Männern mit, dass eine weitere Offensive bevorstehe. Der Befehl lautete, die französischen Linien zu durchbrechen, und zwar sowohl die Hauptkampflinie als auch die dahinter liegende zweite Frontlinie. Geplant war, eine breite Bresche zu schlagen. »Die ganze

Division wird angreifen«, erläuterte er, »doch unsere Kompanie ist die Speerspitze. Der Frontabschnitt, den wir angreifen, ist derjenige, der unserer Division am nächsten liegt, und er muss am schnellsten überrannt werden, damit wir die Franzosen, die uns gegenüber in ihren Gräben sitzen, nicht auf einmal im Rücken haben, wenn die Division vorgeht.«

Wenige Minuten später nahm die deutsche Artillerie die französischen Stellungen unter Sperrfeuer. Doch Becks Soldaten empfanden keinerlei Genugtuung, als der Beschuss begann. Die Fronten waren so nahe, dass sie das Gefühl hatten, selbst im Schussfeld zu stehen, und ihre Befürchtung, direkte Treffer von der eigenen Artillerie abzubekommen, ließ während der ganzen Nacht nicht nach.

Als sich im Morgengrauen das Sperrfeuer hob und auf die zweite Reihe verlagerte, zeigte sich, dass die Hoffnungen der Angreifer sich nicht erfüllt hatten. Die deutsche Artillerie hatte die vordersten Stellungen des Feindes zwar weitestgehend zerstört, aber die waren in der Nacht nur spärlich besetzt gewesen und wurden erst wieder besetzt, als das Sperrfeuer nachließ. Und die gut getarnten und befestigten Maschinengewehrstellungen waren vollkommen unbeschädigt geblieben.

Die angreifenden Truppen jedoch wurden durch zahllose Stacheldrahtverhaue und Spanische Reiter gebremst, von deren Existenz offenbar niemand gewusst hatte. Ludwig begriff mit einem Mal, warum die Franzosen in den letzten Nächten so laut gesungen hatten: Ihr Gesang hatte den Bau der Drahtverhaue übertönt, die in aller Eile im Schutz der Nacht errichtet worden waren. Eine erschreckend große Zahl von Soldaten blieb im Stacheldraht hängen und wurde vom Feuerhagel der Maschinengewehre vernichtet. Trotz des wiederholten Befehls zum Sturmangriff blieb der Vorstoß ergebnislos.

Auch Ludwigs Abteilung hatte sich nach wenigen Metern zu Boden geworfen. Ob die Soldaten tot oder verwundet waren oder nur Deckung suchten, war schwer zu sagen. Ludwig wunderte sich, dass keine Befehle mehr zu hören waren. Vor allem vermisste er die unverwechselbare Stimme des Feldwebels. Ihm fuhr der Gedanke durch den Kopf, dass Beck womöglich gefallen war. Im Schreien und Ächzen der Verwundeten waren einzelne Stimmen kaum zu unterscheiden.

Ludwig fasste einen Entschluss, der ihn selbst überraschte. »Zurück!«, hörte er sich rufen. »Zieht euch sofort zurück! Aber nur kriechen. Wer nicht getroffen ist, nimmt einen Verwundeten mit. Wer keinen Verwundeten trägt, schießt auf den Feind und gibt Deckung.«

Als die Soldaten den Graben wieder erreichten, ließen sie sich atemlos und wie betäubt hineinfallen. Geschützdonner und Schreie von Verwundeten gellten ihnen in den Ohren. ›Was habe ich getan?‹, fragte sich Ludwig in plötzlichem Schrecken. ›Ich habe den Rückzug befohlen! Wie komme ich dazu? Wer bin ich denn? Zumal ich keine Ahnung habe, was eigentlich los ist. Ob unsere Offensive gelingt, ob wir an der übrigen Front die feindlichen Linien durchbrechen. Wenn ja, dann haben wir jetzt in unserem Abschnitt eine französische Enklave. Eine feindliche Stellung im Rücken unserer Truppen, allein durch meine Schuld. Verrat‹, dachte er in plötzlicher Panik. ›Man wird mir Verrat vorwerfen! Aber wo zum Teufel sind die Offiziere? Und vor allem, wo ist Beck? Wer weiß, vielleicht ist er schon durch die französische Front durchgebrochen und stürmt mit unseren Truppen voran – ohne seine Abteilung, die meinetwegen den Rückzug angetreten hat. Wenn er zurückkommt, wird er mich in Stücke reißen!‹

Ludwig fühlte, wie ihm der kalte Schweiß ausbrach. Sein Herz klopfte wie wild, in seinem Magen rumorte es. Da fühlte er plötzlich eine Hand auf seinem Arm. Er wandte den Kopf und sah Johann. »Dein Eingreifen hat uns gerettet!«, sagte sein Freund. »Was machen wir jetzt mit den Verwundeten?«

»Wieso fragst du mich?«, antwortete Ludwig. »Soll ich das entscheiden? Wo sind die Offiziere?«

»Ich sehe keinen einzigen«, sagte Johann kleinlaut. »Was sollen wir nur machen?«

Mit zitternden Knien ging Ludwig durch den Schützengraben und rief nach Sanitätern und Bahrenträgern. Niemand kam, sie hatten alle Hände voll zu tun. Langsam wurde Ludwig bewusst, dass nicht nur seine Abteilung zurückgeschlagen worden war. Die ganze Offensive war gescheitert. An der gesamten Front wurde verzweifelt nach Sanitätern gerufen.

Kurz darauf erschien der Kompanieführer, Hauptmann Schorndorff, im Schützengraben, sah sich kurz um und sagte zu Ludwig: »Ich habe gehört, was Sie getan haben. Ihre Abteilung hat weniger Verluste erlitten als die anderen, und das verdanken wir Ihnen. Bis ein neuer Feldwebel eintrifft, übernehmen Sie hier das Kommando.« Bereits im Gehen fügte er noch hinzu: »Ich werde Sie für eine Auszeichnung vorschlagen.« Er ging, ohne eine Antwort abzuwarten. Unter anderen Umständen wäre Ludwig außer sich vor Freude gewesen. Doch jetzt empfand er gar nichts und starrte nur benommen vor sich hin.

Mit Einbruch der Nacht wurde es etwas ruhiger, da die meisten Verwundeten abtransportiert worden waren. Aber die französischen Scharfschützen ließen Ludwig und seinen Kameraden keine Ruhe. Es war fast unmöglich, den Ausguck zu beziehen, weil sofort geschossen wurde. Trotz des Gewehrfeuers hörte man die Schreie der Verwundeten, die im Niemandsland zurückgeblieben waren und nicht geborgen werden konnten. Nach und nach verstummten sie. Entweder hatten sie das Bewusstsein verloren oder waren gestorben. Doch einer der Unglücklichen, die in den Stacheldrahtzäunen hängen geblieben waren, stieß unaufhörlich schaurige Schreie aus. Ludwig horchte angespannt. Die Stimme kannte er doch!

»Hört mal«, flüsterte er seinen Kameraden zu, »ist das nicht der Beck?« Die anderen lauschten und nickten. Wenn man in zwanzig Meter Entfernung einen Verwundeten vor Schmerzen schreien hört, ohne ihm helfen zu können, ist das kaum zu ertragen. Doch wenn es um einen Freund geht, ist es unvorstellbar grausam. Ab und zu wagte ein Soldat, im Schutz der Dunkelheit zu dem Verwundeten zu kriechen. Doch darauf hatten die französischen Scharfschützen nur gewartet: Sie ließen Leuchtraketen aufsteigen, die das Terrain taghell erleuchteten, und schossen auf alles, was sich bewegte.

Ludwig und seine Kameraden waren machtlos. Sie hockten die ganze Nacht mit offenen Augen in ihrem Graben. Dann trat plötzlich Stille ein, und aus dieser Stille drang die Stimme von Beck: »Na, Männer, stör ich euch beim Schlafen? Geschieht euch recht, *ihr Saupreißn*!« Ludwig glaubte zu hören, dass diesen Worten ein heiseres Lachen folgte. Doch vielleicht hatte er sich vor Aufregung verhört? Nach diesem trotzigen Zuruf war Beck verstummt. Keine Schreie und kein Stöhnen mehr. Nur noch Stille.

12

Frankfurt am Main

— Frühjahr 1915 —

Ludwig hatte seinen bevorstehenden Urlaub weder seinen Eltern noch Karoline brieflich angekündigt. Ein tief verwurzelter Aberglaube flüsterte ihm ein, sich nicht zu früh auf ein Ereignis zu freuen, dessen Eintreten nicht ganz sicher war. Das genaue Datum teilte ihm sein Abteilungsführer erst am Abend vor dem ersten Urlaubstag mit, und da war es zu spät, der Familie zu schreiben.

Andererseits wollte er auch nicht wie ein Blitz aus heiterem Himmel zu Hause landen. Er selbst mochte keine Überraschungen, auch keine überraschenden Geburtstagsfeiern, die ihm nur peinlich waren. Ihm war es lieber, gute oder schlechte Nachrichten im Voraus zu erfahren. Deshalb beschloss er, sich telegrafisch anzukündigen. In der etwa fünfzig Kilometer hinter der Front gelegenen Dienststelle, von der aus er nach Hause aufbrechen würde, gab es die Möglichkeit, gegen eine nicht unbeträchtliche Gebühr Telegramme aufzugeben.

Wann genau er in Frankfurt eintreffen würde, wusste er allerdings immer noch nicht. Ein geordneter Fahrplan existierte nicht. Ihm wurde gesagt, dass er bei der Heimfahrt dreimal umsteigen müsse, wobei an jedem Umsteigebahnhof mit langen Wartezeiten zu rechnen sei.

Die erste Überraschung, die Ludwig und seine Kameraden bei der Heimreise erlebten, war eine deutliche Zurückhaltung vonseiten der mitreisenden Zivilisten. Der Grund für dieses Verhalten wurde ihnen bewusst, als einer der Zugpassagiere aus Neugier trotzdem mit den Soldaten ins Gespräch kam. »Ihr stinkt«, sagte er unverblümt. »Alle Soldaten stinken, wenn sie von der Front kommen. Und nicht nur das, ihr bringt Flöhe und Läuse mit. An Gestank ist noch niemand gestorben, aber die Krankheiten, die durch Ungeziefer übertragen werden – wer weiß …«

Die letzte Station der anstrengenden Reise nach Frankfurt war Koblenz. Dort sollten die Soldaten die Nacht in einem Zeltlager verbringen und am nächsten Morgen mit einem anderen Zug weiterfahren. Inzwischen waren von der Gruppe nur Ludwig und drei Kameraden übrig geblieben, die wie er nach Frankfurt wollten. Ludwig schlug ihnen vor, einen Rundgang durch die Stadt zu unternehmen, an die er seit einem Schulausflug vor einigen Jahren nur schöne Erinnerungen hatte. Vor allem wollte er sich das monumentale Reiterstandbild von Kaiser Wilhelm I. noch einmal ansehen. Dieses Standbild thronte am »Deutschen Eck«, einer künstlich aufgeschütteten Halbinsel, die in den Zusammenfluss von Rhein und Mosel hineinragte. Ein wahrhaft imposantes patriotisches Denkmal: Es sah aus, als wolle der Kaiser hoch zu Ross in die Fluten hineinreiten.

Als es seinen Kameraden langweilig zu werden drohte, zeigte Ludwig über den Rhein zur Festung Ehrenbreitstein. »Da oben steht eine fünf Meter lange Bronzekanone«, sagte er, »die heißt ›Greif‹. Sie wurde im sechzehnten Jahrhundert gegossen, doch es wurde nie ein Schuss daraus abgefeuert. Stattdessen wurde sie zu einem historischen Symbol, das alle Herzen höher schlagen lässt …« Die drei Soldaten sahen ohne große Begeisterung über den Rhein.

»Was ist daran so Besonderes?«, fragte einer schließlich. »Der ›Lange Max‹ und die ›Dicke Bertha‹ sind doch viel größer. Was interessiert uns da so ein Spielzeug?«

Doch Ludwigs Überschwang ließ sich nicht dämpfen: »Ich werde euch die Geschichte dieser Kanone erzählen. Als Napoleons Truppen Deutschland eroberten, kamen sie auch nach Koblenz. Doch im Gegensatz zu euch waren sie begeistert von dem

›Spielzeug‹ und nahmen es als Beute mit. Es erhielt einen Ehrenplatz im heeresgeschichtlichen Museum des Invalidendoms in Paris und geriet in Vergessenheit. Es gab allerdings jemanden, der sich mit dieser Demütigung durch die Franzosen nicht abfinden wollte, und das war Bismarck. Als er Botschafter in Paris war, konnte er aus dem Fenster seiner Residenz, dem Hôtel de Beauharnais, jeden Tag den Invalidendom sehen, der die geraubte Kanone beherbergte, und schwor sich, sie nicht zu vergessen. Bei den Friedensverhandlungen nach dem Krieg von 1870/71 sorgte er dafür, dass die Kanone wieder nach Koblenz zurückgebracht wurde, und jetzt steht sie wieder oben in Ehrenbreitstein«, schloss Ludwig und wandte sich mit strahlender Miene zu seinen Kameraden um.

Die zuckten die Achseln. »Können wir jetzt etwas trinken gehen?«, fragten sie.

Er kannte die drei Männer nur flüchtig. Sie dienten in seinem Bataillon, doch in anderen Kompanien, und hatten Ähnliches erlebt wie er. Auf der langen Heimreise war Ludwig mit ihnen ins Gespräch gekommen. Sie wohnten im Ostend, einem der ärmeren Viertel von Frankfurt.

Die Männer spürten natürlich, dass Ludwig ein »Studierter« war, und fragten sich insgeheim, warum er kein Offizier war. Für etwas Besseres schien er sich aber nicht zu halten, und deshalb hegten sie auch kein Misstrauen. Er hatte genau wie sie im Schützengraben gelegen, und deshalb war er auch einer von ihnen. Was sie beeindruckte, war das Eiserne Kreuz, das Ludwig auf Betreiben von Hauptmann Schorndorff tatsächlich erhalten hatte. Wer tapfer kämpfte, war ein anständiger Kerl. Feiglinge oder Drückeberger wurden verachtet und verspottet.

Was sie in der Heimat vorfinden würden, wussten die Männer nicht. Allerdings wurde rasch klar, dass die Arbeitersöhne aus dem Frankfurter Ostend keinen Luxus zu Hause erwarten konnten. Der ohnehin schon kärgliche Lebensunterhalt war durch die Einberufung der jungen Männer noch mehr eingeschränkt worden. Die britische Blockade der deutschen Häfen, die fehlenden Importe aus Polen und Russland und nicht zuletzt die Ernteausfälle durch die Einberufung der Bauern hatten zu ernsten Versorgungsengpässen geführt. Sogar Brot und Kartoffeln waren jetzt knapp und neuerdings nur noch auf Lebensmittelmarken erhältlich. Außerdem wurde täglich befürchtet, dass die Frauen für die Rüstungsindustrie zwangsrekrutiert würden.

»Meine Mutter haben sie auch geholt«, sagte einer der jungen Männer. »Dabei sind meine drei Schwestern erst fünf, sechs und acht. Den Freistellungsantrag haben sie abgelehnt, weil sie meinen Stiefvater nicht einziehen können. Der ist schon zu alt, und außerdem hat er Tuberkulose. Früher hat er Kohlen geliefert und ganz gut verdient, aber jetzt gibt es immer weniger Kohlen, und die Firma braucht ihn nur noch gelegentlich. Ich hab keine Ahnung, wovon die jetzt leben. Ich glaube, die haben bald überhaupt nichts mehr zu fressen.«

Ludwig verstummte bei solchen Gesprächen. Von Lebensmittelknappheit und Hunger hatten ihm seine Eltern und auch Karoline bisher noch kein Wort geschrieben.

»Ich weiß gar nicht, ob ich überhaupt hingehen soll«, sagte der junge Gefreite schließlich. »Die wollen wahrscheinlich bloß meinen Sold. Und mein Bett hat meine Mutter an einen Bäckergesellen vermietet, der gelegentlich etwas Brot mitbringt.«

Nach kurzem Zögern bot Ludwig ihm an, den Urlaub in seinem Elternhaus zu verbringen. Er wusste, dass seinem Vater das nicht gefallen würde, hoffte aber auf die Unterstützung seiner Mutter.

»Das kann ich ja gar nicht annehmen«, sagte der junge Mann. »Meinst du das ernst?«

»Aber sicher«, erklärte Ludwig, obwohl er sich keineswegs sicher war.

»Na, dann«, sagte der junge Mann und streckte die Hand aus. »Adalbert Fleischhauer. Eigentlich bin ich Schlosser.«

»Angenehm«, sagte Ludwig. »Ich bin Ludwig Kronheim.« Dass er Jurist war, verschwieg er. Dann versuchte er noch ein letztes Rückzugsgefecht. »Wie wirst du das deiner Familie erklären?«

Adalbert grinste. »Ich sage einfach, dass ich in einem Soldatenheim wohne.«

Wie befürchtet, erwartete niemand die Soldaten am Bahnhof in Frankfurt. Bevor sich ihre Wege trennten, mussten sie erst noch zur Meldestelle marschieren, um sich dort registrieren zu lassen. Die Meldestelle war in der Festhalle untergebracht, dem größten Kuppelbau Europas, den der Kaiser persönlich vor sechs Jahren eröffnet hatte. Gleich nach Kriegsbeginn hatte die Militärverwaltung das imposante Gebäude beschlagnahmt.

Zu ihrer Überraschung wurden die Soldaten auf der Straße von einer Schar munterer Jungen umringt, die ihre Uniformen bewunderten, im Gleichschritt neben ihnen hermarschierten und aus voller Kehle sangen: »Wenn die Soldaten durch die Stadt marschieren …«

»Nicht zu glauben«, sagte Ludwig. »Die begeistern sich immer noch für den Krieg. Sie freuen sich auf die Armee, als sei der Krieg das reinste Vergnügen.«

»Die werden's schnell genug merken, was ihnen blüht«, knurrte Adalbert. »Wahrscheinlich müssen sie alle noch ran. Oder glaubst du immer noch, dass wir Weihnachten wieder zu Hause sind?«

Dazu mochte sich Ludwig nicht äußern. »Wir waren doch früher genauso«, sagte er. »Hat man uns damals erklärt, dass Kriege etwas ganz anderes sind als eine Parade mit bunten Uniformen und Marschmusik? Wir haben uns nicht nur auf die Uniform gefreut, sondern auch auf den Krieg selbst. Ja, auch auf das Gemetzel! Und so wird es immer sein. Nach dem Krieg werden wir von den Gräueln erzählen und von unseren Freunden, die massenweise gefallen sind. Es werden überall Invaliden herumlaufen. Schon jetzt trifft man sie auf der Straße. Doch all das wird nichts ändern. Man wird uns zuhören, vielleicht unwillig oder auch erschüttert, aber die nächste Generation wird sich wieder in einen heroischen Krieg stürzen.«

Kaum hatte Ludwig das ausgesprochen, stimmte er unwillkürlich in das Lied der Buben ein: »… öffnen die Mädchen die Fenster und Türen …«

Nachdem sie die langwierigen Formalitäten in der Meldestelle hinter sich gebracht hatten, dachte Ludwig nur noch an Karoline. Als sie an der Schumannstraße vorbeikamen, hatte er das dringende Bedürfnis, gleich bei den Schulzendorfs zu klingeln und nach ihr zu fragen. Aber das ging jetzt wirklich nicht. Ehe er Karoline anrufen konnte, musste er Adalbert loswerden.

Während sie weitergingen, sah Ludwig seine Vaterstadt plötzlich mit anderen Augen. Die Gebäude aus rötlich braunem Sandstein lösten nostalgische Gefühle bei ihm aus. Bisher hatte er diesen besonderen Farbton unbewusst in sich aufgenommen, doch jetzt verband er Heimatgefühle damit. ›Hier ist mein Zuhause‹, dachte er, ›das Zuhause, für das ich an der Front kämpfe.‹ Seine Brust weitete sich in dem Gefühl, in diese Stadt zu gehören. ›Ja, von hier komme ich, aus Frankfurt, aus Deutschland, hier gehöre ich hin, und das kann mir niemand nehmen.‹ Dieses Hochgefühl wurde noch stärker, als er an die Paulskirche, den Römer und den Dom dachte. »Hier sind zehn deutsche Kaiser gewählt und gekrönt worden«, sagte er.

Adalbert nickte. »Und aus dem Brunnen ist roter und weißer Wein geflossen, das war doch mal was.«

Schließlich kamen sie zur Königsteiner Straße. »Das ist unsere Synagoge«, sagte Ludwig mit einem gewissen Stolz.

»Gehst du da oft hin?«

»In letzter Zeit nicht mehr.«

»Verstehe, die meisten Reichen und Bürgerlichen gehen auch bei uns nur zu Weihnachten und Ostern mal in die Kirche. Mein Stiefvater ist da ganz anders. Der rennt jeden Sonntag zum Gottesdienst und nimmt auch meine Schwestern mit. Ich kann damit nichts anfangen. Religion ist Opium fürs Volk, sage ich immer.«

»Aha«, sagte Ludwig und dachte bei sich: ›Hoffentlich kommt mein Kamerad nicht auf die Idee, meinen Vater in so ein Gespräch verwickeln zu wollen! Dann gibt es gleich Krach.‹

Selma Kronheim öffnete ihrem Sohn die Tür. Sie hatte Ludwig erwartet, wenn sie auch den genauen Zeitpunkt seiner Ankunft nicht hatte wissen können. Außer sich vor Freude schloss sie ihn leidenschaftlich und zutiefst gerührt in die Arme, als wolle sie ihn nie wieder loslassen. Sie wiederholte mehrfach »Mein Ludwig, mein Ludwig« und küsste ihn auf beide Wangen. Dann erst entdeckte sie Adalbert, der verlegen hinter ihm stand. »Ein Freund von dir?«, fragte sie ihren Sohn.

»Ja, ich werde dir das gleich erklären«, sagte Ludwig schnell.

»Nicht nötig«, winkte die Mutter ab, »deine Freunde sind auch meine Freunde. Kommen Sie herein, junger Mann!« Sie drückte Adalbert voller Wärme die Hand. »Nicht wahr, Sie werden bei uns bleiben, bis Ihr Urlaub zu Ende ist? Wunderbar.«

»Aber woher hast du gewusst, dass ich Adalbert eingeladen habe, bei uns zu wohnen?«, fiel ihr Ludwig ins Wort.

»Das habe ich dir an der Nasenspitze angesehen.« Lächelnd führte sie die beiden jungen Männer in die Wohnung und schloss die Tür hinter ihnen.

Vater Siegfried reagierte, wie sein Sohn es von ihm erwartet hatte: Er gab Ludwig die Hand und gönnte Adalbert keinen Blick. Seinen Sohn zu umarmen oder zu küssen war undenkbar, doch er schlug ihm auf die Schulter und lächelte anerkennend, als er das Eiserne Kreuz auf seiner Brust sah. Ludwig hatte den Eltern natürlich von der Verleihung geschrieben, aber nur die Mutter hatte ihm gratuliert und ihm dabei fast beiläufig »Glückwünsche von Vater« ausgerichtet. Erst später hatte er von Bekannten aus Frankfurt erfahren, dass der Vater unsäglich stolz auf Ludwigs Eisernes Kreuz war und sich überall damit brüstete.

›Er hat sich nicht verändert‹, dachte Ludwig und beeilte sich, Adalbert vorzustellen, der mit einem kühlen, flüchtigen Händedruck empfangen wurde. Mutter Selma, die wie immer ihren Sohn in Schutz nahm, verkündete, dass *sie* Adalbert eingeladen habe, seinen Urlaub bei ihnen zu verbringen.

Noch bevor Ludwig die Uniform auszog, rief er Karoline an und überließ Adalbert der Fürsorge seiner Mutter. Kaum eine Stunde später fuhr er auf seinem alten Fahrrad den vertrauten Weg in die Schumannstraße. Je näher er dem Haus der Geliebten kam, umso aufgeregter wurde er.

Das Wiedersehen mit Karoline machte ihm Angst. Auf der einen Seite sehnte er sich danach, sie in die Arme zu schließen und mit ihr ins Bett zu sinken. Monatelang hatte er sich das ausgemalt. Doch er fühlte auch eine fast unerklärliche Beklommenheit. ›Warum bin ich nicht ganz einfach glücklich‹, fragte er sich. ›Wovor fürchte ich mich?‹ Aber es gelang ihm nicht, seine Unsicherheit zu verscheuchen. Er wusste ja auch nicht, wie es um Karoline stand. Hatte sie sich auf eine Weise entwickelt, von der er nichts wusste, an der er keinen Anteil hatte? Wenn sie ihn nun ganz anders ansah als früher? Aus den Augen, aus dem Sinn. Vielleicht war er ja gar nicht mehr der junge Mann, dem sie fast ein Jahr lang glühende Liebesbriefe geschrieben hatte?

Er konnte nicht ahnen, dass auch Karoline mit ähnlich widerstreitenden Gefühlen kämpfte, seit sie am Telefon seine Stimme gehört hatte. Zwar war ihr Ludwig immer gegenwärtig geblieben, was vor allem an seinen langen Briefen lag. Jedes Mal wenn ein Brief von ihm kam, schlug ihr das Herz bis zum Hals und sie konnte es kaum erwarten, den Umschlag aufzureißen. Alles sprach dafür, dass er trotz der dramatischen Wende, die sein Leben genommen hatte, immer noch ihr geliebter Ludwig war.

Und trotzdem mussten die Erfahrungen an der Front eine Veränderung bei ihm bewirkt haben. Er konnte nicht mehr derselbe sein. ›Ach, wenn er doch schon da wäre‹, dachte sie ungeduldig.

Sie ging zur Wohnungstür, stellte sich auf die Zehenspitzen und spähte durch den Türspion, damit sie ihn sehen konnte, bevor er klingelte. Sie wusste zwar, dass er nicht so schnell aus der Königsteiner Straße zu ihr kommen konnte, blieb aber trotzdem in dieser anstrengenden Haltung stehen, bis sie nicht mehr konnte. Dann trat sie auf den Treppenabsatz, öffnete das Fenster und spähte von dort auf die Straße hinunter.

Ein leichter Nebel verschleierte die Sicht. Vereinzelte Regentropfen blieben in Karolines Haar hängen, doch sie achtete nicht darauf. Dann sah sie einen Radfahrer kommen. Ein Lastwagen, der ihn überholte, versperrte den Blick. Doch dann sah sie ihn. Er war es!

Als Ludwig vom Fahrrad stieg, konnte sie endlich trotz der tief in die Stirn gezogenen Mütze sein Gesicht sehen. Sie stürmte die Treppe hinunter, riss die Tür auf und – brach in ein etwas übertriebenes Gelächter aus.

»Ludwig«, rief sie, »was hast du denn da im Gesicht? Hast du dich mit Kohle beschmiert?«

Ludwig blieb überrascht stehen. Dann begriff er und fiel in ihr Lachen ein. »Ah, du meinst den Schnurrbart! Ich bin schon so daran gewöhnt, dass ich ihn ganz vergessen habe.«

»Und was für ein riesiger Schnauzbart«, sagte Karoline, »wie Friedrich Nietzsche! Nur dass er zu deinem Babygesicht gar nicht passt!«

Ludwig verschwieg ihr wohlweislich, dass er sich den Schnurrbart nur aus einem Grund hatte stehen lassen: um sein Kindergesicht zu kaschieren.

Sie lief ihm immer noch lachend entgegen und umarmte ihn ungestüm. Lächelnd und eng umschlungen gingen sie die Treppe hinauf. Die Beklemmung, die sie noch vor wenigen Minuten empfunden hatten, war wie weggeblasen.

»Nun, erzähle, erzähle«, bat Karoline zwischen einem Kuss und dem nächsten, und er flüsterte: »Erst du, erzähl du …«

Schließlich löste sie die Lippen von den seinen und fragte: »Willst du etwas essen?«

»Nein, nicht jetzt.«

»Etwas trinken?«

»Ja, vielleicht.«

Immer noch Küsse tauschend, murmelten sie halb erstickte Worte, während sie ins Schlafzimmer gingen. Von Karolines Eltern war wunderbarerweise nichts zu sehen, und auch das Personal schien verschwunden.

Das Abendessen fiel aus, wurde aber später durch eine nächtliche Mahlzeit ersetzt. Minuten zuvor hatten sie noch in enger Umarmung gelegen. Karoline lachte und weinte zugleich, und Ludwig küsste ihr die Glückstränen von den Augen. »Du siehst mich die ganze Zeit an«, sagte sie mit leichtem Vorwurf in der Stimme.

»So ist es«, antwortete er, »ich kann den Blick nicht von dir wenden.«

»Weil du mich begehrst?«

Er zögerte. »Ja, weil ich dich begehre.«

»Und weil es dich erregt.«

Er nickte nur, ohne zu lächeln.

Sie richtete sich im Bett auf. »Lass dich anschauen. Ich habe dich noch gar nicht richtig angesehen. Versprichst du mir, dass du dir morgen als Erstes diesen monströsen Schnurrbart abrasierst? Er kitzelt und kratzt mich im Gesicht.« Wieder brach sie in helles Lachen aus, doch diesmal klang es ganz ungezwungen.

Sobald die Eltern Schulzendorf von ihrer Tochter erfahren hatten, dass Ludwig sich telefonisch angekündigt hatte, war ihnen plötzlich eingefallen, dass sie dringende Besorgungen in der Stadt zu erledigen hatten. Als Karoline Ludwig am Ärmel des

Schlafrocks, den sie ihm geliehen hatte, in die Küche zog, war es schon weit nach Mitternacht, und die Eltern schliefen tief und fest.

Karoline stellte mit flinken Bewegungen Brot und Wurst auf den Tisch. Auch als die jungen Leute sich gegenübersaßen, blickten sie sich unverwandt an. Sie aßen schweigend mit verschlungenen Händen, während sie mit der jeweils freien Hand das Essen zum Mund führten.

Nach einer Weile sagten sie plötzlich gleichzeitig: »Jetzt musst du erzählen«, und brachen in Lachen aus.

»Wir bringen jetzt doch kein vernünftiges Gespräch zustande«, sagte Karoline schließlich, und Ludwig nickte und hielt mit den Augen ihren Blick fest.

»Eigentlich brauchst du mir auch nichts zu erzählen«, fuhr Karoline fort. »Bevor du kamst, habe ich mir eine Unmenge von Fragen zurechtgelegt, mit denen ich dich überfallen wollte, und mir gingen ebenso viele Geschichten durch den Kopf, die ich dir erzählen wollte.« Sie lächelte ihn an – mit diesem Lächeln, das sein Herz seit ihrer ersten Begegnung erbeben ließ. »Doch das ist nun gar nicht mehr nötig. Unsere Körper haben einander schon so viel erzählt. So zufrieden und glücklich wie jetzt bin ich seit einem Jahr nicht mehr gewesen.«

Ludwig nickte versonnen. »Mir geht es genauso.«

Als sie am späten Vormittag aufstanden, machte Ludwig sich tatsächlich daran, den Schnurrbart abzurasieren, während Karoline in der Tür des Badezimmers stand und zusah, wie das Rasiermesser seine vertrauten Züge bloßlegte. ›Das ist wieder mein Ludwig mit dem Babygesicht‹, dachte sie. Nach getaner Arbeit sah sie ihn fragend an, und er erriet sofort, worum es ging. »Ich weiß es nicht«, sagte er, als könnte er ihre Gedanken lesen, »ich habe keine Pläne. Hauptsache, ich bin mit dir zusammen. Ich mache alles mit, aber nur mit dir. Wo immer wir auch hingehen, ich sehe sowieso nur dich.«

»Dann werde ich dir sagen, was ich vorhabe. Zuerst gehen wir zu deinen Eltern. Ich habe mit deiner Mutter telefoniert. Sie möchte auch etwas von dir haben, nicht nur von dem *unbekannten Soldaten*, den du ihr ins Haus geschleppt hast. Sie hat versprochen, dir Kartoffelpuffer und zum Nachtisch Pfannkuchen mit süßer Quarkfüllung zu machen. Das magst du doch, nicht wahr?«

»Ich mag nur dich«, sagte er.

»Jetzt mal im Ernst«, sagte sie lachend, »zieh dich an, und wir gehen zu dir nach Hause. Von da aus machen wir einen langen Spaziergang, bei dem wir uns in Ruhe unterhalten können. Für heute Abend habe ich auch schon eine Idee, aber das werde ich dir später erzählen. Was die Nacht betrifft, dafür habe ich noch nichts geplant ...«

Ludwig lächelte und verschloss ihr die Lippen mit einem Kuss, bis Karoline sich losmachte und entschlossen verkündete: »Schluss jetzt, Ludwig, zieh dich bitte an. Wir müssen das schöne Wetter ausnützen. Außerdem dürfen wir deine Mutter nicht warten lassen.«

»Und was ist mit deinen Eltern?«, fragte Ludwig plötzlich. »Ich wohne hier quasi bei euch und habe sie nicht einmal begrüßt.«

»Keine Sorge, sie sind nicht zu Hause«, sagte Karoline, als sei das Thema damit erledigt.

Sie wollte ihm nicht erzählen, wie sehr ihre Eltern sie unter Druck setzten, seit sie erfahren hatten, dass Ludwig auf Urlaub nach Hause kommen würde. Während sie früher nichts gegen ihn einzuwenden hatten, zeigten sie sich jetzt reserviert und besorgt. Die Beziehung zwischen den jungen Leuten ging ihnen zu tief. Das war keine Freundschaft mehr und auch keine Jugendromanze. Wenn ein Jahr Trennung ihr nichts anhaben konnte, musste es schon etwas Ernstes sein, dessen Ende nicht abzusehen war.

Und zu allem Überfluss teilte ihnen ihre Tochter entschieden mit, dass ihr jüdischer Freund, mit dem sie – gottlob – weder verheiratet noch verlobt war, während seines Urlaubs bei ihnen wohnen würde! Im Zimmer der Tochter! »Hat er kein eigenes Zuhause?«, riefen die Eltern wie aus einem Munde. »Natürlich hat er das«, erwiderte Karoline, die innerlich zitterte, »aber ich möchte ihn bei mir haben. Oder wollt ihr, dass ich zu seinen Eltern ziehe?«

Karoline wusste zwar, dass Ludwigs Vater das niemals dulden würde, aber das brauchte sie ihren Eltern ja nicht auf die Nase zu binden. Mit Mühe und Not wurde eine dramatische Krise in der Familie vermieden, nachdem Karolines Eltern widerstrebend erlaubten, dass Ludwig Karoline in ihrem Zimmer besuchte – aber er durfte nicht über Nacht bleiben!

Karoline erzählte Ludwig nicht, dass die Abwesenheit der Eltern am Morgen nach ihrer Liebesnacht eine Kampfansage war. Als die Schulzendorfs merkten, dass die jungen Leute gemeinsam in Karolines Zimmer übernachtet hatten, verließen sie das Haus und schlugen die Tür hinter sich zu. Karoline fand einen entrüsteten Brief vor, in dem es hieß, sie wollten ihren »Freund« nicht mehr bei sich sehen, weder bei Tage noch bei Nacht. Wenn ihr das nicht genehm sei, schrieben die Eltern, könne sie sich eine andere Bleibe suchen.

Ludwig wusste auch nicht, dass Karoline aus dem Haus geschlichen war, als er noch geschlafen hatte. Nachdem sie den Brief ihrer Eltern entdeckt hatte, war sie zur Post gegangen und hatte ihrer Freundin Friede ein Telegramm nach Berlin geschickt.

»Nimm deinen Rucksack mit«, sagte Karoline zu Ludwig, als sie das Haus verließen.

»Wozu? Da sind ein paar Sachen drin, die ich hier brauche, mein Waschzeug und der Rasierapparat und Socken zum Wechseln und …«

»Das reicht sowieso nicht«, sagte Karoline, »bei deinen Eltern helfe ich dir, alles Nötige zusammenzupacken.« Damit warf sie sein Wasch- und Rasierzeug in den Rucksack und nahm ihn selbst auf die Schulter.

Das Mittagessen im Hause Kronheim wurde in fröhlicher Stimmung eingenommen. Mutter Selma strahlte vor Glück. Am Tage zuvor war ihr geliebter einziger Sohn nach langer Abwesenheit endlich heimgekehrt, nach Monaten, in denen sie Tag für Tag um ihn gebangt hatte – und kaum angekommen, verschwand er schon wieder. Doch nun war er da, entspannt und unbeschwert. Sogar der hässliche Schnurrbart, der sie im ersten Moment erschreckt hatte, war verschwunden. Und diese Karoline war wirklich ein reizendes Geschöpf. Sie wollte nicht darüber nachdenken, was aus der Romanze zwischen den beiden jungen Leuten werden sollte. Einstweilen schloss sie Karoline mit echter Herzlichkeit in die Arme. Sie war nicht nur ein Mädchen nach ihrem Herzen (wenn auch ein bisschen zu klein geraten), sie machte auch ihren Ludwig so glücklich!

Auch Adalbert saß gut gelaunt am Tisch. Er hatte am Abend zuvor und am Vormittag seine Familie besucht. Es war schön, ein paar Stunden bei ihr zu verbringen, doch es war auch gut, nicht zu lange dort zu bleiben. Etwas Distanz zu der ärmlichen, düsteren Atmosphäre seines Elternhauses würde ihm nicht schaden. Und Ludwigs Mutter kümmerte sich um ihn wie um einen eigenen Sohn.

Tatsächlich hatte Selma wie versprochen Kartoffelpuffer und Pfannkuchen und dazu noch Würstchen und Kartoffelsalat vorbereitet. Dazu gab es ein gutes Bier. Ludwigs Vater kam gewöhnlich nicht zum Mittagessen nach Hause. Selma richtete Ludwig in seinem Auftrag aus, er schätze es gar nicht, dass Ludwig auf Urlaub gekommen, aber gleich wieder verschwunden und die ganze Nacht nicht nach Hause gekommen sei.

»Daran wird er sich gewöhnen müssen«, sagte Ludwig trocken, »ich bin kein Pennäler mehr, der noch bei seinen Eltern wohnt.«

»Das stimmt schon«, sagte Selma, »aber du könntest ihm ruhig etwas mehr entgegenkommen. Er ist schließlich dein Vater!«

»Was meinst du damit?«

»Zum Beispiel würde dein Vater sich freuen, wenn wir ein festliches Abendessen zu deinen Ehren geben könnten.«

»Natürlich ... Ich soll in Uniform mit Eisernem Kreuz vor seinen Freunden paradieren. Also gut, ich mache mit, wenn Karoline und Adalbert auch eingeladen werden.«

Am Nachmittag und Abend durchstreiften Ludwig und Karoline Arm in Arm die Stadt. Sie gingen durch den Anlagenring und kehrten dann durch die »Freßgass« zur Oper zurück. Im Gehen erzählten sie sich, was sie im vergangenen Jahr erlebt hatten. Vieles davon wussten sie schon, weil sie unentwegt miteinander korrespondiert hatten, doch es gab immer noch viel zu fragen und zu ergänzen.

Karoline beschäftigte besonders eine Frage, die sie in ihren Briefen nie zu stellen gewagt hatte: »Wie kommen Soldaten so lange Zeit ohne Frauen aus?«

»Man muss sich eben beherrschen«, erwiderte Ludwig leichthin, um von dem Thema abzulenken.

Doch Karoline gab sich damit nicht zufrieden: »Ich habe gehört, dass die Soldaten öfters zu Huren gehen. Angeblich arrangiert die Armee sogar die Bordellbesuche für sie. Das ist doch bei Männern ein natürliches Bedürfnis, oder nicht?«, fragte sie mit einem tiefen Blick in Ludwigs blaue Augen, als wolle sie sagen, dass er in dieser Hinsicht wohl auch nicht besser sei als andere Männer.

»Nein«, versicherte Ludwig, als errate er ihre unausgesprochenen Zweifel, »für mich kommt das nicht infrage. Mich widert so etwas an, und zwar nicht nur deinetwegen. Sicher übermannt mich oft das Verlangen nach dir, aber auch wenn ich dich nicht hätte, würde ich nicht zu einer Prostituierten gehen. Mich ekelt der Gedanke, dass eine Frau für Geld mit mir schläft.«

Ein schwierigeres Thema war Ludwigs Einstellung zur Armee und zum Krieg. »Bist du immer noch so ein begeisterter Patriot wie zu Anfang des Krieges?«, fragte ihn Karoline. »Siehst du im Krieg immer noch etwas Erhabenes? Glaubst du noch an unsere gerechte Sache?«

»Natürlich glaube ich an unsere gerechte Sache!«, fiel Ludwig ihr mit erhobener Stimme ins Wort.

Karoline sah ihn nur forschend an.

»Der Krieg hat nichts mit dem zu tun, was ich mir als Kind ausgemalt habe. In meinen schlimmsten Träumen habe ich mir diese Gräuel, dieses Leiden und diese Scheußlichkeiten nicht vorstellen können. Ich hätte niemals geglaubt, dass ein Mensch solche physischen und psychischen Qualen ertragen kann. Aber ich bin davon überzeugt, dass wir keine andere Wahl haben. Wir müssen durchhalten, und wir werden durchhalten. Und nicht nur das ...« Er holte tief Luft. »Wir werden auch siegen!«

Karoline, die von Ludwigs Worten nicht recht überzeugt war, bohrte noch einmal nach. »Sag mal, Ludwig, hatte deine Kriegsbegeisterung nicht noch ein anderes Motiv?« Sie hielt inne und fuhr erst fort, als er sie fragend ansah: »Hast du in diesem Krieg nicht auch eine Chance für dich und alle anderen Juden gesehen?«

»Das stimmt nicht ganz«, unterbrach er sie, »ich habe nur geglaubt, dass unser Patriotismus und unsere Opferbereitschaft beweisen, dass wir echte Deutsche sind.«

»Glaubst du denn, dass dieses Ziel erreicht wurde?«, fragte Karoline.

»Ja«, erwiderte Ludwig entschieden, »davon bin ich fest überzeugt. Der Weg zum Sieg ist noch weit, viel weiter, als wir anfangs glaubten, doch schon jetzt ist eines klar: Das Deutschtum der Juden in diesem Land, ihre nationale Identität, kann nicht mehr in Zweifel gezogen werden.«

»Bist du dir sicher?«, fragte Karoline zweifelnd.

»Ich sehe doch, was an der Front passiert. Die Soldaten machen kaum noch antisemitische Bemerkungen, jedenfalls längst nicht mehr so viele wie vor dem Krieg im Zivilleben. Und man sieht schon hie und da jüdische Offiziere. Jedenfalls in den unteren Rängen.«

Mit einem sarkastischen Lächeln unterbrach ihn Karoline. »Als Reserveoffiziere!«

»Na und?«

»Ist doch klar: Sie sollen sich keine Illusionen machen. Reserveoffiziere können keine militärische Karriere machen.«

»Trotzdem ist es ein Durchbruch! Zum ersten Mal in der deutschen Geschichte gibt es jüdische Offiziere! Juden, die Nichtjuden Befehle erteilen!«

Je begeisterter Ludwig redete, desto bedrückter wurde Karolines Miene. »Ach Ludwig«, sagte sie schließlich leise, »du hast dich gar nicht geändert. Gestern war ich so froh, dass du dich körperlich nicht verändert hast. Du bist unversehrt geblieben, was an sich schon ein Wunder ist. Doch auch seelisch und geistig hast du dich nicht geändert. Verzeih mir, Liebster, aber ich muss dir die Augen öffnen: In der ersten Phase des Krieges, zur Zeit der großen Euphorie, waren die judenfeindlichen Stimmen tatsächlich zum Teil verstummt, doch heute ist mir klar, dass es sich dabei nur um einen taktischen Rückzug handelte. Längst kriechen die Ratten wieder aus ihren Löchern. Je härter der Krieg wird, je schwerer das Leben an der Heimatfront ist, je weniger Nahrungsmittel und lebenswichtige Güter vorhanden sind, desto stärker wird der Antisemitismus. Du weißt vielleicht gar nicht, wie hier gehetzt wird. Seit Walther Rathenau das Amt für Rohstoffbeschaffung für die Armee führt und Albert Ballin die Lebensmittelimporte für die Bevölkerung organisiert, ist nur noch von ›jüdischen Schiebern‹ und ›Gaunern‹ die Rede.«

»Keiner kann ernsthaft glauben, dass die Versorgungsschwierigkeiten auch nur das Geringste mit den Juden zu tun haben!«, warf Ludwig ein. »Die britische Blockade …«

»Mir brauchst du das nicht zu erklären«, sagte Karoline ruhig. »Aber die Leute suchen nach Sündenböcken. Den Kaiser und die Oberste Heeresleitung darf man nicht kritisieren, da müssen eben mal wieder die Juden herhalten.«

»Das glaube ich nicht«, sagte Ludwig.

»Hör zu, liebster Ludwig: Ich bin keine Jüdin und bewege mich kaum in jüdischen Kreisen. Du kennst meine Familie und meine Umwelt, das sogenannte progressive, liberale deutsche Bürgertum. In meiner Gegenwart nehmen diese Leute kein Blatt mehr vor den Mund, sofern sie das überhaupt noch tun. Ich möchte dir nicht wehtun, aber ich muss dir sagen, wie man in meinen Kreisen über die Juden redet: Juden sehen so und so aus, ein Jude denkt so und so, er benimmt sich auf die und die Art. Kurz, man bekommt die alten Vorurteile zu hören. Nichts hat sich geändert. Altruistisches Verhalten sei Juden fremd, heißt es, und das gelte für den Umgang mit anderen Menschen und auch im Zusammenhang mit gemeinsamen Zielen und Idealen. Ist dir nie aufgefallen, wie die Leute Juden ansehen? Sie sind nicht fähig und willens, in einem Juden ein Geschöpf wie jedes andere zu sehen, das nach Gottes Ebenbild erschaffen wurde. Nein, für sie ist der Jude nur ein Feind oder allenfalls ein unheimliches fremdes Wesen.«

»Karoline«, rief Ludwig entsetzt, »was redest du? Was für eine düstere Stimmung hat dich erfasst? Das klingt ja nach Mittelalter! Diese Vorurteile existieren nicht mehr. An der Peripherie mag es noch Spuren davon geben, doch auch sie verschwinden allmählich. Und in der Armee spüre ich sie gar nicht. Die Kameradschaft …«

»Wenn du nur recht hättest«, seufzte Karoline. »Ich befürchte das Gegenteil. Der Antisemitismus wird auch vor der Armee nicht haltmachen. Der ›Alldeutsche Verband‹ …«

»Lassen wir das, Karoline«, sagte Ludwig sanft. »Bist du nicht allmählich müde und hungrig? Es wird schon Abend. Komm, lass uns nach Hause gehen.«

»Nein, wir gehen nicht nach Hause. Wir gehen woanders hin, und danach habe ich noch eine Überraschung für dich.« Ihre Stimme klang jetzt gelöster. Es tat ihr leid, ihm die gute Laune verdorben zu haben. ›Der Arme‹, dachte sie bei sich, ›er hat nur zwei Wochen Urlaub, und die muss ich ihm auch noch vermiesen.‹

Inzwischen waren sie unter Karolines Führung in der Kaiserhofstraße im Stadtzentrum angelangt. Ohne auf Ludwigs Fragen einzugehen, führte ihn Karoline durch die Einfahrt eines unscheinbaren Wohnhauses zu einem Hinterhaus, das wie eine billige Kopie des Vorderhauses aussah. Dort stieg sie die Treppe zum obersten Stockwerk hinauf, während Ludwig ihr neugierig und befangen folgte. Karoline holte einen Schlüssel unter einem Blumentopf hervor und öffnete die Tür. Sie standen in einer kleinen, bescheiden möblierten Wohnung. »Das ist unser Zuhause, bis dein Urlaub zu Ende ist«, sagte sie in einem Ton, der keinen Widerspruch duldete.

»Wem gehört diese Wohnung?«, fragte Ludwig erstaunt und gab sich die Antwort gleich selbst: »Friede?«

»Stimmt genau. Sie braucht manchmal etwas Abstand von ihren Eltern. Und seit ihr Verlobter gefallen ist, kommt sie oft wochenlang her …«

Als Ludwig diese Geschichte hörte, konnte er sich nicht recht darüber freuen. Im Gegenteil. Ihm war zunehmend unbehaglich zumute. Was sollte das alles? Was war im Hause Schulzendorf geschehen? Wie kam es, dass Friede, die mit Karoline von Kindesbeinen an befreundet war und seit vielen Jahren zur Familie zu gehören schien, eine Wohnung kaufen musste, um sich mit ihrer besten Freundin treffen zu können? Doch er schwieg, weil er spürte, dass Karoline keine Geduld für heikle Fragen hatte.

»Ich möchte aber auch deine Eltern besuchen«, sagte er schließlich. Es wäre doch unhöflich, wenn er sich nicht bei ihnen sehen ließe. »Schließlich haben mich deine Eltern immer gut aufgenommen. Gestern habe ich bei euch übernachtet und sie nicht einmal begrüßt. Vielleicht gehen wir jetzt zu dir, um das nachzuholen?«

»Nicht jetzt«, wehrte Karoline ab, »nicht gleich zu Anfang unseres Wiedersehens nach so langer Trennung.«

Doch dann nahm sie ihren Mut zusammen und sagte Ludwig die Wahrheit. Gleich nachdem er eingezogen worden war, hatten ihre Eltern begonnen, sie sanft, aber beharrlich unter Druck zu setzen. Sie versuchten, ihr klarzumachen, dass ihre Beziehung zu Ludwig keine Zukunft habe. Sie solle sich nach einem jungen Mann umsehen, den sie eines Tages heiraten könne – »jemand aus unseren Kreisen, mit ähnlichem Hintergrund, der dir eine solide Basis bieten kann«. Die Anspielung hätte nicht deutlicher sein können. Die Freundschaft mit einem Juden wurde geduldet, doch das war auch alles. Ludwigs Einberufung war in den Augen der Eltern eine willkommene Gelegenheit, ihn auf elegante Weise loszuwerden. Als Karoline sich hartnäckig weigerte, auf Ludwig zu verzichten, wurde die Stimmung in der Familie immer gespannter. »Deshalb habe ich dich auch gebeten, deine Briefe postlagernd zu schicken«, schloss Karoline ihren Bericht.

Ludwig war wie gelähmt. »Ich bin trotzdem der Meinung, dass ich deine Eltern besuchen muss«, sagte er. »Es ist undenkbar, dass ich mich überhaupt nicht bei ihnen blicken lasse. Das gebietet alleine die Höflichkeit. Ich weiß immer noch, was Manieren sind, auch nach einem Jahr im Schützengraben. Komm, lass uns jetzt zu ihnen gehen. Ich bitte dich darum! Angenehm wird es nicht sein, aber es ist notwendig.« Noch während er sprach, fuhr ihm der Gedanke durch den Kopf: ›Wenn ich sie jetzt nicht besuche, kommt es zu einem endgültigen Bruch zwischen ihnen und Karoline, und sobald ich wieder im Schützengraben sitze, werden die Eltern versuchen, das Verhältnis zu ihrer Tochter zu kitten, und ich werde das Opfer ihrer Versöhnung sein.‹

Karoline kam Ludwigs plötzliche Entschlossenheit alles andere als gelegen. Doch sie musste einsehen, dass es besser war, nicht alle Brücken hinter sich abzubrechen, zumal sie in Frankfurt zurückbleiben würde. »In Ordnung«, sagte sie, »wir gehen zu mir nach Hause, aber nicht heute Abend. Müssen wir jetzt eine Krise heraufbeschwören, nachdem wir uns gerade wiedergefunden haben? Ich habe für diesen Abend eine kleine Überraschung geplant. Morgen haben wir immer noch Zeit, meine Eltern zu besuchen.«

Karoline hatte alles Nötige in Ludwigs Rucksack gepackt, als sie bei den Kronheims waren. »Komm, hier sind Kleider zum Wechseln«, sagte sie. »Wir gehen heute Abend groß aus. Ich habe uns einen Tisch bestellt und einen Haufen Geld eingesteckt!« Lachend gab sie ihm einen Stoß vor die Brust, als wolle sie ihn mit ihrer gezwungenen Munterkeit anstecken.

Das Restaurant war mit bunten, etwas zu grellen Farben beleuchtet. Wie ein riesiges Schild verkündete, war es nach dem Kaiser Franz Joseph benannt. »Unserem Verbündeten gebührt ein Ehrenplatz in einer der größten Städte des deutschen Kaiserreiches«, erklärte der Wirt dem jungen Paar, als er seine übliche Runde unter den Gästen machte. Einen österreichischen Akzent brachte er nicht zuwege, doch dafür zierte ihn ein Bart nach dem Vorbild des Kaisers: wild wuchernde Backenkoteletten über einem glatt rasierten Kinn. Statt der kaiserlichen Glatze hatte er eine nach hinten gebürstete Haarmähne, die einer Perücke glich. Vielleicht stellte er sich vor, dass der österreichische Kaiser in seiner Jugend so ausgesehen hatte. Er trug einen roten Frack über einer goldgestreiften Weste und ein weißes Hemd mit schwarzer Krawatte. Das Menü war zweifellos eine Abwechslung von der üblichen Frankfurter Kost: Frittaten- und Gulaschsuppe, Tafelspitz und Wiener Schnitzel und zum Nachtisch die berühmten Marillenknödel. Eine kleine Kapelle spielte einen Walzer nach dem anderen.

Der Wirt war allgegenwärtig: Er scharwenzelte ohne ersichtlichen Grund kreuz und quer durch den großen, voll besetzten

Speiseraum, und da die Wandspiegel zu allem Überfluss sein Bild in alle Richtungen ausstrahlten, hatten die Gäste das Gefühl, dass er sich ständig um sie bemühte. Kaiser Franz Joseph, der Verbündete Deutschlands, als vollendeter Gastgeber!

Ludwig warf einen skeptischen Blick in die Runde. »Ist das nicht ein bisschen kitschig?«

»Ja, schon«, meinte Karoline, »aber Kitsch ist doch amüsant«, und da sie sich diese kleine Spitze nicht versagen wollte, fügte sie hinzu: »Patriotischer Kitsch! Denn hier ist alles patriotisch: unser historisches Rathaus, der Römer und der Dom, wo Kaiser und Könige des Heiligen Römischen Reiches gekrönt wurden. Und wer führte das Ende dieses Reiches herbei? Wie gewöhnlich der Erzfeind, in Gestalt von Napoleon. Und jetzt schließt sich der Kreis: In diesem großen patriotischen Krieg sind wir wieder mit dem österreichischen Kaiser verbündet. Ist das kein Grund, hier unser Wiedersehen zu feiern?«

Ludwig wurde das Gefühl nicht los, dass sie sich über ihn lustig machte. Während er noch schwankte, ob er lachen oder den Beleidigten spielen sollte, fügte Karoline hinzu: »Übrigens haben wir den Österreichern auch ihre Hymne gestohlen und sie zu unserem patriotischen ›Deutschland, Deutschland über alles‹ gemacht. Da ist es doch nur angemessen, in österreichischer Atmosphäre zu tafeln, nicht wahr?« Sie prostete Ludwig zu, der sich nun doch das Lachen nicht verbeißen konnte.

Ihre Gläser wurden fleißig mit »Gespritztem« gefüllt, einer Mischung aus Weißwein und Mineralwasser, und als sie sich schließlich im Walzertakt auf der Tanzfläche drehten, schwirrte ihnen der Kopf. Auf dem Heimweg in die Kaiserhofstraße summten sie Walzermelodien und legten ab und zu ein Tänzchen ein, das unweigerlich mit einem langen Kuss endete.

13

Als sie am nächsten Tag in enger Umarmung aufwachten, fiel Karoline ein, dass sie nichts eingekauft hatte. Es gab nur ein paar Getränke und Zwieback. »Heute ist Sonntag, alle Geschäfte sind geschlossen«, sagte sie.

»Wir können doch bei meinen Eltern frühstücken«, schlug Ludwig vor.

In der Königsteiner Straße war Mutter Selma mit Vorbereitungen für das Festessen beschäftigt, das die Kronheims zu Ehren ihres Sohnes geben wollten.

»Wann soll es denn stattfinden?«, fragte Ludwig.

»Übermorgen Abend. Hier ist die Gästeliste, die dein Vater zusammengestellt hat.« Ludwig überflog die Namen. Er kannte fast keinen der Eingeladenen, und auch seine Mutter kannte sie nur zum Teil. Die Auswahl, die der Vater getroffen hatte, kam offenbar seinen gesellschaftlichen Erwägungen und Bedürfnissen entgegen. Ludwig sollte das Vorzeigeobjekt sein. Das Prunkstück des Abends.

»Übrigens soll ich dich von Adalbert grüßen«, sagte die Mutter. »Er ist dann doch lieber zu seiner Familie gegangen.«

»Das tut mir leid«, sagte Ludwig, aber das war gelogen. In Wirklichkeit hatte er den Kameraden völlig vergessen und schämte sich jetzt ein bisschen dafür.

Während sie noch redeten, kam der Vater nach Hause. Dr. Kronheim begrüßte seinen Sohn kühl, doch Karoline mit ungewohnter Liebenswürdigkeit. Die Schulzendorfs waren schließlich eine angesehene Familie, die dem Vater auch gesellschaftlich wichtig war. Dass seine Freundlichkeit nicht als Billigung ihrer Beziehung ausgelegt werden konnte, war sowohl Ludwig als auch Karoline klar. Als der Vater seinem Sohn einen zweiten Blick gönnte, rief er tadelnd: »Wo ist denn dein Schnurrbart? Damit sahst du viel männlicher aus!« Er musterte Ludwig mit enttäuschter Miene und zwirbelte seine schneidigen wilhelminischen Schnurrbartspitzen. »Warum hast du ihn abrasiert? Nun ja«, fügte er in strengem Ton hinzu, »du wirst ja hoffentlich in Uniform erscheinen.«

»Versteht sich«, sagte Ludwig, »und natürlich mit Eisernem Kreuz.«

Er ging zum Telefon, das im Flur an der Wand hing, und rief ohne vorherige Ankündigung und in Hörweite aller Anwesenden Karolines Eltern an. Die Mutter nahm den Hörer ab. Als Ludwig sich meldete, gab sie ihrem Mann einen Wink, das Gespräch am zweiten Hörer zu verfolgen. Ludwig bemühte sich, Herzlichkeit in seine Stimme zu legen, entschuldigte sich, weil er die Schulzendorfs noch nicht begrüßt hatte, und bat um Erlaubnis, ihnen am nächsten Tag in den Nachmittagsstunden »seine Aufwartung machen zu dürfen«. Und bevor Karolines Eltern, die überraschte Blicke wechselten, etwas einwenden konnten, kam er ihnen zuvor: »Ich bin jetzt zu Hause. Meine Eltern geben übermorgen ein Abendessen anlässlich meines Urlaubs und würden Sie gern dazu einladen. Ich gebe das Gespräch an meinen Vater weiter.«

Der verblüffte Vater nahm den Hörer, räusperte sich, begrüßte Karolines Mutter mit übertriebener Höflichkeit und gab seiner Hoffnung Ausdruck, das Ehepaar Schulzendorf in seinem Haus begrüßen zu dürfen. Karolines Vater bedeutete seiner Frau mit einem ergebenen Schulterzucken, die Einladung anzunehmen. Nachdem sie zugesagt hatten, nahm Ludwig seinem Vater den Hörer aus der Hand, was sich dieser erleichtert gefallen ließ, und rief in die Muschel: »Darf ich Sie also morgen Nachmittag um vier aufsuchen?«

»Äh, ja – ja, natürlich«, sagte Frau Schulzendorf verwirrt.

Ludwig lächelte Karoline zu, die diese unerwartete Szene stumm und verlegen verfolgt hatte. Ihre starre Miene heiterte sich aber nicht auf, und auch Ludwigs Lächeln wirkte recht angestrengt. Er wusste, dass ihm eine harte Prüfung bevorstand, aber nachdem er die Sache einmal in Gang gebracht hatte, konnte er nicht mehr zurück.

Für den Besuch in der Schumannstraße zog Ludwig seine Uniform an und vergaß natürlich auch das Eiserne Kreuz nicht. Auf dem Weg zu den Schulzendorfs machten sie alle möglichen Umwege, als wollten sie noch in letzter Minute davonlaufen. Sogar einen Besuch im Zoologischen Garten hielt Karoline plötzlich für unumgänglich. Vor sich selbst rechtfertigten sie diese Verzögerung mit dem Argument, dass sie sich über alle Fragen aussprechen müssten, die von Karolines Eltern gestellt werden könnten. Sie gingen Arm in Arm zwischen den Käfigen und Freianlagen herum, als ob sie sich stützen müssten. »Wenn wir es hinausschieben, wird alles nur noch schlimmer«, sagte Karoline schließlich. »Komm, wir gehen in die Höhle des Löwen, und damit Schluss.«

»Oder wir springen ins kalte Wasser wie die Flusspferde«, sagte Ludwig mit schiefem Lächeln.

Um schneller ins Westend zu kommen, nahmen sie diesmal die Straßenbahn. Karolines Eltern waren ungehalten, weil sie so lange hatten warten müssen, ließen sich aber nichts anmerken. Sie küssten ihre Tochter und drückten Ludwig mit demonstrativer Herzlichkeit die Hand. Auf dem Tisch standen typische Frankfurter Leckereien wie Haddekuchen, Bethmännchen und Frankfurter Brenten, bunte Schnittchen mit verschiedenen Käse- und Schinkensorten, einheimischer Riesling und kalte Getränke. Karoline traute ihren Augen nicht. Einen solchen Empfang hatte sie nicht erwartet. Nachdem sie ein Jahr lang wegen der Beziehung zu Ludwig mit ihren Eltern auf Kriegsfuß gestanden hatte, nachdem sie die letzten beiden Tage und vor allem Nächte mit ihrem Geliebten verbracht hatte, was dem Blutdruck ihrer Eltern sicher nicht gut bekommen war, wurde sie so herzlich zu Hause empfangen? Was hatte das zu bedeuten?

Doch der Stimmungswechsel schien anzuhalten. Die Eltern unterhielten sich höchst angeregt mit Ludwig, beglückwünschten ihn mehrmals zu seinem Orden und bestürmten ihn mit Fragen über seine Fronterlebnisse.

Ludwig, der sich zusehends entspannte, antwortete bereitwillig, und die Eltern schienen seinen Bericht mit größter Spannung zu verfolgen. Sie erzählten ihrerseits in allen Einzelheiten von dem schweren Leben an der Heimatfront, den steigenden Preisen, den Kriegsinvaliden, die man überall auf der Straße sah, und den vielen Familien, die um gefallene Soldaten trauerten. Doch sie erklärten feierlich, dass sich niemand beklage. »Wir halten durch«, sagten sie, »denn wir wissen, dass ihr im Feld durchhaltet. Ihr seid die Helden, die uns Mut machen.«

Sie redeten und redeten, als sei ihr einziges Anliegen, eine herzliche Beziehung zu Ludwig herzustellen. Während Vater Schulzendorf auf ihn einredete, strich er beinahe liebevoll mit der Hand über das Eiserne Kreuz an seiner Brust, und Ludwig strahlte vor Genugtuung.

Auf dem Rückweg in die Kaiserhofstraße war Ludwig im siebten Himmel. Endlich hatte er die Eltern seiner Liebsten für sich gewonnen! Kein Zweifel: Das hatten die Uniform, das Eiserne Kreuz und sein Frontdienst in der vordersten Linie bewirkt. Jude oder nicht, er war ein deutscher Soldat! Sogar das »unschickliche« Betragen der Liebenden, die unverheiratet und gegen den Willen der Eltern ihre Nächte miteinander verbrachten, fiel dabei nicht mehr ins Gewicht. Er wurde in die Familie aufgenommen! Damit nicht genug: Das Ehepaar Schulzendorf hatte die Einladung zu dem festlichen Abendessen bei seinen Eltern angenommen. Er war am Ziel!

Karoline sah ihn im Gehen von der Seite an. Er redete in Gedanken mit sich selbst und schien außer sich vor Glück. Ab und zu blieb er stehen, küsste sie stürmisch und hing dann weiter seinen Träumen nach. Sie beschloss, ihn nicht aus seinen Illusionen zu reißen. Ihr nämlich war im Laufe des Gesprächs klar geworden, welche Absicht ihre Eltern verfolgten: Ihr Redefluss sollte verhindern, dass außer dem Krieg andere Dinge zur Sprache kamen. Mit ihrer überströmenden Freundlichkeit hofften sie, von dem Thema der gegenwärtigen und vor allem der künftigen Beziehung zwischen ihrer Tochter und Ludwig abzulenken.

Sie fühlte einen Stich im Herzen. Ihre Eltern waren zu allem bereit, wenn nur das Wichtigste, das allen vier Anwesenden auf der Seele brannte, nicht gesagt wurde. Sie wollten, dass Ludwig an die Front zurückkehrte, ohne Probleme zu machen und einen Bruch zwischen ihnen und ihrer Tochter herbeizuführen. Wenn er erst wieder weg war, würden sie die Widerspenstige schon zähmen und zurück auf den richtigen Weg führen. Außerdem wusste man ja auch gar nicht, ob Ludwig den Krieg überleben würde. Wenn er nicht zurückkam, gab es erst recht keinen Grund, die Krise mit der Tochter auf die Spitze zu treiben.

›Was nützt es, wenn ich versuche, ihm die Tatsachen des Lebens zu erklären?‹, dachte sie. ›Entweder glaubt er mir nicht und wirft mir wieder einmal vor, ich sei eine Schwarzseherin, oder ich überzeuge ihn und verderbe ihm den Urlaub. Schlimmer noch: Er kehrt todunglücklich an die Front zurück. Wozu ihm das Herz schwer machen? Das Problem muss ich sowieso alleine lösen. Nach seinem Urlaub gehe ich zu meinen Eltern zurück, und dann beginnt der eigentliche Kampf. Er wird nicht einmal davon erfahren.‹ Karoline rang sich ein Lächeln ab und umarmte ihn leidenschaftlich, als sei sie so glücklich wie er.

Das Abendessen bei den Kronheims war wirklich so festlich, wie es die Eltern gehofft hatten. Mutter Selma setzte alles daran, dass die Bewirtung selbst das übertraf, was sie bei festlichen Anlässen in besseren Zeiten auf den Tisch gebracht hatte. Sie hatte ihre Freundinnen mobilisiert, um selten gewordene Lebensmittel und Zutaten aufzutreiben. Es gab Ochsenschwanzsuppe, kalten Braten mit Grüner Soße, Rehrücken mit Preiselbeeren, Rosenkohl und Kartoffelgratin, verschiedene Salate und Beilagen und zum Nachtisch Weincreme mit Mandelmakronen. Der ausgezogene Mahagonitisch war mit einer blütenweißen Damasttischdecke mit passenden, kunstvoll gefalteten Servietten, brennenden Kerzen und Blumengestecken geschmückt. Das Silberbesteck mit eingraviertem Monogramm glänzte um die Wette mit böhmischen Kristallgläsern, und zur Feier des Tages hatte Selma das Meißner Porzellan aus dem Büfett geholt. Zu trinken gab es pfälzischen Riesling und badischen Rotwein.

Ludwig, der wie versprochen mit Uniform und Orden erschienen war, musterte mit amüsiertem Staunen die Aufmachung seines Vaters. Alle Gäste waren festlich gekleidet, die Männer im Gehrock, doch Dr. Kronheim trug einen Frack, ein Frackhemd mit Stehkragen und einer weißen Gardenie im Knopfloch, außerdem eine Weste, auf der eine schwere goldene Uhrkette glänzte. Ludwig hatte eine Armbanduhr wie andere junge Leute, doch sein Vater hätte auch im Alltag seine Taschenuhr niemals gegen einen so plebejischen Zeitmesser eingetauscht. Seine Schnurrbartspitzen hatte er mit Pomade so hochgezwirbelt, dass sie fast den Zwicker auf seiner Nase berührten. In der Hand hielt er eine ziselierte Silberdose mit Zigarren und Zigaretten, die er seinen Gästen anbot.

Unter den Anwesenden, die Ludwig zum größten Teil nicht kannte, waren weder Verwandte noch jüdische Freunde. Diese Verwandten zu besuchen stand ihm also noch bevor. Dr. Kronheim hatte nur »Persönlichkeiten von Rang« eingeladen, die seine gesellschaftliche Position in der Stadt Frankfurt aufwerten konnten. Auf sie wollte er Eindruck machen und zeigen, dass die Familie Kronheim »dazugehörte«. Der Sohn, der als dekorierter

Kriegsheld von der Front heimgekehrt war, war der Beweis, dass Dr. Kronheim und seine Familie hinter keinem zurückstehen mussten.

Ludwigs Vater entfaltete einen Charme, den seine Familie und Freunde nur genießen durften, wenn er sich in größerem Kreis produzierte. Mit Witzen und Anekdoten brillierte er nur vor Leuten, die er beeindrucken wollte. Das Ehepaar Schulzendorf und Karoline empfing er mit besonderer Liebenswürdigkeit. Ludwig fragte sich, ob sein Vater auf die »Eroberung« dieses Mädchens aus guter Familie ebenso stolz war wie auf sein Eisernes Kreuz. Karolines Eltern begrüßten ihrerseits Ludwig mit der gleichen Herzlichkeit, die sie bei seinem Besuch in ihrem Hause zur Schau getragen hatten.

Die Konversation drehte sich natürlich um den Krieg. Abgesehen von den üblichen Fragen nach seinen Fronterfahrungen erkundigten sich die Gäste nach Ludwigs Prognosen für den weiteren Kriegsverlauf. Natürlich wollten sie hören, dass der Krieg trotz anfänglicher Rückschläge im Ganzen zufriedenstellend verlief. Der Sieg werde nicht mehr lange auf sich warten lassen, behaupteten einige würdige Herren, die Frage sei nur, wie man ihn am besten herbeiführe. Sie redeten sich die Köpfe heiß und überboten sich mit kühnen strategischen Vorschlägen.

Jeder ließ seiner Fantasie freien Lauf: Der eine erstürmte Sankt Petersburg und warf nach dem Sieg über Russland die frei gewordenen Truppen an die Westfront. Der andere hatte Paris erobert und plante eine Invasion Englands. Der Dritte kesselte die Engländer in Belgien ein. Der Vierte versenkte die französische und englische Flotte. »Mit unseren U-Booten werden wir den Feind vernichten«, verkündete er voller Pathos.

Ludwig trat mit geheucheltem Interesse auf ihn zu: »Sie haben gewiss in der Marine gedient, nicht wahr?«

»Nein«, erwiderte der Gast kleinlaut, »ich bin wegen meines Gesundheitszustands leider nicht eingezogen worden. Doch ich habe mich eingehend mit Kriegsliteratur beschäftigt!«

Nach dieser Bemerkung wandten sich die Gäste wieder Ludwig zu, den sie über ihren strategischen Diskussionen schier vergessen hatten. »Und was sagt unser Kriegsheld dazu?«, wollte einer der Herren wissen. »Wie steht es um den Krieg? Wie wird er weitergehen?«

»Ich weiß es nicht«, erwiderte Ludwig verlegen. »Im Schützengraben hat man keine Ahnung, wie der Krieg verläuft. Wir wissen kaum, was an unserem eigenen Frontabschnitt passiert.« Als Ludwig die enttäuschten Gesichter sah, versuchte er, ein wenig konkreter zu werden: »Was wir hören, sind eine Menge Gerüchte. Viele behaupten, sie wüssten über den Verlauf des Kriegs und die generelle Strategie Bescheid. Das sind im Allgemeinen Soldaten, die Kontakt zu Offizieren haben, als Fahrer oder Bedienstete in der Offiziersmesse, wenn es eine solche gibt. Sie hören da und dort Gespräche unter den Offizieren mit. Ob sie das Gehörte verstehen, ist ihnen gleichgültig. Es kommt ihnen nur darauf an, sich mit ihrem Wissen zu brüsten. Wollte man ihnen glauben, hätten wir schon hundertmal gesiegt. Ich glaube nicht, dass Sie solche Berichte von mir hören wollen.« Ludwig hatte ein allgemeines Gelächter erwartet, doch niemand lachte. Die einzige Reaktion waren bestürzte Blicke.

Dr. Kronheim missfiel die Richtung, die das Gespräch genommen hatte, und er versuchte, die Stimmung mit einer patriotischen Anekdote zu retten: »Natürlich werden wir gewinnen. Wir kennen ja unsere Franzosen. Kennen Sie die Geschichte von dem mutigen französischen Leutnant, der seinen Soldaten im Schützengraben befiehlt, die deutschen Stellungen zu stürmen? Als alle mit aufgepflanztem Bajonett am Grabenrand angetreten sind, ruft er: ›*En avant!*‹, springt aus dem Graben und läuft auf den Feind zu. Nach ein paar Sekunden merkt er, dass er allein ist. Niemand ist ihm gefolgt. Er blickt sich um und sieht seine Soldaten im Graben stehen. Sie klatschen ihm Beifall und schreien: ›Bravo, bravo!‹«

Diesmal brachen zu Dr. Kronheims Zufriedenheit alle in lautes Gelächter aus. Nur Ludwig saß wie erstarrt. Karoline, die schon immer empfindlich auf patriotischen und militaristischen Gefühlsüberschwang reagiert hatte, warf ihm einen besorgten Blick zu. ›Er ist kreidebleich‹, dachte sie erschrocken. ›Ist ihm übel? Wird er sich übergeben? Oder womöglich das Haus verlassen?‹

In der Hoffnung, die Atmosphäre ein wenig zu entspannen, mischte sie sich in das Gespräch der Männer. »Ludwig«, sagte sie mit lauter Stimme, »erzähl uns doch von dem seltsamen und wunderbaren Weihnachtsabend. Das ist eine der unglaublichsten und schönsten Geschichten, die ich je gehört habe.«

Ludwig zögerte ein wenig, während ihn alle erwartungsvoll ansahen. Sollte er diese Geschichte tatsächlich vor diesen Hohlköpfen ausbreiten? »Ja«, sagte er schließlich. »Das war ziemlich seltsam. Es war am 24. Dezember, am Heiligen Abend.« Er stockte. Am Weihnachtsabend hatte an der Front Stille geherrscht. Auf beiden Seiten ruhten die Waffen. Es hatte geschneit, alles war weiß, und die Soldaten in den Schützengräben hatten große Not, beim reglosen Sitzen nicht zu erfrieren. Vor Ludwig und seinen Kameraden lagen die Geschenkpakete, die aus der Heimat gekommen waren. Noch zögerten sie, die Pakete zu öffnen. Sie wollten sich die Freude ein wenig aufsparen. Zu lange durfte man damit nicht warten, weil niemand wusste, ob die Gefechtspause nicht bald zu Ende sein würde.

Einer der Soldaten summte »Stille Nacht, heilige Nacht«. Nach und nach stimmten andere ein. Erst summten sie mit, dann sangen sie leise. Als schämten sie sich. Als passe das feierlich fromme Lied nicht zu diesem Ort. Und dann hörten sie, dass auch in den französischen Schützengräben, nur ein paar Dutzend Meter entfernt, ein Lied angestimmt wurde. Auch dort wurde so zögernd und leise gesungen, dass sie die Worte nicht hören konnten, doch die Melodie war dieselbe. Die Soldaten sahen sich überrascht an. Sie sagten nichts, aber es war klar, dass sie dasselbe dachten: ›Wie, auch sie? Auch für sie ist jetzt

Weihnachten? Mit denselben Liedern?‹ Einige Mutige hoben den Kopf über den Grabenrand, um sich zu vergewissern, dass sie nicht geträumt hatten. Und als kein Schuss fiel, als niemand sein Zielfernrohr auf sie richtete, klangen ihre Stimmen zuversichtlicher. Der Gesang wurde lauter, die Scheu war verflogen. Auch auf der gegnerischen Seite lugten erst wenige, dann immer mehr Köpfe aus den Schützengräben hervor. Auch auf sie wurde nicht geschossen. Und dann geschah das Unglaubliche: Wie auf den Einsatz eines unsichtbaren Dirigenten erklangen aus allen Schützengräben Weihnachtslieder. Der Gesang schwoll an und brach nicht mehr ab: Immer neue Lieder mit den gleichen oder ähnlichen Melodien, bis – wie auf ein geheimes Zeichen – die Soldaten aus ihren Schützengräben kletterten und zögernd aufeinander zugingen. Singend, mit brennenden Kerzen in der Hand. Hie und da brachten sie einige Tische und stellten sie im Niemandsland auf. Andere stellten Kerzen darauf und einige auch Geschenkpakete. Die Soldaten sahen sich ungläubig an. Was da geschah, war ein Wunder. Niemand hatte Angst.

Ludwig hatte fassungslos und erschüttert mit einer Kerze in der Hand bei den Kameraden gestanden. Die Franzosen standen zum Greifen nahe vor ihm. Er musterte schweigend die »Erzfeinde« seines Vaterlands. Ein Soldat fiel ihm auf, der die anderen um Haupteslänge überragte. Auch er hielt eine Kerze, doch er bewegte die Lippen nicht, genau wie Ludwig. Nach ein paar Minuten ging Ludwig auf ihn zu und flüsterte ihm auf Französisch zu: »Entschuldigen Sie, darf ich so indiskret sein und fragen, warum Sie nicht mitsingen?«

Der Franzose sah ihn überrascht an und sagte leise: »Ich kenne diese Lieder nicht gut genug. Gehört habe ich sie manchmal, aber ich kann sie nicht auswendig. Ich bin Jude.« Ludwig traute seinen Ohren nicht. Auch auf französischer Seite kämpften Juden? Das hatte er sich noch nie überlegt. Wie kam es, dass er und seine jüdischen Freunde niemals an die Möglichkeit gedacht hatten, dass sie im Krieg andere Juden umbringen müssten? Wo war die viel beschworene jüdische Schicksalsgemeinschaft? Komisch, selbst die Feldrabbiner hatten zu diesem Thema nie etwas gesagt.

Doch sogleich meldete sich eine andere Stimme: Nein, da gibt es kein Dilemma! Man ist Deutscher, und wer einem im Feld gegenübersteht, ist ein feindlicher Soldat, mehr nicht.

Aber Ludwig konnte die Augen nicht von dem hochgewachsenen Juden abwenden. Dessen Gesichtsausdruck und dessen Blick verrieten seine innere Bewegung, als Ludwig sich vorstellte und bekannte, dass auch er Jude sei.

»Ich heiße Louis, Louis Naquet«, sagte der Franzose und gab ihm die Hand.

Als die Lieder verklangen, standen die Soldaten beider Seiten noch eine Weile beieinander. Keiner wollte gehen. Einige unterhielten sich im Flüsterton. Von den Franzosen sprachen nur die allerwenigsten Deutsch, und die meisten Deutschen konnten nicht genug Französisch. Doch das Schweigen hatte noch einen anderen Grund: die unvorstellbare und unerklärliche Situation, in die sie geraten waren. Ludwig und Louis wechselten ein paar Worte über die Religion, die in ihrer beider Leben keine besondere Rolle spielte. Ludwig sagte lächelnd, er habe mit dreizehn seine Bar-Mizwa gefeiert, aber nicht viel davon verstanden, und Louis bestätigte, dass es bei ihm nicht viel anders gewesen sei. Es war mehr das Fest ihrer Eltern gewesen; sie hatten als Kinder ihre Rolle gespielt und die mühsam auswendig gelernten hebräischen Worte deklamiert. Ludwig erzählte von seiner Familie und seinem Studium an der Universität, Louis von der kleinen Bäckerei seiner Eltern.

»Ich wollte schon immer mal nach Bordeaux«, sagte Ludwig. Lächelnd fügte er hinzu: »Wenn wir Frankreich besetzt haben, dann komme ich dich besuchen.«

»Um meine Heimat zu besuchen, brauchst du keinen Krieg«, sagte Louis.

Irgendwann, wieder ohne erkennbares Zeichen, zogen sich die Soldaten mit ihren Offizieren zurück und gingen langsam und bedächtig zu ihren Schützengräben. Louis und Ludwig schieden ohne Händedruck voneinander. Sie tauschten nur einen Abschiedsblick und folgten, wie von fremder Hand geführt, ihren Kameraden.

»Na, was ist?«, rief Ludwigs Vater. »Willst du nun erzählen oder nicht?«

»Ja«, sagte Ludwig. »Es war am Heiligen Abend. Es war ein heller, sonniger Tag. Die Front war ganz ruhig. Seit dem frühen Morgen war noch kein Schuss gefallen. Und plötzlich rief eine Stimme aus dem französischen Graben: ›Fröhliche Weihnachten! Lasst uns die Toten begraben!‹ Und obwohl es streng verboten war, haben ein paar Kameraden geantwortet. Innerhalb von Minuten standen wir vor dem Graben, und die Franzosen sind uns entgegengekommen. Sie haben gewinkt, und wir haben zurückgewinkt. Wir haben uns die Hände gereicht, wir haben die Toten geborgen, wir haben gesungen, und wir haben gebetet. Ich habe mit einem jungen Mann gesprochen, der war aus Bordeaux. Sein Vater war Bäcker. ›Eigentlich feiere ich Weihnachten gar nicht‹, hat er gesagt, ›ich bin Jude.‹« Ludwig musste einen Schluck Wein trinken. »Ich bin vorher nie auf den Gedanken gekommen, dass auf der anderen Seite auch Juden kämpfen«, sagte er.

Während er sprach, schien die Atmosphäre im Raum zu gefrieren. Karoline hörte, dass einer der Gäste seinem Tischnachbarn zuflüsterte: »Verbrüderung mit dem Feind? Ist das nicht Verrat?«

Ohne auf die allgemeine Stimmung zu achten, fuhr Ludwig fort: »Ich habe auf der Heimfahrt einen jüdischen Bekannten aus Frankfurt getroffen. Er wohnt im Ostend und heißt Otto Frank. Als ich ihm von meiner Begegnung erzählte, hat er gesagt, er habe drei Vettern in Frankreich, die alle in der Armee dienen. ›Und was machst du, wenn du ihnen auf dem Schlachtfeld begegnest?‹, hab ich ihn gefragt. Er hat mit den Achseln gezuckt. ›Nichts. Sie sind französische Soldaten. Ich würde sie abknallen wie jeden anderen Franzmann.‹«

Das gefiel Dr. Kronheim schon besser. »Ich kenne die Familie Frank«, warf er ein, »eine der ältesten jüdischen Familien von Frankfurt und vorbildliche deutsche Patrioten.«

»Was ist aus Ihrem Franzosen geworden, dem Sie am Heiligen Abend begegnet sind?«, fragte eine der Damen. »Haben Sie noch einmal von ihm gehört?«

»Er ist tot«, fiel ihr Dr. Kronheim ins Wort, »Ludwig hat ihn gleich am nächsten Morgen erschossen, als der Krieg weiterging.« Die Gäste lachten beifällig und wandten sich anderen Gesprächsthemen zu.

»Ich geh jetzt«, flüsterte Ludwig, »und zwar sofort!« Karoline warf einen hastigen Blick in die Runde. Ihr war klar, dass es einen schlechten Eindruck machen würde, wenn Ludwig vorzeitig ging, ganz zu schweigen von einem gemeinsamen Aufbruch.

Mutter Selma hatte Ludwig den ganzen Abend beobachtet, obwohl sie damit beschäftigt gewesen war, den beiden Dienstmädchen beim Servieren zu helfen. Sie kannte ihren sensiblen Sohn und wusste, dass er gleich explodieren würde. Es galt, schnell zu handeln. Kurz entschlossen stand sie auf und bat ihre Gäste, ihren Sohn Ludwig nun zu entschuldigen. »Unser Soldat leidet unter einem extremen Schlafmangel, und ich möchte ihm dazu verhelfen, dass er in seinem kurzen Urlaub auch wirklich zur Ruhe kommt, damit er in besserem Zustand zur Front zurückkehren kann. Entschuldigen Sie uns bitte.« Sie zupfte Ludwig am Ärmel und drohte ihm mit gespielter Strenge mit dem Finger: »Keine Widerrede! In diesem Haus bist du kein Kriegsheld, sondern mein Sohn, und ich verordne dir, schlafen zu gehen.«

Dr. Kronheim verschlug es die Sprache. Wo nahm seine Frau diese Dreistigkeit her? Während Ludwig sich mit einem Händedruck von den Gästen verabschiedete, warf seine Mutter Karoline einen Blick zu. Bleiben Sie sitzen, hieß das, ich regle das schon. Karoline nickte unmerklich. Selma zog Ludwig am Ärmel und führte ihn in sein ehemaliges Zimmer. »Bleib hier«, sagte sie leise, »ich werde den Gästen schon klarmachen, dass es reichlich spät ist. Wenn sie fort sind, kannst du gehen und Karoline mitnehmen. Sie hat schon verstanden und wartet auf dich.«

Zwei Wochen Urlaub vergingen wie im Fluge. Obwohl Ludwig und Karoline fast die ganze Zeit zusammen waren, hatten sie das Gefühl, sich noch längst nicht alles gesagt zu haben. Sie waren auch nicht dazu gekommen, über ihre gemeinsame Zukunft zu reden. »Wir hatten nicht genug Zeit«, erklärten sie einander. In Wirklichkeit lag die Sache anders: Sie wussten nicht, was sie über ihre Zukunft sagen sollten. Beiden war klar, was sie erhofften, aber wie kann man Gefühle in klare Worte fassen, wenn die Zukunft so unsicher ist?

Den letzten Abend musste Ludwig im Sammelquartier in der Festhalle verbringen. Die Soldaten sollten noch in der Nacht zum Bahnhof gebracht werden und von dort aus den langen und mühseligen Rückweg zur Front antreten.

Karoline kämpfte tapfer mit den Tränen und rang sich ein mühsames Lächeln ab. »Liebster Ludwig«, sagte sie, »zu Beginn deines Urlaubs habe ich dir gesagt, dass du dich nicht geändert hast, im positiven wie im negativen Sinn. Jetzt bitte ich dich inständig: Ändere dich auch in Zukunft nicht. Bleib, wie du bist, bleib immer du selbst.«

»Du irrst, mein Herz«, widersprach Ludwig. »Ich habe mich doch geändert. Nicht in allem, aber in einer wesentlichen Hinsicht, und ich sehe in dieser Änderung einen großen Fortschritt. Wenn ich zurückblicke, kann ich mich nur über die Dinge wundern, die ich früher für wichtig gehalten habe. Fast alle diese Dinge halte ich jetzt für nebensächlich, und die Bedeutung, die ich ihnen beigemessen habe, erscheint mir lächerlich und grotesk. Ich denke dabei an Prüfungsnoten an der Schule oder Universität, die für mich eine lebenswichtige Frage waren. An das Verhältnis zu meinem Vater, das mir jede Freude verderben und mich tief erschüttern und deprimieren konnte. Ein kurzlebiger Zeitungsartikel, der meinen Ansichten widersprach oder meine Gefühle verletzte, raubte mir oft den Schlaf. Das ist jetzt Vergangenheit. Das Leben an der Front, wo fast jeder Augenblick tatsächlich schicksalhaft ist, hat mich gelehrt, die Dinge in den richtigen Proportionen zu sehen und Wichtiges von Unwichtigem zu unterscheiden. Jetzt weiß ich eher, worauf es ankommt und woran ich glauben soll. Mein Glaube an die Zukunft der Juden in diesem Land hat eine neue, weniger romantische und dafür realere Dimension erhalten. Und vor allem habe ich erfahren, was mir unsere Liebe bedeutet. Die Vereinigung unserer Körper und unserer Seelen. Auch vor dem Krieg war ich überzeugt, dass ich dich mit allen Fasern meines Herzens liebe. Ich hatte keinen Zweifel daran, dass wir Hand in Hand in eine gemeinsame Zukunft gehen. Inzwischen sehe ich unsere Verbindung realistischer. Jetzt weiß ich nur eines: Dass es nichts Echteres und Tieferes gibt als unsere Liebe. Und ich weiß auch, dass sie mir wichtiger ist als alles andere. Nein, das ist nicht wahr: Nicht unsere Liebe ist das Wichtigste in meinem Leben, sondern du, Karoline. Siehst du? Ich habe mich doch geändert.«

Praktisch der Erste, dem Ludwig im Sammellager in die Arme lief, war sein Kamerad Adalbert, der ihn freundlich begrüßte. Ludwig freute sich über das Wiedersehen. Er klammerte sich an den Kameraden, bestürmte ihn mit Fragen über seine Erlebnisse im Urlaub und erzählte ihm alles, was er erlebt hatte, bis in kleinste und banalste Detail – all dies, um seinen Gedanken zu entfliehen und den Schmerz zu übertönen, in den ihn der Abschied von Karoline gestürzt hatte.

Erst zwei Tage später erfuhr er, was das Ziel ihrer Reise war: nicht die Champagne, sondern ein Ort namens Verdun, von dem er noch nie gehört hatte …

14

Frankreich

— 1914 —

Als Louis im Ausbildungslager ankam und seine Grundausrüstung erhielt, verflogen seine Ängste rasch. Er betrachtete sich in seiner neuen Uniform im Spiegel, und sein Herz schwoll vor Stolz. Mit dem feschen Käppi, dem blauen Waffenrock, der roten Hose und den Schnürstiefeln mit Gamaschen sah er richtig schneidig aus. Sein Kopf schwirrte vor Geschichten aus der ruhmreichen militärischen Vergangenheit seines Landes, die er in der Schule oder zu Hause gehört hatte. Wie stolz war er, Soldat zu sein! Ein französischer Soldat!

Die harte Grundausbildung sollte ihm die Illusionen bald austreiben. Der brutale Drill, die unerbittliche Disziplin, anstrengende Übungen und schlaflose Nächte ließen die glorreiche Aura des militärischen Lebens verblassen. Louis hatte das Gefühl, er würde bis in alle Ewigkeit unter chronischem Schlafmangel leiden. Die endlosen Fußmärsche mit fast dreißig Kilo Ausrüstung auf dem Buckel waren ein Albtraum. Wenn der Tornister anfangs seinen Träger voranzutreiben schien, so wog er nach einer Weile so schwer, dass der Rekrut das Gefühl hatte, nach hinten gezogen zu werden. Louis kam zu der Erkenntnis, dass er viel mehr ertragen konnte, als er je geglaubt hätte. Niemals hätte er sich träumen lassen, dass er bei diesen mörderischen Gewaltmärschen durchhalten würde. Das Tempo wurde ständig gesteigert, die Entfernungen wuchsen. Seine Leidensfähigkeit überraschte ihn täglich aufs Neue. Immer weniger Schlaf, immer mehr und härtere Übungen.

An einem Tag, der strapaziöser gewesen war als alles, was sie bisher erlebt hatten, bekamen die Rekruten nach einem hastig eingenommenen Frühstück bis zum späten Abend kein Wasser und keine Verpflegung. Einer der Männer in Louis' Einheit schimpfte, die Armee sei so unorganisiert, dass sie nicht einmal ihre Rekruten verpflegen könne. Der Feldwebel, dem diese Beschwerde zu Ohren gekommen war, sagte zu den Rekruten: »Unser junger Freund hier, der sich noch keine Sporen verdient hat, sollte sich eines merken: Es geht hier nicht um mangelnde Organisation, sondern um das genaue Gegenteil. Rekruten werden absichtlich zum Aushalten und Erdulden erzogen! Dazu gehört es auch, Hunger und Durst zu ertragen, und gerade unter schweren Bedingungen.« Der Feldwebel hatte nicht streng, sondern jovial, fast väterlich gesprochen. Seine Worte prägten sich Louis tiefer ein als alle Befehle und Rügen, die er tagtäglich zu hören bekam.

Am Abend merkte er, dass er sich den Fuß aufgeschürft hatte. Durch das lange Marschieren in dem engen Schnürstiefel war die Wunde schmerzhaft geschwollen. Als er den Unteroffizier um Erlaubnis bat, am nächsten Tag zum Bataillonsarzt gehen zu dürfen, warf dieser nur einen kurzen Blick auf den Fuß. »Nein, mein Freund«, entschied er dann, »Sie marschieren morgen mit uns weiter. Wenn Sie kräftig auf die Wunde auftreten, wird der Fuß sich daran gewöhnen und heilen.« Louis traute seinen Ohren kaum. Zu Hause hatte man ihn etwas anderes gelehrt. Doch am nächsten Tag ließ der Schmerz nach einigen Kilometern nach, und die Wunde heilte schließlich von selbst.

Bei einem Nachtmarsch wurde den Rekruten befohlen, ein Lager aufzuschlagen. Dabei ging es weniger darum, ihnen ein paar Stunden Schlaf zu verschaffen. Sie sollten vor allem den Umgang mit den Einmannzelten üben. Das Zelt, einen Feldspaten und die nötigen Werkzeuge führten die Soldaten in ihrer Ausrüstung mit sich. Bevor es ans Aufbauen ging, mussten sie das Terrain einebnen, damit das Zelt einen festen Stand hatte, und nach dem Einschlagen der Zeltnägel eine Abflussrinne graben, damit das Wasser ablaufen konnte, falls es regnete. Louis führte diese Befehle höchst oberflächlich aus, und da er erst zwei Stunden später für den Wachdienst eingeteilt war, schlüpfte er in sein Zelt und fiel in Sekundenschnelle in tiefen Schlaf. Als die Zeit zur Ablösung kam und ein Kamerad ihn weckte, lag Louis in einer Pfütze. In seiner Erschöpfung hatte er nicht gemerkt, dass es in Strömen regnete. Die Rinne, die er vor dem Einschlafen gegraben hatte, war zu flach gewesen. Während er in triefenden Kleidern, Schuhen und Socken aus dem Zelt kroch, hatte er nur einen Gedanken: ›Morgen bin ich krank.‹ Seine Mutter hatte ihm immer eingeschärft: Du darfst nicht mit nassen Kleidern in Kälte und Wind herumlaufen, sonst holst du dir eine Lungenentzündung. Wenn er als Junge vom Regen durchnässt nach Hause kam, steckte ihn seine Mutter sofort in ein heißes Bad und zog ihm warme, trockene Kleider an. Und jetzt? Jetzt stand er zwei Stunden lang klatschnass und zitternd im kalten Wind Wache.

Beim Morgenappell sah Louis, dass es seinen Kameraden ähnlich ergangen war: Sie waren durchnässt bis auf die Knochen und schauten drein wie begossene Pudel. Nur die Offiziere und Unteroffiziere trugen trockene Uniformen. Sie hatten ebenfalls die Nacht in Zelten verbracht, sie aber nach allen Regeln der Kunst aufgebaut. Louis begann zu ahnen, dass die Offiziere absichtlich nicht nachgeprüft hatten, ob die Rekruten ihre Anweisungen gewissenhaft ausführten. Den Preis, den man am eigenen Leibe bezahlt hatte, würde man nicht vergessen. Ein scharfer Befehl riss die Soldaten aus ihren trüben Gedanken. Anstatt zu frühstücken mussten sie die nassen Zelte zusammenlegen und einen Trainingslauf starten.

Louis wurde nicht krank. Auch seine Kameraden, die den ganzen Tag in feuchten Kleidern anstrengende Übungen machen mussten, holten sich nicht einmal einen Schnupfen. Die körperliche Anstrengung bewahrte sie vor allen Übeln. Wieder einmal konnte sich Louis davon überzeugen, dass sein Körper viel mehr aushielt, als er je geglaubt hätte.

Das Schlimmste an der Grundausbildung war für Louis das Heimweh, das ihm manches Mal heiße Tränen in die Augen trieb. Er sehnte sich nach der Familie, nach Bordeaux. Als er in einer hellen Nacht Wache stand, sah er zum Sternenhimmel auf. Sein Vater hatte ihm oft die Namen der Sterne genannt, wenn sie in warmen Nächten draußen gesessen hatten. Er hatte ihm erklärt, wie sich Nomaden in der Wüste und Seeleute auf dem offenen Meer an Sternbildern orientieren. Louis ließ seinen Blick über den Himmel schweifen. ›Vater, Mutter und die Schwestern sitzen jetzt vielleicht draußen im Garten und betrachten dieselben Sterne wie ich. Wir sind Hunderte von Kilometern voneinander entfernt und sehen doch dasselbe Bild. Wenn wir heute Abend wie früher beisammen säßen, würden wir dasselbe gemeinsam erleben. Ein schönes und doch trauriges Gefühl‹, seufzte er im Stillen und fühlte einen Stich im Herzen.

Als sich die Grundausbildung dem Ende zuneigte, fragten sich die meisten bang, welcher Einheit sie wohl zugeteilt würden und was sie dort erwartete. Louis dachte an die Worte seiner Lehrerin bei der Abschiedsfeier in seinem Elternhaus. »Der Wehrdienst ist eine heilige Pflicht. Aber hüte dich davor, Berufssoldat zu werden. Das Militärleben führt zu Müßiggang, und wer müßiggeht, verkümmert.«

In der Grundausbildung gab es keinen Müßiggang, doch vielleicht würde seine künftige Militärlaufbahn wirklich so aussehen, wie Madame Duprez gesagt hatte. Einstweilen hätte er nichts dagegen, ein weniger anstrengendes und hartes Leben zu führen.

Berufssoldat wollte er ohnehin nicht werden. Dabei würde man ihm gewiss vorschlagen, Offizier zu werden. Er hatte schließlich Abitur gemacht! Aber der Offizierskurs, vielleicht an sich ja eine schöne Herausforderung, führte zum Berufsmilitär. Er würde sich auch zu keiner Eliteeinheit melden. Seine drei Jahre Wehrdienst würde er pflichtgemäß und ohne Komplikationen ableisten. Er würde niemals den Befehl verweigern, sich aber auch nicht freiwillig melden.

In der Woche vor dem Abschluss der Grundausbildung wurde doppelt so viel exerziert wie zuvor. Die Rekruten beklagten sich nicht, wenn sie halbe Tage lang auf dem Appellplatz Parademarsch üben mussten. Gegen die Übungen im Felde war das Exerzieren ein reines Vergnügen. Louis fand sogar ästhetischen Gefallen daran. ›Vater würde unsere Parade sicher mit einem Ballett vergleichen‹, dachte er.

Der Abschlussappell fand dann sehr plötzlich, mehrere Tage früher als geplant statt. Er war auch nicht so feierlich, wie man es hätte erwarten können. Das Militärorchester, mit dem man geprobt hatte, war nicht anwesend. Der Bataillonskommandeur, Major de Boissieu, empfing die Soldaten nicht wie vorgesehen zu Pferde. Er stand auf einem kleinen Podium und hielt mit ernster Miene eine kurze Ansprache. »Eure Grundausbildung wird um einige Tage abgekürzt. Ihr seid jetzt Soldaten. Frankreich braucht euch.« Er ließ den Blick in die Runde schweifen und fuhr fort: »Die letzten Tage waren die dramatischsten der neueren Geschichte. Deutschland hat Frankreich den Krieg erklärt. Euer Bataillon gehört ab jetzt der kämpfenden Truppe an. Ich beende hiermit meine Tätigkeit in der Grundausbildung und gehe an die Front. Und zwar schon morgen früh. Es tut mir leid, dass wir keine Zeit haben, den Abschluss eurer Ausbildung gebührend zu feiern. Man wird euch jetzt eure Ausrüstung aushändigen. Eure Vorgesetzten werden euch über die weiteren Vorbereitungen informieren. Rüstet euch zum Schutz des Vaterlands! Es lebe Frankreich!«

Bisher hatte Louis seinen Eltern kaum geschrieben und ihnen nur ab und zu eine Postkarte mit wenigen Zeilen zukommen lassen. Auch seine Eltern hatten ihm nur kurze Grüße gesandt, da sie annahmen, dass er nach der Grundausbildung Heimaturlaub bekommen und ihnen in Ruhe erzählen würde, was er erlebt hatte. Ein weiterer Grund war die Zensur, die unangenehmerweise von den direkten Vorgesetzten durchgeführt wurde. Louis hatte wenig Lust, sie in seine Gefühle und Gedanken einzuweihen. Schließlich war der Feldwebel kein anonymer Zensor, dem er nie begegnen würde. Seine Vorgesetzten waren junge Männer fast seines Alters, mit denen er täglich zu tun hatte. ›Wer garantiert mir, dass sie vor meinen Kameraden nicht ausplaudern, was in meinen Briefen steht?‹, sagte er sich. Aber an diesem Abend zählte das alles nicht.

Liebe Maman, lieber Papa,

vielen Dank für die Neuigkeiten von zu Hause. Wie Ihr schon vermutet habt, fiel es mir schwer, Euch zu schreiben. Das Rekrutenleben hat mir keine Muße zur Besinnung gelassen. Doch heute ist eine neue Zeit angebrochen. Die Grundausbildung ging früher als geplant zu Ende, und was wir jetzt erfahren haben, traf mich wie ein Schock. Krieg! Ich brauche Euch wahrscheinlich von den dramatischen Entwicklungen der letzten Wochen nichts zu erzählen. Da wisst Ihr wahrscheinlich mehr als wir hier in der Kaserne. Wir haben keine Zeitungen, und kein Mensch hat uns gesagt, was draußen in der Welt vor sich geht.

Als wir schießen gelernt haben, kam mir das wie ein Spiel für große Kinder vor, fast wie die Schießstände auf der Kirmes. Doch jetzt ist das anders. Plötzlich wird es ernst. Das macht mir Angst, aber es ist auch spannend. Seit unser Kommandeur uns mitteilte, dass der Krieg ausgebrochen ist, laufe ich mit einem Herzklopfen durch die Gegend, wie ich es früher nie gespürt habe. Als ich eingezogen wurde, hatte ich auch Herzklopfen, aber nicht so stark. Obwohl ich damals wirklich aufgeregt war!

Ich frage mich, wo dieses Herzklopfen herkommt. Ist es das Gefühl, einem historischen Geschehen beizuwohnen? Einem Geschehen, das ich nicht nur erleben werde. Ich werde aktiv an ihm beteiligt sein. Oder ist es ganz einfach die Tatsache, dass meine kleine Welt zusammengebrochen ist? Meine Vorfreude auf den Urlaub bei Euch zu Hause war vergebens. Der Urlaub ist gestrichen. Wer weiß, wann wir wieder davon träumen können, wann ich Euch wiedersehen werde.

Vielleicht bin ich auch deshalb so aufgeregt, weil mir so eine ehrenvolle Aufgabe zuteil wurde. Ich gehöre jetzt zu den Verteidigern unseres Vaterlands. Vielleicht sogar zu den Rächern der Niederlage von 1870. Zu den Befreiern von Elsass-Lothringen. Wem ist das schon vergönnt?

Dazu kommt, dass mir eine weitere Ehrenpflicht zufällt. Vater, Du hast einmal zu mir gesagt, dass wir Juden mehr für Frankreich tun müssen als alle anderen. Dass wir über unsere staatsbürgerliche Pflicht hinaus dem Vaterland Dank schulden, weil es uns ermöglicht, als gleichberechtigte Bürger ein Leben in Anstand und Würde zu führen. Du hast immer betont, dass nicht alle Juden immer dieselben Rechte genossen wie die Juden von Bordeaux. Damit man uns als echte Franzosen anerkennt, müssen wir beweisen, dass wir diese Anerkennung wert sind. Bin ich dazu ausersehen, diese Pflicht in Deinem Sinne zu erfüllen? Wenn ja, dann ist dies Grund genug für die Gefühle, die sich in mir regen.

Und wenn meine Unruhe nun ganz andere Gründe hat? Euch, liebe Eltern, kann ich es ohne Scham gestehen: Ich habe nicht nur Herzklopfen, sondern auch ein Flattern im Magen. Tief drinnen im Bauch. Vielleicht ist es einfach Angst? Physische Angst? Angst, wie ich sie vor zwei Wochen bei einer gemeinsamen Gefechtsübung mit einer Artillerieeinheit verspürt habe. Es wurde scharf geschossen, und die Kanoniere sollten uns »decken«. Doch dann geschah ein Unglück: In der Nachbarkompanie wurde versehentlich ein Soldat erschossen. Ich konnte nicht hinschauen, der Anblick des toten Soldaten machte mir Angst. Ich habe noch nie eine Leiche gesehen und fürchte mich sogar, auf den Friedhof zu gehen. Der Friedhof in Sauteyron hat immer ein ungutes Gefühl in mir ausgelöst.

Nachts habe ich oft einen Umweg gemacht, um nicht im Dunkeln an den Gräbern vorbeigehen zu müssen. Doch jetzt geht es aufs Schlachtfeld hinaus, und wenn ich nicht selbst falle, werden andere an meiner Seite fallen. Wie wird man mit so etwas fertig?

Wie Ihr seht, bestürmen mich verwirrende und widersprüchliche Gedanken. Verzeiht mir, dass ich Euch mit Problemen belaste, für die es keine Lösung gibt. Aber dafür sind Eltern doch da, oder nicht? Mit meinen Kameraden traue ich mich nicht zu reden. Ich lasse mich nicht gern verspotten, weder als pathetischen Patrioten noch als Feigling.

Euer liebender Sohn
Louis

Diesen Brief erhielten die Eltern, als Louis schon auf dem Weg nach Norden zur Front war. Sie waren in großer Unruhe wegen des Krieges, doch vor allem natürlich wegen der Nachricht, dass auch Louis ins Feld ziehen musste. Aber die Kriegserklärung hatte sie nicht wie ein Blitz aus heiterem Himmel getroffen. Sie lasen täglich Zeitung und hatten längst begriffen, dass diese Zuspitzung unvermeidlich war. Außerdem stellten sie sich den Krieg nicht so vor, wie Major de Boissieu ihn in seiner kurzen Ansprache an die Rekruten dargestellt hatte. Sie dachten, er werde von kurzer Dauer sein. ›Alle denken so! Wir werden Elsass-Lothringen befreien, und damit Schluss. Das weiß doch jedes Kind. Unser Louis ist sensibler als die anderen. Wir kennen ihn doch. Der Arme, er nimmt sich alles zu Herzen. Wir verstehen ihn ja, unseren lieben Sohn, aber wir brauchen uns keine Sorgen zu machen. Er wird bald merken, dass ein Krieg kein Kinderspiel ist, aber nicht so schlimm, wie er es sich vorstellt. Sicher bekommt er bald Urlaub. Aufgeschoben ist nicht aufgehoben.‹

Es sollte ein ganzes Jahr vergehen, bis Louis zum ersten Mal Heimaturlaub bekam. Seine Einheit wurde bei Kriegsbeginn in aller

Eile mit dem Zug nach Belgien transportiert, um die deutsche Invasion aufzuhalten. Unterwegs erfuhren die Soldaten vom ersten Sieg in diesem Krieg. Französische Truppen hatten Mulhouse eingenommen und damit die erste elsässische Stadt von den Deutschen zurückerobert. In dem Tagesbefehl, der im Zug verlesen wurde, verlieh der Regimentskommandeur nicht nur seiner Siegesfreude, sondern auch seiner persönlichen Überzeugung Ausdruck, »dass unsere Armee nach der Befreiung eines vor Jahrzehnten verlorenen Teils des französischen Vaterlands auch die deutsche Invasion in Belgien stoppen und die Deutschen so weit zurückwerfen wird, dass sie es nicht mehr wagen, in die Nachbarländer einzufallen.« Auch Louis war froh und vor allem erleichtert über diese Nachricht.

Doch die Freude hielt nicht lange an. Als Louis' Einheit das südlich von Brüssel gelegene Charleroi erreichte, war nach dem Scheitern der französischen Offensive der deutsche Gegenangriff in vollem Gange. Die französischen, britischen und belgischen Truppen wurden schwer geschlagen und traten einen Rückzug an, der einer Flucht glich. Louis wusste nicht, wie ihm geschah. Das Ganze erschien ihm wie ein einziges Chaos, wie Sodom und Gomorrha.

De Boissieu bemühte sich nach Kräften, das Bataillon zusammenzuhalten. Louis beobachtete aus der Ferne, wie er auf einem Klappfahrrad durchs Gelände fuhr, um mit den Kompanie- und Zugführern Kontakt zu halten. Doch die Lage verschlimmerte sich zusehends. Nach einem eintägigen Eilmarsch wurde befohlen, eine Schlafpause einzulegen. Louis sank zutiefst erschöpft zu Boden. Es war nicht nur die physische Anstrengung, die so schwer zu ertragen war. Die sinkende Kampfmoral der Soldaten, die den Schock der Niederlage noch nicht verwunden hatten, belastete sie mehr als alles andere. Louis' Stimmung sank noch tiefer, als er seinen Kompanieführer ins Funkgerät schreien hörte: »Was, wir sind auch in Mulhouse geschlagen worden? Die Deutschen haben das befreite Gebiet im

Elsass zurückerobert? Wir sind in vollem Rückzug?« Der Kompaniechef wiederholte jeden Satz, den er hörte, als traute er seinen Ohren nicht.

Einige Tage später kam der Rückzug zum Stillstand. Die französischen Streitkräfte wurden an der Marne zusammengezogen, um Paris gegen die anstürmende deutsche Armee zu verteidigen.

Liebe Maman, lieber Papa,

Ihr erfahrt aus den Zeitungen mehr als ich über die jüngsten Entwicklungen. Glaubt mir, ich begreife gar nichts mehr, außer der Tatsache, dass wir eine Niederlage nach der anderen hinnehmen müssen und in dem Gefühl leben, dass der Feind uns vernichten wird. Wie es an der Front steht, ist mir nicht klar. Nur eines ist klar: dass eine militärische Niederlage das Schlimmste ist, was passieren kann. Vater, weißt Du noch, wie Du uns die Schlacht von Sedan in allen Einzelheiten beschrieben hast? Du hast sie als die größte Tragödie unserer Geschichte bezeichnet und sie mit der zweitausend Jahre alten Tragödie der Juden, der Vernichtung des alten jüdischen Königreichs durch die Römer, verglichen. Jetzt weiß ich, dass es noch Schlimmeres gibt. Der Rückzug aus Belgien war keine taktische Maßnahme. Nicht einmal ein militärischer Rückzug. Es waren Szenen, die ich niemals vergessen werde. Ein endloser, zermürbender Marsch, ohne Verpflegung, ohne Wasser. Das Schlimmste war jedoch, dass der Marsch kein Ziel zu haben schien. Es war kein Rückzug, sondern eine Flucht. Fliehende Einheiten lösten sich auf, vermischten sich miteinander. Galoppierende Pferde ohne Reiter, Reiter ohne Pferde. Überall Verwundete, von Soldaten getragen, doch nicht selten am Wege liegend, weil man sie nicht mitschleppen konnte. Ab und zu hörte ich Schüsse: Die Gendarmen, die sich uns anschlossen, gaben unseren sterbenden Kameraden den Gnadenschuss. Ein Hexenkessel. Geschützdonner und Pulverdampf und die deut-

schen Artilleristen, die uns auf den Fersen waren. Ab und zu wurde den Truppen befohlen, sich zu sammeln und zu einem örtlich begrenzten Gegenangriff überzugehen, um den Feind aufzuhalten, damit der Rückzug mit weniger Verlusten abgewickelt werden konnte. Einmal musste sich auch meine Kompanie trotz schwerer Verluste an einem solchen Gegenangriff beteiligen. Gott weiß, wie wir es geschafft haben, diesen Befehl auszuführen. Ich glaube, wir kämpften halb bewusstlos, wie Automaten. Was uns aufrecht hielt, war die militärische Disziplin. Wir spornten uns gegenseitig an. Wenn der Kamerad zu meiner Rechten einen Schritt vorwärts machte, um sich dem Feind entgegenzustellen, und der Soldat zu meiner Linken seinem Beispiel folgte, tat ich automatisch dasselbe.

Aber das war noch nicht alles. Ich wurde Zeuge von Gräueln, die ich mir niemals hätte träumen lassen, nicht einmal nach Vaters schrecklichen Geschichten über Sedan. Der größte Schock, den ich zeitlebens nicht vergessen werde, war nicht unsere Flucht, sondern die Flucht der Zivilbevölkerung. Die Straßen und Wege waren so voll von belgischen und französischen Dorfbewohnern, dass an einen geordneten Rückzug der Truppen nicht zu denken war.

Ihr müsst Euch das vorstellen: Alte Leute, Frauen und Kinder schleppen ihre Habe auf dem Rücken, zerren ihr Vieh hinter sich her oder sitzen auf Karren, die von halb toten Ochsen gezogen werden. In den Karren sitzen kleine Kinder auf Heuhaufen. Sie haben Tränen in den Augen. Ab und zu versuchen Automobile oder Lastwagen, sich einen Weg durch das Gewühl zu bahnen, doch meistens ohne Erfolg. Wenn ihnen das Benzin ausgeht oder der Motor heißläuft, lassen ihre Besitzer sie einfach am Straßenrand stehen. Eine leichte Beute für die Deutschen. Es war ein einziges großes Chaos, ein Chaos voll panischer Angst. Die Panik nimmt zu, wenn eine deutsche Granate in die Menge einschlägt. Ringsum Tote und Verwundete und dazu das Gefühl grenzenloser Ohnmacht. Unterwegs werden alle verlassenen oder noch bewohnten Dörfer ausgeplündert, sowohl von Soldaten als auch von Zivilisten. Sie suchen etwas zu essen, doch manchmal stehlen sie auch nutzlose Dinge, die in den Häusern oder am Wegrand zurückgelassen wurden. In einem verlassenen Dorf kommt ein alter Mann aus einem Haus heraus. Er hält einen Käfig mit Singvögeln in der Hand. Was denkt er sich dabei? Will er die Vögel als Wegzehrung mitnehmen? Ein Teil der Dörfer, die vom Feind beschossen werden, geht in Flammen auf. Menschen scheren aus der endlosen Kolonne auf der Straße aus und legen sich auf den nackten Erdboden. Liegen sie im Sterben? Oder schlafen sie nur? Ich kümmere mich nicht um sie, mir fehlt die Kraft und auch der Wille.

Das Erstaunliche ist, dass diese endlose, chaotische Elendskolonne sich in tiefem Schweigen voranschleppt. Wenn sie weinen, ist es ein stilles Weinen, das nicht zu hören ist. Niemand jammert und schreit, bis auf die Unglücklichen, die von Granaten getroffen werden. Ich kann mir das nur damit erklären, dass alle im Schock sind. Und dieser Schock treibt sie voran, ohne Sinn und Ziel. Vielleicht ist es die Angst. Zum ersten Mal wird mir klar, was das Wort Terror bedeutet.

Wir haben haltgemacht. Wo wir sind? Das darf ich Euch nicht sagen, doch das Verbot ist überflüssig, denn niemand weiß, wo wir uns befinden. Der einzige Hinweis, den ich gesehen habe, war ein Schild mit der Aufschrift: Paris 60 Kilometer. Wir sammeln uns hier und warten auf Verstärkung.

Liebe Eltern und Schwestern, ich schreibe wieder, wenn ich nach der großen Schlacht, die uns bevorsteht, noch am Leben bin.

In Liebe
Euer Sohn Louis

Die Marneschlacht endete mit einem eindeutigen französischen Sieg, der »das Wunder an der Marne« genannt wurde. Die deutsche Offensive wurde gestoppt, und die Deutschen zogen sich hinter die Aisne zurück. Jeder Versuch, sie von dort zu vertreiben, misslang allerdings. Die Verluste waren entsetzlich. Die Fronten erstarrten.

Liebe Maman, lieber Papa,

gewiss habt Ihr aus den Zeitungen von unserem großen Sieg gehört. Diesmal war es ein echter, gewaltiger Sieg, wir haben Paris vor den Deutschen gerettet. Und wie feiert man diesen Sieg? Indem die Soldaten wieder zu Landarbeitern werden! Genau so ist es. Wir sind nur mit Graben beschäftigt. Wir graben Schützengräben, Laufgräben und wenige Meter dahinter Bunkeranlagen. Wir graben und graben. Bauen die Stellungen aus und setzen sie immer wieder instand, wenn sie durch die feindliche Artillerie beschädigt werden. Keiner glaubt mehr, dass der Krieg bald zu Ende geht. Wenn jemand die Hoffnung äußert, Weihnachten wieder zu Hause zu sein, erntet er nur noch Spott. Wir bauen hier eine Front auf, die noch sehr lange existieren wird. Und die Deutschen, die sich uns gegenüber eingeigelt haben, machen genau dasselbe.

Meine Lieben,

alle Briefe der letzten zehn Tage sind auf einmal angekommen. Heute haben wir einen ruhigen Tag, wie ich ihn lange nicht mehr erlebt habe. Ich lese Eure Briefe und freue mich, auf diese Weise am Familienleben teilhaben zu können. Aus Euren Zeilen weht mich ein Hauch von Bordeaux an.

Wenn ich von einem ruhigen Tag spreche, meine ich, dass uns anscheinend kein Angriff bevorsteht, weder von unserer Seite noch vonseiten der Deutschen. Natürlich hören wir die Geschütze donnern, doch sie sind aus irgendeinem Grund nicht direkt auf uns gerichtet. Die ganze Woche hat es in Strömen geregnet, was dazu führte, dass wir dauernd die Gräben ausschaufeln mussten. Jetzt scheint die Sonne, und der Schlamm, in dem wir unser Leben fristen, beginnt zu trocknen. Relativ gesehen ein Abglanz vom Paradies in unserer Hölle und für mich eine Gelegenheit, ein wenig nachzudenken. Unfassbar, dass ich seit Wochen keinen normalen Gedanken fassen konnte. Vater, Du hast uns immer zu vernünftigem Denken angehalten. Wenn meine Schwestern und ich Unsinn redeten oder wir uns nicht klar ausdrückten, hast Du versucht, Ordnung in unsere Gedanken zu bringen. Wo bleibt Eure Vernunft, sagtest Du zu uns. Denkt systematisch! Jetzt erinnere ich mich zum ersten Mal seit langer Zeit an das, was Du mich gelehrt hast …

Unser Leben hier mit den täglichen Strapazen, der ständigen Angst um das eigene Leben, in Schlamm, Kälte und Nässe, die Befehle, die auf uns niederprasseln, all das erlaubt kein geordnetes Denken. Wir lassen uns vom Geschehen treiben. Wir tun, was alle tun, im Guten und im Bösen. Denken nur an den Augenblick und nicht darüber hinaus. Leben in einer Realität ohne Perspektive. Wir denken nicht daran, was morgen sein wird oder in einer Woche oder in einem Monat, weil wir keine Vorstellung von dem haben können, was uns erwartet. Wir können die Lage nicht einschätzen. Also denken wir nicht nach und tun nur das Nächstliegende.

»Wie kommt das?«, werdet Ihr fragen. »Ihr kämpft doch nicht die ganze Zeit. Schließlich greifen weder die Deutschen noch die Franzosen Tag für Tag an. Es gibt Kampfpausen, in denen Ihr essen, schlafen, Zeitungen und Bücher lesen und Karten oder Schach spielen könnt. Manchmal hört Ihr vielleicht sogar Musik mit einem Plattenspieler, den der eine oder andere von zu Hause geschickt bekam.«

All das ist richtig, doch in der Realität sieht es anders aus. Nur ein Beispiel von vielen: Sowohl die französischen wie auch die deutschen Stellungen verlaufen nicht wie mit dem Lineal gezogen, sondern in Schlangenlinien, die sich dem Terrain anpassen. Dass die Schützengräben hundert Meter von-

einander entfernt sind, ist eher selten, meist ist die Entfernung weitaus geringer. Vorgestern musste ich an einer Stelle Wache halten, die nur etwa zwölf Meter vom nächsten deutschen Schützengraben entfernt ist. Und selbst wenn es gerade mal ruhig ist an der Front, könnt Ihr Euch vorstellen, in welcher ständigen Spannung wir leben. Wir wissen ja nie, wann die Deutschen angreifen werden. Und wenn sie angreifen, haben wir nicht immer genug Zeit, in Stellung zu gehen. Oft bleiben uns nicht einmal Sekunden! Und wir wissen auch nicht, wann von unserer Seite plötzlich ein Angriffsbefehl kommt. Um uns vor Überraschungen zu schützen, haben wir alle möglichen Tricks erfunden. Es könnte ja sein, dass ein mutiger Deutscher im Schutz der Nacht zu uns herüberkriecht, den Stacheldraht durchschneidet und eine oder zwei Handgranaten in unseren Graben wirft. Wir haben also ein paar leere Konservenbüchsen auf die Stacheldrahtzäune gehängt, die klappern, wenn jemand den Zaun berührt. Die Folge ist, dass die Dosen dauernd klappern. Entweder bewegt sie der Wind, oder es fällt ein Zweig von den Bäumen. Manchmal bringen auch die grässlichen Ratten, von denen es hier wimmelt, die Dosen zum Klingen. Da könnt Ihr Euch leicht vorstellen, wie wir nachts »schlafen« oder uns an Ruhetagen »ausruhen«.

Und das ist noch lange nicht das Einzige, was uns das Leben schwer macht. An Ruhetagen bekommen wir regelmäßige Verpflegung und sogar warmes Essen. Mobile Feldküchen werden nachts auf Pferde- oder Lastwagen bis an unsere Stellungen herangefahren. Natürlich ist diese Verpflegung ein unerhörter Luxus, von dem wir an Kampftagen, von Hunger und Durst geplagt, nur träumen können. Doch vor ein paar Tagen blieb die Verpflegung aus, nachdem wir von morgens bis abends einen halben Meter tief im Schlamm gesessen hatten und vom Regen völlig durchnässt waren. Die halbe Nacht verging, und unsere Stimmung sank unter den Nullpunkt. Warum kommt das Essen nicht?

Plötzlich hörten wir von der deutschen Seite Beifallspfiffe und Jubelrufe, die in lauten, fröhlichen Gesang übergingen. Erst nach geraumer Zeit begriffen wir, dass unser Küchenwagen sich im Dunkeln in dem schlammigen Terrain verfahren hatte und zu den deutschen Stellungen gelangt war. Die bittere Wahrheit wurde uns endgültig klar, als man uns aus den gegenüberliegenden Schützengräben auf Deutsch und Französisch zurief: »Hallo, ihr Franzmänner, vielen Dank auch!« Uns blieb nur die Aussicht auf vierundzwanzig Stunden knurrenden Magen, während die Deutschen sich an unserem Essen gütlich taten. Einige Tage später kann man vielleicht darüber lachen, aber ich kann es nicht komisch finden. Übrigens mussten wir auch in der nächsten Nacht lange auf Verpflegung warten. Unser Küchenpersonal war ja in Gefangenschaft geraten!

Doch jetzt bin ich, wie gesagt, in recht entspannter Stimmung. Zum ersten Mal seit zwei Wochen dürfen wir für ein paar Stunden die Stiefel ausziehen (die Uniform nicht). Ich sitze in einem Graben, der relativ weit von der vordersten Linie entfernt ist, und die Atmosphäre ist beinahe friedlich. Ich denke nach. Ja, Vater, ich versuche, Ordnung und System in meine Gedanken zu bringen. Drei Monate sind vergangen, seitdem der Krieg ausgebrochen ist, und mir kommt es vor, als sei ein ganzes langes Leben an mir vorbeigezogen.

An die Grundausbildung denke ich heute mit einem Lächeln zurück. In der Kaserne dachte ich, das sei die Hölle. Der Gipfel des physischen Leidens. Doch jetzt erscheint mir die Rekrutenzeit als Idylle. Als Sommer- oder Sportlager im Vergleich zu dem, was ich seitdem erlebt habe. Erinnert Ihr Euch noch daran, dass ich Euch schrieb, ich hätte Angst vor dem Anblick eines Toten? Dass ich mich abwandte, um nicht hinsehen zu müssen? Seitdem ist es mir schon mehrmals passiert, dass ich ringsum von Toten umgeben war. Sie sahen nicht aus wie Menschen, die im Bett gestorben sind. Nein, es waren zerfetzte, verbrannte Leichen. Rümpfe ohne Glieder. Aus denen die Eingeweide hervorquollen. Leichenteile. Leichen, die wenige Meter von unserem Graben entfernt lagen und zu denen ich wegen des feindlichen Feuers nicht hingehen konnte. Verwesende Leichen, die so stanken, dass man kaum atmen konnte. Und einige waren Kameraden, die mir zu Freunden geworden waren, die mir nahestanden, viel näher als meine Mitschüler. Mittlerweile habe ich regelrecht Angst, mich mit Soldaten anzufreunden. Wenn sie fielen oder verwundet würden, wäre der Schmerz zu groß.

Ich frage mich, ob all das einen anderen Menschen aus mir gemacht hat. Bin ich derselbe, der ich früher war? Nur ein paar Monate älter, und doch habe ich mehr erlebt und erfahren als die meisten anderen Menschen in einem ganzen Leben. Aber bin ich deshalb anders geworden? Hat sich mein Wesen, mein Charakter verändert? Und wenn ja, in welcher Beziehung? Diese Gedanken lassen mir keine Ruhe.

Vor zwei Wochen hatte ich ein Erlebnis, das mir zeigt, wie sehr ich mich in der letzten Zeit verändert habe. Ich weiß nicht, ob ich Euch von meinem Kameraden Jean-Marie de Marmont erzählt habe. Es war keine tiefe oder intime Freundschaft, aber wir waren gern zusammen. Wir haben uns in der Grundausbildung kennengelernt, als Jean-Marie, ein kleiner, schmächtiger Kerl, bei einem unserer Gewaltmärsche das Maschinengewehr unserer Abteilung tragen musste und unter dem Gewicht zusammenbrach. Der Zugführer schrie ihn an, und er tat mir so leid, dass ich mir das Maschinengewehr auflud. Ich half ihm aufzustehen und drängte ihn nach vorn an die Spitze der Kolonne, denn wer vorangeht, bekommt einen Adrenalinstoß und gibt nach einer Weile ein solches Tempo vor, dass die anderen ihn zurückpfeifen müssen. So kam es, dass ich ihm nicht nur in einem Moment des physischen Versagens helfen konnte, sondern auch seine Ehre gerettet habe.

Eines Tages wurde an der Front, an der wir jetzt stehen, der Besuch unseres Divisionskommandeurs, Generalmajor Mardochée Georges Valabrègue, mitsamt seinem Stab angekündigt. Natürlich herrschte große Aufregung. Schließlich bekommen wir nicht jeden Tag so prominenten Besuch. Außerdem mussten die Stellungen für die Inspektion hergerichtet werden … Mein Freund Jean-Marie rümpfte die Nase, als er davon hörte. »Was soll die Aufregung? Dieser Valabrègue ist in meinen Augen kein richtiger General. Juden können keine Feldherren sein. Es gibt inzwischen schon viel zu viele jüdische Offiziere in der französischen Armee.«

»Ach wirklich?«, fragte ich. »Er ist Jude? Woher weißt du das?«

»Wieso, man weiß doch gleich, wer Jude ist«, erwiderte er.

»Und was hast du gegen Juden?«, fragte ich.

»Gar nichts. Sie können von mir aus leben, wo und wie sie wollen, wenn sie mich nur in Ruhe lassen. Wenn sie mir nicht zu nahe kommen.« Er hielt inne und fuhr dann fort: »Sieh mal, das ist wie … wie mit Affen. Affen sind nette und auch possierliche Tiere. Es heißt, dass wir von ihnen abstammen. Man sagt auch, dass wir Christen die Nachkommen der Juden sind. Schön und gut, aber wie würdest du dich fühlen, wenn dir auf Schritt und Tritt lauter Affen begegnen? Du sitzt im Café, und am Nebentisch sitzt ein Affe. Du gehst ins Theater, und rechts und links von dir sitzen Affen. Im Zug steigen sie in deinen Wagen, sitzen neben dir in deinem Abteil. Und jetzt kämpfen sie nicht nur mit uns an der Front, sondern erteilen uns auch noch Befehle! Das ist unerträglich.«

Früher wäre ich entsetzt davongelaufen, wenn jemand solche Bemerkungen gemacht hätte. Ich wäre zutiefst beleidigt gewesen. Es hätte mich krank gemacht, ja, beinahe physisch krank, und ich hätte Tage gebraucht, um darüber hinwegzukommen.

Doch diesmal sagte ich lächelnd: »Du bildest dir zu viel

auf dein Unterscheidungsvermögen ein. Da lebst du nun seit Monaten in nächster Nähe eines Affen, du hast dich sogar mit ihm angefreundet und nicht einmal gemerkt, dass er ein Affe ist.«

Da er mich verständnislos ansah, fügte ich hinzu: »Jean-Marie, ich bin Jude.« Damit kehrte ich ihm den Rücken und ging meines Weges. Ich war zufrieden mit mir und meiner Antwort.

Habe ich mich nun wirklich grundlegend verändert? Bin ich ein anderer Mensch geworden? Bin ich heute weniger empfindlich? Ganz gewiss! Bin ich härter geworden? Ich weiß es nicht. Vielleicht abgestumpft? Oder herzlos? Nein, das bin ich nicht. Dessen bin ich ganz sicher. Und ich will Euch auch sagen, warum: Was mich in den letzten drei Monaten mit allen ihren Schrecken am meisten erschüttert, was mir die schlimmsten Albträume verursacht, sind nicht die Leiden des Krieges, die ich erdulden musste, und auch nicht die zerfetzten Leichen meiner gefallenen Kameraden, sondern die Bilder von den Flüchtlingskolonnen, die mich verfolgen. Die Bilder von Frauen, Kindern und Alten mit ihren elenden Bündeln auf dem Rücken, die sie irgendwann am Wege liegen lassen, weil ihre Kräfte nicht ausreichen. Das Weinen. Ein lautloses Weinen. Die Verzweiflung auf ihren Gesichtern, die Trostlosigkeit. So tappen sie dahin, ohne Sinn und Ziel, und lassen eine Welt hinter sich, die über ihnen zusammengebrochen ist. Und immer wieder die Gnadenschüsse der Gendarmen, die einen Sterbenden von seinem Leiden erlösen. Kurz, es ist das Elend der Flüchtlinge, das mir die Ruhe raubt, nicht die Kriegsgräuel und das Leiden der Soldaten und meine eigenen Nöte.

Meine Lieben, während ich diese schmerzlichen Zeilen schreibe, wird mir klar, dass ich gewiss nicht der Einzige bin, der so empfindet. Mit meinen Kameraden habe ich nicht darüber gesprochen, aber mir scheint, dass die meisten meine Ge-

fühle teilen. Keiner von uns hat den Mund aufgemacht, als wir diese schrecklichen Szenen sahen. Aber vielleicht haben sie etwas in uns geweckt, was ich wahren Heldenmut nennen würde. Der Anblick der Flüchtlingsströme hätte auch einen anderen Einfluss auf uns ausüben können. Er war der schmerzlichste Aspekt der Niederlage. Wir hätten verzagen können, wir hätten den Rest unserer Kampfmoral einbüßen können. Aber das ist nicht geschehen. Gerade diese schlimmsten Tage haben unser Durchhaltevermögen gestärkt. Nicht, dass wir uns dessen bewusst gewesen wären, aber jetzt wird mir rückblickend klar, dass diese Szenen aus Dantes Inferno (das Du, Vater, immer im Zusammenhang mit Tragödien und Katastrophen erwähnt hast) uns die Kraft gegeben haben, an der Marne unseren Mann zu stehen. Sie waren es, die uns Heldenmut eingeflößt haben, wenn es denn so etwas gibt.

Meine liebe Familie, ich weiß nicht, ob ich mich klar ausdrücke. Ob ich meine Gedanken geordnet zu Papier bringe. Vater hätte dazu sicher etwas zu sagen. Jedenfalls habe ich das Gefühl, dass ich meine Menschlichkeit noch nicht verloren habe. Weder ich noch die meisten meiner Kameraden. Wenn ich trotz meiner miserablen Lage imstande war, Mitleid zu empfinden und zu fühlen, dass andere Menschen noch mehr leiden als ich, so spricht das dafür, dass ich bisher vor dem Absturz in die Entmenschlichung bewahrt geblieben bin.

Seht Ihr das auch so? Habt Ihr überhaupt etwas von meinen langen Tiraden verstanden? Bitte schreibt mir, was Ihr davon haltet! Ich möchte sicher sein, dass ich nicht verrückt bin.

Euer Sohn Louis

Im Dezember 1914 wurde Louis' Regiment (oder vielmehr das, was davon noch übrig war) an die Front in der Champagne verlegt. Vom Dezember bis Ende März 1915 rannten die Franzosen immer wieder gegen die deutschen Stellungen an der Aisne und am Chemins des Dames an, aber wenn es ihnen gelang, die deutschen Linien zu durchbrechen, hielt der Erfolg nicht lange an. Letzten Endes eroberten die Deutschen die verlorenen Stellungen zurück. Ihre eigenen Versuche, die französische Front aufzubrechen, waren seltener. Alle Ansätze zu einer Offensive endeten in einem gewaltigen Blutvergießen auf beiden Seiten, das keine wesentlichen Änderungen der Frontlinien bewirkte. Ende Dezember schrieb Louis:

Liebe Maman, lieber Papa,

seit fast einem Monat liege ich an einer anderen Front (deren geografische Lage ich Euch nicht verraten darf), doch unser Leben hat sich nicht verändert. Dieselben Schützengräben, derselbe Schlamm und Gestank. Derselbe Feind und dieselben gegenseitigen Angriffe. Der einzige Unterschied ist, dass meistens wir angreifen. Doch letztlich macht das keinen großen Unterschied in unserer täglichen Routine.

Unsere Offiziere versuchen, uns mit verschiedenen und manchmal seltsamen Mitteln zu motivieren. So ist beispielsweise eine vermehrte Präsenz von Geistlichen zu beobachten. Anscheinend glaubt jemand, dass wir unser schweres Los besser ertragen, wenn man Soutanenträger auf uns loslässt. Schließlich sind sie ja dazu da, Trost zu spenden … Ich schreibe dies mit einem bitteren Lächeln auf den Lippen. Vor zwei Wochen half ich, einen Soldaten mit einer schweren Kopfverletzung in einen Bunker hinter den Linien zu tragen. Bei einem Artillerieangriff des Feindes hatte ein Geschoss die gefrorene Erde vor unserem Schützengraben getroffen und einen Hagel von schweren Brocken aus Eis und Erde ausgelöst. Solche Brocken können einem den Schädel spalten. Und das war unserem Kameraden passiert. Als wir den Schwerverwundeten im Bunker niederlegten, war er bei vollem Bewusstsein, und da ihm klar war, dass er sterben musste, bat er uns, den Priester zu holen. Der Priester machte das Kreuzzeichen und wollte ihm die Beichte abnehmen. »Mein Sohn«, fragte er salbungsvoll, »hast du unzüchtige Lieder gesungen oder Worte benutzt, die das Schamgefühl von Frauen und Kindern verletzen können?« Der Verwundete schwieg, verzog das Gesicht, wandte den Blick ab und schloss die Augen. Für immer. Wenn ich kein Jude wäre, hätte ich diesen dämlichen Pfaffen vermutlich ins Gesicht geschlagen.

Doch nicht nur die Katholiken werden von solchen brillanten Vertretern der Geistlichkeit heimgesucht. Ich bin hier zum ersten Mal, seit ich an der Front bin, einem Militärrabbiner begegnet. Er hat es tatsächlich geschafft, in unserer Brigade genug Juden zusammenzutrommeln, um einen Gottesdienst abzuhalten. Wir durften uns an einem relativ ruhigen Ort hinter der Frontlinie versammeln. Der Rabbiner hielt eine Thorarolle im Arm und murmelte eine Reihe von Gebeten, die offenbar keiner von uns verstand. Danach hielt er eine Predigt. Lieber Vater, Du hättest über diese »Predigt« nur gelacht. Nichts als Phrasen über Patriotismus und Vaterlandsliebe, wie man sie uns in der Schule eingebläut hat. Er rief uns auf, mutig zu sein und unser Leben für La Patrie aufs Spiel zu setzen. Und das sagt er uns, den armen Teufeln, die in Gräben verfaulen, die uns zu Gräbern werden. Die wir seit fast fünf Monaten täglich dem Tod ins Auge sehen. Während er begeistert weiterpredigte, löste sich unsere Gruppe allmählich auf. Der beleidigte Rabbiner, nach seinem Rangabzeichen ein Hauptmann, rief uns zurück und befahl uns, Haltung anzunehmen. Wir warfen einander kurze Blicke zu und gingen weiter, ohne ihn zu beachten.

Aber ich habe auch erlebt, dass Geistliche ihr Leben für die Soldaten riskieren. Manche haben die Schützengräben verlassen, um Verwundete bergen zu helfen, und sich dabei ohne Deckung dem feindlichen Feuer ausgesetzt. Ich sah Priester mitten im Geschosshagel zu Sterbenden kriechen und ihnen das Kreuz zum letzten Kuss reichen. Und ich bin einem Armeerabbiner begegnet, dem alle Bewunderung gebührt. Einem *großartigen Menschen, der mir an diesem Ort der seelischen Abstumpfung ungläubiges Staunen abgenötigt hat.*

Liebe Eltern, erinnert Ihr Euch noch an den Rabbiner Joseph Vidal aus Carpentras? Er diente eine Zeit lang als Rabbiner in unserer Synagoge in der Rue Causserouge. Damals kam er mir alt vor. Plötzlich traf ich ihn in einem Schützengraben. Da er Uniform trug, fiel er mir zunächst nicht auf. Doch er erkannte mich sofort und rief: »Der junge Naquet! Sie hier – das hätte ich nicht erwartet. Welche Überraschung!« Diesmal erschien mir der Rabbiner gar nicht so alt. Er sagte, er sei mit seinen fünfundvierzig Jahren nicht mehr eingezogen worden, doch er habe sich freiwillig zur Front gemeldet.

Während wir noch redeten, begannen die Deutschen zu schießen. Ein paar unserer Leute waren gerade damit beschäftigt, die Stacheldrahtverhaue zu reparieren, und hatten keine Zeit mehr, in den Schützengraben zu springen. Einer wurde am Zaun getroffen und sank blutüberströmt zu Boden. Er schrie nicht um Hilfe. Er rief nicht nach dem Arzt. Er wollte nur einen Priester, der ihm die Absolution erteilen konnte. »Absolution!«, rief er. »Ich will die Absolution!« Aus irgendeinem Loch sprang ein junger Feldkaplan und rannte in fast aufrechter Haltung zu ihm hin. Binnen Sekunden hatte er eine Kugel im Kopf und lag leblos am Boden.

Der Verwundete hatte nicht gemerkt, was passiert war, und flehte immer noch: »Absolution! Absolution!« Dann sah ich zu meiner größten Überraschung, dass Rabbiner Vidal auf die Leiter stieg, um aus dem Graben zu klettern. Ich begriff gar nicht, was er vorhatte. Der Rabbiner, der wohl kein militärisches Training absolviert hatte, krabbelte auf allen vieren zu dem toten Feldkaplan, nahm ihm das Kreuz ab, kroch weiter zu dem Verwundeten und hielt ihm das Kreuz an die Lippen. Als Vidal zu unserem Graben zurückkam, hat ihn eine Kugel in die Schulter getroffen.

Erst da habe ich gemerkt, dass ich nicht der einzige Zuschauer bei diesem seltsamen Schauspiel war. Fast alle meine Kameraden standen auf Zehenspitzen am Grabenrand und verfolgten wie gebannt das Geschehen. Sie sagten kein Wort, sondern zogen nur den verwundeten Rabbiner schnell in den Graben hinein. Ich habe einen Augenblick gebraucht, um zur Besinnung zu kommen, doch dann stürzte ich zu Vidal hin und half dem Sanitäter, ihn in Sicherheit zu bringen. Im Bunker konnte ich noch ein paar Worte mit ihm wechseln, bevor er das Bewusstsein verlor. Seitdem habe ich ihn nicht wiedergesehen. Doch ich hörte, dass er außer Lebensgefahr ist. Nachträglich besehen, frage ich mich, welchen Eindruck die Tat dieses »Affen« auf Jean-Marie gemacht hat. Er war unter denen, die das Geschehen verfolgt haben. Doch das werde ich wohl nie erfahren, da wir nicht mehr miteinander reden.

Seltsam. Sehr seltsam, was hier geschieht. Wenn die feindlichen Geschütze uns ein wenig Ruhe ließen, würde ich vielleicht gründlicher darüber nachdenken. Dann könnte ich Dir, lieber Vater, meine Gedanken in angemessener Form mitteilen.

Viele Küsse an alle
Euer Louis

Gegen Ende des ersten Kriegsjahres überkam Louis eine tiefe Melancholie. An Weihnachten hatte er ein seltsames, ergreifendes Erlebnis, als sich plötzlich ein Waffenstillstand über die Gräben senkte. Doch er schrieb seinen Eltern nichts darüber. Er wollte ihnen davon erzählen, wenn er sie wiedersah.

Ansonsten machten die Feiertage Louis nur noch trauriger. Hatten sie nicht alle geglaubt, sie würden »Weihnachten wieder zu Hause« sein? Inzwischen hatte sich längst herausgestellt, dass dies eine Illusion war. Allerdings hatte Louis wie die meisten anderen damit gerechnet, dass er wenigstens Urlaub bekommen würde. An diese Hoffnung hatten er und seine Kameraden sich geklammert wie Ertrinkende an einen Strohhalm. Doch dann gingen die Feiertage vorbei, und die Aussicht auf den Urlaub schwand dahin. Alles blieb beim Alten, abgesehen davon, dass der ewige Schlamm jetzt von Schnee bedeckt war. Die Kleider waren so schlammverkrustet, dass sie eine undefinierbare, von Läusen und Flöhen bevölkerte Masse bildeten, und sie trockneten nur, wenn es Frost gab, weil die Frostluft zwar kalt, aber trocken war.

Der Himmel hing voll dunkler Wolken, aber der reine, weiße Schnee war ein wohltuender Anblick. Doch gerade die winterliche Idylle und der krasse Gegensatz zu einer Realität, die sich zwischen Schützengräben und Trommelfeuer abspielte, deprimierte Louis noch mehr. Das Heimweh plagte ihn ständig. Er starrte in die Luft und stellte sich seine Heimatstadt vor, die um diese Jahreszeit immer warm und festlich geschmückt war. Mit einem bitteren Lächeln dachte er daran, mit welcher Begeisterung seine Familie und die ganze jüdische Gemeinde von Bordeaux das Chanukka-Fest feierten. Sein Vater hatte ihm und seinen Schwestern erklärt, dass Chanukka kein wichtiges jüdisches Fest gewesen war, bis die Juden im Zuge der Aufklärung das Ghetto verließen und Chanukka zu einem zentralen Fest aufwerteten, das eine Brücke zum Weihnachts- und Neujahrsfest und in einem weiteren Sinne auch zu einer echten Emanzipation der Juden schlug. Das parallele Feiern des christlichen und jüdischen Lichterfests ermöglichte den Juden, sich in die Gesellschaft zu integrieren. ›Was tun sie nicht alles, um sich einbilden zu können, dass sie als gleichberechtigt anerkannt werden?‹, dachte Louis mit einem wehmütigen Lächeln. Es wäre interessant, zu erfahren, wie Nichtjuden darüber denken. Aus Angst vor einer verächtlichen oder verletzenden Antwort hatte er bisher nie gewagt, seinen nichtjüdischen Freunden diese Frage zu stellen.

Bei ihm zu Hause wurden die Chanukka-Kerzen angezündet. Und da es Weihnachten war, würde die Familie Naquet später auf die erleuchtete Straße hinausgehen, die noch vom Duft der Festmähler erfüllt war, und wie viele andere Nichtjuden die Mitternachtsmesse in der Kirche besuchen, »weil der Gottesdienst so feierlich ist und die Musik so schön …«. Währenddessen hockte Louis in seinem Schützengraben.

Aber nein, er würde den Eltern nicht schreiben, um ihnen die festliche Stimmung nicht zu verderben. Am besten ließ man die Heimatfront in dem Glauben, dass alle Soldaten Helden ohne Furcht und Tadel waren, erfüllt von hoher Kampfmoral und dem Glauben an die gerechte Sache. »*Merde alors*«, murmelte er sich in den Bart und drehte sich auf die andere Seite, um endlich einzuschlafen.

Der einzige Kamerad, mit dem Louis etwas engeren Kontakt hatte, war Gérard, ein Fischer aus der Normandie. Sie hatten einige relativ ruhige Abende in einem Lager drei Kilometer hinter der Front verbracht, obgleich auch dort ab und zu feindliche Granaten einschlugen und Gaswolken über das Gelände trieben. Zwar mussten sie auch hier Wache halten, aber zumindest brauchten sie sich nicht an den Schanz- und Instandhaltungsarbeiten zu beteiligen, die von den dort stationierten Mannschaften durchgeführt wurden, und konnten daher länger schlafen.

Einige Stunden vor dem nächtlichen Wachdienst brachte Gérard eine Flasche Cognac mit. »Komm, Louis, lass uns trinken, und danach habe ich eine Überraschung für dich!«

»Du weißt doch, dass ich kaum trinke«, wehrte Louis ab, »so ein Cognac steigt mir sofort zu Kopf.«

»Und genau das will ich erreichen«, erwiderte Gérard und grinste. Er fasste Louis am Arm und zog ihn aus dem Bunker. Draußen standen zwei mit Reisig getarnte Fahrräder.

Louis machte große Augen. »Wo hast du die her?«, fragte er.

»Frag lieber nicht, sondern steig auf und fahr hinter mir her.«

Louis wunderte sich, wie gut sein Freund den Weg zu kennen schien. Nach einer halben Stunde sah er die Lichter eines kleinen Bauernhofs. Die Wirkung des Cognacs, von dem Louis kaum getrunken hatte, war schon fast verflogen, und so fragte er sich mit wieder geschärften Sinnen, wohin er hier geraten war. Während sie die Fahrräder abstellten, gab er sich selbst die Antwort, dass es sich wohl nur um ein Hurenhaus handeln konnte. ›Typisch für diesen Gérard‹, dachte Louis. ›Kein Wunder, dass er mich betrunken machen wollte. Er kennt mich und weiß, dass ich für diese Art von Abenteuern nicht zu haben bin. Wieso bin ich nur mitgefahren?‹

Louis schüttelte energisch den Kopf: »Ich gehe da nicht rein, Gérard. Das ist nichts für mich.«

Der junge Mann hielt ihm die Flasche hin, doch Louis wehrte ab: »Von mir aus kannst du Cognac und Fahrräder stehlen und zu den Huren gehen. Ich wünsche dir dabei viel Vergnügen, aber mich lass aus dem Spiel. Ich fahre nach Hause.«

Gérard lachte unfroh: »Nach Hause? Was für ein Zuhause? In den Bunker oder den Schützengraben voller Ratten? Hör zu, Louis, ich bin dein Freund und ich will dein Bestes. Du weißt, dass wir jeden Moment hopsgehen können. Ich will nicht, dass du als Jungfrau stirbst.«

»Das geht dich nichts an«, fiel ihm Louis ins Wort, doch Gérard ließ sich nicht beirren: »Bevor du stirbst, solltest du wenigstens wissen, wo die Kinder herkommen. Außerdem würdest du den Weg allein nicht finden, noch dazu in der Dunkelheit. Ohne mich fährst du geradewegs in die feindliche Front hinein.« Damit zog er ihn am Ärmel zum Eingang des Bauernhauses.

Das Innere war schwach erhellt. Die stickige Luft roch nach Holzrauch und der Petroleumfunzel, die in einer Ecke brannte. Auf einem zerschlissenen Sofa saß eine zahnlose Alte mit wirrem grauem Haar und rauchte Pfeife. Sie winkte die beiden Soldaten herbei. »Fünf Francs für jeden«, krächzte sie, »einschließlich Getränk.«

»Vier für uns beide«, sagte Gérard, und nach einigem Feilschen einigten sie sich auf fünf Francs insgesamt. Auf einem Hocker standen eine Flasche Weißwein und ein paar staubige Gläser. Louis fiel auf, dass der Fußboden aus gestampftem Lehm bestand. ›Wenn man ihn anfeuchten würde, wäre es hier nicht so staubig‹, dachte er. Im nächsten Moment wunderte er sich über sich selbst. Was für ein schrecklicher Ort! Sein einziger Gedanke war, wie er sich möglichst schnell davonstehlen könnte. Doch Gérard, der inzwischen die Hälfte des Geldes bezahlt hatte, hielt Louis am Ärmel zurück und schob ihn zu einem großen Vorhang. »Geh rein«, sagte er, »sie wartet auf dich.«

»Nein!« Louis versuchte vergeblich, seiner Stimme einen energischen Klang zu verleihen. »Geh du zuerst!«

Gérard zögerte, doch dann gab er nach und verschwand hinter dem Vorhang. ›Inzwischen wird sich unser Unschuldslamm schon eines Besseren besinnen‹, dachte er.

Die Alte winkte Louis, er solle sich neben sie setzen, doch er blieb stehen. Sie bot ihm Wein an, er lehnte ab. Da die Alte an seltsame Kunden gewöhnt war, die zum Teil von der Zeit an der Front traumatisiert waren, beachtete sie Louis nicht weiter, zog Spielkarten hervor und legte eine Patience, wobei sie, immer mit der Pfeife im Mundwinkel, Unverständliches vor sich hin brabbelte.

Louis hatte das Gefühl, die Zeit wäre stehen geblieben. Gérard kam und kam nicht zurück. Er überlegte, ob er es nicht doch wagen sollte, aufs Rad zu springen und allein zum Bunker zurückzufahren, doch er traute sich nicht. Gérards Warnung, dass er den Deutschen in die Hände fallen könnte, hatte ihre Wirkung nicht verfehlt.

Endlich wurde der Vorhang zurückgeschlagen. Gérard erschien mit einem verschmitzten Lächeln auf den Lippen. Er reichte der Alten einen weiteren Geldschein und drängte Louis mit Gewalt hinter den Vorhang. Ohne so recht zu wissen, wie ihm geschah, ging Louis wie hypnotisiert mit klopfendem Herzen durch einen langen, schwach beleuchteten Gang, der zu einem weiteren Vorhang führte. Dort blieb er zögernd stehen, bis er eine Frauenstimme vernahm: »Hier bin ich, komm rein.« Louis stolperte vor Aufregung, doch er zog den Vorhang beiseite.

In dem erstaunlich geräumigen Zimmer standen einige hölzerne Wandschirme mit Dekorationen, die Louis nicht zu deuten wusste. Dazwischen brannte eine rote Lampe, und auf dem Boden, der auch hier aus gestampftem Lehm bestand, waren ein Dutzend brennende Kerzen angeordnet. Hinter der roten Lampe posierte eine Frau mit üppigen nackten Brüsten und einem Rock, der von der Taille bis auf die Füße herabwallte.

Im Nachhinein konnte sich Louis an die Frau kaum noch erinnern. Als sie vor ihm stand, war er erregt, aber zu verschreckt, um sie näher zu betrachten. Er erinnerte sich nur an ihre riesigen Brüste, ihr hüftlanges blondes Haar und ihr breites Becken. Da er sich nicht von der Stelle rührte, ging sie auf ihn zu und griff ihm zwischen die Beine, doch er zuckte zurück. Daraufhin führte sie ihn kurzerhand zu einem der Wandschirme. Dahinter stand, ebenfalls von brennenden Kerzen umkränzt, ein Doppelbett mit einem Baldachin aus roter Seide.

»Zieh dich aus!«, befahl sie, doch er blieb stehen. Sie begann, ihn auszuziehen, und er sträubte sich nicht. Als er nackt vor ihr stand, griff sie wieder nach seinem Glied, doch es reagierte nicht auf die Berührung. Die Frau sah ein, dass ihre Bemühungen zwecklos waren, legte sich aufs Bett, zog den Rock hoch und spreizte die Beine. Dann tauchte sie eine Hand in eine Schale mit einem Desinfektionsmittel und führte es in ihre Vagina ein. Louis verfolgte wie gebannt die Bewegungen ihrer Finger, die durch das dicke blonde Schamhaar hindurch in den rötlich klaffenden Spalt eindrangen.

Im nächsten Augenblick sprang er wie von einer Schlange gebissen zurück, zog sich in fliegender Hast an, stieß den Wandschirm beiseite und rannte durch den langen, düsteren Gang zu dem Vorhang, durch den er eingetreten war. Er stürzte in den

Raum, wo Gérard sich angeregt mit der kichernden, paffenden Alten unterhielt, packte seinen Freund beim Arm und stieß atemlos hervor: »Nichts wie weg hier!«

Gérard widersetzte sich nicht, warf der Alten eine Kusshand zu und folgte Louis nach draußen. Als sie auf die Räder stiegen, fragte er grinsend: »Hat es Spaß gemacht?«

»Das geht dich nichts an!«, fauchte Louis.

»Na, immerhin hast du deine Unschuld verloren.«

Mitte März steigerten die Franzosen ihre Angriffe auf die deutschen Stellungen. Bei einem der Sturmangriffe kämpfte Louis' Kompanie in vorderster Linie. Alle Offiziere und Unteroffiziere der Kompanie, die noch am Leben waren, wurden bei diesem Angriff getötet oder verwundet. Und als die übrig gebliebenen Soldaten bis zu den deutschen Stellungen vorgedrungen waren und zum Sturm ansetzten, erwartete sie eine böse Überraschung. Sie hatten die Stacheldrähte durchschnitten, Handgranaten in die feindlichen Schützengräben geworfen und sahen schon die Deutschen fliehen, als mit einem Mal ein unerwartetes Hindernis vor ihnen aus dem Erdboden sprang: ein Stacheldrahtzaun, der bisher unsichtbar auf dem Boden gelegen hatte und jetzt plötzlich von den deutschen Gräben aus durch Stricke und Sprungfedern hochgezogen wurde.

Der Schwung des Angriffs wurde abrupt gestoppt. Gleichzeitig setzte schweres Maschinengewehrfeuer ein. Louis verlor die Fassung nicht. Da keine Offiziere in der Nähe waren, rief er seinen Kameraden zu: »Verwundete bergen und schnellstens zurück!«

Die erschrockenen Soldaten machten kehrt, luden sich die Verwundeten auf die Schultern oder zogen sie hinter sich her. Auch Louis rannte zu einem Verwundeten, der blutüberströmt und nicht zu identifizieren war. Er zog den vor Schmerzen brüllenden Mann aus dem Stacheldraht und zerrte ihn kriechend, selbst in zerfetzter Uniform und aus zahlreichen Wunden blutend, zu den französischen Stellungen. Die tierischen Schreie des Verletzten gingen in ein Röcheln über, und als Louis sich mit ihm in den Schützengraben rollte, gab er keinen Laut mehr von sich. Louis, erleichtert über sein Verstummen, rief nach dem Sanitäter, der herbeistürzte und sich über ihn beugte. Louis winkte ab und wies auf den Verwundeten, doch der Sanitäter warf nur einen kurzen Blick auf den Mann und kam zu Louis zurück, der erschöpft zu Boden gesunken war.

»Ich werde dich jetzt verbinden«, hörte er den Sanitäter sagen, »deinem Kameraden ist nicht mehr zu helfen.«

Louis hob den Kopf und sah zu dem Soldaten hinüber. ›Deshalb ist er so still‹, dachte er. ›Weil er tot ist!‹ Und dann erkannte er ihn. Es war Jean-Marie de Marmont.

Die überlebenden Soldaten versuchten, sich im Schutz der Gräben von dem missglückten Angriff zu erholen. Fast alle hatten mehr oder weniger schwere Verletzungen davongetragen, wenn nicht vom Stacheldraht, dann von Gewehrkugeln oder Granatsplittern. Doch schon kam der Befehl, sich gefechtsbereit zu machen und einen Gegenangriff der Deutschen abzuwehren, der jedoch genauso scheiterte wie der vorhergehende Angriff der Franzosen. Das Schlachtfeld war mit toten Soldaten beider Nationen übersät.

In der Nacht fanden Louis und seine Kameraden trotz ihrer abgrundtiefen Müdigkeit keinen Schlaf. Die Deutschen konnten jederzeit wieder angreifen. Endlich brach der Morgen an, und es wurde befohlen, die Stellungen für die Ablösung zu räumen. Dem Seufzer der Erleichterung, der durch die Reihen ging, folgte bald ein empörtes Murren. Der neue Befehl lautete, sich in Marschordnung aufzustellen und in Dreierreihen zu einem fünf Kilometer südlich gelegenen Dorf zu marschieren. ›Marschieren? In Dreierreihen? Fünf Kilometer? Wie denn? Wir können keine zehn Meter mehr gehen! Wir sind ausgepumpt bis auf die Knochen, und die meisten sind verwundet. Wo bleiben die Lastwagen? Hier wird nicht mit Bleisoldaten gespielt, sondern mit Menschen!‹ Doch die überlebenden Offiziere, die nicht viel besser aussahen als die Mannschaft, bestanden darauf, dass der Befehl von oben kam und zu befolgen war. Nicht genug damit, dass sie in Dreierreihen marschierten, sie mussten auch noch singen, als das Dorf in Sicht kam. Was soll das, knurrten Louis und seine Kameraden, wir sind doch keine Rekruten! Singen? In unserem Zustand? Doch auch diesmal gab es kein Erbarmen. Zunächst war nur ein dumpfes Gemurmel zu hören, und die wiederholten Befehle, lauter und munterer zu singen, nützten nicht viel. Die Offiziere versuchten vergeblich, aus den abgekämpften Soldaten eine disziplinierte Truppe zu machen. Als sie sich dem Dorf näherten, waren die Straßen dicht gesäumt von Menschen, die anscheinend auch aus den benachbarten Dörfern gekommen waren. Eine Kapelle stand bereit – und davor, kaum zu glauben, ein Offizier zu Pferde! Plötzlich stimmten die Soldaten von sich aus ein Lied an. Sie marschierten schneller, und je näher sie dem Dorf kamen, desto lauter wurde ihr Gesang.

Als sie im Dorfzentrum ankamen, war aus dem elenden Häuflein schlamm- und blutbedeckter Soldaten eine stolze Truppe geworden. Zumindest hatte jeder von ihnen dieses Gefühl. Die Kapelle nahm die Melodie des Liedes auf, das sie sangen: »*Couche-toi, soldat, couche-toi*« [Zieh den Kopf ein, Soldat, zieh den Kopf ein], das Lied der Soldaten in den Schützengräben, das jetzt, aus voller Kehle geschmettert, wie ein fröhliches Marschlied klang. Sie sangen und warfen den jubelnden Dorfbewohnern stolze Blicke zu. Der Offizier zu Pferde war kein anderer als der Brigadekommandeur, Oberst Boiron. Er salutierte mit gezogenem Säbel. Seine feierliche Miene stand in seltsamem Gegensatz zu seiner schlammbespritzten Uniform. Er gab der Truppe das Zeichen zum Anhalten, brachte die Kapelle mit einer Handbewegung zum Schweigen und sagte nur einen Satz: »Frankreich und ich heißen euch als Helden willkommen.« Die Dörfler, die sich auch nicht gerade im Sonntagsstaat präsentierten, brachen in frenetischen Beifall aus. Die Soldaten wurden von einer Begeisterung gepackt, zu der sie noch vor wenigen Minuten nicht fähig gewesen wären, warfen ihre Käppis in die Luft und jubelten in einem plötzlichen Glücksgefühl, das sie selbst überraschte.

Die Lastwagen warteten am Ende der Hauptstraße. Zum Teil waren sie schon voll mit Verwundeten. Die Soldaten zwängten sich mühsam hinein, doch sie fühlten sich nicht mehr wie armselige Erdratten, sondern wie stolze Krieger. Dann ging es ins Hinterland, ins Erholungslager.

Nach einer Woche im Lager wurden Louis und seine Kameraden wieder zum Appell gerufen, doch diesmal boten sie ein wesentlich besseres Bild. Ihre Uniformen waren sauber, und die Wunden, die ihnen »der springende Stacheldraht« bei ihrem letzten Sturmangriff zugefügt hatte, begannen zu heilen. Oberst Boiron trug eine Paradeuniform, wie sie die Frontsoldaten seit Monaten nicht mehr gesehen hatten. Dann verteilte er Auszeichnungen. Wieder einmal wurde Louis als Letzter aus den Reihen gerufen. Für »den Heldenmut und die Geistesgegenwart«, die er bei dem Ansturm auf den springenden Stacheldraht bewiesen hatte, bekam er das *Croix de guerre*, die höchste Auszeichnung, die an diesem Tag verliehen wurde. Sein Herz klopfte zum Zerspringen, als Oberst Boiron ihm den Orden an die Brust heftete und sich auf die Zehenspitzen stellte, um den hochgewachsenen Bäckersohn auf die Wangen zu küssen. ›Wenn mich jetzt meine Eltern sehen könnten!‹, dachte Louis.

15

Frankfurt am Main

— Mai 1915 —

Schon wenige Tage nach Ludwigs Abreise kam Friede aus Berlin zu Besuch, sodass Karoline etwas Abwechslung von ihren trüben Gedanken hatte. Sie war froh, nicht immer nur mit ihren Eltern reden zu müssen.

Friede allerdings war schon lange nicht mehr die lustige Kameradin von früher. Seit dem Tod ihres Verlobten trug sie Schwarz und ließ sich auch durch Karoline nicht davon abbringen. Umso stärker unterstützte sie Karolines Liebe zu Ludwig. Sie wünschte ihrer Freundin das Glück, das sie für immer verloren hatte.

Karoline war pünktlich am Bahnhof, als Friedes Zug einlief. Sie stürzte sich geradezu auf die Freundin, umarmte und küsste sie heftig.

Aber Friede war totenbleich und reagierte kaum auf die Begrüßung. Als sich Karolines Arme um ihren Hals schlossen, fing sie sogar an zu weinen.

»Was ist?«, fragte Karoline erschrocken. »Ist deinen Eltern was zugestoßen?«

»Nein, nein«, presste Friede heraus. »Es ist nur … Die Clara hat sich erschossen!«

Karoline war verwirrt, vielleicht auch ein wenig eifersüchtig. »Welche Clara?«, fragte sie heftig, ja sogar etwas zu heftig. Friede verstummte jetzt völlig, tupfte sich nur das Gesicht ab und fasste nach ihrem Koffer. Auch in der Droschke, die sie glücklicherweise gefunden hatten, sprach sie kein Wort, sondern starrte nur stumm aus dem Fenster.

Erst als sie in der Kaiserhofstraße waren und in der kleinen

Wohnung im Hinterhaus saßen, taute sie etwas auf. Jetzt erzählte sie plötzlich und wollte gar nicht mehr aufhören.

»Clara ist … Clara war eine großartige Frau. Ich kenne sie schon seit Jahren, sie hat mich immer beeindruckt. Sie ist die Ehefrau von Fritz Haber, der seit vier Jahren Direktor des Kaiser-Wilhelm-Instituts für physikalische Chemie und Elektrochemie ist und auch meinen Vater dorthin geholt hat.«

»Ist er auch Jude?«, fragte Karoline wider Willen.

»Ja«, sagte Friede. »Und Clara war auch Jüdin. Und außerdem Chemikerin. Sie war die erste Frau, die in Deutschland in diesem Fach promoviert hat. Aber sie hatte natürlich keine Chance auf eine Karriere. Sie musste froh sein, dass sie ihrem Mann gelegentlich assistieren durfte, wenn auch ohne Bezahlung.«

Karoline nickte. Das Problem war ihr bestens vertraut, wenn sie an ihr eigenes Studium dachte. Wahrscheinlich würde sie ebenfalls froh sein, wenn sie später mal ihrem Mann »assistieren« dürfte. Deshalb plädierte sie ja auch so dafür, dass Ludwig Rechtsanwalt werden sollte, wenn er denn je aus dem Krieg zurückkam. Ohne ihn hatte ihr eigenes Studium wahrscheinlich auch keinen Sinn. Hatte man je schon von einer Juristin im Staatsdienst gehört? Oder von einer Richterin?

»Der Mann muss ja recht gut sein, wenn er das Kaiser-Wilhelm-Institut leitet«, sagte sie vorsichtig.

»Gut? Ohne ihn und seine Erfindung hätte das Deutsche Reich niemals Krieg führen können. Die Bauern hätten keinen Dünger und die Soldaten längst keine Munition mehr.«

»Wieso?«

»Weil es ohne das Haber-Bosch-Verfahren zur industriellen Gewinnung von Ammoniak aus Stickstoff und Wasserstoff schon lange keinen Sprengstoff in Deutschland mehr gäbe. Und Kunstdünger auch nicht. Die englische Flotte lässt ja nicht zu, dass deutsche Schiffe Salpeter aus Südamerika holen. Bist du nie in Ludwigshafen gewesen? Hast du die Badische Anilin- & Soda-Fabrik nie gesehen? Das ist doch ein riesiges Werk.«

»Nein«, musste Karoline zugeben. »Aber warum hat sich deine Clara denn umgebracht? Der Kaiser ist Professor Haber und seiner Frau doch sicher sehr dankbar?«

»Oh ja! Das ist er«, sagte Friede bitter. »Der Kaiser ist außerordentlich dankbar. Er hat Professor Haber sogar zum Hauptmann der Reserve ernannt. Aber nicht für den Dünger, ja noch nicht einmal für den Sprengstoff.«

»Wofür denn dann?«

»Für deutsches Giftgas!« Friede fing wieder zu weinen an, und während sie weitererzählte, liefen ihr die Tränen in einem stetigen, stillen Strom über das blasse Gesicht. »Er war gerade aus Flandern zurückgekommen. Er hatte persönlich überwacht, wie das XV. Korps bei Ypern hundertfünfzig Tonnen Chlorgas aus Flaschen entweichen ließ und damit über tausend Franzosen erstickte. Er erhielt die Ernennung zum Hauptmann, und am Abend wurde in seiner Villa in Dahlem gefeiert. Meine Eltern und ich waren auch eingeladen. Gegen Mitternacht sind wir gegangen. Kurz darauf hat Clara die Dienstwaffe ihres Mannes aus seinem Zimmer geholt, ist in den Garten gegangen und hat sich erschossen.«

»Aber warum denn?«, fragte Karoline unsicher.

Friede sah sie an, als hätte sie eine Verrückte vor sich. »S-i-e k-o-n-n-t-e e-s n-i-c-h-t e-r-t-r-a-g-e-n«, buchstabierte sie überlaut.

Karoline saß wie erstarrt. So hatte sie Friede noch nie erlebt. Nach einer langen Pause fragte sie schließlich leise: »Und was hat dieser Professor Haber gemacht?«

Friede stieß ein höhnisches Lachen aus. »Er hat seine ›Pflicht‹ erfüllt. Was denn sonst? Noch im Morgengrauen ist er an die Ostfront gefahren, um den nächsten Gaseinsatz zu beobachten.«

16

VERDUN

— Februar 1916 —

Bei allem, was später darüber gesagt und geschrieben worden ist, mag es vielleicht überraschen, aber als Ludwig im Mai 1915 zurück an die Front geschickt wurde, war die kleine Stadt Verdun ein ziemlich verschlafenes Nest. Dass hier vor über tausend Jahren das Reich Karls des Großen von seinen Enkeln geteilt und damit die »Erbfeindschaft« zwischen Frankreich und Deutschland gestiftet worden war, wusste von den ungefähr zwanzigtausend Einwohnern kaum jemand, außer dem Bischof wahrscheinlich.

Gewiss, die Stadt an der Maas war der nördlichste Punkt des französischen Festungsgürtels, der von der Schweiz bis zu den Ardennen reichte, aber bei ihrem vergeblichen Sturmlauf nach Paris im Sommer 1914 hatten die deutschen Truppen die kleine Stadt einfach links liegen lassen. Militärisch war der Ort wertlos. Er lag tief unten im Tal und musste durch eine Reihe von kleinen Blockhäusern, Bunkern und Forts auf den umliegenden, dicht bewaldeten Höhenzügen gedeckt werden. Auffällig war Verdun allenfalls dadurch, dass es 1915 auf allen Landkarten wie ein alter Schuh in die deutsche Front hineinragte, genauer gesagt: dass es Verdun sich im Winkel zwischen dem starken rechten und dem schwachen linken Flügel der deutschen Front gewissermaßen gemütlich gemacht hatte.

Aus diesem Grund war die kleine Stadt wohl auch dem preußischen General Erich von Falkenhayn aufgefallen, der im September 1914 zum Chef des Großen Generalstabs ernannt worden war, nachdem sein Vorgänger, General Helmuth Johannes Ludwig von Moltke, die fatale Mechanik des sogenannten

Schlieffen-Plans (»Macht mir den rechten Flügel stark!«), auf dem das ganze politisch-strategische Unglück des Deutschen Reiches basierte, erst in Gang gesetzt und dann so halbherzig durchgeführt hatte, dass die deutschen Truppen an der Marne gestoppt worden waren, ohne Paris auch nur aus der Ferne zu sehen.

Nachdem die Franzosen und Engländer einerseits und die Deutschen andererseits sich in Flandern so lange vergeblich zu »umfassen« versucht hatten, bis sie ans Meer stießen, musste sich Falkenhayn etwas einfallen lassen, um zu zeigen, dass er das Vertrauen des Kaisers verdiente. Es musste ein Sieg her, und so verfiel Falkenhayn auf die strategisch denkbar aussichtsloseste Idee: Er wollte gegen die zahlenmäßige Übermacht der Entente eine Materialschlacht, einen Abnützungskrieg führen. Irgendwann im Jahre 1915 muss er auf die Landkarte getippt und gesagt haben: »*Hier* werden wir die Franzosen ausbluten lassen!«

Dabei landete sein Finger genau auf der Stelle, an der Ludwigs Einheit einen relativ beschaulichen Sommer und Herbst verbracht hatte.

Der deutsche Angriff begann am 21. Februar 1916, morgens um 8 Uhr 12. Die zweifelhafte Ehre, den ersten Schuss abzugeben, fiel den Fußartilleristen des Bataillons 5000 zu, die ihr ursprünglich für die Marine gedachtes dreißig Meter langes Eisenbahngeschütz im Wald von Warphémont auf einer Betonplattform mit einem riesigen Drehkranz aufgebaut hatten. Die 38-cm-Granate war weit über zwei Meter lang und wog 800 Kilogramm. Sie verließ das Rohr des »Langen Max« mit einer Mündungsgeschwindigkeit von 820 Metern in der Sekunde. Nach etwa einer Minute und der Überwindung einer ballistischen Kurve von mehr als vierzig Kilometern schlug sie in den dichten Wald rund um das Dörfchen Fleury ein und zerstörte einige Hundert Bäume.

Als die Schlacht zehn Monate später am 20. Dezember zu Ende ging (Falkenhayn war da längst abgelöst und durch einen anderen Charakterkopf mit Schnauzbart und Bürstenhaarschnitt ersetzt worden), stand im ganzen Wald von Verdun kein einziger Baum mehr. Dafür waren auf französischer Seite 167 000 und auf deutscher Seite 150 000 Soldaten und Offiziere gefallen. Dazu kamen 210 000 verwundete Franzosen und 187 000 verwundete Deutsche. Falkenhayns »Blutpumpe« hatte in beide Richtungen funktioniert, ohne sich auch nur einen Meter weit zu bewegen. Es war der Höhpunkt der symmetrischen Kriegsführung.

17

Verdun

— März 1916 —

An der Somme und in Flandern hatte Louis sich gut geschlagen, und seinen ersten großen Urlaub im Spätherbst 1915 genoss er sehr. Mit Schaudern hatte er von den Kämpfen um Ypern gehört, bei dem die Deutschen Gas eingesetzt hatten, das schwerer als Luft war und wie ein zäher Nebel durch die Schützengräben kroch und jedem die Lunge verätzte, der es ungeschützt einatmete. Er selbst war kaum fünfzig Kilometer von Ypern entfernt gewesen. Nach Weihnachten kehrte er wieder nach Flandern zurück, wo die Kämpfe allmählich abflauten.

Dafür entstand eine andere Unruhe. »Das Regiment wird verlegt«, hieß es jetzt immer öfter, und Ende März 1916 wurde es ernst. Louis wurde zu de Boissieu gerufen, der inzwischen zum Oberst und Regimentskommandeur befördert worden war. Louis salutierte und blieb in strammer Haltung am Eingang des Bauernhauses stehen, wo der Gefechtsstand des Regiments lag. Er wusste nicht, warum er herbestellt worden war. Sollte er diese persönliche Begegnung mit dem Kommandeur als besondere Ehre betrachten? Oder erwartete ihn eine so schlimme Nachricht, dass der Kommandeur sie ihm von Angesicht zu Angesicht mitteilen wollte?

»Treten Sie näher, Naquet«, wandte sich der Oberst an ihn. »Sie gehören zu einer kleinen Anzahl von Soldaten, die ich von Beginn ihres Armeediensts an unter meinem Kommando hatte und die den Krieg bisher heil und gesund überstanden haben. Sie sind mir noch aus Ihrer Rekrutenzeit in Erinnerung. Sie haben gute Figur gemacht. Man konnte gar nicht umhin, auf Sie aufmerksam zu werden. Ich habe Ihre Akte geprüft. Sie haben sich während Ihres gesamten Dienstes an der Front als ausgezeichneter Soldat erwiesen. Davon zeugt auch der Orden an Ihrer Brust. Außerdem haben Sie Abitur, was für uns von nicht unbeträchtlicher Bedeutung ist. Offenbar haben Sie die Prüfung sogar mit Auszeichnung bestanden. Dafür gebührt Ihnen aller Respekt. Wie Sie wissen, lieber Naquet, haben wir seit Kriegsbeginn nicht nur sehr viele Soldaten verloren, sondern relativ gesehen noch mehr Offiziere. In diesem Krieg haben wir keine Zeit, geeignete Kandidaten in Saint-Cyr als Offiziere ausbilden zu lassen, wie es normal wäre. Daher wurde beschlossen, Soldaten mit Fronterfahrung, die sich überdies ausgezeichnet haben, auch ohne diese Ausbildung zu Offizieren zu befördern. Zu diesen Auserwählten zählen auch Sie, *Leutnant* Naquet«, erklärte der Oberst, wobei er den Rang besonders betonte. »Ja, Sie haben recht gehört, Leutnant Naquet.«

Der Oberst stand auf, drückte dem erstaunten Louis die Hand und küsste ihn auf beide Wangen. Einer der Adjutanten von de Boissieu überreichte ihm die Ernennungsurkunde und half dem Kommandeur, das Leutnantsabzeichen auf Louis' Schulterklappen zu heften. In dem Gefühl, einem ebenso unerwarteten wie unbegreiflichen Geschehen beizuwohnen, blieb Louis in strammer Haltung stehen und brachte kein Wort heraus. »Nun, Herr Leutnant«, meinte der Oberst lächelnd, »haben Sie gar nichts zu sagen?«

»Herr Oberst«, brachte Louis mühsam hervor, »ich weiß nicht, wie ich Ihnen danken soll. Auf diese Situation war ich nicht vorbereitet.« Er räusperte sich verlegen. »Herr Oberst, erlauben Sie mir, Sie um einen Rat zu bitten: Wie wird man ein guter Offizier?«

»Sie werden überrascht sein, Naquet«, sagte de Boissieu lächelnd, »aber von mir bekommen Sie keinen der üblichen Ratschläge. Sie haben selbst gute und weniger gute Offiziere im Einsatz erlebt und wissen daher, was von einem militärischen Vorgesetzten erwartet wird. Lediglich einen Rat möchte ich Ihnen geben: Tun Sie alles Erdenkliche, um von Ihren Soldaten geliebt zu werden. Ja, geliebt zu werden! Ein Soldat ist viel eher bereit, sein Leben aufs Spiel zu setzen, wenn er seinen Vorgesetzten schätzt. Sie haben das sicher schon selbst empfunden: Der Soldat hat irgendwo im Hintergrund immer das Gefühl, dass er auch für den kämpft, der ihm die Befehle gibt.«

»Von den Soldaten geliebt zu werden?«, wiederholte Louis ungläubig.

De Boissieu sah ihn mit einem Lächeln an. »Allerdings, es ist wichtig, dass Ihre Soldaten Sie lieben. Und im Gegenzug müssen sie wiederum Ihre Liebe spüren. Oder haben Sie etwa geglaubt, dass es darauf nicht mehr ankommt, weil sie sowieso sterben werden?«, fügte er sarkastisch hinzu. »Merken Sie sich eines: Der Unterschied zwischen Lebenden und Toten ist kein grundsätzlicher, sondern nur eine Frage der Zeit.«

Am nächsten Tag kam der Marschbefehl. ›Sie sollen mich lieben‹, dachte Louis, als er die Männer in Augenschein nahm. ›Ja, ich will dafür sorgen, dass sie mich lieben. Ich werde mich vernünftig verhalten und den direkten Kontakt mit ihnen suchen, soweit das im Rahmen der Vorschriften möglich ist.‹

Liebe Maman, lieber Papa,

ich schreibe Euch zu später Nachtstunde. Einschlafen kann ich ohnehin nicht, denn ich bin doch ein wenig aufgeregt. Morgen früh ist es endlich so weit: Wir verlassen Belgien und kehren nach Frankreich zurück. Was bedeutet das? Wird es dort besser sein? Das Frontleben ist überall gleich. Doch die Veränderung, der Aufbruch, ein neuer Ort heben unsere Stimmung. Vielleicht ist dieses Gefühl nur eine flüchtige Illusion, doch deshalb nicht weniger angenehm.

Der heutige Tag bescherte mir eine Überraschung. Ihr werdet es nicht glauben, aber ich wurde plötzlich zum Leutnant befördert. Hätte ich Hurra rufen sollen? Vielleicht. Doch ich weiß, dass mir diese unerwartete Ehre nur deshalb zuteil wurde, weil so viele Offiziere gefallen sind. Ich habe keinen Offizierskurs absolviert. Man muss ganz einfach die Reihen wieder auffüllen. Ich weiß nicht, was ich von dieser Geschichte halten soll. Um die Wahrheit zu sagen: Mich beunruhigt nicht nur der Aufbruch, sondern auch die neue Verantwortung, die Befehlsgewalt über Menschen, deren Schicksal in meiner Hand liegt.

Was mich ein wenig auf andere Gedanken brachte, war ein Abendessen bei einer belgisch-flämischen Bauernfamilie.

Was soll ich Euch sagen: ein Erlebnis. Diese Menschen sind unsere unmittelbaren Nachbarn und doch so verschieden von uns. Wir sprachen französisch, doch es dauerte eine Weile, bis ich mich an den schweren flämischen Akzent gewöhnt hatte.

Ohnehin wurde nicht allzu viel geredet. Unsere Gastgeber, die uns überaus großzügig bewirteten, verhielten sich sehr zurückhaltend. Vielleicht ist das eine typisch flämische Eigenschaft. Jedenfalls hatte ich diesen Eindruck. Die Flamen stellten uns keine Fragen, und auch unsere Fragen beantworteten sie höflich, aber knapp. Interessant. Wir Franzosen sind so anders. Plötzlich hatte ich das Gefühl, dass wir zu laut, vielleicht sogar ein wenig vulgär sind. Die ganze Familie, einschließlich der Frauen, rauchte ununterbrochen. Sogar beim Essen nahmen sie die Pfeife nicht aus dem Mund. Kein Wunder, dass sie so wortkarg sind! Teller gab es nicht, wir aßen direkt aus dem Topf, der mitten auf dem schweren Bauerntisch stand. Bequem war das nicht gerade: Das einzige Gericht, das allerdings in rauen Mengen angeboten wurde, Waterzooi, der Stolz der flämischen Küche, ist ein Eintopf, eine Art dicker Suppe, die man eigentlich nicht ohne Teller essen kann! Er bestand aus Huhn und verschiedenen Gemüsen, die ich zum Teil nicht kannte (habt Ihr schon mal weiße Rüben gegessen?). Als der Topf auf den Tisch kam, wollte einer meiner Kameraden sich in seiner Begeisterung gleich ein Stück Huhn angeln, doch die Familie protestierte entsetzt: Was ihm denn einfalle? Essen, ohne vorher zu beten? Dann sprachen sie ihr Gebet – mit der Pfeife im Mund.

Der Abend war eine willkommene Ruhepause zwischen den beiden Fronten, der alten und der neuen, die uns erwartet. Eine Pause, die mir nach diesem aufregenden Tag der Beförderung sehr zustatten kam. Doch jetzt will ich trotzdem versuchen, noch ein wenig zu schlafen. Ich schreibe Euch, sobald wir unseren Bestimmungsort erreichen.

Euer Sohn Louis

Auf dem Weg nach Verdun herrschte eine gelöste Stimmung. Louis' Männer waren froh, die kahlen, schlammigen Felder von Flandern hinter sich zu lassen. Sie dachten nicht daran, was sie in Verdun erwartete, und sangen im Zug auf dem Weg nach Bar-le-Duc und auf den Lastwagen, die sie von dort aus weitertransportierten. Als sie ausstiegen und sich für den Fußmarsch gruppierten, waren sie immer noch in gehobener Stimmung. Vielleicht versuchten sie, sich mit scherzhaften Zurufen, Hänseleien und munteren Liedern selbst Mut zu machen.

Doch je länger der Marsch dauerte, desto leiser wurden die Soldaten. Louis musterte seine neuen Untergebenen. Ein endloser Nieselregen erschwerte die Sicht, und im schwindenden Tageslicht war es schwer, die Gesichter zu unterscheiden. Die Männer gingen geduckt, niedergezogen von dem schweren Marschgepäck und den regennassen Uniformen, mit schmerzenden Rücken und wundgescheuerten Schultern. Selbst die Lieder, die sie bis zum Einbruch der Dunkelheit sangen, klangen immer grauer und monotoner.

Die letzten vier Kilometer gingen sie sogar schweigend, ganz darauf konzentriert, die Füße aus dem Schlamm hochzuziehen. Es stellte sich heraus, dass die Anziehungskraft des Schlamms diejenige des Erdballs bei Weitem übertraf. Mittlerweile war die Sicht so schlecht, dass die Soldaten kaum noch ihren Vordermann erkannten. Auf dem letzten Kilometer gingen sie bis zu den Hüften in einem zähen Morast, der mit dem Inhalt übergelaufener Latrinen und Leichenresten vermischt war, die der Dauerregen aus flüchtig gegrabenen, flachen Gräbern hinausgespült hatte. Louis versuchte vergeblich, seine Soldaten zu erkennen. In der Dunkelheit zeichneten sich schemenhaft Gesichter ab, die von Wollschals und unter den Helmen getragenen Mützen fast gänzlich verdeckt waren. Manche trugen Westen, die nicht zur Uniform gehörten, andere hatten die Hände mit Stoffstreifen oder Verbandszeug umwickelt, weil sie ihre Handschuhe verloren oder verschlissen hatten. Louis kniff die Augen zusammen. ›Ich bin einer von ihnen‹, sagte er sich, ›Fleisch von ihrem Fleische.‹ Er war stolz auf sie, auf ihre und auch auf seine eigene Zähigkeit und Ausdauer. Er teilte ihr Leiden, ihr Gefühl der Erniedrigung. Ja, es würde ihm nicht schwerfallen, seine Soldaten zu lieben.

Am Eingang zu den Schützengräben wurden die Neuankömmlinge sehnsüchtig von der Einheit erwartet, die sie ablösen sollten. Der Befehl lautete, sich in völliger Stille zu bewegen, um nicht die Aufmerksamkeit des Feindes zu wecken, der in diesem Moment der Ablösung gern angegriffen hätte. So gab es keine Gelegenheit, mit den Vorgängern ein paar Worte zu wechseln und einige praktische Ratschläge zu bekommen. Man konnte nur hoffen, dass die Vorgesetzten, die im Hinterland genaue Instruktionen bekommen hatten, ihre Soldaten richtig zu führen wussten.

Der Schützengraben war feucht; unerträglicher Gestank lag in der Luft. Louis spürte, dass er sich übergeben musste – obwohl er das Elend in den Schützengräben nun schon seit fast zwei Jahren kannte. Es war, als sitze ein Krebs in seinem Magen und kneife ihn mit spitzen Zangen, doch er beherrschte sich.

Im Morgengrauen entdeckte er, dass auf dem Boden des Schützengrabens Bretter lagen, von denen das dauernde Knacken stammte, das er in den Stunden der Dunkelheit gehört hatte. Je heller es wurde, umso stärker regte sich in Louis das unangenehme Gefühl, dass diese Bretter nicht direkt auf dem Boden lagen. Zwischen ihnen und der Erde lag noch etwas. Sie schienen zu schaukeln.

Die spärlichen Lichtstrahlen, die durch den Nebel drangen, bestätigten seine entsetzliche Ahnung: Wie besessen suchte er nach stabileren Stellen auf den Brettern. Dabei trat er auf ein Brett, dessen anderes Ende sich unter dem Gewicht seines Körpers hob. Darunter kam eine durchlöcherte Leiche zum Vorschein; ihr Gesicht war an einigen Stellen bis auf den Schädelknochen zerfressen, der lippenlose Mund klaffte offen. Als Louis sich zu den Überresten beugte, um sie wieder zu bedecken, sprang eine Ratte aus dem Mund des Toten fast in sein Gesicht. Da konnte er sich nicht mehr beherrschen. Er entfernte sich rasch von seinen Kameraden. Tränen schossen ihm in die Augen, er zitterte am ganzen Körper und musste sich übergeben. Er konnte nicht mehr aufhören, auch nicht, als er nichts mehr im Magen hatte.

»Schade um das gute Essen«, sagte sein Feldwebel. »So viel gibt es hier an der Front nicht davon.«

Die Einheit in diesem Teil des Grabens hatte in den letzten Tagen vor der Ablösung intensive deutsche Angriffe erlebt. Abwechselnd Sperrfeuer, um einen Sturmangriff der deutschen Infanterie vorzubereiten, dann wieder Sperrfeuer, dann wieder Sturmangriffe. Die Soldaten hatten keine Zeit gefunden, die Toten aus den Schützengräben zu ziehen. Sie waren schon froh, wenn wenigstens die Verwundeten weggeschafft werden konnten, und die gingen natürlich vor. Auch auf deutscher Seite hatte man keine Gelegenheit gehabt, die Toten wegzubringen, die im Niemandsland vor den französischen Schützengräben verwesten.

»Attention!«, sagte Louis zu seinen Leuten. »Merkt euch genau, wo die Leichen liegen. Mit Einbruch der Dunkelheit müsst ihr sie einsammeln und hinter die Kampflinie bringen. Außer-

dem müsst ihr die Bretter, mit denen eure Vorgänger die Leichen bedeckt haben, sorgsam aufheben. Die sind von den Stützwänden der Schützengräben und müssen da wieder angebracht werden. Sonst werden wir beim nächsten Angriff der deutschen Artillerie hier lebendig begraben.«

Louis und seine Leute hatten noch Glück gehabt, dass beide Seiten nach den intensiven Kämpfen eine Gefechtspause eingelegt hatten, als sie hierher verlegt wurden. Trotz des Schreckens bei der Entdeckung des Zustands der Gräben war dies doch das geringere Übel. Wenn die Deutschen oder die Franzosen gleich bei ihrer Ankunft das Feuer wieder eröffnet hätten, wäre es weitaus schlimmer gewesen.

Nach einigen Tagen relativer Ruhe kam der Befehl, sich auf einen Gegenstoß vorzubereiten. Einige der von den Deutschen Anfang März eingenommenen Positionen mussten zurückerobert werden. Aus taktischen, aber auch aus propagandistischen Gründen.

»Wir müssen wie der Blitz aus dem Graben heraus und rücksichtslos angreifen. Je schneller wir sind, umso größer sind unsere Chancen, die Stellungen einzunehmen – oder wenigstens mit dem Leben davonzukommen. Deshalb seid ihr ab sofort in höchster Bereitschaft. Steckt schon jetzt die Bajonette auf die Gewehre, stellt euch an die Wand des Schützengrabens und wartet auf meinen Befehl.«

Louis hatte sich in den letzten zwei Jahren an vieles gewöhnt, und dennoch dauerte das angespannte Warten diesmal so lange, dass es kaum noch zu ertragen war. Die Angst ließ ihn nicht aus den Klauen. Er versuchte, sich ein Gebet ins Gedächtnis zu rufen, das man in so einem Moment sprechen könnte, aber es fiel ihm nichts ein. Was hatte er damals bei seiner Bar-Mizwa aufsagen müssen? Er konnte sich nicht an die unverständlichen hebräischen Worte erinnern, die er auswendig gelernt hatte. Plötzlich beneidete er die Kameraden, die jetzt ein kleines Kreuz herauszogen, ein Geschenk ihrer Eltern oder ihrer Freundin, und Gebete murmelten. Warum konnten sie beten? Die Katholiken verstanden doch auch ihre lateinischen Gebete nicht, aber sie hatten sie wenigstens nicht vergessen! Vermutlich waren sie öfter in der Kirche gewesen als er in der Synagoge.

Dann donnerten die französischen Geschütze, die weit hinter Verdun standen. Über Louis' Kopf flogen Granaten auf die von den Deutschen eroberten, tief in den Felsen gegrabenen Bunker. Der Lärm war ohrenbetäubend; der ganze Schützengraben bebte. Die Wände bewegten sich, und auch der Boden, auf dem er stand. Er kam sich vor wie auf hoher See. Doch was aus dem Graben aufspritzte, war nicht Wasser, sondern Sand, Schlamm und Staub, vermischt mit dem bekannten Schwefelgeruch.

Bei dem, was die Deutschen jetzt abkriegen, versuchte Louis sich Mut zuzusprechen, wird von ihnen nicht viel übrig bleiben, bis wir sie angreifen. Doch der Befehl zum Angriff kam nicht. Plötzlich, wie auf ein unsichtbares Zeichen, verstummte die Artillerie. Stille legte sich über die Schützengräben, niemand gab einen Befehl oder erklärte etwas, doch statt Entspannung und Erleichterung überkam Louis ein bedrückendes Gefühl. Irgendetwas stimmte nicht. ›Warum bombardieren wir nicht weiter?‹, fragte er sich. ›Warum greifen wir nicht an?‹ Der Bataillonskommandeur steht die ganze Zeit beim Funkgerät, aber er sagt nichts!

Gegen die Sicherheitsvorschriften stellten sich Louis und seine Kameraden auf die Zehenspitzen, um aus dem Schützengraben hinauszuspähen.

Aber selbst als er es mit eigenen Augen sah, weigerte sein Verstand sich zu glauben, was da geschehen war: Die Schützengräben links und rechts von ihnen waren verschwunden, als hätte es sie nie gegeben. ›Die haben zu kurz geschossen!‹, dachte er schaudernd. ›Die eigene Artillerie hat uns getroffen.‹ Sein ganzes Bataillon, die Kompanie rechts und die beiden Kompanien links von ihm, waren lebendig begraben, und nur seine Einheit in der Mitte war wie durch ein Wunder verschont worden. ›An was für einem dünnen Faden unser Leben hängt‹, dachte er, und eine furchtbare Trauer überkam ihn. Auch wenn er die Kameraden der anderen Kompanien nicht gekannt hatte: Nun hatte die Erde sie verschluckt! Nichts mehr war von ihnen übrig! Und wieder schaute er aus dem Schützengraben nach rechts und nach links. Die Sicherheitsvorschriften waren ihm vollkommen gleichgültig. Er blinzelte, konnte die Augen nicht abwenden.

Dann sah er, dass von seinen Kameraden sehr wohl etwas übrig geblieben war: Links und rechts ragten über den Schützengräben, die im Bruchteil einer Sekunde zu Massengräbern geworden waren, zwei Reihen kampfbereiter Bajonette empor. Nach vorne geneigt, als warteten die Soldaten noch immer auf den Befehl, anzugreifen und loszustürmen.

18

Frankfurt am Main

— März 1916 —

Die Kämpfe um Verdun blieben in Deutschland nicht unbemerkt. Ganz im Gegenteil: Die Oberste Heeresleitung sorgte dafür, dass die blutgierige Presse reichlich mit Nahrung versorgt wurde. Man musste die kriegsmüden Deutschen irgendwie überzeugen, dass es »voranging«.

»Fort Douaumont genommen!«, schrien die Extrablätter am 3. März, und eine Woche später: »Dorf und Panzerfeste Vaux gefallen!« Es wurden Siegesmeldungen gebraucht, und die Propaganda lieferte sie. Dass die Eroberung der nahezu leeren, mit ein paar Hundert Mann besetzten Betonklötze, die von den Franzosen schon hatten gesprengt werden sollen, bestenfalls symbolischen, aber keinen strategischen Wert hatte, brauchte ja niemand zu wissen.

Auch Karoline las die Schlagzeilen, und wenn sie von »heroischen Kämpfen« las, zitterte sie um ihren Ludwig. Diese »Schlacht um Verdun« entsprach so ganz den romantischen Fantasien ihres Geliebten.

Das ganze Jahr 1915 hatte sie ihm regelmäßig Briefe geschrieben und beinahe ebenso viele zurückerhalten. Sie ahnte, dass er irgendwo in dieser Gegend lag, wenn er sich auch aus Gründen der militärischen Geheimhaltung nicht genauer darüber äußern durfte, wo er sich aufhielt. Umso ausführlicher waren die »Gespräche« über Musik, Museumsbesuche und einige neue Bücher gewesen.

Eine leichte Verstimmung war aufgekommen, als Karoline angekündigt hatte, sie wolle sich »demnächst« zur Ersten Juristischen Staatsprüfung anmelden, und sich sogar zu der Ansicht verstiegen hatte, »in den ersten Monaten nach dem Krieg« könne sie ja genug verdienen, damit Ludwig sein Studium in Ruhe abschließen könne, ohne seinen Eltern weiterhin auf der Tasche zu liegen. Das schien Ludwig gar nicht gefallen zu haben, denn er hatte drei Tage lang nicht geschrieben, und danach hatte er sich nie mehr nach ihrem Studium erkundigt.

Zu Weihnachten hatte er auch 1915 keinen Heimaturlaub bekommen, hoffte aber, im Frühjahr des nächsten Jahres wieder bei ihr in Frankfurt zu sein. Dass dies nicht der Fall sein würde, entnahm Karoline jetzt den Zeitungen.

Am 11. März wurde gemeldet, die Deutschen hätten schon über zweihundert Geschütze erbeutet, und am 14. März verkündete man voller Stolz, die Höhe »Toter Mann« sei erstürmt worden. Am 21. März, einen Monat nach Beginn der Schlacht, war es der deutschen Artillerie dann gelungen, die Stadt Verdun auch tatsächlich zu treffen. Die Illustrierten zeigten dramatische Bilder von einer Art Feuerwerk über den mittelalterlichen Brücken und Mauern der kleinen Stadt, deren Bevölkerung anschließend völlig evakuiert wurde.

19

Paris

— November 1916 —

Die Verluste waren entsetzlich. Verdun war an drei Seiten von deutschen Truppen umschlossen, und die Hauptzufahrtsstraße von Bar-le-Duc, auf der täglich bis zu 9000 Lastwagen fuhren, lag an einigen Stellen schon unter Feuer. Jede Woche wurden 90 000 Menschen und 50 000 Tonnen Munition und Proviant über diese Straße befördert. Die Deutschen glaubten deshalb, die französischen Verluste seien viel höher als ihre eigenen. Sie wussten nicht, dass die Franzosen nicht nur Verwundete abtransportierten, sondern die Truppen an der Front in einer Art »Paternoster-System« ständig austauschten.

Louis erhielt im November Urlaub. Es waren ihm ungewöhnlich viele freie Tage gewährt worden. Als er im Zug saß, dachte er kaum an Paris. Seine Gedanken kreisten um das Wiedersehen mit seiner Familie und seinen Bekannten und Freunden im fernen Bordeaux. Von Kameraden hatte er gehört, dass die Kluft zwischen dem Leben an der Front und dem zivilen Alltag immer größer wurde und dass die Soldaten oft auf Unverständnis stießen, wenn sie über ihre Erlebnisse sprachen.

Außerdem, wie sollte Paris nach zweieinhalb Kriegsjahren schon aussehen? Bestimmt war es heute eine traurige graue Stadt; vor jedem Haus Sandsäcke zum Schutz vor deutscher Artillerie und Luftangriffen. Sein Zug fuhr gegen Morgen noch im Dunkeln in den Gare de l'Est ein. Louis hatte keine andere Wahl, als den Tag über durch die Stadt zu streifen, denn der Zug nach Bordeaux fuhr erst abends. So bekamen er und ein paar Kameraden – alle in Uniform, in ausgeblichenen Mänteln, nicht gerade sauber – das erste Mal Gelegenheit, das zivile Leben während des Krieges kennenzulernen; nicht in den von den Deutschen zerstörten Städten und Dörfern in der Champagne, sondern das echte Leben in der Etappe.

Aber konnte man Paris überhaupt als »Etappe« bezeichnen? Es war nicht die deprimierende, von den Schrecken des Krieges gebeutelte Stadt, die Louis erwartet hatte. Paris wirkte ganz und gar nicht so, als befände es sich in einem brutalen, schicksalsträchtigen Kampf auf Leben und Tod.

Die Stadt begrüßte die Soldaten als strahlende, fröhliche Metropole, scheinbar so bunt und sorglos wie immer. Zudem schien hier plötzlich die Sonne. Die Menschen gingen unbeschwert ihren Beschäftigungen nach, als wäre nichts geschehen. Kinder trödelten auf dem Schulweg. Die Place de la Concorde, die Avenue de l'Opéra, der Boulevard des Capucines, der Boulevard de la Madeleine – alles war genauso wie immer. Louis musste an die Geschichten denken, die sein Vater ihm erzählt hatte: Wie während der Revolution die Statue des Königs Louis XV. von der Place de la Concorde entfernt und stattdessen die Guillotine aufgestellt worden war, und wie die Massen jubelnd oder von Entsetzen gepackt die Hinrichtungen mitangesehen hatten. Wie Napoleon am anderen Ende der Rue Royale, die zur Place de la Concorde führt, die Madeleine-Kirche erbaut hatte, ein genaues Abbild der Akropolis in Athen.

Vom Krieg war nichts zu sehen. Was hatte Paris mit Verdun zu tun, das Louis und seine Freunde gerade erst verlassen hatten und in das sie bald wieder zurückkehren mussten?

Als es am Abend dieses kurzen Novembertags dunkel wurde, gingen in den Schaufenstern bunte Lichter an, was ihnen noch mehr Glanz verlieh. In den Straßen fuhren prächtige Automobile, die neuesten Modelle. Herausgeputzte Damen in Pelzen, die Hüte, einen Muff und nicht weniger herausgeputzte Schoßhündchen trugen, flanierten auf den Boulevards. Und überall waren auch junge Leute in prächtigen Uniformen! ›Die glänzen mehr als die eines Generals bei der Parade am 14. Juli‹, dachte

Louis mit einem Blick auf seine abgerissene Montur. ›Und wie sie die Damen beeindruckten, mit ihren neuen blanken Stiefeln! Wer waren diese jungen Leute? Drückeberger, was denn sonst.‹ Einen seiner Kameraden hörte er sagen: »Wenn ich zerfetzt am Zaun unseres Schützengrabens hänge und vertrockne, wird das hier keinen jucken.«

Louis dachte daran, wie er mit seinen Eltern auf dem Montmartre gewesen war, und machte seinen Begleitern den Vorschlag, dort hinzufahren. »Es ist ein guter Ort, um auf die Hauptstadt zu blicken, die solche widersprüchlichen Emotionen weckt.« An der Rue Lepic waren sie erleichtert, die Metro verlassen zu können, weil die Stahlräder in den unterirdischen Höhlen einen ohrenbetäubenden Lärm machten. Lachend meinte einer, dass sich diese Metro ein bisschen wie die Artillerie an der Front anhöre. Dann fuhren sie mit der Standseilbahn auf den Hügel. Und dort, auf den Treppen von Sacré-Cœur, beobachteten sie lange die Stadt, unschlüssig, was sie von ihr halten sollten. Nach einem kurzen Spaziergang auf dem Montmartre warf Louis einen letzten Blick auf das erleuchtete Paris. Die Aussicht war wunderschön, doch er nahm sie kaum wahr. Seine Gedanken wanderten nach Verdun und nach Flandern, zu den zerstörten Städten und Dörfern, in denen nur noch ein paar Häuserwände wie Theaterkulissen herumstanden. Die Erde dort sah aus, als würde nie mehr etwas wachsen: eine Wüste von Granattrichtern, Bäumen, von deren Stämmen nur noch ein spitzer Splitter aufragte. Sie erinnerten ihn an die Bajonette seiner verschütteten Kameraden, das Denkmal für die Soldaten, die die Erde lebendig begraben hatte. Diese Baumstümpfe waren das Denkmal für die Erde, die die Soldaten getötet hatten.

Schwindlig von den glitzernden Boulevards, stieg Louis spätabends am Gare d'Austerlitz in den Zug nach Bordeaux. Er hatte sich von seinen Kameraden verabschiedet, die sich jetzt in verschiedene Richtungen zerstreuten. Doch auch im Zug nahm sein Staunen kein Ende. Er war voll besetzt mit Urlaubern, die ans Meer wollten. Nicht nur, dass es während des Krieges so etwas wie Urlauber gab, aber auch jetzt, wo der Winter bevorstand! Lauter betuchte ältere Herrschaften, die sich die ganze Fahrt nur darüber zu unterhalten schienen, wo man am besten ausging. ›Was für eine verrückte Welt‹, dachte Louis, ›und wer weiß, was mich zu Hause erwartet? Werde ich mit denen, die mir am nächsten stehen, überhaupt noch eine gemeinsame Sprache finden?‹

20

Frankfurt am Main

— 1916 —

Karoline war verzweifelt. Die Nachrichten aus Verdun klangen längst nicht mehr so siegestrunken wie in den ersten Wochen. Was heute von den Deutschen erobert wurde, holten sich die Franzosen ein paar Tage später zurück. Douaumont, Vaux, Fleury, »Toter Mann« – es waren alles nur Schreckensnamen, an denen Ströme von Blut klebten. Und Ludwig war irgendwo in dieser Hölle und hatte seit Wochen nicht mehr geschrieben.

Mein Geliebter,

wieder kein Lebenszeichen von Dir. Seit Wochen kein Wort. Ich habe Deine Mutter gefragt, und sie erwiderte tief bekümmert, dass auch sie keine Nachricht von Dir hat. Wenn Deine Mutter so etwas sagt, dann glaube ich ihr. Du schreibst also gar nicht mehr. Was hat das zu bedeuten?

Ich laufe jeden Morgen zur Post. Der Beamte am Schalter für postlagernde Briefe, der mich von meinen häufigen Besuchen kennt, hat schon gemerkt, dass ich in letzter Zeit mit traurigem Blick das Postamt verlasse. Vielleicht hätte ich nicht zulassen sollen, dass mir vor Enttäuschung die Tränen in die Augen stiegen. Er hat noch nie mit mir gesprochen, aber heute sagte er in vorwurfsvollem Ton: »Mit Ihrer Leidensmiene machen Sie nur anderen das Herz schwer. Ein großer Teil der Briefe, die wir heutzutage befördern, sind Todesmitteilungen. Danken Sie Gott, dass Sie nicht auch so einen Brief bekommen, und tragen Sie Ihr Schicksal mit Fassung.« Ich war völlig verblüfft. Bis jetzt war mir nicht klar, wie sehr man mir meinen Kummer ansieht.

Vielleicht hat er recht. Deine Eltern haben keine Todesnachricht erhalten. Also bist Du am Leben. Warum kann ich mich in der jetzigen Lage nicht damit begnügen? Ich liebe Dich, und Du lebst. Sollte ich nicht glücklich sein?

In Wirklichkeit, mein Liebster, bin ich ganz einfach schwach. Ich brauche Dich. Ich hasse Frankfurt und ebenso Heidelberg, ich hasse dieses banale Leben hier, das weitergeht, als wäre nichts geschehen. Als stecktest Du nicht irgendwo tief im ekligen Schlamm eines Schützengrabens. Als wärst Du nicht in jeder Sekunde vom Tode bedroht. Als dröhnte kein Geschützdonner in Deinen Ohren, als gellten die Schreie der Verwundeten nicht um Dich her. Als ersticktest Du nicht am Verwesungsgestank der Gefallenen. Glaubst Du, ich hätte aus Deinen Briefen und Geschichten die grausige Realität nicht herausgelesen? Dann irrst Du Dich. Du wolltest mich immer schonen, mich nicht zu sehr belasten. Aber die Wahrheit erfahre ich ohnehin. Die Soldaten im Heimaturlaub erzählen, was sie erlebt haben, und die Geschichten verbreiten sich schnell. Und seit ich nichts mehr von Dir höre, bin ich erst recht auf der Jagd nach Neuigkeiten, Gerüchten und Beschreibungen der Kriegsgräuel. Je länger ich ohne Nachricht von Dir bin, umso tiefer versinke ich in Verzweiflung und quäle mich mit Bildern des Todes. Ohne ein beruhigendes Wort von Dir rennt meine Fantasie mir davon und füllt meine Tage und Nächte mit Ängsten.

Achtzehn Tage ist jetzt kein Brief von Dir gekommen. Nachdem Du fast täglich geschrieben hast, manchmal auch mehr als einmal oder zweimal am Tag. Was haben sie mit Dir gemacht? Was ist mit Dir los? Anfangs habe ich befürchtet, dass Du verwundet bist. Dann fing ich an zu hoffen, *dass Du nur verwundet bist, aber lebst. Dann wüsste ich wenigstens, dass Du fern von der Front und nicht mehr in Lebensgefahr bist. Eine Verwundung könnte auch Dein Schweigen erklären: Vielleicht hast Du nichts zum Schreiben, oder Du bist zu schwach. Weiter wollte ich gar nicht denken. Ich stellte mir vor, dass Du in einem überfüllten Lazarett auf einer Trage liegst. Ich dachte so intensiv an Dich, dass ich Schmerzen am ganzen Körper fühlte. Ich kämpfte mit der Angst, Dich zu verlieren, ich stellte mir Deine Wunden vor, Dein Leiden, Deine Verzweiflung. Und ich zwang mich zur Geduld. Doch Dein Schweigen dauerte an. Hast Du mir nicht versprochen, mir alles zu erzählen? Immer offen und ehrlich mit mir zu sein? Wäre es nicht möglich gewesen, mir über Deine Kameraden und Freunde eine Nachricht zukommen zu lassen?*

Ach, mein liebster, liebster Ludwig. Was geschieht mit uns? Hat dieser furchtbare Krieg einen Keil zwischen uns getrieben? Man sagt, die täglich erlebten Gräuel löschten bei den Soldaten die Erinnerung an die Liebe aus. Es heißt, dass Männer Frauen aus Fleisch und Blut brauchen. Sie brauchen Augen, die sich in die ihren versenken, eine Hand, die sie streichelt. Ihr geschundener Körper braucht Lippen, die küssen. Die tapfersten Männer brauchen eine Frau, bei der sie sich ausweinen können. Die Krankenschwestern in den Lazaretten sollen jung sein, wie man sich erzählt, oft auch schön und voller Verständnis für die armen Soldaten!

Was ist, wenn Du mich nicht mehr liebst? Dieser Gedanke setzt sich immer mehr in meinem Kopf fest, auch wenn ich bemüht bin, ihn zu vertreiben. Ich sehe im Geiste eine andere Frau. Eine, die Deiner würdiger ist als ich. Sie weiß genau, was Du leidest. Sie lächelt Dir sanft und verständnisvoll zu. Sie sieht Deinen Körper, sie wäscht ihn, sie streichelt ihn, und schließlich küsst sie ihn. Sie kennt und sieht Dich so, wie nur ich Dich bisher gekannt und gesehen habe. Ich weiß schon, was Du denkst: Diese Karoline, die mein Schicksal nicht teilt, sie versteht mich einfach nicht. Wie sollte sie auch verstehen, was ich durchmache? So etwas kann man sich in den besseren Vierteln von Frankfurt überhaupt nicht vorstellen. Sie sieht nicht, was ich sehe, sie durchlebt nicht, was ich durch-

lebe. Sie ist keine wirkliche Kameradin und kann es nicht sein. Ich darf in ihr keine Verbündete sehen. Ja, Ludwig, ich verstehe schon: Ich habe kein Recht, zu wissen, wie es um Dich steht. Ich habe das Recht verloren, Deine Gefährtin zu sein. Eine andere Frau sitzt neben Dir an Deinem Bett. Sag mir nur eines, Ludwig, ist sie schön?

Ach, mein Geliebter. Denke jetzt nicht, dass nur meine unbefriedigte Sehnsucht aus mir spricht. Ich weiß, was Männer denken: Frauen brauchen einen Mann, der sie sexuell befriedigt. Nur so können sie glücklich sein. Ich will nicht behaupten, dass Du mir nicht auch im Bett fehlst – Du fehlst mir sogar sehr. Manchmal versuche ich, mich selbst zu befriedigen und dabei mit umnebelten Sinnen an Dich zu denken. Ab und zu habe ich sogar einen Höhepunkt und kann mich entspannen. Aber gleich danach bin ich frustriert, niedergeschlagen und verzweifelt. Vor allem fühle ich mich so furchtbar einsam. Ich brauche Dich, in jeder Hinsicht. Ja, auch in sexueller, doch noch viel mehr in anderer Weise. Ich möchte ein Teil von Dir sein, mit Dir verschmelzen, bis wir beide nicht mehr wissen, wo der eine anfängt und der andere aufhört.

Deine Karoline
(PS: Wenn der Zensor das liest, soll er ruhig lachen – wohl bekomm's!)

Lieber Ludwig,

ich schäme mich so. Ich hielt mich für tapfer, treu und standhaft, muss aber jetzt entdecken, dass ich eifersüchtig und egoistisch bin. Doch eines verspreche ich Dir, ja, ich schwöre es: Wenn Du zurückkommst, ist alles vergessen. Dann verzeihe ich Dir alles, ganz gleich, ob es etwas zu verzeihen gibt oder nicht. Sag mir nichts. Behalt Deine Geheimnisse für Dich. Aber komm zurück. Mehr will ich gar nicht.

Karoline legte den Brief aus der Hand und versank in Gedanken. In der Ferne läuteten Kirchenglocken. Auf der Straße bellte ein Hund. Karoline zögerte lange. Schließlich faltete sie den Brief, steckte ihn in einen Umschlag, klebte ihn zu und verschloss ihn in einer Schublade. Dann nahm sie ein leeres Blatt und begann von Neuem zu schreiben.

Lieber Ludwig,

ich denke Tag und Nacht an Dich. Ich weiß, dass die Post im Krieg nicht immer rechtzeitig ankommt. Deshalb muss ich mich damit abfinden, dass keine Nachricht von Dir kommt. Aber ich fasse mich in Geduld. Ich bin unserer Liebe ganz sicher und glaube an unser gemeinsames Schicksal und eine gemeinsame Zukunft.

Diese Zeilen lege ich einem Paket bei, das ich für Dich gepackt habe. Es enthält zwei Bücher, ein Glas Marmelade, Zigaretten und ein Paar Handschuhe. Morgen schreibe ich ausführlicher. Ich drücke Dich in Gedanken an mein Herz und küsse Dich glühend.

Deine Karoline

21

Belgien

— November 1916 —

Er hatte keine Ahnung, wo er war und wie er hier hingekommen war. Er befand sich in einer Art Schwebezustand, fühlte sich wie in Watte gepackt. Manchmal drang ein Schmerz zu ihm durch, den er nicht lokalisieren konnte – sein Körper fühlte sich an, als liege er auf einem Stein. Hin und wieder drangen auch Worte zu ihm durch, meist fern und gedämpft, manchmal auch näher. Worte wie »isolieren« oder »Exitus«. Ständig vernahm er Schritte, mal neben sich, mal weiter entfernt. Einmal schien ein Gespräch ganz nah, kam ihm aber nicht weniger unwirklich vor.

»Amputieren«, sagte eine Männerstimme. »Direkt oberhalb des Kniegelenks. Sehen Sie zu, dass die Kniescheibe erhalten bleibt, und vernähen Sie die Gewebelappen sorgfältig, sonst können Sie sich das Ganze gleich sparen.«

»Aber«, sagte die andere, jünger klingende Stimme, »das Bein können wir dem Patienten doch erhalten.«

»Kommen Sie mir jetzt nicht wieder mit Ihren neuen Methoden«, sagte die erste Stimme unwirsch. »Sie sind hier in einem Feldlazarett. Wir haben keine Zeit und kein Material. Wir müssen schnell handeln, bevor das Gewebe nekrotisch wird.«

»Aber …«, beharrte die erste Stimme, »wenn wir etwas weniger wegnehmen und die Nähte keilförmig legen … es gibt auch eine Drainage, die ich …«

»Machen Sie, was Sie wollen«, wurde der Jüngere unterbrochen. »Vielleicht kriegen Sie den Mann ja wieder fronttauglich. Würde mich aber wundern.« Die Stimme war ärgerlich, nach einem Seufzer klang sie versöhnlicher. »Zeigen Sie mir, was Sie können. Hier gibt es ja genügend Versuchsobjekte. Die meisten gehen eh über den Jordan, da kommt es auf einen mehr oder weniger nicht an. Nur schnell muss es gehen. Hier wird jedes Bett gebraucht.«

Die Watte wurde wieder dichter. Die Zeit verschwamm. Dann berührte ihn jemand, schüttelte ihn und rief ihm etwas ins Ohr. ›Was stören die mich‹, fragte er sich und wollte sich wieder in die Bewusstlosigkeit zurückziehen, doch gnadenlos kam das Erwachen. Sein Kopf war schwer, der Rücken tat ihm weh. »Ludwig Kronheim!«, rief die Stimme, und er spürte schnelle Schläge einer Hand auf seinen Wangen. »Sie müssen aufwachen. Lassen Sie sich nicht so gehen!«

Ludwig Kronheim. Das war er. Ludwig Kronheim. Gymnasiast aus Frankfurt. Student in Heidelberg. Frontsoldat. Wieder wollte ihn der Schlaf in die Tiefe ziehen, doch die Stimme war beharrlich. Als er die Augen aufschlug, sagte sie zu jemandem, den er nicht sehen konnte: »Er kommt zu sich. Ich denke, er ist in Ordnung.«

Die junge Frau setzte sich für einen Moment neben ihn auf einen Schemel. Sie legte ihm die Hand auf die Stirn, und Ludwig bemerkte, dass ihr Kittel aufgeschlagen war und ihr rechtes Knie hervorschaute. Aus irgendeinem Grund konzentrierte er sich ganz auf das Knie, ein nacktes Knie, das er gern gestreichelt hätte. Es erinnerte ihn an ein anderes Knie – eines, das er besser kannte, das er oft berührt und liebkost hatte. Die Erinnerung daran erregte ihn. Er fürchtete, die Frau könnte es bemerken, und versuchte, sich abzulenken, doch da kam ihm plötzlich ein Traum, der sofort verflog, als er wieder erwachte und die Gerüche um sich herum wahrnahm.

Er war schon immer geruchsempfindlich gewesen. In einem Nebel scharfer Gerüche von Medikamenten und Blut, Schweiß, Urin und Kot begriff er, dass er in einem großen Saal voll Verwundeter lag. Die Schwester war längst nicht mehr neben ihm. Stöhnen und unverständliches Gemurmel drangen an sein Ohr, durchbrochen von gellenden Schreien. Und immer wieder laut: »Mama, Mama!«

Jemand in seiner Nähe, der wie ein Arzt aussah, sagte: »Immer, immer rufen sie ihre Mama, wenn sie den nahenden Tod spüren. Und letzten Endes sterben sie voller Einsamkeit.«

Sterben. Das Wort löste bei ihm endlich die Erinnerung aus, nach der er gesucht hatte. Er hatte in einem feuchten, modrigen Schützengraben gelegen, als plötzlich das Zeichen gegeben worden war. Sein Kompanieführer, Oberleutnant Schmidt, einer der wenigen Offiziere, die das Gemetzel bisher überlebt hatten, hatte ihnen befohlen, sich zum Angriff zu rüsten und die Bajonette auf die Gewehrläufe zu stecken. Die Geschütze hatten die französischen Stellungen bombardiert, um sie »aufzuweichen«, als Vorbereitung für den verzweifelten Sturmangriff, den vermutlich letzten, den die Truppen in diesem Abschnitt noch unternehmen würden.

Auf das Zeichen hin war Ludwig direkt hinter Schmidt aus dem Graben gesprungen und hatte versucht, durch Rennen sein Herzklopfen zu übertönen – vor den Augen nur die nach oben gestreckte Hand des Kompanieführers. Diese Szene erschien ihm wie eine Ewigkeit, dabei dauerte sie wohl nur Sekunden. Eine französische Kugel, vielleicht auch ein Granatsplitter, traf die Hand des Kommandanten und riss alle Finger ab. Ludwig schien es in seinem Entsetzen, als gäbe der erhobene Arm auch ohne die Finger weiterhin den Befehl, den Angriff fortzusetzen. In dieser Sekunde spürte er einen gewaltigen Schlag, der ihn auf die Erde warf. Schlimmer als der Schmerz war der Schock und dann das Entsetzen. Er hörte sich selbst in Panik schreien: »Hebt mich auf, nehmt mich mit, nehmt mich mit! Lasst mich nicht hier liegen!«

Wie lange er dort schreiend gelegen hatte, hätte er nicht zu sagen vermocht. Sekunden? Minuten? Dann hatte ihn jemand gepackt und mitgeschleift, was seinen Schmerz noch verschlimmert hatte. Sein rechter Fuß war so abgewinkelt, als hielten ihn nur die Fetzen seiner Hose und seiner Stiefel noch mit dem Unterschenkel zusammen. Die Schmerzen wurden schier unerträglich, und er konnte nur noch einen klaren Gedanken fassen: ›Macht doch was gegen diesen Schmerz!‹

Ein junger Sanitäter bugsierte ihn mit, wie ihm schien, rücksichtsloser Brutalität auf eine Trage. Auf der anschließenden, endlos scheinenden Fahrt in einem rumpelnden, quietschenden Lastwagen über ungepflasterte Straßen wurde ihm erst nach einiger Zeit bewusst, dass er nicht der Einzige auf der Ladefläche war. Neben ihm und auch halb auf ihm lagen andere Verwundete; ihr Blut tropfte auf ihn herunter, ihr Stöhnen und Schreien füllte den engen Raum. Doch Ludwig war ganz auf den eigenen Schmerz konzentriert. ›Warum werde ich nicht ohnmächtig?‹, wunderte er sich. ›Soll mir doch jemand eine Narkose geben, ganz gleich, was danach kommt.‹

In dem überfüllten Feldlazarett versuchte eine Schwester, deren Gesicht in seinem Schmerz verschwamm, ihm Stiefel und Hosen abzustreifen. Er hörte jemanden schreien: »Verdammt, das tut weh! Schneiden Sie den Stiefel und die Hose doch einfach auf!«, und begriff erst dann, dass er selbst es war, der die Schwester anbrüllte.

Als ihm jetzt dieser Moment wieder in den Sinn kam, war er nicht sicher, ob seine Erinnerung ihn nicht trog. Hatte sie ihm wirklich geantwortet: »Kommt gar nicht infrage, Hose und Stiefel sind Regierungseigentum!«

Dann endlich die Erlösung. Man drückte ihm eine Halbmaske auf Nase und Mund, sein Blick glitt nach oben. Von der Decke hing eine große, runde Lampe. Die drehte sich immer schneller, und von da an wusste Ludwig nichts mehr.

›Ein Beinbruch ist kein Weltuntergang‹, dachte er, während er sich von der Narkose erholte. ›Die Schmerzen sind verschwunden, und das Bein wird schon wieder heilen.‹ Während er seine Situation mit wachsendem Optimismus analysierte, kam die Schwester zurück. ›Sie war weder jung noch attraktiv‹, dachte er, als sie neben ihm stand, und auch ihr Knie lugte nicht mehr unter dem langen weißen Schwesternkleid hervor. ›Wie hatte ihn dieses Knie vor wenigen Momenten so erregen können‹, staunte Ludwig, suchte aber unwillkürlich mit dem Blick danach.

»Gefreiter Kronheim«, sprach die Schwester ihn nun an, »ich habe Anweisung, Sie über Ihren Zustand zu unterrichten. Sie wurden bei uns mit einem offenen Bruch zwischen Knie und Knöchel eingeliefert. Ein Teil des Schienbeins war zerquetscht, die Infektion fortgeschritten. Der Arzt wollte das Bein abnehmen, um Ihr Leben zu retten. Doch dann hat er seine Meinung geändert und entschieden, dass eine Amputation vielleicht doch vermeidbar ist. Wir wissen nicht, was am Ende des Heilungsprozesses in ein paar Monaten stehen wird. Wir hoffen natürlich, dass Sie Ihr Bein behalten.«

Ludwigs Herzklopfen wurde heftiger. Kalter Schweiß trat ihm auf die Stirn. ›Wenigstens habe ich überlebt‹, sagte er sich. Und das Bein war ja noch dran. Inmitten des ganzen Elends um sich herum musste er zugeben, dass er verdammtes Glück gehabt hatte.

Erst als die Schwester aufstand, traute sich Ludwig, sie zu fragen: »Wissen Sie, warum der Arzt von seiner ursprünglichen Entscheidung abgegangen ist?«

Die Schwester zögerte und sagte schließlich: »Als der Chef die Anweisung gab, das Bein zu amputieren, hat einer der Assistenten protestiert. Der Chefarzt war zunächst ärgerlich, beschloss dann aber, noch abzuwarten.«

Ludwig erinnerte sich plötzlich an das Gespräch, das er in seiner Trance mitbekommen und für einen Traum gehalten hatte. Er hätte sich gern bei diesem jungen Assistenten bedankt. Die Schwester gab aber auf seine Frage keine Antwort, denn es entstand auf einmal ein Tumult im Saal. Ein paar Reihen weiter schrie einer der Patienten plötzlich wie ein Wahnsinniger und versuchte, sich mit heftigen Bewegungen aus den Gurten zu befreien, die ihn an seinem Bett festhielten. Ludwig versuchte, den Kopf aufzurichten, um den Mann zu sehen, aber mehrere Schwestern rannten zugleich in die Richtung, aus der das Gebrüll kam, und versperrten ihm die Sicht. Plötzlich gab es einen heftigen Stoß, und er sah, dass eine der Schwestern am Fußende seines Bettes gestolpert und auf sein verletztes Bein gestürzt war. Ein gewaltiger Schmerz durchfuhr ihn, er schrie ebenfalls, und dann war er plötzlich wieder in dieser halbdunklen Welt aus dicht gepackter Watte, in der es keine Angst und keine Schmerzen gab.

Einige Tage später wurde er in ein Lazarett in der Etappe verlegt. Auch hier war es eng, auch hier stöhnten Schwerverwundete, und starben jeden Tag, oft unter entsetzlichen Qualen, Kameraden, die im selben Krankensaal mit ihm lagen. Doch hier überkam ihn eine innere Ruhe, die er seit Kriegsbeginn selbst in seinem kurzen Heimaturlaub nicht mehr empfunden hatte. Auch fern von der Front war er seine Spannung nie losgeworden; das Bewusstsein, dass ihn jeder Tag, der verging, unerbittlich wieder zurück an die Front brachte, überschattete alles. Hinzu kam die wachsende Kluft zwischen ihm, seiner Familie und seinem Bekanntenkreis, die so sehr mit ihren eigenen Sorgen wie Nahrung und Heizung beschäftigt waren, dass sie nichts von seiner Not wissen wollten. Dies alles hatte er zunehmend als Abgrund empfunden, der ihn nicht nur von seiner Vergangenheit trennte, sondern auch von seiner Zukunft, wenn er denn noch eine hatte. Allein Karoline war ihm als Zentrum seines Lebens und seiner Hoffnungen geblieben.

Dagegen empfand er seinen Aufenthalt im Lazarett als eine Art Nirwana, er erschien ihm unendlich, ohne zeitliche Begrenzung. Natürlich sorgte er sich wegen seiner Verletzung. Würde das Bein heilen? Und selbst wenn die drohende Gefahr der Amputation gebannt war, würde es so heilen, dass er ein halbwegs normales Leben führen konnte? Doch auch diese Zweifel konnte man auf die Zukunft verschieben. Was war die Sorge um ein humpelndes Bein gegen die Angst vor dem Tod, der überall lauerte? Hier war es ruhig. Kein Geschützdonner. Kein Gestank, der einen dauernd umgab, kein Hunger oder, schlimmer noch, quälender Durst. Gewiss gab es ein besseres Leben, als mit Gipsbein in einem Krankensaal zu liegen. Aber ohne Todesangst zu leben, das war ein neues Gefühl der Befreiung, das man zu schätzen wusste, wenn man den Krieg im Schützengraben erlebt hatte.

Ihm war auch keineswegs langweilig. Er las Bücher, die den Soldaten von zu Hause geschickt wurden, unterhielt sich mit seinen Bettnachbarn und konnte beinahe ungestört träumen. Seit jenem Frühjahr vor Beginn des Krieges, in dem er Karoline kennengelernt hatte und in dem ihre Liebe gewachsen war, hatte er die Liebe, so schien es ihm, nicht mehr so glühend empfunden wie jetzt auf seinem Krankenbett. Die Sehnsucht bereitete ihm geradezu körperlichen Schmerz. In sich gekehrt, beschwor er Karoline in sich herauf.

In seiner Vorstellung betrachtete er sie wie ein seltenes, kostbares Kunstwerk. Und er, er genoss das Privileg, diesen Schatz, seine Karoline, durch und durch zu kennen. In Gesellschaft anderer, mehr oder weniger fremder Menschen hatte er sie oft mit beinahe scheuen Blicken heimlich beobachtet, um sie nicht in Verlegenheit zu bringen. Doch wenn sie alleine gewesen waren, hatte er sie unablässig angeschaut, und wenn sie zusammen im Bett gelegen hatten, hatte er jede verborgene Stelle ihres Körpers liebkost, bis sie aufgeschrien hatte. Ihren Mund und Hals hatte er so heftig geküsst, dass sie sich manchmal von ihm losgerissen und protestiert hatte, die Flecken davon könnte am nächsten Tag jeder sehen und deuten. Dann hatte er für einen Moment von ihr abgelassen, Mund und Nase an ihren Mund gedrückt und ihren Duft eingeatmet.

Bei Karoline passte alles zusammen. Wenn er in dem schmalen Krankenhausbett auf dem Rücken lag und ab und zu sein eingegipstes Bein bewegte, um dem unerträglichen Jucken beizukommen, träumte er von ihr. Oft gelang es ihm sogar, ihre Düfte in sich wachzurufen. Ja, er roch sie immer deutlicher, immer stärker. Glück überflutete ihn, und damit wuchs die Sehnsucht schier ins Unendliche. Würde Karoline bereit sein, ihn im Krankenhaus zu besuchen? Würde sie eine Besuchserlaubnis erhalten? Was aber sollte er hier mit ihr anfangen, im Beisein der anderen Verwundeten, die das glückliche Paar mit Blicken verschlingen und jedes Wort ihrer Gespräche belauschen würden? Doch das Schlimmste war dieser störrische Gips, der ihm bis an die Leiste reichte und seine Beweglichkeit empfindlich einschränkte. Vor allem die seines Geschlechts.

Natürlich würde Karoline nicht verstehen, warum er zögerte, sie hier zu empfangen. Amüsiert malte er sich aus, wie er ihr später einmal, gegen ihren Protest, erklären würde, welche Gründe ihn dazu bewogen hatten. Und nicht nur das würde er ihr erzählen, sondern auch andere Gedanken, die ihm in diesen Tagen durch den Kopf gegangen waren. Sollte er ihr das alles jetzt schon schreiben? Nein, er wollte sehen, hören und spüren, wie sie darauf reagierte. Oft hatte sie sich über ihn lustig gemacht, wenn er ihr erzählt hatte, er könne in Gedanken Gerüche heraufbeschwören. Diesmal würde er ihr erzählen, wie es ihm gelungen war, ihren Duft lebendig werden zu lassen, und was dies trotz des Gipsverbands bei ihm ausgelöst hatte. Er lächelte, meinte schon vor sich zu sehen, wie sie ihn mit einem leichten Schlag gegen die Brust von sich stoßen und ihn mahnen würde, er solle nicht immer solche Geschichten erfinden. Sie würde ihn auslachen: »Was redest du da? Etwas riechen, was gar nicht da ist? Das gibt es nicht!« Ob sie ihm glaubte oder nicht, ihr ausgelassenes Lachen und die blitzende Freude in ihren ausdrucksvollen braun-grünen Augen wären reine Seligkeit für ihn. Wenn er nur daran dachte, überkam ihn eine Welle von

Glück! ›Ach, meine Karoline‹, dachte er, ›immer widerspricht sie mir.‹ Sie würde bestimmt auch die Verärgerte spielen, weil er es für besser gehalten hatte, dass sie ihn nicht im Krankenhaus besuchte. Keines seiner Argumente würde sie gelten lassen. Warum hätte sie sich genieren sollen, würde sie sagen, wenn sie zu ihm zu Besuch gekommen wäre? Sie hätte ihn überall geküsst, oder fast überall, und ihn gesund gestreichelt, ohne auf die Blicke seiner Kameraden zu achten.

So stellte sich Ludwig diese Szene zumindest vor, und genau davor hatte er Angst. Nein, solange er im Krankenhaus war, würde er sich mit den Gedanken an sie begnügen. Er würde sich so sehr in sie vertiefen, dass es wehtat. Schon manchmal hatte er diesen merkwürdigen Schmerz gespürt, einen physischen Druck in der Brust vor lauter Sehnsucht und Begehren. Das musste diese geheimnisvolle Sache sein, von der er in seinen geliebten französischen Romanen gelesen hatte: Qualen der Liebe. Es stimmte schon, er litt Qualen, und doch, was konnte wunderbarer sein als dieser Schmerz?

Seine Träume wurden jäh unterbrochen, als ein Tumult auf dem Flur ausbrach. Nach einigen Minuten kam ein Militärarzt herein und fragte: »Sie sind doch auch Jude, nicht wahr?«

»Das stimmt«, erwiderte Ludwig, »das ist kein Geheimnis. Aber wer denn noch?«

»Die ganze Gruppe da draußen im Flur«, sagte der Arzt. »Ich dachte, es würde Sie vielleicht interessieren, dass sich einige Ihrer Glaubensbrüder hier eingefunden haben.« Aus einem Grund, den er selbst nicht erklären konnte, überkam Ludwig ein unangenehmes Gefühl. Was war da los?

22

Belgien

— Winter 1916 —

Sobald der Arzt das Zimmer verlassen hatte, setzte Ludwig sich auf, streckte die Hand nach den neuen Krücken aus, die er gerade erst erhalten hatte, und humpelte unsicher in Richtung des Flurs. Eine große Gruppe bewaffneter Soldaten in Uniform stand dort dicht beisammen. Was machten sie hier? Worauf warteten sie? Sie wirkten besorgt, redeten jedoch nicht miteinander. Als er sie zögernd ansprach, bekam er keine Antwort.

Ludwig wandte sich beinahe flüsternd an einen von ihnen, der etwas abseits stand, und sagte: »Ich habe gehört, ihr seid Juden. Auch ich bin Jude. Bitte erklärt mir doch, was hier vor sich geht.«

»Wie heißt du?«

»Kronheim, Ludwig Kronheim; ich bin aus Frankfurt.«

»Wir sind die erste Gruppe jüdischer Soldaten aus der 4. Armee, die von der Front abgezogen und hierher gebracht worden sind, um auf unsere Felddiensttauglichkeit untersucht zu werden. Die Ärzte werden entscheiden, ob wir würdig sind, bei der kämpfenden Truppe zu dienen«, antwortete der Soldat mit kaum verhohlener Bitterkeit.

»Von welcher Einheit seid ihr denn?«, fragte Ludwig.

»Wir kommen aus unterschiedlichen Einheiten. Überall prüfen sie jetzt auf Befehl des Kriegsministeriums, wie viele Juden wo dienen. Sie nennen das ›Judenzählung‹.«

Ludwig war sprachlos.

Sein Gesprächspartner musterte ihn: »Du hast offenbar keine Ahnung, was hier vor sich geht. Wie lange bist du schon im Krankenhaus?«

»Zwei Wochen.«

»Der Befehl ist erst ein paar Tage alt«, erklärte der andere Soldat.

»Und was soll dieser Befehl?«, unterbrach Ludwig ihn.

Nach und nach waren die anderen Soldaten dazugetreten. »Das wissen wir nicht«, sagte einer. »Ich wurde eines Morgens zur Kommandantur des Regiments gerufen. Meine Kompanie hatte die ganze Nacht Wache gehalten und Gräben ausgehoben. An diesem Morgen wurden wir abgelöst und gingen in den befestigten Unterstand, um endlich zu schlafen. Zwar durften wir die Stiefel ausziehen, aber die Montur mussten wir anbehalten. Kaum war ich eingeschlafen, hörte ich eine Donnerstimme: ›Soldat Schreiber, sofort zum Regimentskommandeur!‹

Während ich meine Stiefel schnürte, noch ganz und gar benommen vor Müdigkeit, sah ich mich um. Außer mir war niemand herausgerufen worden. Ich hatte keine Ahnung, was los war. Hatte ich etwas angestellt? Ich war mir keiner Schuld bewusst.

In der Kommandantur haben sie mich erst mal lange warten lassen, und dann führte man mich in eine abgelegene Ecke und stellte mich einem Beamten vom Kriegsministerium vor. Er hat meinen Gruß nicht einmal erwidert und mir gleich ein Formular zum Ausfüllen vorgelegt. Schon die Überschrift war sonderbar: ›Nachweisung der beim Heere befindlichen wehrpflichtigen Juden‹, oder so ähnlich. Oben stand mein Name, aber nicht wie sonst, Felix Schreiber, sondern ›Der jüdische Soldat Felix Schreiber‹.

Die Fragen waren dieselben, die ich schon in all den Formularen seit meiner Musterung bei uns in der Stadt beantwortet hatte. Der einzige Unterschied war der, dass es ein spezielles Formular für Juden war. Es ging nicht um *deutsche*, sondern um *jüdische* Soldaten. Kein Wunder, dass nur ich gerufen worden war. Es gab ja keinen anderen jüdischen Soldaten in der Kompanie. Als ich das Formular ausgefüllt hatte, fragte ich den Beamten, ob etwas gegen mich vorliege. Ob es irgendwelche Beschwerden gebe. ›Nein, nein‹, sagte der, ›es handelt sich nur um eine statistische Erhebung.‹ Ich wollte wissen, warum man dann mein Judesein plötzlich so hervorhebe und mich von den Kameraden absondere. Doch er sagte nur: ›Soldat Schreiber, Sie sind entlassen.‹ Das war alles. Niemand hielt es für nötig, mir etwas zu erklären.

Als meine Kameraden am nächsten Morgen zum Einsatz ausrückten und davon hörten, sahen sie mich an, als sähen sie mich zum ersten Mal. Sie sagten nichts, aber etwas in ihrem Verhältnis zu mir hatte sich buchstäblich von einem Tag auf den anderen verändert. Das habe ich deutlich gespürt. Ein paar Tage später wurde ich wieder aus der Reihe gerufen und bekam den Befehl, mich hier einzufinden.«

Der Soldat verfiel in ein tiefes Schweigen. Seine Kameraden murmelten zustimmend. So ähnlich war es ihnen offenbar allen ergangen.

»Aber dafür muss es doch eine Erklärung geben!« Ludwig war empört. »Warum seid ihr überhaupt hier, warum hat man euch aus euren Einheiten herausgezogen? Und was habt ihr in einem Krankenhaus verloren, ihr seid doch nicht krank!«

»Wir sind hier«, sagte Felix, »um uns dieser Tauglichkeitsprüfung zu unterziehen.«

»Warum denn auf einmal?«

»Darauf gibt es nur eine Antwort«, sagte ein anderer. »Wir alle hier haben etwas gemeinsam, das uns von unseren Kameraden unterscheidet. Etwas anderes kann es ja wohl nicht sein.«

»Das hab ich schon kapiert, aber was hat das mit Felddiensttauglichkeit zu tun?«

Die Soldaten schwiegen. Alle hatten zwar mittlerweile begriffen, dass ihr gemeinsamer Nenner ihr Judentum war, doch keiner verstand, weshalb sie hier waren. Die Einmischung Ludwigs, der in einer anderen Situation war und von außen dazukam, wirkte wie ein Katalysator. Seine erregten Fragen machten ihnen bewusst, dass sie zusammengehörten, und ermutigten sie schließlich, ihre Meinung offen zum Ausdruck zu bringen. Jeder fand eine andere Erklärung für die Situation. Schließlich übertönte die tiefe, donnernde Stimme eines etwas älteren Mannes die Diskussion. Dass die anderen Soldaten verstummten, lag nicht nur an seinem Alter, sondern auch an seinem militärischen Rang. Er war Oberfeldwebel.

»Ich denke, das Kriegsministerium hat diese Prüfung angeordnet, um uns in Schutz zu nehmen. Zu Anfang des Krieges haben die Antisemiten den Mund gehalten. In der allgemeinen patriotischen Begeisterung war kein Platz für die Unterscheidung zwischen Deutschen und Deutschen. Aber die Zeiten haben sich wohl geändert; wir haben das an der Front nicht so mitbekommen. Die Antisemiten scheuen sich nicht mehr, gegen uns zu hetzen, genau wie vor dem Krieg. Und was behaupten sie jetzt? Dass die Juden sich vor dem Wehrdienst drücken! Und auf jeden Fall vor dem Frontdienst!«

»Aber das geht doch gar nicht!«, rief es ihm entgegen. »In Deutschland kann sich niemand drücken; das wird doch ganz genau überwacht!«

»Außerdem haben sich viele von uns gleich zu Anfang freiwillig an die Front gemeldet, viel mehr als jede andere Gruppe im Volk.«

»Das hat die Regierung auch immer wieder anerkannt!«

»Seid doch nicht so naiv«, brummte der Oberfeldwebel. »Habt ihr vergessen, was die wichtigste antisemitische Parole ist?« Er machte eine bedeutungsvolle Pause und fuhr fort: ›Komm mir bloß nicht mit Tatsachen, meine Meinung steht fest!‹ Sie finden immer irgendwelche ›Gründe‹ für ihre Verleumdungen. Jetzt behaupten sie, die jüdischen Ärzte würden den jüdischen Wehrpflichtigen falsche Atteste ausstellen, damit sie nicht an die Front müssten. Und dahinter stecke wie immer die jüdische Weltverschwörung.« Der Oberfeldwebel fuhr sich erregt über die Stirn. »Aber ich sage euch, das Kriegsministerium in Berlin versucht, uns zu helfen, indem es die Behauptungen dieser Volksverhetzer ein für alle Mal widerlegt. Es führt diese Judenzählung durch, um zu beweisen, dass gerade wir in großer Zahl dem Vaterland an der Front dienen.«

»Wenn das so ist«, fragte ein anderer Soldat, »warum machen sie es auf eine Art, die uns vor unseren Kameraden erniedrigt? Warum trennt man uns von den anderen, als wollte man gerade betonen, dass wir *nicht* Teil des deutschen Volkes sind und nicht dazugehören?«

»Das hat nichts zu bedeuten.« Der Oberfeldwebel ließ sich nicht beirren. »Die Zählung wird von der Militärbürokratie durchgeführt, diese Leute sind taktlos und nicht sehr helle. Sie repräsentieren aber nicht den Geist des Kaisers und der Obersten Heeresleitung. Letztlich kommt es auf das Ergebnis an. Wenn das Resultat der Zählung bekannt gegeben wird, werdet ihr sehen, dass ich recht habe. Das Kriegsministerium wird der gesamten deutschen Nation beweisen, wie patriotisch wir Juden sind!«

»Dann versteh ich aber immer noch nicht«, sagte ein anderer, »wieso wir hier sind. Warum schickt man uns zu einer medizinischen Untersuchung in ein Militärkrankenhaus in der Etappe? Was hat das mit der Judenzählung zu tun? Wir waren doch an der Front!«

»Das verstehe ich auch nicht«, gestand der Oberfeldwebel verlegen, »aber ich bin mir sicher, dass die Regierung weiß, was sie tut, und dass sie lautere Absichten hat.«

In ihrer Erregung diskutierten die Männer in kleinen Grüppchen weiter, während Ludwig mit seinen Krücken ein wenig abseits stehen blieb, unschlüssig, was er von alldem halten sollte. Als er sich erschöpft auf einen Stuhl sinken ließ, trat ein Soldat zu ihm und stellte sich vor: »Gustav Strauss.« Er wirkte älter als seine Kameraden und trug eine andere Uniform. Er zog sich ebenfalls einen Stuhl heran und fragte: »Hast du nicht gesagt, dass du aus Frankfurt kommst? Auf welcher Schule bist du gewesen?«

»Das stimmt. Ich war auf dem Lessing-Gymnasium.«

»Tatsache? Da war ich auch. Ist aber schon länger her.«

»Und was hat dich hierher verschlagen?«

»Befehl von oben. Ich bin beim Generalstab. Deshalb trage ich auch diese komische Uniform. Ich bin Naturwissenschaftler; sie brauchen mich bei der Waffenentwicklung.«

»Ach, du bist gar kein Frontsoldat?«

»Ohne uns hättet ihr an der Front keine Waffen. Zumindest keine Waffen, die mit dem mithalten können, was in Frankreich und England laufend entwickelt wird. Junge Wissenschaftler im wehrpflichtigen Alter bestimmen nicht, wo sie eingesetzt werden. Ich habe mir das nicht ausgesucht. Die Musterungsbehörde hat uns den Forschungseinheiten zugewiesen. Und jetzt werfen diese Antisemiten uns vor, wir würden uns vor dem Dienst an der Front drücken. Deswegen muss ich mich hier auf meine Wehrfähigkeit untersuchen lassen! Und wenn sich herausstellt, dass ich fronttauglich bin, wovon ich ausgehe, was dann? Werden sie mich an die Front schicken? Und natürlich wird das nichts daran ändern, dass ich in den Statistiken der Judenzählung als einer erscheinen werde, der sich vor dem Frontdienst drückt, daran habe ich keinen Zweifel.«

»Jetzt übertreibst du aber!«, rief Ludwig. »Wie kannst du so etwas behaupten? Wie kannst du unseren Behörden eine solche Gemeinheit und Willkür unterstellen?«

»Hör mal, Ludwig, ich sitze im Generalstab. Da bekommt man einiges mit. Dank meiner Tätigkeit höre ich immer wieder, wie die Männer, die hier die Politik bestimmen, in den Stabssitzungen reden. Sei doch nicht so naiv wie der Oberfeldwebel mit der Donnerstimme.« Als er sah, dass Ludwig ihm begierig zuhörte, holte Strauss weiter aus: »Wer sich im Kriegsministerium die Judenzählung ausgedacht hat, hatte bestimmt nicht vor, die Behauptungen der Antisemiten zu widerlegen. Ich wette mit dir, mein gutgläubiger Freund, dass die Ergebnisse der Judenzählung niemals veröffentlicht werden, und schon gar nicht vor Ende des Krieges. So wie du redest, nehme ich an, dass du studiert hast, nicht wahr? Dann versuch doch mal, ein bisschen weiter zu denken. Mach dir Folgendes klar: Jeder jüdische Soldat, der am Tag der Judenzählung bei seiner Einheit als ›abwesend‹ gemeldet ist – weil er Urlaub hat, krank oder zum Beispiel im Auftrag seiner Einheit hier hergeschickt worden ist –, wird automatisch als ›frontabwesend‹ registriert, ohne weitere Erklärung. Wer die nötige Fantasie und entsprechend bösartige Absichten hat, kann das so auslegen, dass es dem abwesenden jüdischen Soldaten gelungen ist, sich in die Etappe versetzen zu lassen. Auch Schwerverletzte, sogar Kriegsversehrte, werden als ›frontabwesend‹ geführt. Warum, fragst du? Weil man behauptet, dass sie sich Atteste von jüdischen Ärzten ausstellen lassen! Was man daraus folgern kann, liegt auf der Hand. Und willst du wissen, warum ich mir so sicher bin, dass die Ergebnisse der Zählung niemals veröffentlicht werden? Weil diese Statistiken keiner ernsthaften Prüfung standhalten würden. Es gibt ja immerhin noch ein paar aufrechte Politiker und auch aktive Juden in der Politik. Sie würden aufdecken, was dort gespielt wird. Deshalb ist es besser, die konkreten Ergebnisse unter Verschluss zu halten. Solange sie geheim sind, kann man die Spekulationen anheizen.«

Ludwig war gegen seinen Willen beeindruckt, versuchte aber mit dem Rest von Zuversicht, der ihm geblieben war, seinen Standpunkt zu verteidigen, und sagte: »Jetzt wirst du mir gleich auch noch weismachen wollen, dass die vielen jüdischen Kameraden, die im Kampf gefallen sind …«

»Du kommst der Sache schon näher«, bestätigte Strauss. »Die Gerüchte im Stab besagen tatsächlich, dass auch Gefallene als Personen gezählt werden, die ›aus welchen Gründen auch immer‹ nicht an der Front dienen.«

»Das hieße ja«, stammelte Ludwig, »dass die auch mich zum

Drückeberger erklären, weil ich wegen meiner Beinverletzung nicht bei meiner Einheit sein kann, als hätte ich es auf irgendeine krumme Tour geschafft, von der Front in die Etappe verlegt zu werden!«

»Schau an, jetzt hast du's kapiert«, sagte Strauss, »und bei dir liegt es ja auf der Hand, denn du bist in der Obhut der Ärzte, und man weiß ja, wer diese Ärzte sind!«

Ein schriller Befehl ertönte; die Gruppe stellte sich vor einer großen Tür in einer Reihe auf. Einer nach dem anderen wurde ins Untersuchungszimmer gerufen.

Ludwig humpelte zurück in sein Bett, was ihn jetzt deutlich mehr Mühe kostete als das Aufstehen vor einer halben Stunde. Diesmal tat ihm nicht nur sein operiertes Bein weh, sondern beide Beine, und er zitterte am ganzen Körper.

Seine Bettnachbarn wollten wissen, was er auf dem Flur erfahren habe, doch er antwortete nur, er fühle sich nicht gut und könne jetzt nicht reden. Dabei hoffte er, dass niemand die Tränen in seinen Augen sah.

Vermutlich bemerkten seine Bettnachbarn Ludwigs aufgewühlten Zustand tatsächlich nicht, doch einem der diensthabenden Ärzte, noch recht jung und neu in diesem Lazarett, fiel er bei der Abendvisite auf. Zunächst dachte er, Ludwig habe Fieber, doch dann begriff er, dass der Patient seine Tränen zu verbergen suchte.

»Haben Sie solche Schmerzen?«

»Nein«, antwortete Ludwig und versuchte, seine Tränen herunterzuschlucken.

Der Arzt nahm die Krankentafel, die am Fuße des Bettes hing. »Ludwig Kronheim?«, fragte er. »Woher kommen Sie?« Er stellte noch einige persönliche Fragen und sagte schließlich: »Ich glaube, ich habe Sie vorhin bei den jüdischen Soldaten auf dem Flur gesehen. Sind Sie auch Jude?« Als Ludwig bejahte, legte er ihm besorgt die Hand auf die Schulter. »Ich verstehe, was in Ihnen vorgeht. Ich heiße Heinrich Preuß, bin ebenfalls Jude. Aber glauben Sie mir, Sie nehmen sich das Ganze zu sehr zu Herzen. Was wühlt Sie so auf? Dann diskriminiert man uns eben wieder einmal. Das ist doch nichts Neues. Damit sind wir immer irgendwie zurechtgekommen, warum nicht auch jetzt? Beruhigen Sie sich, und versuchen Sie zu schlafen. Das ist der Lauf der Welt. Morgen haben Sie das vergessen.«

»Wie können Sie so reden?«, widersprach Ludwig dem Arzt flüsternd, aus Angst, die anderen im Zimmer könnten ihn hören. »Es ist einfach unglaublich, was hier gerade passiert. Für mich ist eine Welt zusammengebrochen. Auf einmal bin ich kein Deutscher mehr.«

»Sie sind Jude«, widersprach ihm der Arzt, »deutscher Jude, aber zuerst einmal Jude.«

»Unsinn«, murmelte Ludwig, doch er hätte es dem Arzt am liebsten ins Gesicht geschrien: *Seit meine Vorfahren das Frankfurter Ghetto verließen, haben sie sich als Deutsche gefühlt!*

»Ja, ja«, sagte Dr. Preuß freundlich und bedeutete Ludwig, der sich erregt in seinem Bett aufgerichtet hatte, sich wieder hinzulegen. »Das sind die Geschichten, die wir uns immer erzählt haben. Aber wir haben uns etwas vorgemacht. Die Wirklichkeit sieht anders aus und wird sich nicht ändern. Wir müssen lernen umzudenken.«

»Und was meinen Sie mit umdenken?«

»Das erkläre ich Ihnen gern. Ich glaube zum Beispiel, dass Theodor Herzl recht hat. Seine Bewegung wird immer stärker.«

Ludwig starrte den Arzt an, als sei er verrückt. »Nach Palästina gehen? Das ist nicht Ihr Ernst!«

»Jetzt hören Sie mir mal gut zu. Diese Bewegung hat ein Mann ins Leben gerufen, der genau so aufgewachsen ist wie Sie. Auch er glaubte daran, dass die Juden sich völlig in die Gesellschaft anpassen müssten, in der sie leben. Aber anders als Sie hat er es sich schließlich eingestanden, dass diese Gesellschaft uns gar nicht will, egal wie sehr wir uns bemühen. Herzl war davon überzeugt, dass es für Juden nur eine Möglichkeit gibt, in Würde zu leben: als ein Volk wie alle anderen Völker in seinem eigenen Land. Und er hat recht gehabt.«

Ludwig schüttelte ungläubig den Kopf. »Und das denken Sie wirklich? Kein Jude, der halbwegs bei Verstand ist, wird solchen Fantastereien Glauben schenken.«

»Da irren Sie sich«, sagte Preuß, »die Zionisten werden immer mehr.«

»Das mag schon sein, aber woher kommen die? Aus Russland vielleicht, aus der Wiege des Bösen, dem Reich des antisemitischen Zaren, gegen das wir kämpfen. Bestimmt nicht aus modernen, fortschrittlichen Ländern wie Deutschland.«

Dem Arzt schien das Gespräch langsam lästig zu werden. Er fiel Ludwig ins Wort: »Das Wichtigste ist, dass Sie rasch gesund werden und an die Front zurückkehren können. Dafür müssen Sie sich erst einmal beruhigen und schlafen. Brauchen Sie noch etwas?« Er wartete Ludwigs Antwort kaum ab, machte eine Geste des Abschieds und wandte sich ab.

Ludwig schloss die Augen. War er sich seiner Sache wirklich so sicher? Glaubte er noch immer daran, dass er in seiner Heimat als Deutscher anerkannt und akzeptiert würde? Möglicherweise war an den Worten des Arztes etwas Wahres dran. Würde die ganze Vaterlandsliebe der Juden nichts nutzen? War die Assimilation womöglich ein Fehler? Würde man ihnen die deutsche Heimat am Ende gar wegnehmen? Nein, das war unvorstellbar, es konnte nicht sein, dass diese Antisemiten, die es zu allen Zeiten gegeben hatte, und eine Handvoll karrieresüchtige Beamte über die Zukunft Deutschlands entschieden! Nein, das war völlig ausgeschlossen. Ludwig stieß einen Seufzer der Erleichterung aus, als habe er nach langem Suchen das Licht am Ende des Tunnels erblickt.

Aber dann überkam ihn eine noch viel größere Angst. Er begann zu schwitzen. Es hämmerte in seinen Schläfen. Wie würde

Karoline auf all das reagieren? Ihre Liebe war nicht immer in ruhigen Gewässern gesegelt. Karoline und er stammten zwar beide aus gebildeten, gutbürgerlichen Familien, aber – er war eben Jude! Karolines Eltern, die Eheleute Schulzendorf, hielten sich für liberal, modern und humanistisch; sie waren überzeugte Anhänger der Gleichberechtigung der Juden und hatten nichts gegen die Freundschaft ihrer Tochter mit Friede oder einem jüdischen Kommilitonen. Doch als ihnen klar wurde, wohin die Beziehung ihrer Tochter mit dem Sohn der Familie Kronheim führte, sahen sie das Ganze plötzlich mit ganz anderen Augen. Gleiche Rechte für Juden – unbedingt. Freundschaftliche Beziehungen auch. Aber eine Ehe – das ging zu weit. Jüdische Blutsverwandte konnten sie sich nicht vorstellen.

Anfangs hatte Karoline ihren Eltern erzählt, sie werde Ludwig davon überzeugen, sich taufen zu lassen. Sie war sich zwar nicht sicher, ob ihr das gelingen würde, doch sie wollte ihre Eltern beruhigen, damit sie sich ihrer Liebe nicht in den Weg stellten. Es war nicht schwer gewesen, die Eheleute Schulzendorf davon zu überzeugen, dass der junge Herr Kronheim bereit wäre, sich für ihre wunderbare Tochter auch taufen zu lassen. Dies änderte jedoch nichts an ihrer Ablehnung. Ob Ludwig übertrat oder nicht, er würde nie ein richtiger Deutscher, geschweige denn ein Mitglied ihrer Familie werden. Und was sollte aus den Enkeln werden? Mit einem jüdischen Elternteil wären sie keine echten Schulzendorfs.

Ludwig seinerseits hatte es mit seinen Eltern auch nicht leicht gehabt. So sehr sie daran glaubten, dass die Juden nach und nach völlig im deutschen Volk aufgehen würden, versuchten sie doch, nüchtern zu bleiben. Gewiss, sagten sie, letztendlich werden wir als integraler Bestandteil des deutschen Volkes angenommen werden, und Mischehen sind kein schlechter Weg, dieses Ziel zu erreichen. Aber bis dahin müsse man in der Realität leben. Die große Liebe werde nicht immer so brennen wie im ersten Jahr. Spätestens wenn es Alltagssorgen und Spannungen zwischen ihnen gebe, und so etwas sei im Leben eines Paares nun einmal nicht zu vermeiden, werde sich ihre unterschiedliche Herkunft zu Wort melden und ihren Tribut fordern. Woher Ludwig wissen wolle, hatten sie ihn gefragt, ob Karoline etwas, das ihr vielleicht vorher als eine persönliche Schwäche erschienen sei, in Krisenzeiten nicht seiner jüdischen Herkunft zuschreiben werde? Und die armen Kinder! Als Christen in den Augen ihrer jüdischen Familie und als Juden in den Augen ihrer christlichen Familie würden sie zwischen zwei Welten leben müssen.

Ludwig hatte keine Geduld für diese altbekannte Litanei. Nur seine »gute deutsche Erziehung« hielt ihn davon ab, so zu reagieren, wie er es am liebsten getan hätte. Innerlich wies er die Argumente seiner Eltern zurück und sagte sich, wenn er zwischen seinen Eltern und Karoline wählen müsste, würde er sich ohne Zögern für seine große Liebe entscheiden.

Karoline hätte es um einiges schwerer gehabt. Dass eine junge Frau offen gegen ihre Eltern rebellierte, war in ihrer gutbürgerlichen Familie nicht denkbar. Es wäre ein Albtraum für sie gewesen; ihre ganze Erziehung und alle ihre Werte sträubten sich dagegen. Sie musste versuchen, ihre Eltern zu überzeugen. Immer wieder hatte sie ihnen erklärt, dass Ludwig mit allen Fasern seines Herzens Deutscher sei. In seiner Kultur, seinen Ansichten und Idealen sei er nichts anderes als Deutscher. Und die Zukunft gehöre ja zum Glück nicht mehr den alten Religionen, sondern der Nation, und so gesehen, stammten Ludwig und sie aus demselben Volk und derselben Familie …

Der Krieg hatte Karoline zunächst gute Argumente geliefert. Die enorme Kriegsbegeisterung, der militante Patriotismus der jungen deutschen Juden, die sich in Massen zum Frontdienst meldeten, all das war ausgezeichnete Munition für die häuslichen Diskussionen. »Jetzt können noch nicht einmal mehr meine Eltern daran zweifeln«, hatte sie zu Ludwig gesagt, »dass du und ich demselben Volk angehören. Wenn Juden ihr Leben für Deutschland geben, fließt doch dasselbe Blut in unseren Adern.«

Aber jetzt? In Ludwig meldeten sich neue Zweifel, und er spürte, wie die Laken nass von seinem Schweiß wurden. Die Judenzählung würde beide Elternpaare in ihren Bedenken bestärken. Und Karoline? Wie würde sie reagieren, wenn die Realität ihr bewies, dass die Juden machen konnten, was sie wollten – es half ihnen nichts! Sie würden immer abgesondert und ausgeschlossen bleiben. Warum sollte sie ihr Schicksal mit dem eines Fremden verbinden? Warum ein Kind fremden Blutes gebären, einen Fremdkörper?

Ludwig drohte zu verzweifeln. Nachdem er sich zunächst gefragt hatte, ob ihre Liebe stark genug sei, sich dem gesellschaftlichen Druck entgegenzustellen, begann er nun sogar daran zu zweifeln, dass Karoline ihn wirklich so liebte wie er sie. Er konnte sich sein Leben, seine Zukunft, seinen Alltag ohne sie nicht mehr vorstellen. Aber konnte seine Liebe auch als Garant für ihre Liebe dienen?

Wieder überwältigten ihn seine Erinnerungen. Er hatte ihr immer wieder gesagt, wie sehr er sie liebe, und das so oft wiederholt, dass er sich manchmal lächerlich vorkam, aber er konnte es einfach nicht lassen. In dieser Hinsicht war sie anders. Sie hatte ihn zwar ebenfalls ihrer Liebe versichert, aber nie mit dieser verrückten Intensität. Dabei wusste Ludwig im Grunde seines Herzens, dass es darauf nicht ankam. Sie hatten eben unterschiedliche Charaktere. Karoline zeigte ihre Liebe mit Blicken, mit ihren ausdrucksvollen Augen, die auch nicht die kleinste Gefühlsregung verbergen konnten. Doch würde Karolines Liebe groß genug sein, um auch in dieser neuen Situation alle Hindernisse zu überwinden?

Zunächst, dachte sich Ludwig, würde er ihr keine Briefe mehr schreiben. Obwohl er ihr sonst fast täglich, manchmal sogar zweimal am Tag geschrieben hatte, wagte er es jetzt nicht, ihr von der bitteren neuen Wirklichkeit zu erzählen. Er wollte ihr auch nichts vortäuschen und in seinen Briefen seine Sorgen verschweigen, das wäre für ihn schlimmer gewesen als zu lügen. Auch seinen Eltern und den Freunden, mit denen er ab und zu korrespondierte, wollte er keine Nachrichten mehr zukommen lassen. Was sollte er ihnen sagen? Er fürchtete seine eigenen Gedanken. Er traute sich nicht, sie niederzuschreiben. ›Wenn ich nur sicher sein könnte, wenn ich trotz allem der Liebe Karolines gewiss sein könnte!‹

Der Gedanke, dass die Ungewissheit für Karoline noch viel quälender sein könnte, kam ihm nicht.

23

Bordeaux

— Winter 1916/17 —

Im Morgengrauen traf der Zug am Gare d'Orléans ein, der außerhalb des Zentrums von Bordeaux am rechten Garonne-Ufer lag. Louis war todmüde, konnte sich aber mit seiner schmalen Barschaft keine Droschke und keinen Bus leisten und ging daher zu Fuß zum Pont de Pierre, einer breiten Steinbrücke aus napoleonischer Zeit, die schon zu dieser frühen Stunde von Automobilen, Lastwagen, Kutschen und Fußgängern wimmelte. Louis schloss sich mit schleppenden Schritten dem Passantenstrom an.

›Ich kann mir Zeit lassen‹, dachte er. ›Ich darf nicht zu früh kommen.‹ Zwar arbeiteten seine Eltern und Schwestern schon seit Tagesanbruch in der familieneigenen Bäckerei, doch seine unerwartete Ankunft hätte große Aufregung ausgelöst und den morgendlichen Betrieb gestört. Louis wusste, dass die Kunden frisches Brot und Croissants zum Frühstück kaufen wollten, bevor sie zur Arbeit gingen.

›Wenn ich den ganzen Weg zu Fuß gehe, komme ich nach dem größten Andrang zu Hause an,‹ tröstete er sich und warf einen Blick auf den Hafen hinunter. An den Quais lagen reihenweise Frachtschiffe, die darauf warteten, ihre Ladung zu löschen. Auch hier prägte der Krieg das Bild. An den Anlegestellen stapelten sich Rüstungsgüter aller Art. Zu seiner Überraschung sah Louis unter den Hafenarbeitern viele asiatische Gesichter. ›Wer sind diese Leute?‹, rätselte er. ›Japaner? Japan steht in diesem Krieg auf unserer Seite. Doch bisher haben wir hier noch keine Japaner zu Gesicht bekommen. Was haben japanische Hafenarbeiter bei uns zu suchen?‹ Später sollte Louis erfahren, dass

Frankreich 140 000 Chinesen ins Land geholt hatte, um die eingezogenen französischen Arbeiter zu ersetzen.

Die hohen, prunkvollen Gebäude am Quai Richelieu hatten Louis schon immer beeindruckt. Im Weitergehen kam er an dem prächtigen »Hôtel de Nantes« vorbei. Schon als Kind hatte er sich gewünscht, einmal in diesem Hotel zu übernachten, das die Reichen aus Frankreich und der übrigen Welt aufsuchten, wenn sie nach Bordeaux kamen. Noch verlockender war das Hotelrestaurant »La Belle Époque«, das seine Neugier und nicht minder seinen Appetit reizte. ›Ich bin zwar kein potenzieller Gast, und mein Aufzug ist auch nicht gerade elegant‹, dachte Louis, ›doch schließlich bin ich ein Soldat, ja ein Offizier, mit Orden auf der Brust, und da möchte ich den sehen, der mich vor die Tür setzt, wenn ich einen Blick hineinwerfe!‹

Im voll besetzten Hauptsaal des Restaurants nahmen die Gäste ihr Frühstück ein. Es duftete nach frischem Brot und Croissants, nach Kaffee und Armagnac. Louis stand staunend vor den herrlichen farbigen Fayencekacheln, die ringsum die Wände bedeckten. ›Jetzt verstehe ich, was geschäftstüchtige Kaufleute nach Bordeaux zieht‹, dachte er, ›zu einem nicht geringen Teil sind es die Produkte der Fayence-Manufaktur von Jules Vieillard. Da musste ich von der Front in meine Heimatstadt zurückkehren, um zu entdecken, was den Reichen aus aller Welt gefällt!‹ Immer wenn Louis als Kind an diesem Restaurant vorbeigegangen war, hatte er sich geschworen: ›Wenn ich groß bin, werde ich einmal dort essen! Jetzt bin ich groß‹, dachte er, ›und habe Dinge erlebt, von denen die meisten Gäste hier keine Ahnung haben. Schüchtern bin ich auch nicht mehr, und doch kann ich es mir nicht leisten, in diesem Tempel der feinen Lebensart zu speisen. Mit meinem Armeesold kann ich mir hier nicht so ein üppiges Frühstück bestellen.‹

Er ließ das Hotel hinter sich und kam nach wenigen Minuten an der Bar »Castan« mit ihrem Felsgrottendekor vorbei, einem beliebten Treffpunkt der Seeleute. Noch ein legendärer Ort, der seine kindliche Fantasie angeregt hatte. Doch wie damals ging er auch diesmal daran vorüber. Eine blasse Sonne erhellte den Himmel. Es war Zeit, nach Hause zu gehen.

Als Louis zu Hause ankam, war niemand da. Die Familie war wohl noch in der Bäckerei: Vater Lucien, Mutter Josianne und die Töchter Éliane, Corinne und Françoise. Die drei Schwestern waren schon lange verheiratet, Éliane hatte einen vierjährigen Sohn und Corinne eine dreijährige Tochter. Sie halfen den Eltern am frühen Morgen immer noch in der Bäckerei, während die Männer gewöhnlich Haus und Kinder hüteten, bis die Frauen zurückkamen und sie selbst zur Arbeit gingen. Mittlerweile waren ihre Männer jedoch eingezogen.

Louis schloss die Tür auf und stellte seine Sachen ab. Ohne sich umzuziehen, eilte er zur Bäckerei, die nur einige Schritte entfernt war. Bald stieg ihm der vertraute Duft in die Nase, und er verspürte einen Heißhunger auf knuspriges, warmes Brot. In der Bäckerei stand nur seine Mutter. Die Töchter waren schon fort. Éliane und Corinne, um die Frauen abzulösen, die ihre Kinder hüteten, und Françoise, um den Schwestern im Haushalt zu helfen.

Als Louis die Tür öffnete, schrillte die Türglocke. Seine Mutter, die mit der Kasse beschäftigt war, sah nicht von ihren Rechnungen auf und rief: »Guten Morgen, einen Moment bitte!« Louis gab keinen Laut von sich. Als seine Mutter keine Antwort hörte, hob sie den Kopf. Einen Augenblick starrte sie ihn wie versteinert an, dann schrie sie: »Louis!«, stürzte auf ihn zu, umarmte ihn unter Tränen und bedeckte ihn mit Küssen.

Vater Lucien war noch in der Backstube. Er hörte seine Frau aufschreien, verstand aber nicht, was sie rief. Er schrie nach vorne: »Josianne, was ist mit dir?«

»Mir geht's gut«, rief sie. »Was heißt gut, besser denn je, du wirst schon sehen, komm her, Lucien, aber schnell!« Als der Vater im Laden ankam und Louis sah, blieb er wie erstarrt stehen, als wäre ihm ein Geist erschienen. Dann ging er auf seinen Sohn zu, packte ihn mit beiden Händen an den Schultern und sah ihn mit strahlenden Augen an. Von Glück überwältigt, flüsterte er kaum hörbar: »Louis, Louis, liebster Louis …« Schließlich war es Louis, der seinen Vater in die Arme schloss. Lucien war ein großer, stämmiger Mann, doch Louis überragte ihn und musste sich etwas bücken.

»Riecht ihr nichts?«, rief Lucien plötzlich. »Alle nach hinten! Die Brote verbrennen im Ofen!«, und die drei brachen in schallendes Gelächter aus.

Den ersten Urlaubstag verbrachte Louis komplett im Bett. Wie alle seine Kameraden an der Front litt er unter chronischem Schlafmangel. Dazu kamen die tagelange Reise und die Aufregung, die dem Wiedersehen vorausgegangen waren. Doch am meisten trugen die häusliche Ruhe und Geborgenheit zu seinem erholsamen Schlaf bei. Endlich war er weit fort vom Schlachtfeld, im Schoß seiner Familie und am gemütlichsten Ort der Welt, in seinem eigenen Bett. Am Abend versammelte sich die ganze Familie zu einem Festessen. Louis, der ein heißes Bad genommen hatte und bequeme Zivilkleidung trug, freute sich über das Wiedersehen mit den Schwestern, ihren Kindern, die er kaum kannte, und Gribouille, dem betagten Hund der Familie.

Während des Essens wurde wenig über den Krieg gesprochen. Niemand wollte die heitere Stimmung trüben, und Louis war der Familie dankbar, dass sie ihn nicht mit Fragen über seine Fronterlebnisse überfiel. Die Unterhaltung drehte sich um persönliche und familiäre Themen. Auch über die neuesten Ereignisse in Bordeaux und in der heimischen Gesellschaft wurde getratscht und gelacht. Schließlich erzählten Louis' Schwestern doch noch von den Briefen ihrer Männer an der Front, die Louis ebenso inhaltslos und vage vorkamen wie seine eigenen Briefe an die Eltern. ›Kein Wunder‹, dachte er, ›man kann Menschen, die den Krieg nie erlebt haben, kaum schildern, was ein Soldat im Schützengraben durchmacht.‹

Zur behaglichen Atmosphäre trug auch die festliche Mahlzeit bei, die seine Mutter und die Schwestern vorbereitet hatten. Kaum war Louis von der Bäckerei nach Hause gegangen, um sich schlafen zu legen, hatte seine Mutter mit ihren Töchtern das Menü geplant, das sie zu seinen Ehren auftischen wollte. Um das Festmahl möglich zu machen, war die Mutter in die Dörfer gefahren. Als Vorspeisen gab es Kaviar aus der Gironde, Austern aus Arcachon und natürlich Gänseleberpastete, als Hauptgang wurde Alsen serviert, ein Fisch, dessen zartes weißes Fleisch Louis schon als Kind gern gegessen hatte, obwohl er mit den vielen Gräten zu kämpfen hatte. Dieser Fisch war wegen der kurzen Fangzeit eine seltene Delikatesse und entsprechend teuer. Josianne hatte sich daran erinnert, dass es zu Jahresbeginn Alsen in der Bucht von Bordeaux gab, und war zum Fischerquai geeilt, wo der Fang direkt vom Boot aus verkauft wurde.

Auch die Weine, die zu den verschiedenen Gängen serviert wurden, entlockten Louis bewundernde Rufe: »Endlich wieder unser guter Wein aus Bordeaux! In der Armee bekommen wir nur Weine aus der Bourgogne, vor allem Chambertin, die auch nicht übel sind. Doch an unseren Bordeaux kommt der nicht heran! Wie ich unseren Wein vermisst habe!«

Nach der Käseplatte, die mit verschiedenen Sorten von Chèvre und Hartkäse aus den Pyrenäen bestückt war, kam das Dessert, eine Spezialität aus Bordeaux: *Canelés*. Beim Anblick der delikaten, karamelüberkrusteten Küchlein aus Eiern, Rum und Vanille brach die Familie in stürmischen Beifall aus. Sogar Vater Lucien klatschte in die Hände. So eine Delikatesse gab es in seiner Bäckerei nicht zu kaufen. Kaffee und Armagnac beschlossen die Mahlzeit.

Im Lauf des Abends sah Louis immer wieder zu seinem Vater hinüber. Luciens Aussehen bereitete ihm Sorgen. Er war blass und mager, sein ergrautes Haar hatte sich gelichtet. Den Scherzen und Klatschgeschichten lauschte er mit zusammengepressten Lippen, und sein Lachen klang manchmal gekünstelt. Mutter Josianne waren Louis' Blicke nicht entgangen, und sie rief ihn unter einem Vorwand in die Küche, um ihn danach zu fragen.

»Er sieht nicht gut aus«, antwortete Louis, »irgendwie hat er sich verändert.«

»Natürlich ist er gealtert«, erwiderte seine Mutter. »Du hast ihn über ein Jahr nicht gesehen, und die Zeit bleibt nicht stehen. Außerdem arbeitet er schwer, unsere Schwiegersöhne sind eingezogen worden, und deshalb können uns deine Schwestern nicht so stark unterstützen wie früher. Unser Gehilfe in der Backstube ist auch bei der Armee, und Vater arbeitet meistens allein. Manchmal findet sich jemand, der ihm für kurze Zeit hilft, aber das nützt nicht viel.«

»Gewiss, aber das gilt auch für dich. Du bist ebenfalls ein Jahr älter geworden und musst schwerer arbeiten, und auch du hast kaum Unterstützung. Aber du hast dich nicht verändert. Nun, hoffen wir, dass er weiterhin durchhält – *pourvu que ça dure.*«

Am Tag darauf fand im Hause Naquet ein zweites Abendessen in größerem Kreis statt. Diesmal stand der Krieg im Mittelpunkt der Gespräche. Die Fragen, die man Louis stellte, betrafen allerdings kaum das Alltagsleben im Schützengraben oder seine eigenen Gefühle und Erlebnisse. Die braven Bürger, mit denen seine Eltern befreundet waren, hatten nie einen Krieg erlebt. Sie wollten von Louis hören, wie der Krieg geführt wurde, als wäre Louis ein Beobachter im Hauptquartier der französischen Armee.

Abgesehen davon, dass der gegenwärtige Krieg natürlich auch von ihnen Opfer und Verluste forderte, betrachteten sie ihn als eine Art Spektakel, als monumentalen Zweikampf, aus dem Frankreich letzten Endes als Sieger hervorgehen würde. Sie erklärten Louis ihre grandiosen Theorien über den Krieg und die beste Strategie, ihn zu gewinnen. Louis verstand kaum, wovon sie redeten. Im Alltag des Schützengrabens war es schwierig, sich den Krieg als »Weltkrieg« vorzustellen.

Er wusste wenig über die Schlachten in Osteuropa, von der türkischen Front ganz zu schweigen. Auch vom U-Boot-Krieg hatte er nur gerüchteweise gehört, von den Kämpfen um die deutschen Besitzungen in Afrika und im Fernen Osten so gut wie gar nichts. Selbst die Lage an der Front, an der er kämpfte, war ihm nicht klar. Er und seine Kameraden hatten keinen Überblick über das Geschehen, waren vollauf mit ihren Problemen beschäftigt und schnappten nur hie und da Gerüchte und Geschichten auf, die wie eine Mischung aus Propaganda und Fantasie klangen.

Doch im Hause Naquet waren an diesem Tag lauter strategische Experten versammelt, und sie bombardierten Louis mit dramatischen Prophezeiungen und scharfsinnigen Analysen eines weltumspannenden Krieges! Fast noch peinlicher waren Louis ihre Lobreden auf die heldenhaften französischen Soldaten, auf die man sich blind verlassen könne. Lichtjahre trennten dieses hochtrabende Geschwätz von dem, was er tatsächlich erlebt hatte. Es bedrückte ihn sehr und warf einen dunklen Schatten auf seine Urlaubsstimmung.

Allmählich wurde die Atmosphäre gelöster, und man wandte sich »heiteren Aspekten des Krieges« zu. Doch die Witze und Anekdoten ärgerten Louis noch mehr als die strategischen Belehrungen. »Wollt ihr eine Geschichte von der Front hören?«, fragte einer der Gäste und fuhr fort, ohne die Antwort abzuwarten: »Unsere tapferen Soldaten sitzen im Schützengraben und überlegen, wie man möglichst viele *Boches* erledigen kann. Einer sagt: ›Ich hab eine Idee. Ihr kennt doch den deutschen Gehorsam. Die meisten Deutschen heißen Hans, und damit locken wir sie aus dem Bau. Einer von uns legt das Gewehr an, der zweite ruft im Befehlston: Hans! Ein Deutscher steht auf, steht stramm und schreit: Jawohl! In dem Moment pustet ihn unser Soldat weg.‹ Der Trick wird ausprobiert und klappt jedes Mal. In den deutschen Stellungen ist man ratlos. Was tun? Dann sagt ein deutscher Soldat: ›Ich hab eine Idee. Die meisten Franzosen heißen Schan-Schak [Jean-Jacques]. Wir spielen ihnen den gleichen Streich, den sie uns gespielt haben.‹ Gesagt, getan. Ein Deutscher ruft zu unseren Jungs herüber: ›Schan-Schak!‹ Von unserer Seite kommt die Gegenfrage: ›Bist du Hans?‹ – ›Jawohl‹, ruft der Deutsche und nimmt Haltung an. Und schon macht es bumm!« Während alle in beifälliges Gelächter ausbrachen, wäre Louis am liebsten im Boden versunken. Er stand auf, schützte Müdigkeit vor und sagte, er werde sich zurückziehen. Aber bevor die Gäste ihn gehen ließen, klopften sie ihm noch lange auf die Schulter und überhäuften ihn mit Elogen, wie sie einem französischen Helden gebührten.

Das war seine erste und letzte Unterhaltung mit den braven Bürgern von Bordeaux. Die folgenden Tage verbrachte er größtenteils zu Hause in Gesprächen mit seiner Familie. Er ging auch allein in der Stadt spazieren, und wenn er hin und wieder mit Unbekannten sprach, dann meist mit Soldaten, die wie er auf Heimaturlaub waren. Seine Schulkameraden und Bekannten waren allerdings an der Front, und keiner von ihnen hielt sich zur selben Zeit in Bordeaux auf.

An seinem dritten Urlaubstag kehrte Louis nachmittags von einem Fahrradausflug ans Meer zurück. Im Wohnzimmer saß seine Mutter mit einer etwas jüngeren Frau über einem Aperitif. »Louis, das ist meine Freundin Gisèle Poirier«, stellte sie ihm die Dame vor.

»Endlich lerne ich deinen Sohn kennen!«, rief Madame Poirier und streckte ihm die Hand entgegen. »Ich habe schon viel von Ihnen gehört.«

Sie musterte ihn mit kaum verhohlener Neugier, und seine Mutter sagte: »Setz dich doch zu uns! Gisèle möchte zu gern hören, was du alles erlebt hast.«

Aber Louis hatte nicht die geringste Lust, seine Erlebnisse zu erzählen, und schon gar nicht dieser fremden Frau. Er murmelte eine Entschuldigung und verzog sich in sein Zimmer. Während er ein Buch aufschlug, hörte er das Stimmengemurmel im Wohnzimmer, ohne die Worte zu verstehen. Nur ein Satz drang noch an sein Ohr, bevor er die Tür schloss: »Ach, Josianne, was hast du für einen prächtigen, männlichen Sohn!«

Abends erzählte die Mutter ihm von Gisèle: »Sie ist eine wunderbare Frau, doch sie fühlt sich sehr einsam, weil ihr Mann als Berufssoldat trotz seines Alters noch an die Front geschickt worden ist. Ihr ganzes Leben kreist um diesen Mann, sie liebt und bewundert ihn von ganzem Herzen. Wir haben uns vor einem Jahr kennengelernt, und als Gisèle hörte, dass ich Jüdin bin, hat sie sich mir angeschlossen und mich gebeten, ihr das Judentum nahezubringen. Sie sagte, sie schätze das Judentum sehr, wisse aber sehr wenig darüber.«

Die Mutter hielt einen Augenblick inne und fuhr dann fort: »Ich bin mit ihr in die Große Synagoge gegangen und habe sie zusammen mit dem jungen Rabbiner René Petit, der die rechte Hand unseres Oberrabbiners ist, zu uns eingeladen. Seitdem sind wir befreundet.«

Louis hatte höflich zugehört, obwohl Madame Poirier ihn nicht im Geringsten interessierte. »Wie schön, dass du eine gute Freundin hast«, sagte er mit einem Lächeln und wechselte das Thema.

Am nächsten Morgen klopfte es an der Haustür. Louis öffnete, da seine Eltern noch in der Bäckerei waren. Vor ihm stand Madame Poirier.

»Guten Morgen, Louis«, sagte sie, »ist Ihre Mutter zu Hause?«

»Nein, Madame, um diese Zeit ist sie noch im Geschäft.«

»Würde es Sie stören, wenn ich hier auf sie warte?«

»Nein, durchaus nicht«, sagte Louis, führte sie ins Wohnzimmer und bot ihr einen Kaffee und Gebäck an.

Als er sich wieder in sein Zimmer zurückziehen wollte, rief Madame Poirier hinter ihm her: »Louis, wollen Sie der Freundin Ihrer Mutter nicht Gesellschaft leisten?«

Widerwillig machte Louis kehrt. Sicher würde sie ihm Fragen über den Krieg stellen oder, schlimmer noch, ihre eigenen Ansichten zu diesem Thema ausbreiten. Doch Madame Poirier hatte andere Absichten. Sie begann, von sich selbst zu erzählen.

Ihr Mann und sie stammten beide aus Bordeaux, hatten aber lange Jahre in den französischen Besitzungen in Asien und Afrika und auch in Französisch-Guyana zugebracht. Sie erzählte belanglose Geschichten aus dem Leben von Berufsoffizieren und ihren Familien in den Kolonien, aus ihrem Alltag und dem Gesellschaftsleben und schilderte die Vergnügungen und Feste, die sie als junge Frau eines wesentlich älteren Subalternoffiziers erlebt hatte, wobei sie immer weiter in pikante Details abglitt.

Sie beschrieb ausführlich ihre kurzen Kleider, die begehrlichen Blicke, die sich auf ihre Beine gerichtet hätten, die tiefen Ausschnitte, die Einblick in ihr Dekolleté gewährt hätten, und den dünnen Stoff ihrer Blusen, durch die man die rosigen Spitzen ihrer Brüste habe erahnen können. Dabei taxierte sie Louis mit scharfem Blick, um die Wirkung dieser Details zu prüfen, während der junge Mann schluckte und verlegen seine Fußspitzen ansah. Was sollte er von diesem Gespräch oder besser von diesem seltsamen Monolog halten? Vor ihm saß die Freundin seiner Mutter! Doch Madame Poiriers Geschichten wurden immer frivoler, und sie unterbrach sich nur hin und wieder, um ihn mit einem beschwörenden Blick in die Augen zu fragen: »Und Sie? Was halten Sie davon? Was hätten Sie in dieser Situation getan?«

Ohne die Antwort abzuwarten, redete sie weiter und beobachtete wie ein Raubvogel, der sein Opfer fixiert, die steigende Erregung des jungen Mannes. Er dachte offensichtlich nicht mehr daran, sich in sein Zimmer zurückzuziehen.

Mit einem Mal stand seine Mutter in der Tür und rief: »Ah, Gisèle! Schön, dass du mich besuchst! Es tut mir leid, dass du auf mich warten musstest!«

»Ach«, wehrte Madame Poirier ab, »das war doch meine Schuld, ich hätte mir denken können, dass du noch bei der Arbeit bist. Wo hatte ich nur meinen Kopf, als ich hier unangemeldet hereingeplatzt bin …? Aber dein Sohn hat mir freundlicherweise Gesellschaft geleistet.«

»Wie nett von dir, Louis! Danke, mein Lieber!«

Louis empfahl sich, froh, einer Antwort enthoben zu sein. Bevor er seine Zimmertür schloss, hörte er Madame Poirier zu seiner Mutter sagen: »Wie reizend dein Sohn ist! Welcher junge Mann seines Alters ist bereit, sich die Geschichten einer alten Schwatzbase anzuhören …«

Am Tag darauf erschien Madame Poirier noch früher. Da sie jetzt wusste, wann ihre Freundin von der Arbeit zurückkehrte, hatte sie sich ausgerechnet, wie viel Zeit sie mit Louis verbringen konnte, bevor seine Mutter nach Hause kam. Louis wusste nicht ein noch aus. Einerseits zogen ihn Madame Poiriers Geschichten in Bann, andererseits sagte er sich: ›Das kann doch nicht sein! Wer ist diese Frau? Warum ist meine Mutter mit ihr befreundet, sie kennen sich doch kaum?‹ Trotzdem saß er wie verhext der ungebetenen Besucherin gegenüber und lauschte ihren Erzählungen, die einen eindeutig sexuellen Charakter annahmen. Er wusste nicht, ob sie die geschilderten Abenteuer tatsächlich selbst erlebt hatte oder ob sie ihren erotischen Fantasien entsprungen waren. Dabei rückte Madame Poirier immer näher an Louis heran, bis er ihren Atem spüren konnte. Sie beobachtete ihn unablässig, sodass Louis befürchtete, sie würde die Schwellung in seiner Hose entdecken.

Seltsame, aufreizende Augen hatte sie, von einem Violett, wie er es noch nie bei einem Menschen gesehen hatte. ›Wie ein wildes Tier‹, dachte er. Vielleicht faszinierten ihn diese Augen nur, weil sie ihm betörende Blicke zuwarf? Sie war keine besonders schöne, vielleicht ein wenig zu füllige Frau. Aber ihre Lippen waren voll und sinnlich und ihre üppig beringten Finger zart und gepflegt.

Als Louis seiner Erregung kaum noch Herr wurde, stand Madame Poirier plötzlich auf und sagte: »Mein lieber Monsieur Naquet, ich kann nicht länger auf Ihre Mutter warten. Es ist schon spät, und ich habe viel zu tun. Danke für den Kaffee und vor allem für Ihre Geduld. Auf Wiedersehen.« Louis begleitete sie mit gemischten Gefühlen hinaus. Er fühlte sich erleichtert, bedauerte aber gleichzeitig, dass dieses verwirrende Rendezvous zu Ende war.

Noch in der Tür sagte sie plötzlich: »Ich würde mich gern für Ihre Gastfreundschaft revanchieren. Hätten Sie Lust, sich Fotografien aus meinem Leben anzusehen? Ich habe eine interessante Sammlung.«

Louis, durch ihre wechselhaften Launen verwirrt, stammelte nur: »Ja … Ja natürlich … Ich komme gern.«

»Also gut«, sagte Madame Poirier und holte einen Zettel hervor, auf den sie vorsorglich ihre Adresse geschrieben hatte. »Ich erwarte Sie morgen um vier.« Und ging, ohne seine Antwort abzuwarten.

Als seine Mutter nach Hause kam, erwähnte Louis den Besuch ihrer Freundin nicht. Die leeren Kaffeetassen und das Gebäck hatte er weggeräumt.

Am Tag darauf machte er sich auf den Weg zu Madame Poirier. Sein Magen flatterte wie vor einem großen Abenteuer, und er schwankte zwischen Bangen und Hoffen. Madame Poirier erwartete ihn mit einem Fotoalbum in der Hand. Auf ihren Wink setzte er sich ihr gegenüber an ein Tischchen, auf dem eine Flasche Armagnac und zwei kleine Gläser standen.

Die Fotografien waren enttäuschend, banale Aufnahmen von Menschen, die Louis nicht kannte. Doch Madame Poirier machte aus jedem Foto eine Geschichte. Um wen es dabei ging, war Louis gleichgültig, er interessierte sich nur für die erotischen Details. Wie hypnotisiert lauschte er den schlüpfrigen Beschreibungen der intimen Erlebnisse, die sie den in den Fotos verewigten Personen zuschrieb. Er starrte auf ihre Finger mit den leuchtend rot lackierten Nägeln.

Sie trug an jedem Finger vier große, auffallend schöne Ringe und bewegte unaufhörlich die Hände, während sie ihm die Bilder erklärte. Seine Blicke wanderten hin und her, von ihren violetten Augen zu den wedelnden Händen und wieder zurück. Zum ersten Mal begriff er, dass Schmuck für Männer etwas Anziehendes, ja sogar eine starke erotische Ausstrahlung haben kann. Immer wieder zog ihn der Anblick der Ringe an ihren manikürten Fingern magisch an.

Während ihr Redefluss weiterplätscherte, fiel ihm die Szene aus »Rot und Schwarz« ein, wo der junge Priesteranwärter Julien Sorel die schöne junge Frau des Bürgermeisters verführen will, seine Hand aus Angst aber immer wieder zurückzieht. ›Soll ich es wagen‹, fragte er sich, ›Madame Poiriers Hand zu ergreifen?‹ Und obwohl er keine schlimmen Folgen befürchten musste, siegte auch diesmal die Schüchternheit. Doch Madame Poirier, die von Anfang an die Initiative ergriffen hatte, erlöste ihn auch diesmal von seinen Zweifeln.

Während er flüchtige Blicke auf die Fotografien warf, die sie mit fliegenden Händen aufblätterte, merkte er plötzlich, dass ihre Füße sich unter dem Tisch an seinen Hosenschlitz herantasteten. Schon streichelte sie sein halb erigiertes Geschlecht durch den Stoff hindurch mit ihren nackten, blutrot lackierten Zehen. Der Atem stockte ihm, seine Gedanken wurden wirr. Eine Welle von Lust und Angst überschwemmte ihn. Doch Madame Poiriers geschickte Zehen waren schon dabei, seine Hosenknöpfe zu öffnen und sein Glied zu bearbeiten, bis es zu voller Größe erwuchs. Dann brach sie das Spiel abrupt ab, griff nach seiner Hand und sagte nur: »Komm!« Sie zog ihn ins Schlafzimmer, stellte sich vor ihn hin und begann, ihn auszuziehen.

Er beugte sich herunter, um sie zu küssen, doch sie wehrte ab: »Tu nichts, lass mich nur machen.« Als er nackt war, schob sie ihn zum Bett und legte ihn auf den Rücken. Er begriff, dass er nur warten durfte. Während Madame Poirier sich auszog, betrachtete sie sein Geschlecht. Dann setzte sie sich zu seinen Füßen, umfasste es mit beiden Händen und murmelte: »So sieht also ein beschnittenes Glied aus! Interessant … Delikater als alles, was ich je gesehen habe.« Sie nahm die Eichel behutsam in den Mund und fing an, sie zu lecken.

›Das also interessiert sie am Judentum‹, dachte Louis. ›Nicht der junge Rabbiner mit seinen gelehrten Erklärungen, sondern das, was er in der Hose hat.‹ Doch bei René Petit war sie wohl nicht so weit vorgedrungen, lächelte er insgeheim und gab sich wieder dem Genuss hin, den ihm die rührige Zunge verschaffte. Ab und zu schlug er die Augen auf, um einen Blick auf den üppigen Leib und Madame Poiriers schwere Brust zu erhaschen, aber als er sie streicheln wollte, stieß sie ihn zurück.

Nein, sagte sie, er müsse völlig passiv bleiben. Ihm wurde klar, dass sie nicht zulassen würde, dass er in sie eindrang, und so wehrte er sich nicht, als sie ihn zum Höhepunkt brachte, und ergoss sich in ihren Mund.

Erschrocken riss er die Augen auf. Wie konnte er so etwas tun? Warum hatte er sich nicht rechtzeitig zurückgezogen? Doch seine Scham und Reue währten nicht lange. Auch nachdem er gekommen war, leckte und saugte sie weiter an seinem Glied, und er überließ sich wieder seinem passiven Genuss.

Dieses Spiel wiederholte sich in den nächsten Tagen noch zweimal. Auch ohne ausdrückliche Einladung fand Louis sich zur selben Zeit bei ihr ein. Für ihn war sie immer noch »Madame Poirier«, während sie ihn duzte. Als er sie zum vierten Mal besuchte, blieb sie in der Tür stehen und ließ ihn nicht hinein. »Was stellst du dir vor?«, sagte sie in scharfem Ton. »Glaubst du, dir sei alles erlaubt? Es ist aus, junger Mann. Geh jetzt!«

Tief gekränkt drehte Louis sich um, ohne ein Wort zu sagen, und ging nach Hause. Es dauerte einige Tage, bis er sich beruhigt hatte. ›Letztlich ist es besser so‹, dachte er. ›Es war von Anfang an eine verfahrene Affäre. Ich liebe diese Frau nicht, und auch der sexuelle Akt war im Grunde pervers. Wie lange hält man das aus, eine einseitige sexuelle Beziehung? Kein einziges Mal durfte ich in sie eindringen! Gut, dass sie der Sache ein Ende gemacht hat.‹

Madame Poirier sah er nicht wieder. Auch seine Mutter erwähnte sie nicht mehr. Es war, als hätte es diese Dame nie gegeben.

24

Paris

— Anfang 1917 —

Louis las viel, nicht nur Bücher, sondern auch Zeitungen, aus denen er erfuhr oder zu erfahren glaubte, was sich auf den Kriegsschauplätzen zutrug. Je näher das Ende des Urlaubs rückte, umso unruhiger und bedrückter wurde er. Er schlief schlecht und wäre schließlich am liebsten sofort zur Front zurückgekehrt, nur damit dieser Zustand ein Ende nahm.

Dann kam der Tag, an dem er wieder in den Krieg ziehen musste. Wie beim vorigen Mal war der Abschied von der Familie verhalten. Niemand wollte seine Gefühle zeigen. Louis fühlte wieder einen Stich der Besorgnis, als er seinen Vater ansah. Dessen Gesicht wirkte noch verhärmter als sonst.

Im Zug, der nach Norden fuhr, saß Louis in Gedanken versunken. Alles ging ihm durch den Kopf: seine Familie, die geliebte Heimatstadt, die Freunde, die er wie bei seinem vorigen Urlaub wieder nicht getroffen hatte. Warum kann man Soldaten aus einer bestimmten Stadt nicht gleichzeitig Urlaub geben? Nun ja, träumen darf man ja wohl noch. Selbst wenn es dumme Träume sind.

Er dachte auch an Madame Poirier. Ein seltsames Abenteuer, das er so bald nicht vergessen würde. Doch er wünschte sich keine weiteren Erlebnisse dieser Art. Mit Liebe hatte das nichts zu tun.

Wie kam es, dass er noch keine Frau gefunden hatte? ›Nicht einmal im Gymnasium hatte ich eine richtige Freundin‹, dachte er. ›Wahrscheinlich bin ich zu schüchtern und zu introvertiert. Aber vielleicht zog ja gerade das Frauen wie Madame Poirier an.‹

Und dann merkte er, dass ihm gegenüber ein Mädchen saß.

Cher Papa,

ich muss Dir unbedingt von dem eigenartigen Vorfall erzählen, der mir heute früh widerfahren ist: Ich habe mich in eine Nase verliebt.

Ja, Du hast richtig gelesen, in eine Nase. Ich bin heute Morgen in den 5-Uhr-45-Zug nach Paris eingestiegen. Ich gehe also in ein Abteil, in dem nur noch ein einziger Platz frei ist (Du weißt ja, wie voll die Züge in diesen Kriegszeiten sind). Ich mache es mir gemütlich. Der Zug fährt ab, und ich sehe mir flüchtig meine Mitreisenden an. Das übliche Bild: Eine ältere Dame, die ein wohlerzogenes, lesendes Mädchen begleitet. Zwei Infanteriesoldaten in Uniform. Ein gut aussehender Mann im schwarzen Redingote, mit schwarzer Krawatte und Stehkragen. Ein Notar, nehme ich an. Mir gegenüber sitzt eine junge Dame, die – ohne mich auch nur eines Blickes zu würdigen – die vorbeiziehende Landschaft bewundert. Was mich etwas pikiert, verdiene ich doch – zumindest meiner bescheidenen Meinung nach – gerade in Uniform etwas Aufmerksamkeit.

Ich schaue sie mir also mit wachsendem Interesse genauer an. Sie hat ein perfektes Profil: eine leicht gewölbte Stirn, gut definierte Wangen, einen kindlichen Mund und vor allem eine in vollkommener Harmonie mit ihrem Profil stehende Nase. Die Nase ist nicht sehr groß, an ihrer Spitze ganz leicht nach oben gebogen, eine Nase, die man küssen möchte. Das verwirrt mich sehr.

Ich nehme mich zusammen. Was würden die anderen Passagiere sagen, wenn ich mich zu solchen Ausfällen hinreißen ließe? Und überhaupt, woher weiß ich, dass diese junge Frau nicht jeden Reiz verlöre, wenn ich sie von vorne sähe. Ich denke an einen Ausspruch von Dir: »Wer einer Frau den Kopf verdrehen will, sage ihr, sie habe ein schönes Profil.« In diesem Fall wird aber mir der Kopf verdreht.

Der Zug wird langsamer. Wir treffen in Paris ein. Die junge Frau wendet sich leicht in meine Richtung. Dieses Dreiviertelprofil ist noch um ein Vielfaches schöner, als ich es mir hätte vorstellen können. Mein Herz schlägt. Bin ich bereits verliebt? Sie jedoch wirft mir einen bösen Blick zu. Sie muss gemerkt haben, wie ich sie während der gesamten Reise angestarrt habe. Wie kann ich sie um Verzeihung bitten? Wie kann ich sie wiedersehen?

Sie steht auf, nimmt einen Koffer und versucht, eine große Hutschachtel aus der Ablage zu holen. Zu hoch. Ich will ihr helfen und greife unbeholfen danach. (Die Schachtel ist rund, nicht leicht zu fassen, und ich bin darin nicht sehr geübt.) Die Schachtel fällt ihr beinahe auf den Kopf. Sie lacht. Ich springe auf den Bahnsteig und reiche ihr die Hand, um ihr beim Aussteigen behilflich zu sein.

Ich habe es geschafft.

Louis hatte geschwankt, ob er den Brief an beide Eltern richten sollte, dann aber wegen des heiklen Themas beschlossen, sich nur seinem Vater anzuvertrauen. ›Er wird schon wissen, was er der Mutter vom Inhalt des Briefes erzählt‹, dachte Louis.

»Mein Name ist Louis Naquet.« Mit diesen Worten hatte er sich an das Mädchen gewandt. Erst jetzt fielen ihm ihre mandelförmigen grünen Augen und ihre hohe, schlanke Gestalt auf.

»Ich heiße Élise«, erwiderte sie, »Élise Lichentin.«

»Darf ich Sie begleiten?«, fragte er. »Ich helfe Ihnen gerne mit Ihrem schweren Gepäck.«

»Nun, Ihr eigenes Gepäck scheint auch nicht gerade leicht zu sein.«

»Das stimmt«, sagte Louis, »aber ich bin daran gewöhnt.« Damit schulterte er seinen riesigen Militärrucksack und griff mit jeder Hand einen von Élises Koffern. Schweigend schritten sie den Bahnsteig entlang und wechselten nur verstohlene Blicke.

Erst am Bahnhofsausgang ergriff Élise wieder das Wort:

»Vielen Dank für Ihre Hilfe! Jetzt komme ich allein zurecht. Ich nehme gleich eine Droschke. Danke sehr.«

Louis meinte in ihrem Blick zu lesen, dass sie nichts dagegen hätte, den Abschied noch ein wenig hinauszuzögern, und fasste sich ein Herz. »Darf ich mit Ihnen fahren?«

Am liebsten hätte er sich auf die Zunge gebissen. Gewiss war er zu weit gegangen. Sie hatte sich doch schon von ihm verabschiedet. Wieso wagte er es, sie weiter zu belästigen?

Doch dann traute er seinen Ohren kaum. Sie lächelte und sagte: »Warum nicht? Wohin müssen Sie denn?«

»Nach Vincennes. Aber erst später.«

Auch während der Fahrt sprachen sie nicht viel. Die Gegenwart des Fahrers machte sie verlegen.

»In welcher Etage wohnen Sie?«, fragte Louis, als sie ausstiegen.

»Die Wohnung meiner Eltern ist im dritten Stock.«

»Dann werden Sie mir sicher erlauben, Ihnen die Koffer nach oben zu tragen.« Was hätte er gesagt, wenn sie nicht von der elterlichen, sondern von ihrer eigenen Wohnung gesprochen hätte? Wäre er dann so mutig gewesen, ihr dieses Angebot zu machen?

Élises Eltern waren zu Hause. Nachdem sie ihre Tochter umarmt und geküsst hatten, reichten sie Louis die Hand. Sie mochten um die sechzig sein. Élise war ein spät geborenes Kind.

Sie empfingen den fremden Begleiter ihrer Tochter mit großer Herzlichkeit. »Nichts freut uns mehr, als einen französischen Soldaten willkommen zu heißen, und erst recht in diesen Zeiten«, versicherten sie, und Louis spürte, dass sie es ehrlich meinten. »Kommen Sie herein«, forderten sie ihn auf. »Vielen Dank, dass Sie unserer Tochter geholfen haben.«

Beim Aperitif kam eine gelöste Stimmung auf. Olivier und Cathérine Lichentins offene, aufgeschlossene Art erleichterte es Élise, unbefangen mit dem wildfremden Mann zu plaudern, der ihr plötzlich in der elterlichen Wohnung gegenübersaß.

Auch der schüchterne Louis, der sich erst bei der Ankunft in Paris endlich ein Herz gefasst und Élise angesprochen hatte, taute in der lockeren Atmosphäre auf.

Louis und seine Gastgeber stellten zu ihrer Überraschung fest, dass beide Familien jüdischer Herkunft waren. Élise und ihre Eltern kannten die ungewöhnliche Geschichte der jüdischen Gemeinde von Bordeaux nicht und wussten daher nicht, dass Naquet dort ein traditioneller Name war. Louis hatte seinerseits noch nie den Namen Lichentin gehört und erfuhr zu seinem Erstaunen, dass die Familie aus dem Elsass stammte. Als das Elsass 1871 vom Deutschen Reich annektiert worden war, hatten die Lichentins ihre angestammte Heimat verlassen und sich in Paris niedergelassen, weil sie Franzosen bleiben wollten.

»Ich habe immer gedacht, Elsässer, ob Juden oder Nichtjuden, trügen deutsch klingende Namen«, warf Louis ein.

»Das stimmt«, bestätigte Olivier. »Unsere Familie hieß ursprünglich Lichtenstein. Doch als unsere Heimat dem deutschen Kaiserreich einverleibt wurde, wollten meine Eltern ihrer Treue zu Frankreich Ausdruck verleihen und änderten ihren Namen. So wurde aus Lichtenstein ein französisch klingender Name.«

Olivier erhob sich, forderte Louis auf, ihm zu folgen, und zeigte auf die große Wand des Salons gegenüber der Sitzecke, in der sie saßen. »Sehen Sie?« Er deutete auf einen ziemlich großen Flecken.

»Das ist mir schon aufgefallen«, entgegnete Louis, »es sieht aus, als ob der Anstreicher eine Ecke übersehen hätte.«

Cathérine lächelte. »Er hat die Ecke nicht angestrichen, weil wir ihn darum gebeten haben. Vielleicht kennt man das in Bordeaux nicht. Diese jüdische Tradition ist nach der Französischen Revolution in vielen Teilen Frankreichs in Vergessenheit geraten. Juden haben in ihren Häusern immer irgendeine Stelle unfertig gelassen, zur Erinnerung an die Zerstörung des Tempels in Jerusalem und als Ausdruck der Sehnsucht nach dem

Land unserer Väter. Wir haben wie viele ehemalige Elsässer die alte Tradition wieder aufgegriffen, doch wir meinen nicht Jerusalem damit, sondern unsere elsässisch-französische Heimat. Sehen Sie sich den Flecken genauer an, Herr Leutnant! Erinnert er Sie an etwas? Die Form des Fleckens ist nicht zufällig gewählt. Der Anstreicher hat eine Stelle frei gelassen, die der geografischen Form des Elsass entspricht. Eine Landkarte unserer alten Heimat!«

Als es Nachmittag wurde, musste Louis sich auf den Weg machen, um sich bei der Kommandostelle zu melden, ehe es weiterging an die Front. Diesmal erbot sich Élise, ihn zu begleiten. »Sie kennen sich doch in Paris nicht aus und wissen nicht, wie man mit der Metro nach Vincennes kommt.« Die Eltern nickten zustimmend und boten Louis ihr Gästezimmer an, damit er sich waschen und vielleicht auch umziehen konnte – eine Geste, die dazu beitrug, dass Louis sich bei dieser Familie, die er gerade erst kennengelernt hatte, schon fast heimisch fühlte.

Im Fort von Vincennes östlich von Paris waren das Hauptquartier der Armee und die städtische Kommandantur untergebracht. Louis war davon ausgegangen, dass er dort nur einige Formalitäten zu erledigen habe und gleich darauf zum Bahnhof weiterfahren müsse, um nach Verdun zurückzukehren. Deshalb hatte Élise beschlossen, auf ihn zu warten und ihn zum Bahnhof zu begleiten.

Zu seiner Überraschung erwartete Louis ein gänzlich anderer Befehl. Seine Einheit sollte verlegt werden, und man sagte ihm, er könne hier in Vincennes auf sie warten. Er solle sich nur regelmäßig auf der Kommandostelle melden.

Freudig erregt stellte Louis sein Gepäck in dem Zimmer ab, das ihm als Quartier zur Verfügung gestellt wurde, und eilte zu dem nur hundert Meter vom Festungstor entfernten Café, wo Élise auf ihn wartete. »Jetzt bin ich wieder an der Reihe, Sie nach Hause zu bringen«, sagte er strahlend.

Sie guckte ihn erstaunt an, schwieg einen Moment und sagte dann: »Nein, ich will nicht nach Hause. Wir könnten spazieren gehen und zusammen zu Abend essen. Danach dürfen Sie mich heimbegleiten. Ich möchte Sie ein wenig besser kennenlernen.«

Louis fragte sich, welche gute Fee ihn plötzlich mit ihren Gaben überschüttete. Niemals hätte er von sich aus gewagt, ihr einen solchen Vorschlag zu machen.

Nachdem die jungen Leute mit der Metro in die Stadt gefahren waren, gingen sie spazieren. Da es noch früh am Abend war, hatten die Restaurants noch nicht geöffnet.

»Gehen wir zum Eiffelturm«, schlug Élise schließlich vor. »Da oben gibt es ein beheiztes Café. Wir können die Aussicht genießen.«

»Eine gute Idee«, stimmte Louis zu, »aber wir fahren nicht mit dem Aufzug. Wenn wir zu Fuß hinaufgehen, wird uns warm werden.«

Beide waren wie berauscht und zu jedem übermütigen Streich bereit. Ausgelassen wie zwei Kinder, die der Fuchtel des Lehrers entronnen sind, liefen sie lachend die Stufen hinauf. Erleichtert stellten sie fest, dass man nur ein Drittel des Turms zu Fuß besteigen durfte. Doch auch diese etwa siebenhundert Stufen waren kein leichtes Unterfangen gewesen. Atemlos und glücklich standen sie in hundertzwanzig Meter Höhe und blickten auf die Stadt hinunter.

»Kommen Sie«, schlug Louis vor, »auch in dieser Etage gibt es ein Café.«

»Nein, jetzt will ich runterrennen.«

Louis blickte in ihre strahlenden grünen Mandelaugen. »Also los!«, rief er.

Als sie sich bald darauf in einem kleinen Restaurant gegenübersaßen, fühlten sie sich schon wie alte Bekannte. Sie konnten sich gar nicht schnell genug austauschen. Élise studierte Malerei und Kunst und hatte zwei ältere Brüder, die beide in der Armee dienten. Der eine war Flugzeugmechaniker, der andere bei der Marine. »Er steht im Kampf gegen die deutschen U-Boote«, betonte sie. Ihre ältere Schwester war mit einem Berufssoldaten verheiratet und hatte drei Kinder. Élises Eltern hatten sich auf der Oberschule im Elsass kennengelernt. Ihre Familien hatten etwa zur gleichen Zeit ihre Heimat verlassen und waren nach Paris gezogen, wo sie sich wiedergetroffen hatten. Élises Vater war Elektriker, ihre Mutter Deutschlehrerin, wie viele andere ehemalige Elsässer, die in Frankreich Deutschunterricht gaben.

Der Abend verging wie im Fluge, doch um die letzte Metro nicht zu verpassen, mussten sie schließlich aufbrechen. Louis brachte Élise nach Hause. Er hatte sich vorgenommen, sie auf die Wange zu küssen, bekam aber im letzten Augenblick weiche Knie. Élise spürte zwar seinen unausgesprochenen Wunsch, beschloss aber, dass sie an diesem Abend schon genug unkonventionelle Initiative gezeigt hatte, und begnügte sich mit einem Händedruck.

Doch als Louis wie angewurzelt stehen blieb, nachdem sich ihre Hände voneinander gelöst hatten, pfiff sie auf die Konvention und sagte lächelnd: »Sie können mich morgen besuchen.«

»Gern«, fiel Louis ihr beinahe ins Wort, »um welche Zeit?«

»Kommen Sie zum Mittagessen. Meine Mutter wird bestimmt nichts dagegen haben«, sagte sie immer noch lächelnd und ging zur Haustür.

Louis war so aufgeregt, dass er den ganzen Weg zur Metro rannte und hüpfte. Inzwischen regnete es in Strömen. ›Wenn ich tanzen könnte‹, fuhr es ihm durch den Kopf, ›würde ich mitten auf der Straße im Regen tanzen‹.

Nachts konnte er vor Aufregung nicht einschlafen. Seine Stimmung schwankte zwischen der Besorgnis, dass er am nächsten Tag wegen der schlaflosen Nacht keine gute Figur machen würde, und dem Glück über die Gefühle, die ihn bestürmten. Schließlich setzte er sich an den Schreibtisch und schrieb seinem Vater.

Als er am nächsten Morgen viel zu früh erwachte, fragte er sich, wie er die Zeit bis zum Mittagessen überstehen sollte. Was konnte er bis dahin machen? Nichts. Einfach gar nichts. Aufs Lesen konnte er sich nicht konzentrieren. Durch Paris laufen? Nein, allein hatte er keine Lust. Von jetzt an wollte er nur noch mit Élise spazieren gehen.

Schade nur, dass er keine Zivilkleidung mit sich führte. Bei allem Stolz auf die Uniform fand er, dass zivile Kleidung besser zu einem Rendezvous passte. Dann fiel ihm der Brief an den Vater ein, der immer noch in seiner Tasche steckte. Er setzte sich in seinem bescheidenen Zimmer in der Kaserne hin, griff nach Feder und Papier und versuchte, den nächtlichen Brief fortzusetzen. Doch er war zu aufgewühlt, um seine Gedanken geordnet zu Papier zu bringen. Er steckte den Brief wieder ein.

25

Frankreich

— Frühjahr 1917 —

Zwei Wochen später saß Louis wieder im Schützengraben. In seinem Bataillon herrschte beklommene Spannung. Sie waren mit einem Großteil der Armee an die neue Front am Chemin des Dames nordwestlich von Reims verlegt worden. Gerüchte sprachen von einer Million französischer Soldaten, die hier konzentriert worden waren. Die laue Frühlingsluft und das milde Wetter konnten ihre bange Stimmung nicht vertreiben. Obwohl aufgrund der strengen Geheimhaltung keine Informationen zu ihnen durchdrangen, spürten alle, dass die Tage des Abwartens die Ruhe vor dem Sturm waren.

An Louis' Frontabschnitt hatten die Vorbereitungen schon begonnen. Im Schutz der Nacht wurden immer mehr Geschütze herangeführt, die nächtlichen Geräusche waren nicht zu überhören.

Eines Tages sprach sich herum, dass sich der Befehlshaber der neuen Artilleriestellungen zu einem Koordinierungsgespräch mit dem Bataillonsführer treffen würde. Solche Gespräche zwischen den Artillerie- und Infanteriekommandeuren waren Routine, doch diesmal erregte der Besuch Aufsehen.

Gérard war der Erste, der Louis davon erzählte. »Weißt du, wer der Artilleriekommandeur ist, der den Chef besucht? Du wirst es nicht glauben: Hauptmann Alfred Dreyfus! Ich wusste gar nicht, dass er noch lebt. Ich dachte, er hätte den aktiven Dienst längst quittiert. Stattdessen ist er zum Oberstleutnant befördert worden!«

Louis wurde von wachsender Erregung gepackt. ›Was für eine Geschichte‹, dachte er. ›Dreyfus, der Held des großen Dramas! War er wieder eingezogen worden? Warum auch nicht, viele pensionierte Militärs – wie auch Philippe Pétain – waren noch einmal in den Krieg gezogen.‹

Louis schloss sich den anderen Offizieren und Soldaten an, die sich vor dem Bunker des Bataillonsführers drängten. Bald darauf traten die beiden Kommandeure heraus, um die Stellungen in Augenschein zu nehmen. Ja, das war er tatsächlich! Louis fühlte sich sogleich an die alten Bilder von ihm erinnert, derselbe Schnurrbart, derselbe Kneifer.

»Schau dir das an«, sagte Gérard.

Als die beiden Kommandeure und ihre Entourage näher kamen, bahnte sich Louis einen Weg durch die Menge, trat auf Dreyfus zu, nahm Haltung an und salutierte zutiefst ergriffen. Dreyfus grüßte zurück, gab ihm die Hand und ging weiter. Louis wusste sich vor Freude kaum zu fassen. ›Das werde ich meinen Eltern schreiben, und zwar sofort‹, beschloss er.

Doch zunächst schrieb er an Élise. Erst nachdem er ihr seine Erlebnisse ausführlich beschrieben und seine Liebe beteuert hatte, machte er sich endlich daran, auch seinen Eltern zu berichten.

Er zog den ersten, mittlerweile schon zerknitterten Brief an seinen Vater aus der Tasche und lächelte in sich hinein. ›Schau her‹, dachte er, ›darin habe ich noch geschrieben, dass ich mich in die Nase eines Mädchens verliebt habe. Heute weiß ich, dass ich in das ganze Mädchen verliebt bin, nicht nur in seine Nase. In den ganzen Menschen, nicht nur in die äußere Erscheinung.‹ Und schon nahm er die Feder zur Hand und fing an, beiden Eltern von den zwei Wochen zu erzählen, die er mit Élise in Paris verbracht hatte. Seine Liebe zu ihr hatte ihn verwandelt. Er war nicht mehr zu schüchtern und ängstlich.

Er berichtete ausführlich über seine Erlebnisse mit Élise, beschrieb sie als eine Frau, die er bewunderte, erzählte von ihren Eltern, ihrer Herkunft, ihren Berufen und ihrem herzlichen Verhältnis zu ihm. Von den Mahlzeiten im Hause Lichentin, von seinen Abenteuern mit Élise in der großen Stadt. Doch bei aller Offenheit und Begeisterung setzte er sich Grenzen. Er deutete nicht einmal entfernt einen körperlichen Kontakt, geschweige denn eine sexuelle Beziehung zwischen ihm und Élise an. Was er geschrieben hatte, ging weit genug. Er hatte ihnen sogar offenbart, dass er Élise liebte. Dass auch sie ihm ihre Liebe gestanden hatte, traute er sich nicht zu schreiben.

Es gab Dinge, an die er sich kaum zu erinnern wagte. Wie ungeschickt und unsicher hatte er sich bei der ersten körperlichen Annäherung angestellt! Élise hingegen wirkte ihrer selbst sehr sicher und flößte in ihrer ruhigen Art auch ihm Vertrauen ein. Dabei hatte sie gar keine Erfahrung auf diesem Gebiet. »Bisher habe ich nur einen oder zwei Jungen geküsst, das war alles«, gestand sie ihm.

Doch sie hatte seine Schüchternheit schnell durchschaut. Er fürchtete, nicht gut genug für sie zu sein. Und so war ihr klar, dass sie zumindest in der ersten Phase die Stärkere sein musste. Und wie recht sie hatte! Louis kam nicht umhin, sich an seine zwiespältige Erfahrung mit Madame Poirier zu erinnern, obwohl er sich redlich bemühte, die Erinnerungen an ihre Berührungen zu verdrängen. Was hatte Madame Poirier mit Élise zu tun? Élise liebte er, mit Élise ging es nicht um eine rein sexuelle Affäre und vor allem nicht um eine einseitige Angelegenheit. Bei Élise musste er sich würdig erweisen.

Und Madame Poirier war nicht sein einziges Problem … Trotz oder vielleicht wegen seiner mangelnden Erfahrung hatte Louis Gespräche unter seinen Altersgenossen über sexuelle Themen immer gespannt verfolgt und sein Wissen auch mithilfe der modernen französischen Literatur bereichert. Er war intelligent genug, um die Spreu vom Weizen zu trennen, und hatte zumindest theoretisch begriffen, dass Liebe auf Gegenseitigkeit beruht und dass man sich um eine solche Liebe ständig bemühen muss, damit sie nicht zur bloßen Gewohnheit wird. Dennoch gab es einen Unterschied zwischen Theorie und Praxis. Louis gestand sich ein, dass er sich nicht immer beherrschen konnte. Es schmerzte ihn besonders, wenn er den Höhepunkt zu früh erreichte. Er ahnte nicht einmal, wie geduldig Élise mit ihm war, um seinen Stolz nicht zu verletzen. Sie wusste, dass sie warten konnte und empfand seine schnellen Ergüsse wie einen kindlichen Übereifer, der sich ihrer Liebe bald fügen würde.

Aber woher sollte Louis wissen, ob er sie wirklich und wahrhaftig liebte? Vielleicht war alles nur ein sinnlicher Rausch, der allmählich verebben würde, wie erfahrene Freunde ihm erzählt hatten. Gérard hatte ihm einmal gestanden: »Wenn ich mit einer Frau schlafe, glaube ich fest daran, dass ich bis über beide Ohren in sie verliebt bin. Doch sobald mein Verlangen gestillt ist, schwindet meine Begeisterung. Meine Gedanken wandern zu anderen Dingen, die nichts mit der Frau zu tun haben, mit der ich im Bett liege. Und glaube mir, ich rede nicht von Prostituierten. Wenn ich eine Frau auch danach noch begehre, wenn ich bei ihr bleiben will und mich nach ihrer Nähe sehne, erst dann werde ich wissen, dass ich wirklich verliebt bin. Und wenn ich nach dem Akt mit ihr über meine Gefühle reden kann und sie mit mir über die ihren, kann ich hoffen, dass es mehr als eine flüchtige Beziehung ist. Wenn es so weit ist, dass ich nichts mehr fürchte als eine Trennung von ihr, dann ist es wahre Liebe. Aber das habe ich noch nie erlebt. Vielleicht gibt es gar keine Liebe, und ich bilde mir das alles nur ein.«

Louis hatte den Kopf geschüttelt. Nein, die Liebe war keine Einbildung, wie Gérard glaubte. Sie war ihm nur noch nicht begegnet. Doch ihm, Louis, war dieses seltene Geschenk zuteil geworden, und er nahm es dankbar und glücklich an.

Aber diese Dinge konnte er seinen Eltern nicht schreiben. Er hatte ihnen berichtet, dass er verliebt war, und das musste genügen. Stattdessen beschrieb er die Begegnung mit Dreyfus. Sobald der lange Brief fertig war, schickte er ihn ab, ohne ihn noch einmal zu lesen. Insgeheim befürchtete er, dass er sein Liebesgeständnis bereuen und auch diesen Brief nur in der Tasche mit sich herumtragen würde.

In den nächsten Wochen fand Louis kaum Zeit zum Schreiben. Am 16. April begannen die Franzosen unter ihrem neuen Oberbefehlshaber Robert Nivelle eine ebenso massive wie sinnlose Offensive wie vor einem Jahr die Deutschen bei Verdun. »Innerhalb von 48 Stunden«, so hatte die französische Führung versprochen, werde der Krieg jetzt vorbei sein. Den 7000 Geschützen, den Luftangriffen, die jetzt hinzukamen, und den 200 »Tanks« der Franzosen und Engländer könnten die Deutschen nicht standhalten.

Tatsächlich erlitten die Deutschen schwere Verluste, auch ihre Truppen waren am Ende der Kräfte, doch es gelang ihnen, ihre Verteidigungslinien auf dem Höhenzug zu halten. Die französische Führung hatte (ebenso wie vorher die deutsche) die Abwehrkraft des Stacheldrahts und der Maschinengewehre weit unterschätzt. Das neue, tragbare deutsche MG 08/15 mähte die ungeschützten Infanteristen zu Hunderten nieder, und die überwiegende Mehrzahl der neuen französischen »Schneider-Tanks« wurde durch Artilleriefeuer zerstört, ehe sie überhaupt in den Kampf eingreifen konnten. Es gab keinen Soldaten, der während der vierwöchigen Kämpfe nicht zumindest leichte Verwundungen davontrug. Die medizinische Versorgung brach völlig zusammen.

Auch Louis hatte es ein paarmal erwischt. Sein ganzer Körper fühlte sich an wie eine einzige Wunde. Zum Glück waren seine Verletzungen nur oberflächlich. Doch die Erbitterung, die er und seine Kameraden empfanden, war alles andere als oberflächlich. Die französische Führung musste zugeben, dass es bei einigen Regimentern zu Meutereien gekommen war, und ließ brutale Erschießungen vornehmen.

Den Befehl zum Abbruch der Offensive erteilte der neue Oberbefehlshaber Philippe Pétain. Er ordnete nicht nur die Einstellung der Sturmangriffe, sondern auch eine Verbesserung der Lebensbedingungen der Truppen an. Im Zuge dieser Maßnahme wurde vielen Frontkämpfern ein Heimaturlaub bewilligt.

Auf diese Weise kam Louis im Kriegsjahr 1917 zum zweiten Mal in den Genuss eines dreiwöchigen Urlaubs. Diesmal beschloss er, nicht nach Bordeaux zu fahren, sondern die Zeit in Paris zu verbringen. Élise schrieb ihm, dass ihre Eltern ihn einluden, bei ihnen zu wohnen – »natürlich im Gästezimmer«. Neben diese Worte hatte sie ein ironisch lächelndes Gesicht gezeichnet.

Louis wurde von einer Welle des Glücks überschwemmt. Plötzlich tat ihm nichts mehr weh. In dem Lastwagen, der ihn und seine Kameraden zum Zug nach Paris brachte, wurde noch Post verteilt, die wegen der schweren Kämpfe an der Front wochenlang liegen geblieben war. Louis, der seit dem Ende der Offensive einige Briefe von Élise bekommen hatte, erhielt auf einmal einen ganzen Stapel Post. Sie hatte ihm offenbar täglich geschrieben. Welche Freude! Nun konnte er die ganze Reise nach Paris lesend verbringen! Ein besonders dicker Brief war von seinem Vater. Früher hätte er sich darauf gestürzt, doch nun ging Élise vor. Erst nachdem er ihre Briefe zum zweiten und dritten Mal gelesen hatte, öffnete er den Brief von zu Hause.

Lieber Louis,

der Brief, in dem Du von Élise erzählst, ist gerade hier eingetroffen. Selbst wenn Du die Sehergaben unserer biblischen Propheten besäßest, hättest Du keinen besseren Zeitpunkt wählen können, um mir zu schreiben. Dass Dein Brief mich gerade jetzt erreicht, erscheint mir wie ein Wunder. Du kannst Dir nicht vorstellen, welches Geschenk Du mir damit gemacht hast. Élise, ja, Deine Élise, die ich gar nicht kenne, sie ist das Geschenk. Das höchste Glück für mich.

Louis, mein über alles geliebter Sohn! Bei Deinem letzten Besuch zu Hause habe ich Dir angesehen, dass Du mein ver-

ändertes Aussehen wahrgenommen hast. Diskret und zurückhaltend, wie Du bist, hast Du geschwiegen und auch Deiner Mutter und Deinen Schwestern nichts davon gesagt.

Doch ich habe Deinen Blick gesehen und die Gefühle geahnt, die Dich bewegten. Ja, Louis, das ist ein Abschiedsbrief. Wenn dieser Brief Dich erreicht, bin ich nicht mehr am Leben.

Eine unheilbare Krankheit zerstört meinen Körper. Ich kann nicht mehr arbeiten. Ich kann meiner Familie keine Stütze mehr sein. Bliebe ich am Leben, würde ich Euch nur zur Last fallen. Alle, auch ich selbst, würden darunter leiden. Und selbst dann wären meine Tage gezählt. Ich habe daher beschlossen, meinem Leben ein Ende zu setzen. Das wollte ich Dir gerade mitteilen, doch anstatt Dir voll Schmerz und Trauer zu schreiben, greife ich jetzt mit einem lachenden und einem weinenden Auge zur Feder. Ja, der Schmerz ist da, doch auch die Freude. Ein Glück im Augenblick des Scheidens, das nur Du mir schenken konntest.

Ich bitte Dich, diesen Abschiedsbrief für Dich zu behalten. Élise kannst Du ihn zeigen, aber nicht Deiner Mutter oder Deinen Schwestern. Du bist der Einzige, der einen solchen Brief von mir erhält.

Gewiss, da Du in weiter Ferne weilst, hätte ich gar keine andere Möglichkeit gehabt, als mich auf diesem Wege von Dir zu verabschieden. Deine Mutter und Deine Schwestern sind bei mir, ihnen kann ich von Angesicht zu Angesicht Lebewohl sagen. Doch selbst wenn Du zu Hause wärst, selbst wenn ich mich von Dir so verabschiedet hätte wie von den anderen Mitgliedern unserer Familie, hätte ich Dir geschrieben. Dir und nur Dir. Denn was ich Dir zu sagen habe, betrifft Dich allein. Dazu kommt das Gefühl, dass ich nie genug mit Dir gesprochen habe. Seit Deiner Kindheit wünschte ich mir einen ständigen Dialog mit Dir, was natürlich unmöglich ist. Außerdem wollte ich Dir nicht zur Last fallen. Ich habe immer gern und viel geredet. Warum sollte ich Dir mit meiner

Schwatzsucht auf die Nerven gehen? Und Du, ein grüblerisches Kind, der geborene Intellektuelle, der immer mit seinen Gedanken beschäftigt ist, hast es mir nicht leicht gemacht. In unseren viel zu seltenen Gesprächen ging es nie um persönliche Dinge, nie um das Verhältnis zwischen uns beiden und um unsere Beziehungen zu anderen Menschen. War es richtig, dass ich mich im Umgang mit Dir so zurückgehalten habe? Vielleicht für Dich, doch mir hat die innere Verbindung zu Dir immer gefehlt. Und jetzt, jetzt will ich endlich versuchen, die Kluft zwischen uns wenigstens ansatzweise zu überbrücken. Ich möchte zum ersten und zum letzten Mal einen winzigen Teil von dem nachholen, was ich mir immer versagt habe.

Ich liebe Deine Mutter und Deine Schwestern von ganzem Herzen. Zu Deiner Mutter war es Liebe auf den ersten Blick. (Sie brauchte etwas länger, um sich auf mich einzulassen, ganz einfach, weil sie klüger und weniger voreilig ist …) Es war am Abend des 14. Juli. Auf der Place de la République herrschte wie jedes Jahr ein fröhliches Treiben. Sogar jetzt im Krieg bricht an diesem Tag trotz der gedrückten Stimmung die Festesfreude durch … Das Volk tanzte zu den Klängen des Akkordeons. Auf der Suche nach einer Tanzpartnerin umringten die Burschen die Scharen junger Mädchen, die sich noch zierten, aber durch verstohlene Blicke zu verstehen gaben, dass sie gar nicht so abgeneigt waren. Und da merkte ich, dass mich eines der Mädchen, von seinen Freundinnen umgeben, ganz offen ansah. Oder war es nur Wunschdenken? Ehrlicherweise muss ich zugeben, dass ich sie als Erster angestarrt hatte. Ein schmales Geschöpf mit schlanken Beinen, schwarzen Haaren, die ihr bis auf die Schultern hingen, und riesengroßen braunen Augen, die im Sonnenlicht ins Grünliche changierten. Augen wie … Ja, wie die Deinen! Mein Puls ging schneller. Plötzlich versank alles um mich – die Freunde, die Tänzer, der ganze 14. Juli. Ich sah nur noch dieses Mädchen. Einen Augenblick schoss mir der Gedanke durch den Kopf: Sie ist keine Jü-

din, das sieht man gleich (frag mich nicht, wie man so etwas sieht). Meine armen Eltern werden sich auf die Zunge beißen, wenn ich sie mit nach Hause bringe. Letzten Endes ist ihnen dieser Kummer erspart geblieben, weil Josianne sich als Jüdin entpuppte. Mir wäre es gleich gewesen, doch ich war froh, dass ich meine alten Eltern nicht zu kränken brauchte.

Seitdem liebe ich Deine Mutter mit jeder Faser meines Herzens. Ich hänge an ihr, als wären wir siamesische Zwillinge. Die Geburt Deiner Schwestern war für mich jedes Mal so etwas wie der Anbeginn der Schöpfung. Ein grenzenloses Glück. Ich liebe jede von ihnen, wie ein Vater nur lieben kann. Doch Du, Louis, bist für mich etwas Einzigartiges, das über die Liebe des Ehemanns und Vaters hinausgeht. Dich liebe ich mehr als alle anderen Menschen auf der Welt. Ich hätte nie gedacht, dass ein menschliches Herz eine solche Liebe fassen kann. Alles, was Dich betrifft, bewegt mich zutiefst. Wenn Du froh bist, freue ich mich mit Dir, wenn Du leidest, bin ich so traurig, als sei meine Welt über mir zusammengebrochen.

Seit Anfang des Krieges lebe ich in ständiger Angst. Ich habe das Gefühl, dass seitdem mein Blutdruck gestiegen ist, ohne sich je wieder zu normalisieren. Mir ist, als sei ich an Deiner Seite und hörte die Kugeln um Deinen Kopf pfeifen. Ich bange um Dich, bange um Dein Leben. Wer weiß, ob diese ständige innere Unruhe die Entwicklung meiner Krankheit nicht begünstigt hat. Ich bemühe mich nach Kräften, mir nichts anmerken zu lassen, vor allem Deiner Mutter und Deinen Schwestern gegenüber. Ob mir das gelingt, weiß ich nicht, aber da wir alle, insbesondere Deine Mutter, uns dauernd Sorgen um Dich machen, sind wir stillschweigend übereingekommen, dieses Thema zu meiden. Was nützt es, darüber zu reden? Damit geben wir nur den Ängsten neue Nahrung. Gewiss, ich bin nicht der einzige Vater, der um seinen Sohn an der Front bangt. Es gibt Millionen Väter wie mich. Doch mein subjektives Gefühl ist eben, dass ich mehr um Dich bange als jeder andere Mensch. Mehr als jeder Vater und jede Mutter, deren Kind in Gefahr schwebt, im Krieg zu fallen oder verwundet zu werden.

Über Deine Geburt haben wir Dir einiges erzählt, aber Du hast noch nicht alles gehört. Obwohl die Geburt Deiner Schwestern uns mit unbeschreiblicher Freude erfüllte, haben wir uns insgeheim auch einen Sohn gewünscht. Warum einen Sohn, fragst Du? Deine Mutter und ich halten uns für liberale, vorurteilslose Menschen. Die Gleichberechtigung der Geschlechter steht für uns außer Frage. Wie Du weißt, sind wir nicht religiös. Die jüdische Religion ist für uns keine Glaubenssache, sondern Teil unserer Kultur und unseres gesellschaftlichen Lebens. Es ging uns nicht darum, einen Sohn zu zeugen, der eines Tages über unserem Grab das Kaddisch sagen wird. Die Vorstellung, dass ein Sohn der Familie Ehre bringt oder dass er seine Eltern im Alter unterstützen muss, ist uns fremd. Wir wünschten uns nur, außer Töchtern auch einmal einen Sohn zu haben. Für uns war eine bunt gemischte Familie mit Söhnen und Töchtern so etwas wie ein Idealbild. Wir sprachen nie darüber, damit es nicht so klang, als seien wir nicht glücklich über die Geburt unserer Töchter. Nach der Geburt Deiner jüngsten Schwester sagte ich zu Deiner Mutter, wir sollten es dabei belassen. Schließlich waren wir doch mit unseren drei Mädchen überreich beschenkt. Deine Mutter stimmte zu, doch nur zum Schein. Zehn Jahre nach der Geburt von Françoise sprach sie wieder von einem vierten Kind, doch ich fühlte mich zu alt, um noch einmal ein Baby großzuziehen. Außerdem war es mir ein wenig peinlich, mit über vierzig wieder Vater zu werden. Ich hätte schon Großvater sein können. Wie sieht das aus, ich in meinem Alter mit einem Säugling, der nicht mein Enkel ist, sondern mein eigenes Kind? Doch Deine Mutter ließ mir keine Ruhe. Ich fragte sie: »Woher weißt du, dass es diesmal ein Sohn wird?«, und sie sagte: »Hauptsache, wir bekommen noch ein Kind. Ich bin auch nicht mehr die Jüngste. Das ist meine letzte Chance, ein Kind zur Welt zu bringen, und wenn es wieder eine Tochter wird, werde ich mich genauso freuen.«

Während der ganzen Schwangerschaft Deiner Mutter plagte mich ein Gefühl des Unbehagens. Eine Art Furcht vor dem Ungewissen. Ja, ich gebe es zu, es waren nicht nur die Bedenken wegen der zusätzlichen Belastung und Verantwortung, sondern auch die Befürchtung, mich lächerlich zu machen.

Die Geburt Deiner Schwestern habe ich nicht miterlebt. Ich saß im Wartezimmer neben dem Entbindungsraum, bis die Hebamme herauskam, um mir die frohe Nachricht zu überbringen, und ging erst dann zu Deiner Mutter hinein. Diesmal bestand Deine Mutter darauf, dass ich vom Beginn der Wehen bis zur Geburt bei ihr blieb – zum großen Erstaunen der Hebamme, die es jedoch nicht wagte, sich einzumischen.

Anfangs hatte ich nur Augen für Deine Mutter. Ich hielt ihr die Hand, wischte ihr den Schweiß von der Stirn und bangte bei jeder Wehe um sie, als wäre sie sterbenskrank. Doch plötzlich wurde das Köpfchen sichtbar, eine rötliche Kugel mit geschlossenen Augen, nicht größer als ein Granatapfel, und dann folgte, mithilfe der Hebamme, Dein kleiner Körper. Du fingst sofort an zu schreien, und ich stand da und starrte Dich wie verzaubert an. Ein winziges, strampelndes Wesen, das aus Leibeskräften schrie und puterrot anlief, als sei es empört darüber, dass man es aus der Geborgenheit des Mutterschoßes herausriss. Einen Augenblick lang vergaß ich Deine Mutter und ihre Schmerzen. Meine albernen Bedenken wegen dieser »unschicklichen« Geburt und den Mühen der Aufzucht eines neuen Säuglings waren verflogen. Mir war es vollkommen gleichgültig, ob man darüber lächeln würde, dass ein Mann in meinem Alter noch Vater wurde. All das war vergessen, und zwar nicht nur in diesem Moment, sondern für immer.

Eine Welle der Euphorie überschwemmte mich. Ich konnte

die Augen nicht von Dir abwenden. Vom ersten Blick an war ich in Dich verliebt. Es war totale, bedingungslose Liebe. Ich musste mich von Deinem Anblick regelrecht losreißen, denn Deine Mutter hatte noch immer Schmerzen. Ich küsste sie zärtlich. Meine Lippen glitten über ihre schweißfeuchte Stirn. Erst dann hörte ich die Stimme der Hebamme, die damit beschäftigt war, Dich zu waschen. »Ein Sohn!«, sagte sie. »Sie haben einen Sohn!«

Ach richtig! Deine Mutter und ich brachen in Lachen aus. Wir fühlten uns wie beschwipst vor Glück. Auf das Geschlecht des Kindes hatten wir in der Aufregung gar nicht geachtet. Das winzige Geschöpf hatte mit seinem ersten Schrei unser Herz erobert. Dann sagte Deine Mutter zu mir: »Lucien, da wir jetzt einen Jungen haben, können wir uns einen Namen überlegen.«

»Was schlägst du vor?«, fragte ich, und sie antwortete: »Ich habe Napoleon immer sehr bewundert, sollen wir ihn Napoleon nennen?«

»Das klingt albern«, wandte ich ein. »Man kann doch einem Kind nicht einen so pompösen Namen aufbürden. Aber wenn du historische Vorbilder vorziehst, warum dann nicht den Namen eines französischen Königs? Wie wäre es mit Louis? Schließlich hatten wir achtzehn Könige dieses Namens und noch einen, der Louis Philippe hieß.«

»Ja, das ist gut«, stimmte Deine Mutter zu, »ein Königsname für unseren Prinzen. Wunderbar.«

Bei Deiner Beschneidung wollte unser alter Rabbiner Tolède, den Du nicht mehr kennengelernt hast, Dir auch einen jüdischen Namen geben. »Wenn schon ein Königsname«, sagte der Rabbiner, »warum nicht David, nach dem größten König des Volkes Israel?« Ich muss gestehen, dass ich an jenem Morgen etwas nervös war. Die Beschneidungszeremonie machte mir Angst. Ich fürchtete den Schmerz, den man Dir zufügen würde. Dir, einem so kleinen, hilflosen Wesen!

»Wo denken Sie hin«, sagte ich deshalb unwirsch zu dem alten Rabbiner. »Der Junge ist Franzose, er wird mit Stolz einen berühmten französischen Namen tragen, dem braucht man nichts hinzuzufügen.«

Heute denke ich, dass ich mich lächerlich benommen habe, und nicht der alte Rabbiner Tolède. Aber das ist jetzt nicht wichtig. Solche Dinge werden Dich wenig interessieren, wenn Du in einem dieser schrecklichen Schützengräben sitzt.

Ja, Louis, ich war auf den ersten Blick in Dich verliebt und bin es bis heute. Jede Phase in Deinem Leben, jedes Stadium Deiner körperlichen und geistigen Entwicklung versetzte mich in andächtiges Staunen. Dein Lächeln, das schon damals mein Herz schmelzen ließ, wurde von Jahr zu Jahr unwiderstehlicher.

Ja, auch heute, da Du erwachsen bist, ein Soldat, nein, ein Offizier, der gekämpft und gelitten hat, der in mancher Hinsicht reifer ist als ich, ist Dein Lächeln für mich der Gipfel der Seligkeit! Ein spontanes Lächeln, das aus tiefster Seele kommt und ein Glück und eine Freude ausdrückt, die nicht reiner und argloser sein könnten. Es schien unendlich lang zu dauern, bis es so weit war, dass ich mich mit Dir unterhalten konnte, obwohl Du ziemlich früh gesprochen hast. Du konntest Dich schon ausdrücken und sogar Fragen stellen, als andere Kinder Deines Alters nur wenige Worte stammelten. Das Bedürfnis, mit Dir zu reden, ließ mir keine Ruhe. Als heranwachsender Junge musstest Du Dir endlose Geschichten und weitschweifige Vorträge über alle möglichen Themen anhören. Vielleicht wollte ich nachholen, was ich bei dem langen Warten auf den verbalen Austausch mit Dir versäumt hatte. Ich konnte mit Dir reden wie mit einem Erwachsenen.

Je länger ich schreibe, desto mehr Erinnerungen bestürmen mich. Was warst Du für ein sensibles Kind! In sich gekehrt und hochsensibel. Ich weiß noch, wie ich mit Dir im Parc Bordelais spazieren ging. Am Rande des Parks gab es eine Quelle, und wenn wir dorthin kamen, sang ich Dir das Lied »À la claire fontaine« *vor. Bei der Strophe*

Sing, Nachtigall, sing,
Froh ist dein Herz.
Du jubelst vor Freude,
Ich weine vor Schmerz.

stiegen Dir schon die Tränen in die Augen, und bei dem Refrain

Ich hab dich geliebt
Seit langer Zeit,
Vergessen werd ich dich nie.

fingst Du an zu weinen und sangst mit mir zusammen das letzte Wort, ein langgezogenes »niiiiiiie«, das Dich in tiefe Melancholie versinken ließ. Und mich mit Dir. Zwanzig Jahre ist es her, dass ich Dir dieses süße und traurige Lied vorgesungen habe, und ich summe wieder und wieder die eine Zeile vor mich hin: Vergessen werd ich dich nie …

Denkst Du, dass ich übertreibe? Dass ich mich zu sehr von Emotionen überwältigen lasse? Schon möglich. Aber eines kannst Du mir glauben: Dieser Gefühlsausbruch ist mehr als die Nostalgie, mit der man auf der Schwelle zum Tode auf sein Leben zurückblickt. Ich habe mit Dir nie darüber gesprochen, aber was ich hier zum Ausdruck bringe, sind meine wahren Empfindungen für Dich. Ich habe sie Dir nie gestanden und nur selten etwas davon preisgegeben. Erstens weil ich Dir nicht lästig werden wollte. Da ich meinen Gefühlsüberschwang kenne, habe ich mir immer Zurückhaltung auferlegt, nicht nur in Worten, sondern auch in Bezug auf meine Körpersprache. Zweitens sollten Deine Schwestern nicht fühlen, dass meine Liebe zu Dir etwas Einzigartiges ist. Eine Liebe, wie sie normalen Sterblichen nur in seltenen Glücksfällen zuteil wird. Und das, liebster Louis, ist auch der Grund für meine Bitte, diesen Brief keinem Menschen zu zeigen – mit Ausnahme von Élise, vor der Du hoffentlich nie etwas geheim halten wirst. Es würde Deinen Schwestern und auch Deiner

Mutter wehtun, wenn sie davon erführen. Warum sollte ich ihnen aus dem Grab heraus unverdienten Schmerz zufügen?

Liebster Louis, kein Mensch hat mir so viel Lebensfreude geschenkt wie Du. Ich weiß nicht, ob ich Dir dafür danken soll. Kann man dem Sonnenstrahl danken, der durch die Wolken bricht?

Ich glaube fest an Dich, Louis. Du weißt jetzt, mit welcher Intensität ich Deine Entwicklung verfolgt habe. Klug warst Du immer schon. Und so verschlossen, dass Du nur schwer Kontakt zu Kindern Deines Alters gefunden hast. Doch Du hattest ein gutes Herz und einen hoch entwickelten Gerechtigkeitssinn. Was Dich vor allem auszeichnete, war eine schier unersättliche intellektuelle Neugier. Der Wille und die Begabung zum Lernen prägten jede Phase Deines Heranwachsens. Dazu kam auch eine erstaunliche körperliche Entwicklung. Deine Mutter und ich sind nicht besonders klein, doch Du hast uns bei Weitem überflügelt! Hochgewachsen, breite Schultern, ein kräftiger, muskulöser Körper und als Krönung ein Gesicht, das, auch wenn Du es Dir nie eingestanden hast, alle Frauenherzen bricht!

Wenn Dir etwas fehlt, dann ist es Selbstbewusstsein. In Dich gekehrt, wie Du von Natur aus bist, hast Du bisher noch nicht das Selbstbewusstsein entwickelt, das Deiner Begabung, Deinen Erfolgen und Deinem Äußeren entspricht. Ich habe den Eindruck, dass diesbezüglich dieser fürchterliche Krieg vielleicht etwas Gutes hat: denn Du bist daran gewachsen, bist Dir Deiner selbst bewusst geworden. Ich bin sicher, das wird sich im Laufe der Jahre noch verbessern, und zwar deshalb, weil Du allen Grund hast, selbstbewusst zu sein.

Muss ich deshalb befürchten, dass Du ins Gegenteil verfällst und ein übertriebenes Selbstgefühl entwickelst? Dass Du hochmütig oder arrogant wirst? Nein, das wird nicht geschehen, dessen bin ich mir sicher. Und ich will Dir auch sagen, warum. Weil Du eine der Eigenschaften besitzt, die meiner

Meinung nach ein Unterpfand für ein zufriedenes, erfolgreiches Leben sind: Deine Ausgeglichenheit. Du bist ein durch und durch ausgeglichener Mensch. Neigst nicht zu Extremen. Du bist besonnen. Ein denkender Mensch, der sich von der Vernunft leiten lässt. Nur wenige können das in diesem Maße von sich behaupten. Und deshalb glaube ich an Dich und Deine Zukunft und bete nur darum, dass Du aus diesem langen, schrecklichen Krieg unversehrt hervorgehst. Wenn Dir das gelingt, brauche ich mir über Deinen weiteren Lebensweg keine Sorgen mehr zu machen.

Aber es gibt etwas, was ich bis heute bei Dir vermisst habe. Im Gegensatz zu Deinen Altersgenossen hast Du bisher noch kein Mädchen nach Deinem Herzen gefunden. Dass Dir das fehlte, wusste ich längst. In dieser Hinsicht war ich ein wenig besorgt um Dich. Manchmal kamen mir sogar Zweifel an Deinem künftigen Glück und Erfolg im Leben. Ich wusste aber, dass ich dieses Thema nicht aufbringen durfte. Ich hätte Dich damit nur gekränkt und Dein Selbstbewusstsein als Mann beeinträchtigt. Sogar mit Deiner Mutter habe ich nur hin und wieder andeutungsweise darüber gesprochen.

Daher war der Brief, der mich heute erreichte, so ungeheuer wichtig für mich. Als ich las, was Du über Élise schreibst, floss mein Herz über. Fast möchte ich sagen, dass dieser Brief für mich die Erfüllung meines Lebens bedeutet. Er bestätigt mich in meinem Glauben an Deine glückliche Zukunft.

Ich nehme Abschied von Dir, Louis, dem Menschen, den ich am meisten geliebt habe. Wer dem Tod ins Auge sieht, legt vor sich Rechenschaft ab: Habe ich richtig gelebt? War mein Leben gut? Habe ich das Beste daraus gemacht? Wenn Du diese Fragen bejahen kannst, wirst Du ruhig und zufrieden aus der Welt scheiden. Und ich glaube wirklich, dass mein Leben – mit allen Höhen und Tiefen, die zum Los jedes Menschen gehören – erfüllt und glücklich gewesen ist.

Daher bitte ich Dich: Sei nicht traurig, wenn Du diesen

Brief liest. Lass Dich dadurch nicht betrüben. Dein Vater scheidet in Frieden. Und viel, sehr viel davon habe ich Dir zu verdanken. Du warst nicht nur ein vereinzelter Sonnenstrahl, der an einem kalten, grauen Wintertag die Wolken durchbricht. Du warst die Sonne meines Lebens. Vom Tag Deiner Geburt an bis zu meinem Tod. Lebe wohl, mein Liebster. Sei glücklich. Das ist meine größte und letzte Bitte an Dich.

Dein Vater Lucien

Schon nach den ersten Zeilen waren Louis die Tränen in die Augen gestiegen. Er entfernte sich von seinen Kameraden und fand einen Platz in einem Abteil mit Soldaten, die er nicht kannte, setzte sich mit dem Rücken zu ihnen auf seinen Eckplatz und las weiter. Er musste sich ständig die Augen wischen und die Nase putzen. Als er den Brief zum zweiten Mal gelesen hatte, konnte er nicht mehr an sich halten und fing an zu weinen. Ihm war, als würde der Tränenstrom nie versiegen. Nach einer Weile fasste er sich und brachte den Rest der langen Reise in sich gekehrt und schweigend zu. Alle seine Gedanken kreisten um den geliebten Vater. Er versank in Erinnerungen an zahllose gemeinsame Erlebnisse. Es gab tausend Dinge, über die er mit ihm hätte reden wollen. Wie sehr bereute er jetzt, dass er nicht mehr Zeit für Gespräche mit seinem Vater gefunden hatte, seinem besten Freund, den er niemals wiedersehen würde. Dann fiel ihm Élise wieder ein. Zum ersten Mal, seit er sie kannte, hatte er einige Stunden nicht an sie gedacht. Das war ihm nicht einmal auf dem Höhepunkt der Kämpfe passiert. Was sollte er tun? Konnte er jetzt wie geplant die nächsten drei Wochen mit ihr verbringen? Musste er nicht sofort nach Bordeaux fahren?

Am Bahnhof in Paris umarmte Élise ihn leidenschaftlich. Dass etwas mit ihm nicht stimmte, merkte sie sofort. Hatte die Hölle am Chemin des Dames ihn so verändert? War er deprimiert wegen seiner Verwundungen? Er war zwar auf sie zugerannt, hatte sie heftig an sich gedrückt und geküsst, und doch sah er aus, als sei etwas in ihm erloschen.

»Komm schnell nach Hause«, flüsterte sie ihm ins Ohr.

»Nein, lass uns erst ein paar Minuten in das Café hier am Bahnhof gehen.«

Im Café reichte er ihr wortlos den Brief. Élise las ihn langsam und gründlich. Sie spürte, wie sich ihre Kehle zusammenschnürte. Dann sagte sie mit erstickter Stimme: »Komm, Louis, wir gehen zur Post und schicken deiner Mutter ein Telegramm. Dann gehen wir nach Hause. Und morgen fahren wir zusammen nach Bordeaux.«

26

Im Schwarzwald

— Anfang 1917 —

Nach Weihnachten teilte die diensthabende Krankenschwester Ludwig mit, man werde ihm jetzt den Gips abnehmen. Er stieß einen Seufzer der Erleichterung aus, der jedoch sehr bald in schmerzliches Stöhnen umschlug.

Beim Durchsägen des dicken Gipsverbands trat ein knochendürres, mit gelblicher Haut überzogenes Bein zutage, und als er es bewegte, durchzuckte ihn ein heftiger Schmerz. Noch schlimmer war es, die Gelenke in Bewegung zu setzen. Er versuchte, das Knie zu beugen, und spürte einen Stich, als habe man ihm ein Messer ins Bein gestoßen. Durch die monatelange Ruhigstellung war das Knie völlig steif, wie eingerostet. »Da helfen nur warme Bäder und Gymnastik«, sagte die Schwester zu Ludwig. »Morgen werden Sie nochmals untersucht und danach in ein Erholungslager im Schwarzwald gebracht. Dort wird man Sie intensiv behandeln, dann können Sie ganz bald wieder an die Front.«

›Wie soll ich an die Front zurück‹, dachte Ludwig, ›wenn ich mein Bein nicht bewegen kann? Dass ich mit dem Bein bald wieder auftreten kann, ist undenkbar!‹ Und dennoch zog es ihn zu seinen Kameraden, denn keinesfalls wollte er als Drückeberger erscheinen. Er verbrachte eine schlaflose Nacht und sehnte sich nach seinem Gipsverband. Kaum war es ihm gelungen, endlich einzuschlafen, bewegte sich sein Bein im Schlaf und ließ ihn vor heftigen Schmerzen hochschrecken.

Am Morgen freute Ludwig sich auf ein warmes Bad, das seine Qual lindern würde. Im Krankenhaus gab es allerdings keine richtige Badewanne, nur einen Waschzuber, in den er sich hineinsetzen konnte. Als das verletzte Bein mit dem warmen Wasser in Berührung kam, ließen die Schmerzen sofort nach. Es gelang ihm sogar, behutsam die Gelenke zu bewegen. Eine Welle der Erleichterung überschwemmte ihn. Auch der Druck in den Schläfen, der durch die Angst vor den Schmerzen und die schlaflose Nacht verursacht worden war, war verschwunden. Ludwig wäre beinahe in halb sitzender, halb liegender Position eingeschlafen. Er musste an die Badewanne denken, in der Jean Paul Marat ermordet worden war, als er Linderung für sein quälendes Hautleiden gesucht hatte. Einen solchen Dolchstoß brauchte er hier wohl nicht zu befürchten. Dafür zwang ihn die Schwester viel zu früh aus dem warmen Wasser heraus, was ihm in diesem Moment fast ebenso grausam erschien.

Die Fahrt in den Schwarzwald brachte er mithilfe von Krücken und unter starken Schmerzen hinter sich. Doch die intensiven Behandlungen und sein eiserner Wille, die Heilung des Beins voranzutreiben, sorgten dafür, dass es ihm von Tag zu Tag besser ging.

Der Briefwechsel zwischen Karoline und ihm hatte seinen normalen Rhythmus wieder erreicht – und sogar darüber hinaus. Zwei, drei Briefe täglich schrieben sie einander. Der Krieg war nun nicht mehr ihr Hauptthema. Auch das Thema Judenzählung erwähnte Ludwig in seinen Briefen nicht, wusste er doch selbst nicht so recht, was er davon halten sollte, und er wollte Karoline nicht beunruhigen. Er hatte vielmehr ein schlechtes Gewissen, weil er seine Geliebte nach seiner Verletzung so lange ohne Nachricht gelassen hatte.

So erzählte er ihr ausführlich von den Büchern, die er gelesen hatte, und von Gesprächen mit neuen Bekannten. Auch sie hielt sich an eher alltägliche Themen und fügte Beschreibungen des Alltags in Frankfurt hinzu. In erster Linie aber überhäuften sie sich mit Liebeserklärungen. Es war, als lebten sie in einer Blase. Sie ignorierten den Krieg, der um sie tobte.

Anfang Januar tauchte ein hochdekorierter Offizier in der Klinik auf, um einen Kameraden zu besuchen. Der elegante Fliegerleutnant kam Ludwig bekannt vor. Ein weiterer Blick überzeugte ihn davon, dass es sich um Wilhelm Frankl handelte, dem er zuletzt auf der Reitbahn in Frankfurt begegnet war. Der Gleichaltrige hatte sich seinerzeit besonders beim Hindernisspringen ausgezeichnet. Was Ludwig aber noch mehr beeindruckt hatte, war der Flugschein, den Wilhelm bei Melli Beese gemacht hatte.

Vom ersten Kriegstag an hatte Frankl als Pilot gedient, und inzwischen war er eine Berühmtheit. Seine Taten waren in der Öffentlichkeit bekannt. Er war ein Liebling der Presse.

Kampfpiloten, moderne Helden der Lüfte, in schneidiger Uniform, wurden von den Journalisten als »Flieger-Asse« gefeiert und auch schon von Dichtern besungen. Frankl hatte weit mehr als ein Dutzend feindliche Flugzeuge abgeschossen, Bombenangriffe geflogen und riskante Aufklärungsflüge hinter die feindlichen Linien unternommen. Zwei Tage vor dem Treffen mit Ludwig hatten die Zeitungen in Schlagzeilen verkündet, dass es ihm als erstem Kampfflieger in der Geschichte gelungen sei, ein feindliches Flugzeug in einem Nachtgefecht abzuschießen. Kein Wunder also, dass Frankl die begehrtesten Orden trug, die das Reich zu vergeben hatte: das Eiserne Kreuz Erster Klasse, das ihm Generalfeldmarschall Hindenburg an die Brust geheftet hatte, und den Pour le Mérite, der ihm vom Kaiser persönlich verliehen worden war. Frankl befehligte die verwegenste Jagdstaffel der Luftwaffe, die mit Fokker-Flugzeugen, dem »letzten Schrei« der Flugzeugindustrie, ausgerüstet war.

Erstaunlicherweise erkannte er Ludwig auf Anhieb wieder und ging freudig auf ihn zu: »Ludwig, was machst du hier, warum gehst du auf Krücken?«

»Ich glaube, es war ein Granatsplitter«, sagte Ludwig. Er betrachtete seinen Gast, der älter aussah, als er ihn in Erinnerung hatte. Die wasserhellen Augen und das straff gekämmte schwarze Haar waren ihm vertraut, doch inzwischen war ein üppiger

Schnurrbart dazugekommen, der ein exakt umrissenes Dreieck zwischen Nase und Mundwinkeln bildete. Frankls Blick wirkte ernster und reifer. ›Das ist nur natürlich‹, dachte Ludwig, ›der Ruhm eines Jagdfliegers ist nichts als der äußere Schein, der ihm von vielen geneidet wird. Dahinter stehen ungeheure physische und psychische Belastungen. Der Kampfpilot fliegt seine lebensgefährlichen Einsätze in völliger Einsamkeit, ohne die Anteilnahme und Hilfe der Kameraden. Und möglicherweise‹, dachte Ludwig dann, ›findet ja auch er, dass ich derjenige bin, der älter aussieht.‹

Frankl erinnerte sich, dass er vor dem Krieg mit Ludwig über Karoline gesprochen hatte, und fragte nach ihr. Im Übrigen wusste er sehr genau darüber Bescheid, was in den letzten zweieinhalb Jahren an der Front passiert war, und konnte sich den trostlosen Alltag und das Leiden der Soldaten in den Schützengräben gut vorstellen.

Schließlich wagte Ludwig, die unvermeidliche Frage zu stellen: »Wilhelm, bist du noch Jude? Gehen dich unsere Probleme, die Probleme der jüdischen Soldaten, noch etwas an?« Ludwig wusste, dass Frankl jüdischer erzogen worden war als er selbst. Er hatte die jüdische Volks- und Realschule in Frankfurt besucht, und seine Eltern wohnten im Ostend, wo die meisten Frankfurter Juden lebten. Doch Ludwig hatte wie alle Zeitungsleser und vor allem die Leser der Klatschspalten bereits erfahren, dass Wilhelm Frankl vor Kurzem zum Christentum übergetreten war.

»Ich habe lange gezögert, bevor ich mich taufen ließ«, sagte Frankl und strich sich über den Bart. »Nicht, dass die Religion mir besonders wichtig gewesen wäre, weder die eine noch die andere, und wenn ich überhaupt so etwas wie einen Glauben hatte, ist er mir im Krieg abhandengekommen. Wer wie du und ich monatelang diese Hölle durchsteht, muss sich fragen, wo dieser Gott ist, der angeblich die Geschicke der Welt lenkt. Natürlich sind solche Gedanken kein Grund, die Religion zu wechseln. Ich bin nur aus einem einzigen Grund Christ geworden: um meine geliebte Frau heiraten zu können. Ihr Vater ist österreichischer Marineoffizier. Doch ich habe mich nicht nur taufen lassen, weil ihre Eltern einen jüdischen Schwiegersohn abgelehnt hätten. Auch meine Frau war hin- und hergerissen. Sie hätte mich zwar auch gegen den Widerstand ihrer Eltern geheiratet, doch ich wollte sie nicht in diese Zwangslage bringen. Ich fürchtete, dass ihre Eltern und Freunde sich von ihr lossagen würden. Auf die Dauer hätte ihre Liebe zu mir das womöglich nicht überstanden. Ich weiß, dass man mir nachsagt, ich hätte mich nur taufen lassen, um endlich Offizier zu werden. Es stimmt zwar, dass ich trotz aller Verdienste als Jagdflieger, trotz aller Orden und der wichtigen Kommandos, die mir übertragen wurden, nicht befördert wurde. Und dass ich nach meinem Übertritt nicht etwa nur zum Leutnant, sondern gleich zum Oberleutnant ernannt wurde. Aber das war nicht der Grund für meinen Schritt. Der höhere Dienstgrad ändert nichts an dem, was meinen Lebensinhalt und meine Aufgabe in der Armee ausmacht: Ich will meine Einsätze fliegen, und das habe ich auch vor meiner Beförderung zur Genüge getan.«

»Ich verstehe. Doch du hast meine Frage noch nicht beantwortet.«

»Darauf komme ich jetzt«, antwortete Frankl. »Du hast mich gefragt, ob ich noch Jude bin. Oder mit anderen Worten: Gehen mich die Probleme der jüdischen Soldaten in der Armee noch etwas an? Natürlich tun sie das. Für einen Juden, der kein religiöses Leben führt, ist und bleibt es ein Problem, wie er von Nichtjuden gesehen wird. Wenn Judesein bedeutet, dass er in den Augen der Nichtjuden als andersartig empfunden wird, dann hat sich bei mir nichts geändert. Sicher, seit meiner Taufe kann die Militärhierarchie mir nicht mehr viel anhaben. Auch die Eltern meiner Frau konnten keine formellen Argumente gegen unsere Heirat mehr vorbringen. Doch letztlich bin ich sowohl für sie als auch für die Armee immer noch *der Jude*, Sohn einer fremden ›Rasse‹. Abkömmling einer, gelinde ausgedrückt, wenig geachteten Gattung. Daher sind die Probleme der Juden die meinen. Und auch unsere Kinder werden noch dieselben Probleme haben. Sie werden als Mischlinge gelten, obwohl ich Christ geworden bin.«

Jetzt hatte Ludwig keine Hemmungen mehr, Frankl die schmerzliche Frage zu stellen, die ihn am meisten bedrückte: »Wilhelm, was hat deiner Meinung nach die Judenzählung zu bedeuten? Bist du gezählt worden? Hast du ein Formular ausgefüllt?«

»Nein, die Zählung hat zwar schon vor meiner Konversion begonnen. Doch bei den Fliegern herrscht ein anderer Geist, der ein so entwürdigendes Vorgehen nicht zulässt.«

»Schön und gut«, unterbrach ihn Ludwig, »aber du hast doch sicher eine Meinung dazu, auch wenn du persönlich nicht betroffen bist!«

»Natürlich. Und wenn du mir nicht ins Wort gefallen wärst, hätte ich hinzugefügt, dass es für mich keinerlei Bedeutung hat, ob ich selbst von der Zählung erfasst wurde oder nicht. Sie ist eine Katastrophe für uns alle, auch für mich als getauften Christen.«

»Und was wird jetzt geschehen?« Ludwigs Schläfen begannen, heftig zu pochen, wie damals im Krankenhaus, als er zum ersten Mal von der Zählung gehört hatte. »Von deiner hohen Warte aus siehst du die Dinge sicher klarer als ich, der einfache Infanterist.«

»Ich glaube, dass gar nichts geschehen wird, zumindest vorläufig nicht. Nicht vor Ende des Krieges. Das Reich braucht uns alle. Je härter der Krieg wird, umso weniger kann man sich nutzlose innere Zwistigkeiten erlauben, und dazu gehört auch die Auseinandersetzung mit der jüdischen Gemeinschaft und den liberalen politischen Kräften, die in diesen Zeiten nur lästig ist. Es trägt auch nicht zum Erfolg des Krieges bei, wenn die jüdischen Soldaten sich diskriminiert fühlen und verbittert in den

Kampf ziehen. Aber ich denke dabei nicht nur an die Massen von jüdischen Frontkämpfern. Ist dir eigentlich klar, welchen wirtschaftlichen und industriellen Beitrag wir Juden zu diesem Krieg leisten? Nein, nicht nur im Zivilleben, auch im militärischen Bereich! Unsere Leute werden auf der Generalstabsebene eingesetzt, dank ihrer Bildung und Erfahrung im Zivilleben. Wenn du wüsstest, wie bedeutend der Beitrag jüdischer Wissenschaftler zur Entwicklung unserer Waffen ist! Ich weiß, wovon ich rede. Mein Leben als Jagdflieger hängt von unserer Rüstungstechnologie ab. Angesichts des Kriegsbeitrags der Juden und der Liberalen, die auf ihrer Seite stehen, ist Antisemitismus einstweilen kein Thema, außer in peripheren fanatischen Kreisen, die keinerlei Überblick haben und in ihrer eigenen imaginären Welt leben.«

Diese Worte aus dem Munde des berühmten Kriegshelden fielen wie ein Lichtstrahl in Ludwigs bedrücktes Gemüt. »Also dürfen wir trotz allem auf ein gutes Ende hoffen?«, rief er aufgeregt.

Ein trauriges, leicht sarkastisches Lächeln spielte um Frankls Lippen. »Ich habe nichts von einem guten Ende gesagt«, seufzte er. »Wenn du mir genau zugehört hättest, wäre dir klar, dass ich von einem vorläufigen Zustand gesprochen habe.«

»Was meinst du damit?«, fragte Ludwig, den wieder ein Gefühl der Beklemmung überkam.

»Ich meine, dass wir nur bis zum Ende des Krieges Ruhe haben werden. Danach werden unsere Staatsführung und die Antisemiten die ›Ergebnisse‹ der Judenzählung ausposaunen. Vielleicht weißt du gar nicht, dass es bei dieser Zählung, milde ausgedrückt, nicht sehr korrekt zugegangen ist. Die Ergebnisse unterliegen strenger Geheimhaltung und werden mit Sicherheit je nach Lage manipuliert werden, und zwar nicht von Leuten, die uns wohlwollen. Das gilt auch für den Fall, dass wir den Krieg gewinnen, doch vor allem für den Fall, dass wir ihn verlieren.«

»Wir werden den Krieg nicht verlieren, das kann gar nicht sein!«, rief Ludwig entrüstet.

»Nun ja«, sagte Frankl gelassen, »ich hoffe, du hast recht. Wenn wir den Krieg verlieren, weiß ich nicht, wie ich weiterleben soll. Aber das ist noch kein Grund, den Kopf in den Sand zu stecken.«

»Hör mal«, fiel Ludwig ihm ungeduldig ins Wort, »ich bin auch dagegen, eine Vogel-Strauß-Politik zu betreiben. Aber die Tatsachen sprechen für sich. An der Front hatte ich keinen Überblick über die Gesamtlage, doch im Krankenhaus und hier in der Klinik komme ich dazu, regelmäßig Zeitung zu lesen. Ich höre auch Vorträge und unterhalte mich mit vielen Menschen. Mittlerweile kann ich mir ein klares Bild von dem Krieg machen. Es stimmt zwar, dass wir in einen Stellungskrieg verwickelt sind. Das ist schlecht für uns, aber auch für unsere Feinde. Auf dem Schlachtfeld haben wir bisher alle besiegt: zu Beginn des Kriegs die Russen im Osten und danach die Franzosen im Westen. Wir haben sie daran gehindert, nach Elsass-Lothringen und in den Teil von Belgien einzudringen, den wir besetzt halten. In Belgien haben wir auch die Engländer geschlagen. Unsere österreichischen Verbündeten siegen über Serbien, Italien und Rumänien. Die Türkei hat den Engländern bei Gallipoli eine vernichtende Niederlage zugefügt. England hat vergeblich versucht, an der Somme durchzubrechen, und dabei so viele Verluste erlitten, wie es wohl einmalig in der Geschichte ist. In seinem Hinterhof muss es sich mit dem irischen Aufstand herumschlagen. Und zu allem Überfluss bedroht unsere U-Boot-Flotte die englische Seeherrschaft und damit das gesamte britische Imperium.«

»Ja«, unterbrach ihn Wilhelm, »aber wir stecken immer noch in einem Stellungskrieg fest.«

»Gewiss, wir sind mitten in einem Grabenkrieg, doch unsere Lage ist besser als die unserer Gegner«, beharrte Ludwig. »Der Krieg spielt sich auf ihrem Territorium ab, nicht auf unserem.

Bisher haben wir in allen regelrechten Schlachten gesiegt. Daher bin ich mir sicher, dass wir den Durchbruch schaffen, wenn der Tag der großen Offensive kommt, und zwar an allen Fronten. Und vor allem werden wir unseren Erzfeind Frankreich niederwerfen.«

Frankl hörte Ludwigs begeisterter Rede geduldig zu. »Dein Wort in Gottes Ohr«, sagte er schließlich. »Ich wünschte, du hättest recht. Wir wissen ja, was Zeitungen in Kriegszeiten bedeuten ... Na ja, ihre Pflicht ist es doch, für die Moral der Soldaten und der Zivilbevölkerung zu sorgen. Ich sehe die Lage ein bisschen anders. Zwar stimmt es, dass wir und unsere Verbündeten bisher meist siegreich waren, aber das ist nur ein Teil des Gesamtbilds. Der Stellungskrieg ist im Grunde nichts als eine große Niederlage für uns. Alle unsere Versuche, Frankreich zu erobern und den Krieg damit zu beenden, sind gescheitert. Du glaubst, dass wir letzten Endes die französischen Linien durchbrechen werden? Vergiss nicht, dass die Franzosen mittlerweile große technologische Fortschritte machen. Sie haben eine rückstoßfreie Kanone erfunden, die unserer Artillerie überlegen ist. Ihre neuesten Flugzeuge wie zum Beispiel der Voisin fliegen schneller und höher als die unseren, und von den 40-Milimeter-Kanonen, mit denen sie ausgerüstet sind, kann ich in meiner Fokker nur träumen.« Ludwig verstand von Wilhelms technischen Erklärungen nicht viel und hörte ihm schweigend zu, wenn auch mit wachsender Ungeduld. »Die Kapazitäten der französischen und englischen Flugzeugindustrie übertreffen die unseren«, fügte Wilhelm hinzu und ging Ludwig damit weiter auf die Nerven. »Wenn das so weitergeht, wird Deutschland im Luftkrieg in die Rolle des David gedrängt, der gegen den französischen Goliath antreten muss.«

»Aber die Franzosen werden bald fast allein gegen uns und die Österreicher kämpfen müssen«, unterbrach ihn Ludwig. »Die Russen sind so gut wie besiegt, und die Engländer werden wir mit unseren U-Booten kleinkriegen.«

Frankl nickte nachdenklich. »Das stimmt schon, unsere U-Boote setzen den Engländern und ihren Nachschublinien kräftig zu. Doch unsere Häfen sind blockiert. Unser Land bekommt keinerlei Nachschub an Lebensmitteln und anderen Gütern aus Übersee. Wann warst du zum letzten Mal auf Heimaturlaub, Ludwig?«

»Das ist fast zwei Jahre her«, sagte er zögernd.

»Wenn du aus der Klinik entlassen wirst, bekommst du sicher Urlaub«, sagte Frankl. »Dann wirst du sehen, was für eine düstere Stimmung in der Heimat herrscht. Hast du nicht von den Streiks gehört?«

»Mag sein«, warf Ludwig ein, »doch ich habe gehört, dass Russland kurz vor dem Zusammenbruch steht. Wenn das passiert, wird der Druck auf uns und vor allem auf unsere österreichischen und türkischen Verbündeten nachlassen.«

»Da täuschst du dich, mein Freund«, widersprach Frankl. »Russland steht nicht kurz vor dem Zusammenbruch, auch wenn sich dort ein Regimewechsel anbahnt.«

»Aber wenn das zaristische Regime gestürzt wird«, beharrte Ludwig auf seiner Meinung, »können wir wenigstens zeitweise unsere Streitkräfte vom Osten abziehen und sie an die Westfront werfen. Dann wird die große Offensive möglich, die Frankreich den Todesstoß versetzt.«

»Das kann schon sein«, räumte Frankl ein, »doch inzwischen ziehen auch unsere Feinde im Westen frische Streitkräfte zusammen. Und ich würde mich nicht wundern, wenn die Engländer letzten Endes auch die Amerikaner überzeugen, in den Krieg einzutreten. Dazu wird unsere U-Boot-Flotte beitragen. Wir treiben dadurch ja nicht nur die Engländer in die Enge, sondern auch die amerikanische Zivilflotte, die den intensiven Handel zwischen England und Amerika aufrechterhält. Ich weiß nicht, wie lange die amerikanische Öffentlichkeit noch dem Willen ihrer Regierung widerstehen kann, Deutschland den Krieg zu erklären.«

»Was das betrifft, bin ich beruhigt«, warf Ludwig ein. »In seinem letzten Brief zitiert mein Vater verlässliche Quellen, nach denen die große jüdische Gemeinde in Amerika ihren beträchtlichen Einfluss zu unseren Gunsten geltend macht. Die meisten Juden in Amerika stammen aus Russland, sagt mein Vater, und sie hassen nichts mehr als das niederträchtige antisemitische Regime dort. Wenn Amerika schon in den Krieg eintritt, sollte es ihrer Meinung nach aufseiten der Deutschen und Österreicher gegen Russland kämpfen.«

»Auch du, Brutus?«, sagte Frankl lachend. »Du glaubst also auch an den Mythos der jüdischen Macht in Amerika? Wenn wir uns auf die amerikanischen Juden verlassen müssten, wäre unsere Lage wirklich ganz aussichtslos.«

Die Männer sahen sich verlegen an. Beide waren selbst nicht ganz von den Thesen überzeugt, die sie vertraten. Was ihnen an Hoffnung blieb, war von Sorgen und Ängsten überschattet.

Frankl stand auf, um sich zu verabschieden. »Ich hoffe nur, Ludwig, dass meine düsteren Prophezeiungen sich nicht bewahrheiten. Wir werden siegen, weil wir es müssen. Ich kann mir ein besiegtes Deutschland nicht vorstellen, das wäre für mich das Ende der Welt.«

»Glaub mir, Wilhelm«, sagte Ludwig in einem letzten Versuch, Frankl und vor allem sich selbst aufzumuntern, »wir werden siegen, und wie wir siegen werden! Und den Sieg werden wir zusammen in Frankfurt feiern.« Die beiden verabschiedeten sich mit einer Umarmung und einem etwas gezwungenen Lächeln.

27

Italien — *1917*
Picardie — *1918*

Louis und Élise verbrachten fast seinen ganzen Urlaub in Bordeaux. Die überströmende Herzlichkeit, mit der sie im Hause Naquet empfangen worden waren und die Louis nach dem Tod des Vaters so gutgetan hatte, machte ihm bewusst, dass seine Mutter ihn ebenso sehr brauchte wie er sie. Élise empfand die Atmosphäre bei den Naquets nicht weniger wohltuend als er. Seine Mutter und seine Schwestern nahmen sie wie eine liebe Verwandte auf und nicht wie eine Fremde, die sie gerade erst kennengelernt hatten.

Élise und die Töchter Naquet mochten sich auf Anhieb, und die Trauer um den Vater verlieh dieser Zuneigung eine tiefere Dimension. Allein die Gegenwart der jungen Frau war für die Familie ein großer Trost. Das Liebespaar wohnte in Louis' ehemaligem Kinderzimmer. Morgens stand Louis wie selbstverständlich in aller Frühe auf, um in der Bäckerei zu arbeiten, die jetzt von seiner Mutter und einem Angestellten betrieben wurde.

Am Nachmittag und Abend ging er mit Élise spazieren. Er zeigte ihr voller Eifer alle Ecken und Winkel, um sie für seine Heimatstadt zu begeistern. Er wollte ihr alle Orte zeigen, die er mit seinem Vater entdeckt hatte, und erzählte ihr alles, was der ihm erklärt hatte. Für Élise wurde dadurch sein Vater so gegenwärtig, als ob sie ihn noch zu seinen Lebzeiten gekannt hätte.

Keine noch so ausgedehnten, monatelangen Vergnügungen in Paris hätten die Liebenden einander so nahegebracht wie die zwei Trauerwochen im Hause Naquet. Und so war Louis trotz aller Trauer glücklich, nicht nur über die Beziehung zu Élise, sondern auch über die so rasch gewachsene Nähe zwischen Élise und den Frauen der Familie, die er sich niemals erträumt hätte. Und doch fühlte er immer wieder einen Stich im Herzen, wenn er an den schmerzlich vermissten Vater dachte. Wie sehr hätte er die zukünftige Schwiegertochter geliebt!

Als das junge Paar vor Louis' Rückkehr zur Front noch einige Tage bei den Lichentins in Paris verbrachte, erzählte Élise begeistert von der Familie Naquet, die sie so herzlich aufgenommen hatte. Ihre Eltern waren sich sogleich einig: »Das nächste Mal fahren wir mit euch nach Bordeaux! Wir werden die Naquets bitten, uns auch einzuladen, und sie sind uns natürlich auch jederzeit in Paris willkommen.«

Doch wann würde es ein nächstes Mal geben? Einstweilen musste Leutnant Naquet zu seiner Einheit zurückkehren. Wo würde es diesmal hingehen? Die Stimmung in Frankreich war bedrückt. Das verbündete Russland war als Kriegsmacht ausgeschieden. Auch Rumänien, das sich kurz zuvor der Entente angeschlossen hatte, war von den Österreichern geschlagen und erobert worden. Und gerade war eine neue Hiobsbotschaft eingetroffen: Mehr als zwei Jahre lang hatte der italienische Bündnispartner vergeblich die österreichischen Linien angegriffen. Elf Offensiven, unterstützt mit französischen Waffen, waren gescheitert. Und nun hatten die Österreicher mit deutscher Hilfe zu einer heimlich vorbereiteten Gegenoffensive angesetzt. Und siehe da, in Slowenien war es ihnen am Isonzo bei Caporetto gelungen, die italienischen Verteidigungslinien zu durchbrechen, in wenigen Tagen eine halbe Million italienische Soldaten außer Gefecht zu setzen und nach Friaul einzudringen. Doch trotz dieser katastrophalen Nachrichten waren immer noch keine Amerikaner in Sicht. Wo blieben die neuen Verbündeten?

Geliebte Élise,

mehr als alles andere drängt es mich, über uns zu schreiben. Immer wieder lasse ich unsere gemeinsamen Erlebnisse der letzten drei Wochen Revue passieren und staune jedes Mal aufs Neue. Für welche gute Tat belohnt mich der Himmel? Womit habe ich all das verdient? Eine Liebe, von der ich nicht einmal zu träumen gewagt hätte. Ein Halt, an den ich mich in einem Augenblick klammern konnte, der mich mehr erschüttert hat als alle Kriegsgräuel. Tausend Dinge möchte ich Dir sagen. Dir immer wieder mein Herz ausschütten. Dich so vieles fragen. Doch leider muss ich mich mit anderen Dingen befassen. Die Vorbereitungen sind in vollem Gange, die Stimmung ist angespannt. Hier kündigen sich Ereignisse an, wie ich sie trotz meiner dreijährigen Kriegserfahrung noch nicht erlebt habe. Uns steht eine lange Fahrt bevor – nicht nur ein paar Dutzend Kilometer bis zur Front, sondern fast tausend Kilometer bis nach Ostitalien.

Du hast sicher in der Presse von der Katastrophe gelesen, die dort passiert ist und immer noch im Gange ist. Inzwischen hören wir, dass die Österreicher schon kurz vor Venedig stehen. Anscheinend werden wir dort zum Einsatz kommen. So lauten die Gerüchte, aber Näheres weiß ich nicht. Mein Vater hat mir immer wieder gesagt, ich müsse unbedingt einmal nach Venedig fahren. Doch anders als sonst wollte er mich nicht begleiten. »Venedig musst du mit der Frau erleben, die Du liebst«, hat er gesagt. »Die Stadt der Liebenden. Der Inbegriff von Romantik.« Mein armer geliebter Vater. Er hätte sich wohl kaum vorstellen können, unter welchen Umständen ich diese Traumstadt sehen würde. Nun habe ich eine Frau. Und ich bin unsterblich verliebt. Ich bin ihr mit Haut und Haaren verfallen. Aber ich fahre nicht mit ihr nach Venedig. Ich fahre mit einer Armee. Keine Romantik erwartet mich dort, sondern das Gegenteil. Mein Vater hatte mir etwas anderes für meinen ersten Besuch in Venedig versprochen …

Laut Befehl müssen wir trotz aller Befürchtungen um die Entwicklungen an unserer französischen Front Truppen zur Rettung Italiens entsenden. Dabei fiel mir eine Episode ein, die ich schon fast vergessen hatte. Im Frühjahr 1915 wurde ich nach längerem Frontdienst in der Champagne zum Wachdienst in einem Gefangenenlager eingeteilt. Von Ruhe konnte zwar nicht die Rede sein, aber im Vergleich zu den Schützengräben war es das Paradies (für uns natürlich mehr als für die Gefangenen ...). Unter den Gefangenen, die wir zu bewachen hatten, war ein deutscher Offizier, dessen Namen ich vergessen habe. Er sprach fließend Französisch und freute sich über die Gelegenheit, in Gesprächen mit uns seine Sprachkenntnisse aufzufrischen. Unter anderem erzählte er mir, wie gut ihm der Gottesdienst in der Lagerkirche gefalle. »Der französische Armeepriester, den Ihr uns deutschen Katholiken zur Verfügung gestellt hat, ist ein Lichtblick für uns.«

»Warum?«, fragte ich verwundert.

»Weil er im Gegensatz zu unseren Geistlichen keine Kriegspropaganda macht und überhaupt jegliche Propaganda und Politik aus dem Spiel lässt. Unsere Messe wird ganz nach katholischer Tradition zelebriert.«

»Wie denn sonst«, sagte ich, und wir lachten beide.

Eines Tages ging ich zu ihm. »Ich habe eine schlechte Nachricht für Sie.«

»Sagen Sie bloß nicht, dass ich freigelassen werde und in den Schützengraben zurück muss«, sagte der Deutsche lachend.

»Nein«, erwiderte ich, »die schlechte Nachricht betrifft euch alle: Eure italienischen Verbündeten haben die Seiten gewechselt. Italien hat sich uns angeschlossen und Euch den Krieg erklärt.«

Der Deutsche sah mich erstaunt an. »Seltsam. Seit fast einem Jahr warten wir darauf, dass die italienischen Streitkräfte aktiv werden, und jetzt, da sie endlich beschlossen haben, in den Krieg einzutreten, kämpfen sie gegen ihre Verbündeten? Höchst eigenartig. Das kann ich nicht verstehen.« Nach kurzem Nachdenken fügte er hinzu: »Eine zwar seltsame, aber nicht unbedingt schlechte Nachricht! Jedenfalls

nicht für uns. Aber vielleicht für euch! Wenn ihr glaubt, dass Italiens Beitritt euch stärker macht, kennt ihr die Italiener nicht. Nicht nur, dass sie euch nicht helfen werden, ihr werdet auch noch Truppen abzweigen müssen, um ihnen zu helfen.«
Wie recht er gehabt hat!

Als der Brief so weit gediehen war, ereilte Louis der Befehl, alles stehen und liegen zu lassen und seine Abteilung auf den sofortigen Aufbruch vorzubereiten. Louis steckte den angefangenen Brief in die Tasche. Nachdem er seine Leute zusammengetrommelt und die nötigen Befehle erteilt hatte, beeilte er sich, seinen Rucksack zu packen. Dann fügte er dem Brief noch ein paar kurze Zeilen an und versprach Élise, ihr bei nächster Gelegenheit ausführlich zu schreiben.

Wie sich herausstellte, ließ diese Gelegenheit auf sich warten. Drei Tage und Nächte lang wurden die Soldaten im überfüllten Güterzug durchgeschüttelt. Hin und wieder gab es eine kurze Pause, damit sie ihre Notdurft verrichten konnten. Die Endstation war Verona. Mittlerweile rückten die österreichischen Streitkräfte ebenso schnell vor, wie die italienische Armee zusammenbrach. Sie eroberten den größten Teil der Provinz Venedig, drangen aber noch nicht bis zu der Lagunenstadt vor. Die französischen Truppen gruben sich am Piave ein, um dort den Feind aufzuhalten. Nach dem Ausheben der provisorischen Stellungen fand Louis endlich Zeit, seinen Brief an Élise fortzusetzen.

Wieder quälen mich die Ängste, die man als Soldat vor dem Kampf empfindet. Ja, liebste Élise, daran hat sich nichts geändert. Nach viertägiger Fahrt kamen wir zerschlagen an. Rechtzeitig zur nächsten Schlacht. Daran gewöhnt man sich nicht. Ich habe wieder Schmetterlinge im Bauch. Nein, es sind wohl mehr Skorpione! Genau wie vor drei Jahren. Nur dass ich jetzt noch weniger Gefühle zeigen darf als damals. Ich muss ein Vorbild sein, meine Männer ermutigen, sie in dem Glauben bestärken, dass ihnen nichts passieren wird. Dabei will ich etwas ganz anderes. Ich möchte den Kopf in Deinen Schoß legen und weinen. Ja, ich gebe es zu. Das ist es, was ich wirklich möchte. Jetzt hoffe ich nur noch, dass es endlich losgeht. Dass der verfluchte Krieg bald vorüber ist. So sehr habe ich mir den Feind noch nie herbeigewünscht. Ein seltsames Gefühl.

Während der Fahrt konnte ich nicht schreiben. Die Enge, das Gerüttel des Zuges, die anderen Soldaten ließen mich nicht zur Ruhe kommen. Aber ich habe dauernd an Dich gedacht. Was das für Gedanken waren, erzähle ich Dir, wenn wir uns wiedersehen. Alles werde ich Dir erzählen, wenn auch nicht immer im hellen Tageslicht. Es gibt Dinge, die ich Dir nur im Dunkeln sagen möchte. Sie zu schreiben, traue ich mich nicht. Sonst würde der Zensor rot vor Scham, oder, noch schlimmer, er würde mich auslachen!

Einstweilen sitze ich in einem provisorischen Graben und schwatze mit meinen Kameraden, um die Zeit totzuschlagen.

Im Zug hatte ich eine merkwürdige und überraschende Begegnung mit einem Geistlichen. Im ersten Teil meines Briefes habe ich Dir von meinen Gesprächen mit einem deutschen Kriegsgefangenen vor zweieinhalb Jahren berichtet. Der Deutsche hatte mir erzählt, wie zufrieden er mit der seelsorgerischen Betreuung durch den französischen Priester war. Stell Dir vor, dass ich genau diesen Priester im Zug nach Verona getroffen habe. Was für ein seltsamer Zufall.

Als ich ihn hier im Schützengraben wiedersah, habe ich ihn angesprochen. Er heißt Valéry Morieul und stammt aus einer Bauernfamilie. Ich fragte ihn, ob er freiwillig im Gefangenenlager gedient habe oder ob er dorthin geschickt worden sei.

»Freiwillig und mit Freuden«, erwiderte er.

»Warum?«, fragte ich. »Wäre es Ihnen nicht lieber gewesen, französische Soldaten zu trösten und aufzurichten?«

»Nein, bei französischen Soldaten geht es nicht nur um Seelsorge. Man zwingt uns, Kriegspropaganda zu machen. Wir sollen ihnen republikanischen Patriotismus und Opferbereitschaft einflößen.«

»Aber ist das nicht notwendig und berechtigt?«, fragte ich.

»Nein, durchaus nicht«, erwiderte er heftig. »Das Frankreich von heute ist ein verbrecherischer Staat. Ein Staat, der die nach göttlichem Willen eingesetzte Monarchie gestürzt hat. Eine Republik, die eine Trennung zwischen Religion und Staat vorgenommen hat. Die in den Augen der Kirche das Böse tut. Dieser Republik gebührt eine harte Strafe.«

Nachdem ich mich von meiner Überraschung erholt hatte, sagte ich: »Aber dann verstehe ich nicht, Pater Morieul, warum Sie uns, die Soldaten der Republik, jetzt zu den Schlachtfeldern des Südens begleiten? Hat man Sie dazu gezwungen? Und wie können Sie Ihren Dienst versehen, wenn Sie nicht auf unserer Seite sind?«

»Diesmal bin ich am Sieg der französischen Armee interessiert,« gab er zur Antwort. »Hier hat unsere Armee endlich eine würdige Aufgabe – sie schützt die katholische Monarchie Italiens, und das unterstütze ich.«

»Das mag sein, aber wenn ich die Lage in Rom richtig beurteile, so handeln Italien und seine Monarchie auch nicht im Sinne des Papstes und der Kirche.«

»Richtig«, bestätigte der Priester, »doch jetzt gibt Gott den Italienern Gelegenheit, sich für den rechten Weg zu entscheiden. Als Katholiken und Monarchisten werden sie einsehen, dass nur Gott sie retten kann und dass sie ihre Haltung dem Heiligen Stuhl gegenüber ändern müssen.«

Ich wusste nicht, ob ich lachen oder weinen sollte. Hättest Du gedacht, liebste Élise, dass es bei uns noch Menschen gibt, die so denken? Während ich mit der Antwort zögerte, sagte der kuriose Priester mit salbungsvoller Stimme: »Ich hoffe, dass ich Sie überzeugt habe. Jetzt werden auch Sie das Licht sehen.«

Da packte mich die Lust, ihn zu schockieren – Du kennst mich ja –, und ich sagte in todernstem Ton: »Non, mon père, *Sie haben mich nicht überzeugt, denn ich bin Jude.*« *Damit stand ich auf, wandte ihm den Rücken und ging. Jetzt tut es mir leid, dass ich nicht noch einen Augenblick länger geblieben bin, um sein Gesicht zu sehen, nachdem er seine Redekünste an ein Subjekt verschwendet hatte, das ihm schlimmer erscheinen musste als jeder noch so kirchenfeindliche Republikaner …*

Genug geplaudert, mein Schatz. Ich weiß nicht, was passieren wird und wann es losgeht. Und ich weiß auch nicht, wann ich wieder zum Schlafen komme. Deshalb werde ich mich jetzt hinlegen. Und ganz fest an Dich denken, bevor ich einschlafe. So wie ich im Zug an Dich gedacht habe.

Glühende Küsse
von Deinem Louis

Den Franzosen gelang es, die Österreicher und Deutschen am Piave aufzuhalten. Inzwischen hatten sich auch die Briten den Franzosen angeschlossen, und die Rettung Italiens schien gesichert. Louis schrieb Élise einen letzten Brief aus Italien.

Hier ist es wahrlich wunderschön, zu gern würde ich Dir das alles zeigen. Doch wir werden es wohl nicht mehr lange genießen können. Die Gerüchte mehren sich, dass Deutschland die eigenen und verbündeten Truppen von der östlichen und südlichen Front abgezogen hat, um sie nach Belgien und Nordfrankreich zu verlegen. Dort rechnet man mit einer Stoßoffensive. Bald werden sie uns dort brauchen.

Louis sollte recht behalten. Im Januar 1918 saß er wieder in den berüchtigten Schützengräben, diesmal bei Amiens in der Picardie. Wieder musste er sich der schrecklichen Routine des Grabenkriegs unterwerfen, die ihm von der Champagne, von

Verdun und dem Chemin des Dames nur allzu lebhaft in Erinnerung war. Wieder lag er in Schlamm und Kälte vor den deutschen Stellungen.

Meine geliebte Élise,

nun liegen wir schon einen Monat vor dem Feind im Graben, ohne dass es zu einer Offensive gekommen wäre. Worauf warten die Deutschen? Und worauf warten wir? Derweil versuchen wir, die Zeit totzuschlagen. Vor Langeweile amüsieren wir uns manchmal mit den Deutschen. Wir rufen Schimpfworte, Flüche und Obszönitäten von Graben zu Graben. Dabei sind die Deutschen uns meistens überlegen. Viele von ihnen können Französisch, die einen mehr, die anderen weniger, aber jedenfalls genug, um auf Französisch zu fluchen. Da bei uns kaum jemand Deutsch spricht, begnügen wir uns bei den Schimpfkanonaden mit der eigenen Sprache, was natürlich weniger effektiv ist. Manchmal stellen wir leere Konservendosen oder Flaschen auf die Brüstung des Schützengrabens und lassen die Deutschen darauf schießen, und sie revanchieren sich mit gleicher Münze. Jeder Treffer wird vom Gegner mit Beifall quittiert, und wenn der Schuss fehlgeht, ertönt ein Pfeifkonzert. Kurz, der reine Kindergarten. Und jetzt müssen wir abwarten, bis aus dem Kindergarten bittere Wirklichkeit wird und wir nicht mehr auf Flaschen und Blechdosen schießen, sondern auf lebende Menschen. Wir wissen alle, dass es sehr bald und plötzlich losgehen kann. Übrigens ist uns aufgefallen, dass die Deutschen manchmal mit den Spielchen aufhören und ganz still sind. Unsere Späher behaupten, das passiere jedes Mal, wenn ein hoher Offizier, der selbst nicht im Schützengraben lebt, die Stellungen inspiziert. Wenn bei uns Offiziere zu Besuch kommen (sofern es nicht die ranghöchsten sind …), lachen sie nur über unsere Späße.

Allerdings beschert uns der Kriegsalltag nicht nur albernen Zeitvertreib, sondern auch traurige und makabre Er-

lebnisse. Vor einigen Tagen versuchte ein deutscher Trupp, im Schutz der Nacht unseren Graben zu infiltrieren. Zum Glück haben wir sie noch rechtzeitig entdeckt und konnten einige von ihnen töten und den Rest in die Flucht schlagen. Als es hell wurde, entdeckte mein Freund Gérard mit dem Periskop die Leiche eines Angreifers, die wenige Meter von unserem Graben entfernt lag. Der Kopf mit dem Stahlhelm war uns zugewandt, die Beine zeigten nach der deutschen Seite. Gérard zupfte mich am Ärmel. »Siehst du dieses schöne Eiserne Kreuz am Helm des Deutschen? Das will ich mir holen.«

»Bist du wahnsinnig?«, zischte ich ihm zu. »Dafür musst du aus dem Graben klettern. Willst du dein Leben für ein bisschen Blech riskieren?«

Gérard zögerte und schwankte, doch er konnte der Versuchung nicht widerstehen. Als es dunkel wurde, kroch er hastig zu der Leiche, packte den Helm mit beiden Händen und zerrte daran. Plötzlich merkte er zu seinem Schrecken, dass er nicht nur den Helm, sondern auch den Kopf abgerissen hatte. Entsetzt schleuderte er den Kopf mitsamt dem Helm und dem Eisernen Kreuz von sich.

Eine noch traurigere Geschichte, der nicht einmal eine gewisse makabre Komik anhaftet, ist in den letzten Tagen passiert. Einige Hundeliebhaber unter den Soldaten hatten streunende Hunde adoptiert, um sich die lange Wartezeit zu vertreiben. Herrenlose Hunde, die meistens aus zerstörten Dörfern kommen, gibt es überall an der Front. Manchmal entwickelt sich eine enge, vertrauensvolle Freundschaft zwischen Herr und Hund. Doch eines Tages kam der Befehl, die Hunde wegzuschaffen, weil sie durch ihr Gebell die Soldaten gefährdeten und bei Angriffen oder Gegenangriffen im Weg seien. Laut Befehl sollten die Hundebesitzer die Tiere in einem der benachbarten Dörfer abgeben oder sie auf andere Weise loswerden. Jeder Hund, der sich dann noch sehen ließe, werde von den Gendarmen erschossen, hieß es. Einer der Abteilungs-

führer meiner Kompanie, Leutnant Edmond Boulay, liebte seinen vor Kurzem adoptierten Hund heiß und innig und beschloss daher, ihn zu einem der Bauern in der Umgebung zu bringen. Er ging kilometerweit und fand schließlich eine Bauernfamilie, die den Hund zu sich nahm. Den Rückmarsch zur Front legte er leichteren Herzens zurück. Er hatte den Hund nicht nur gerettet, sondern auch ein neues Heim für ihn gefunden.

Doch am nächsten Morgen war Edmonds Hund wieder da. Aus Angst vor den Gendarmen versuchte er, den Hund schreiend und gestikulierend zu vertreiben, doch das Tier wich immer nur ein paar Schritte zurück und ging dann wieder schwanzwedelnd auf ihn zu. In seiner Verzweiflung griff Edmond nach einem dicken Knüppel und schwang ihn in der Luft, als wollte er dem Hund den Schädel einschlagen. Doch das treue Tier blieb stehen und sah ihn nur mit großen, traurigen Augen an. Edmond ließ den erhobenen Arm sinken. Wir verfolgten die Szene so erschüttert, als hätten wir nicht seit Jahren viel schlimmere Dinge mitangesehen. Wie die Geschichte ausging, kannst Du Dir denken. Nicht zu glauben, wie schnell die Gendarmen zur Stelle waren! So schnell sind sie sonst nur, wenn sie bei Kampfbeginn davonlaufen.

Eine andere herzzerreißende Geschichte erlebte ich in Amiens. Wir hatten ein paar Stunden Urlaub bekommen, um die Stadt zu besuchen. Der Bahnhof von Amiens ist sehr imposant für so eine kleine Stadt: Er hat eine bogenförmige verglaste Fassade, gekrönt von einem Turm mit einer gigantischen Uhr, und führt auf einen riesigen, prächtig gepflasterten Platz. Als wir ankamen, sahen wir auf dem Bahnsteig eine grauhaarige Frau mittleren Alters mit unendlich traurigen Augen, die jeden vorbeikommenden Soldaten fragte: »Haben Sie Charles gesehen? Ist Charles in Ihrer Einheit? Wissen Sie, wo Charles ist? Können Sie mir helfen, Charles zu finden?« Wer weiß, wie viele Stunden oder Tage sie schon da stand und immer dieselben Fragen stellte. Die Soldaten schüttelten nur den Kopf, manche gleichgültig, andere mitleidig. Niemand fragte sie, wer dieser Charles war. Ich konnte den Blick nicht von der armen Frau wenden. Was wäre, wenn ich im Krieg vermisst würde und meine Mutter am Bahnhof in Bordeaux stünde und in ihrer Verzweiflung alle aussteigenden Soldaten fragte: »Habt ihr Louis gesehen? Wisst ihr, wo Louis ist?« Die Soldaten würden nur den Kopf schütteln und so schnell wie möglich weitergehen. Plötzlich packte mich die Angst, und ich lief wie von bösen Geistern gehetzt zu meinen Kameraden, die längst weitergegangen waren.

Wann hören die Albträume endlich auf? Seit ich Dich kenne, habe ich noch weniger Geduld, diesen endlosen Krieg zu ertragen. Ich muss mich zusammenreißen und meine inneren Nöte bezwingen, sonst überstehe ich das Kommende nicht.

Was mir hilft und Hoffnung einflößt, ist der Glaube an Deine Liebe. Danke, Élise. Danke, dass es Dich gibt.

Ewig der Deine – Louis

Im Februar wurde Louis zu Bataillonsführer Oberstleutnant Paul Jacques de la Meurette gerufen. Als er eintrat, waren die Kompanie- und Abteilungsführer schon vollzählig versammelt. Darunter war auch ein Feldwebel, den er nicht kannte. Während er den Mann musterte, eröffnete der Bataillonschef die Besprechung: »Unsere Lage ist nicht gut. Trotz aller Angriffe schaffen wir es nicht, die deutschen Linien zu durchbrechen.«

Einer der Kompanieführer sagte bitter: »Wenn es so leicht wäre, die gegnerische Verteidigung zu durchstoßen, hätten wir den Krieg schon längst gewonnen.«

Ein anderer warf ein: »Zu unseren Gunsten sei gesagt, dass wir unsere Linien gehalten haben.«

Da ergriff de la Meurette wieder das Wort: »Wir versuchen schon seit geraumer Zeit, die feindlichen Fronten mit konventionellen Sturmangriffen zu durchbrechen, was uns oft genug misslungen ist. Für die Ergebnisse, die wir erzielt haben, sind unsere Verluste zu hoch. Es wird Zeit, dass wir eine andere Kampftaktik anwenden. Doch bevor ich das näher erläutere, möchte ich betonen, dass diese Besprechung streng geheim ist und kein Wort davon an das Bataillon gelangen darf. Jede Verletzung der Geheimhaltung wird von mir persönlich streng geahndet werden.« De la Meurette sah die Offiziere der Reihe nach prüfend an und fuhr dann fort: »Anstatt unsere Soldaten in das Niemandsland zwischen den Fronten zu schicken und hohe Verluste in Kauf zu nehmen, werden wir einen unterirdischen Tunnel graben und die feindliche Front in die Luft jagen!«

Als die Kompanieführer entgeistert nachfragten, wie das zu bewerkstelligen sei, lächelte er. »Wir bekommen professionelle Hilfe: eine Gruppe von Bergleuten, die dem Kommando unseres Feldwebels untersteht.« Damit wies er auf den unbekannten Feldwebel und bat ihn, einige Worte zu sagen. »Ich bin Kumpel, wie die anderen Bergleute, die für diese Aufgabe mobilisiert wurden. Wir sind Söhne und Enkel von Bergleuten. Weil unsere Arbeit vor Ort kriegswichtig ist, bin ich der Einzige unserer Schicht, der vor einem Jahr eingezogen wurde. Deshalb hat man mir das Kommando übertragen. Die Bergleute haben keine militärische Erfahrung. Ich habe zwar Erfahrung, kenne aber diesen Frontabschnitt nicht und brauche daher ständige Anleitung.«

Der Bataillonschef nickte. »Die Bergleute werden einen unterirdischen Stollen bis zu den feindlichen Stellungen graben. Wir packen Sprengstoff unter den schwächsten Punkt der deutschen Verteidigungslinie und lassen ihn zum geeigneten Zeitpunkt hochgehen. Gleichzeitig mit der Explosion beginnt der Angriff, der die gegnerische Front durchbrechen wird.«

»Eine ausgezeichnete Idee!«, sagte einer der Kompanieführer. Auch andere Offiziere applaudierten.

Dann wandte sich de la Meurette überraschend an Louis. »Die Bergleute werden an Ihrem Frontabschnitt eingesetzt. Sie werden mit ihnen zusammenarbeiten.«

Louis zögerte nicht. Das Projekt war außergewöhnlich, eine willkommene Abwechslung. Weiter dachte er nicht. »Ich bin bereit«, sagte er.

»Das hätten wir nicht anders von Ihnen erwartet. Sie sollten aber wissen, dass es durchaus kein leichtes Unternehmen ist.« De la Meurette warf ihm einen schwer zu deutenden Blick zu. »Wie Sie gehört haben, wurden diese Bergleute kurzfristig eingezogen, sind also keine regulären Soldaten. Sie kennen unseren Frontabschnitt nicht. Den Stollen werden sie graben, den militärischen Aspekt überlassen wir Ihnen, Naquet. Sie werden über den genauen Zielpunkt des Stollens mitentscheiden und den Bergleuten helfen, die beste Route dorthin zu finden. Als Letztes muss die Sprengladung angebracht und zur Explosion gebracht werden. Für alle diese Aufgaben – mit Ausnahme der Ausschachtungsarbeiten – sind Sie verantwortlich, Naquet. Und jetzt wollen wir auf der Karte die Stelle bestimmen, wo die Sprengung erfolgen soll.«

Der Feldwebel, der hinausgegangen war, um einen ersten Blick auf das Gelände zu werfen, gesellte sich wieder zu den Offizieren. »Herr Leutnant«, sagte er mit einem Seufzer der Erleichterung zu Louis, »ich hatte befürchtet, Kreideboden vorzufinden, doch zum Glück haben wir es mit tonigem Boden zu tun, der fester ist und bei der Detonation nicht so leicht zerfällt.«

»Aber wollen wir nicht gerade, dass den Deutschen der Boden unter den Füßen zusammenbricht?«, fragte Louis.

»Dafür werden wir schon sorgen. Die Hauptsache ist, dass die Erde nicht über uns einbricht, weder beim Graben des Tunnels noch auf dem Rückweg nach dem Anbringen der Sprengladung. Wenn eine Handgranate explodiert, die ein Soldat bei sich trägt, könnte bei ungünstigen Bodenverhältnissen die Decke einstürzen und uns alle unter sich begraben.«

»Dann steht dem Unternehmen ja nichts mehr im Wege«, sagte Louis.

Aber es lief keineswegs so reibungslos, wie sie gehofft hatten. Zwar ging die Arbeit dank modernstem Gerät gut voran. Doch sie durften keinen Lärm machen, damit der Feind das Vorhaben nicht entdeckte. Ein weiteres Problem war, in dem unbekannten Terrain einen Stollen zu graben, der exakt in der vorgeschriebenen Richtung verlief. Die Befürchtung, von der Route abzuweichen, lähmte den Elan der Bergleute. Als der Feldwebel meldete, dass der zentrale Abschnitt des Stollens fertiggestellt war, beschloss Louis, den Bau des letzten Abschnitts und die Anbringung der Sprengladung selbst zu beaufsichtigen.

Er hatte keine Vorstellung davon, was ihm bevorstand. Der Stollen war viel enger und niedriger, als er vermutet hatte. Er musste auf allen vieren kriechen. Es gab kaum genug Platz, um sich in den seltenen Ruhepausen hinzusetzen. Die Sauerstoffmasken, die von einigen Bergleuten über einen Schlauch mit Sauerstoff beschickt wurden, ermöglichten zwar das Atmen, waren aber alles andere als bequem. Louis fürchtete, keine Luft mehr zu bekommen, wenn die Sauerstoffversorgung plötzlich aussetzte. Von Meter zu Meter wurde ihm banger zumute. Ab und zu fielen Erdbrocken und Steine von der Decke. Er musste daran denken, wie der Feldwebel die Vorzüge der tonigen Erde gelobt hatte. Anscheinend war sie doch nicht so fest und stabil, wie er behauptet hatte. Der Stollen wurde in aller Eile gegraben und entsprach nicht den Sicherheitsvorschriften, die in zivilen Bergwerken zur Anwendung kamen. ›Was ist, wenn der Stollen einbricht und ich trotzdem am Leben bleibe?‹, fragte sich Louis. ›Wie komme ich dann wieder raus?‹

Die Grubenlampen verbreiteten nur wenig Licht, und die Finsternis war nicht dazu angetan, Louis' Stimmung zu heben. Er konnte nicht mit den Bergleuten reden, weil der Schlauch ihn beim Atmen behinderte. Sie durften ohnehin nur flüstern, damit der Feind sie nicht hören konnte. Louis sah nichts anderes als die Schuhsohlen des Feldwebels, der die Gruppe anführte. Er wusste, dass der Kumpel, der hinter ihm kroch, und die zehn anderen, die ihm in dichter Reihe folgten, auch nur die Schuhe des Vordermanns sahen. ›Wenn mir plötzlich schlecht wird, was mache ich dann?‹, dachte Louis. ›Oder wenn ich in Ohnmacht falle?‹ Es gab keinen Ausweg, weder vorwärts noch rückwärts. Ebenso schwierig würde die Lage, wenn einer der anderen Männer das Bewusstsein verlor oder sein Sauerstoffschlauch nicht mehr funktionierte. Dann würden sie alle feststecken, weil er den Weg versperrte. Louis hatte das Gefühl, vor Angst und Atemnot zu ersticken.

Das Ziel der Gruppe war der Punkt, den die Grabung am Vortag erreicht hatte. Dort erweiterten die Bergleute den Stollen auf einer Länge von mehreren Metern und erhöhten die Decke. An dieser Stelle würde Louis die Sprengladung vorbereiten. Dann sollten die Männer einen noch schmaleren Stollen bis zu dem vermuteten Schwachpunkt der deutschen Befestigungen graben, dort den Sprengstoff deponieren, wie eine Ameisenkolonne rückwärtskrabbeln und sich an Louis vorbei zu den französischen Stellungen zurückziehen. Schließlich sollte Louis die Zündschnur anzünden und so schnell wie möglich durch den inzwischen geräumten Stollen zum Ausgang kriechen.

Während die Bergleute den letzten Teil des Stollens gruben, bereitete Louis die Sprengladung vor und schloss sie an die Zündschnur an. Plötzlich hörte er ein Hämmern, das nicht von den eigenen Leuten kommen konnte. Im ersten Moment war er wie gelähmt. Dann stieß er den letzten Bergmann in der Reihe an und befahl ihm flüsternd, den anderen zu sagen, dass sie sofort die Arbeit einstellen und still sein sollten. Das Hämmern wurde lauter. Louis erschrak: ›Das sind die Deutschen! Womöglich haben sie dieselbe Idee gehabt und einen Tunnel in Richtung auf unsere Stellungen gebaut! Was ist, wenn sie genau dieselbe Route gewählt haben und direkt auf uns zu graben? Wenn wir unter der Erde aufeinanderstoßen? Wie sollen wir kämpfen, wenn wir uns kaum rühren können? Und wenn unsere oder ihre Sprengladung im Handgemenge explodiert?‹

Louis lauschte noch ein paar Sekunden und kam zu dem Schluss, dass die Deutschen genau auf sie zuhielten. Die Bodenverhältnisse diktierten ihnen dieselbe Route.

Er stieß den Bergmann vor ihm noch einmal an und befahl den sofortigen Rückzug. Während die Bergleute in geduckter Haltung rückwärtskrochen, bereitete Louis weiter die Sprengladung vor. Der Feldwebel, der als Letzter an ihm vorbeikam, sah ihn entgeistert an. Louis machte sich nicht die Mühe, ihm seine Absichten zu erklären, und bedeutete ihm mit einer nervösen Handbewegung, schnell weiterzukriechen. Ihm kam es darauf an, dass die Bergleute den Stollen räumten, damit er sich schnell zurückziehen konnte.

Als der Weg frei war, brachte er die Sprengladung dort an, wo er gerade stand, weil er keine Zeit damit verschwenden wollte, sie zum Ende des noch engeren Stollens zu bringen. Er richtete sie dorthin aus, wo er die deutsche Front vermutete, befestigte die Zündschnur an der Ladung und hielt das andere Ende mit aller Kraft fest, damit es ihm beim Rückzug nicht aus der Hand gleiten konnte. Er hoffte inständig, dass die Länge der Zündschnur es ihm ermöglichen würde, die französische Seite zu erreichen, bevor der Stollen zusammenbrach.

Doch die Zündschnur war nicht lang genug. Das Hämmern kam immer näher. Er war allein in dem engen, dunklen Tunnel. Er setzte die Zündschnur in Brand und krabbelte in panischer Angst wie ein verwundetes Tier auf den Ausgang zu, ohne zu merken, dass er seine Hände und Knie aufschürfte.

Während er, nach Luft ringend, voranhastete, ertönte eine gewaltige Detonation. Erde und Steine stürzten auf Louis herab. Alles wurde schwarz um ihn, und er verlor das Bewusstsein.

28

Pas-de-Calais
— Frühjahr 1917 —

Im März 1917 wurde Ludwig wieder an die Front geschickt, von Heimaturlaub war keine Rede mehr. Da sein Bein noch nicht voll einsatzfähig war, wurde er einstweilen in der Funkkoordination zwischen Artillerie und Luftstreitkräften eingesetzt. Als Akademiker, so vermuteten seine Vorgesetzen, konnte er auch Aufgaben übernehmen, die über den Grabenkampf hinausgingen.

Die Funksysteme waren ständig verbessert worden. Zum ersten Mal wurden auch in Kampfflugzeugen Funkgeräte installiert, die eine direkte Verbindung zur Artillerie und damit kombinierte Luft- und Artillerieangriffe auf die feindlichen Linien ermöglichten. Der Stab der Koordinierungseinheit, zu der Ludwig abkommandiert worden war, hatte sich im Frontabschnitt Vitry-Sailly etabliert.

Am Morgen des 8. April suchte Ludwig mit dem Fernglas den Himmel ab. Er wartete auf ein Bombengeschwader, das von einem Feldflughafen gestartet war und, von Jagdflugzeugen begleitet, einen Angriff auf die französische Front fliegen sollte. Als das Geschwader am Horizont auftauchte, stellte Ludwig eine doppelte Verbindung her: mit den Befehlshabern der Artillerieeinheit, die auf Informationen von den Flugzeugen warteten, und mit einem der Piloten, der für die Funkübermittlung verantwortlich war. Zunächst ging alles nach Plan: Die Bomber überflogen die französischen Schützengräben, um die rückwärtigen Befehlsstände anzugreifen, während die Artillerie die Gräben eindeckte.

Die deutschen Jagdflugzeuge folgten ihnen, um gegebenfalls Feuerschutz geben zu können. Die Piloten ahnten nicht, dass ihnen der Feind eine Falle gestellt hatte. Wie aus dem Nichts erschienen fünf französische SPAD-Maschinen, die, mit der Morgensonne im Rücken, aus dreitausend Metern Höhe im Sturzflug herabstießen. Als die Deutschen die Lage erkannten, war es zu spät. Ludwig sah voller Entsetzen, wie sich die SPADs mit rasender Geschwindigkeit auf die deutsche Staffel stürzten und eine Fokker nach der anderen abschossen.

Nur einem besonders geistesgegenwärtigen deutschen Piloten gelang es, im letzten Augenblick zu entkommen. Er ging mit seiner Albatros in den Sturzflug, fing sie gerade noch rechtzeitig ab, um nicht in die Schützengräben zu stürzen, und zog sie dann zu einem Looping hoch, um hinter seine Verfolger zu kommen. Ein kühnes Manöver, das nur um Haaresbreite gelang.

Der Deutsche nutzte den taktischen Vorteil und feuerte, sobald er eine SPAD vor sich hatte, aus seinem Zwillings-MG. Eine Rauchfahne hinter sich herziehend, verschwand der französische Doppeldecker in einer Baumgruppe. Doch statt zur Basis zurückzukehren, flog die Albatros im großem Bogen zur Front zurück und griff im Alleingang die restlichen vier französischen Flieger an. Einer der Franzosen vollführte einen Looping, um sich zu retten, ein zweiter fiel getroffen zu Boden, doch der dritte raste von hinten auf die Albatros zu und landete offenbar einen Volltreffer. Der rechte Flügel der Albatros brannte.

Jetzt erst schien der Pilot den Rückzug antreten zu wollen und steuerte auf die deutschen Linien zu. Ludwig konnte den Umriss des Mannes deutlich gegen den Himmel erkennen. Aber die SPADs waren nicht gewillt, ihn entkommen zu lassen. Mit einem zweiten Feuerstoß machten sie ihm den Garaus. Der Rumpf der Albatros ging in Flammen auf, das Cockpit kippte nach unten und stürzte senkrecht ab. Das Flugzeug löste sich in seine Bestandteile auf, noch bevor es am Boden aufschlug.

Ludwig stolperte seinen Kameraden hinterher, die wie besessen in die Richtung rannten, in der sie das Wrack vermuteten, über Felder, die mit Granateinschlägen und Bombentrichtern übersät waren, während die französischen Flieger von oben auf sie schossen. Nach einer halben Stunde erreichten sie die Überreste der Albatros. Von dem Piloten waren nur zerrissene Körperteile übrig, die über das Feld zerstreut waren, doch Ludwig konnte sein Gesicht erkennen. Es war Wilhelm Frankl.

Im Mai bekam Ludwig endlich Urlaub. Die lange Heimreise, erst im Lastwagen und danach in drei überfüllten, schwerfällig schwankenden Zügen, war für Ludwig mit seinem immer noch empfindlichen Bein nicht besonders bequem.

Der Ankunft in Frankfurt sah er ungeduldig entgegen. Der Gedanke an das Wiedersehen mit Karoline ließ sein Herz schneller schlagen. In die Sehnsucht mischte sich auch ängstliche Beklemmung. War Karoline dieselbe geblieben, oder hatte sich bei ihr etwas geändert? Liebte sie ihn noch? Zwar hatte er bei seinem Urlaub vor über einem Jahr nicht gespürt, dass ihre Liebe zu ihm nachgelassen hatte. Doch was war seitdem geschehen?

Ihm fuhr die Erinnerung an einen schmerzlichen Zwischenfall im Grabenkrieg vor Verdun durch den Kopf. Kurz bevor er verwundet wurde, fiel ihm ein Kamerad seiner Abteilung auf, dessen Einheit zur Verstärkung geschickt worden war. Sigmund schien in schlimmer seelischer Verfassung zu sein. Ludwig glaubte, er habe einen Gefechtsschock erlitten. Als erfahrener Frontkämpfer, der zwei Jahre Grabenkrieg hinter sich hatte, fühlte er sich verantwortlich für die neuen Soldaten, die fast noch Rekruten waren. Sie wirkten schwach und verloren und brauchten Unterstützung und Aufmunterung.

Als Ludwig ihn vorsichtig fragte, wie es ihm gehe, nahm Sigmund ihn gar nicht wahr, als befände er sich in einer anderen Welt. Er starrte mit einem seltsamen Ausdruck vor sich hin und schien nichts zu sehen oder zu hören. Schließlich schüttelte ihn Ludwig an der Schulter und wiederholte seine Frage mit größerem Nachdruck.

Sigmund holte mit verzerrtem Lächeln einen Brief aus der Tasche und sagte in bitterem Ton: »Da, lies selber, dann hast du die Antwort.«

Der Brief war kurz und kam aus einem kleinen Ort in Brandenburg, von dem Ludwig noch nie gehört hatte. Die Schrift war weiblich, fast ein wenig kindlich.

Lieber Sigmund!

Es stimmt, dass ich Dir in der letzten Zeit nicht viel geschrieben habe. Auch heute bin ich etwas in Eile, entschuldige bitte, dass ich nicht ausführlicher schreibe. Ich habe Deine Briefe bekommen und danke Dir dafür. Es tut mir so leid, zu hören, wie schwer Ihr es an der Front habt. Der Krieg ist für uns alle schwer, aber das weißt Du ja selber.

Ich möchte Dir etwas über Richard Weber erzählen, an den Du Dich vielleicht noch aus unserer Schulzeit erinnerst. Er war in unserer Klasse und wohnt nicht weit von Deinen Eltern. In der letzten Zeit treffen wir uns öfter. Wegen seines Gesundheitszustandes dient er in einer Einheit nicht weit von hier und kommt oft nach Hause. Wir sind nur befreundet, aber da alle schon über uns klatschen, möchte ich verhindern, dass Du von Dritten davon erfährst. Ich wollte es Dir lieber selbst erzählen. Nimm es Dir nicht zu Herzen. Gib auf Dich acht, lieber Freund.

Deine Charlotte

Als Ludwig den Brief erschüttert zurückgeben wollte, streckte Sigmund die Hand nicht aus und ließ ihn fallen. Der Wind wehte ihn fort, und der junge Soldat starrte wieder mit leerem Blick vor sich hin.

War Karoline der langen Trennung möglicherweise nicht auch überdrüssig? Aus den Augen, aus dem Sinn, sagt der Volksmund. Galt das vielleicht auch für Karoline?

›Nein‹, sprach Ludwig sich selbst Mut zu, ›Karoline ist nicht wie andere Frauen. Wir sind nicht wie andere Liebespaare. Ich denke unentwegt an sie. Doch wenn das auf einen Soldaten zutrifft, der sich im Schützengraben nach seinem zivilen Dasein zurücksehnt, muss es dann auch für denjenigen gelten, der seinen Alltag wie gewohnt weiterlebt?‹

Mitten in der Nacht kam der Zug endlich an. Ludwig stieg schwerfällig aus, auf dem Rücken einen Tornister, der vierundzwanzig Kilo wog. Er drängte sich durch die Massen an Uniformierten, den Blick auf die Stiefel der Soldaten geheftet, die vor ihm hergingen.

Plötzlich blieb er stehen. Die Soldatenstiefel waren verschwunden. Vor ihm stand Karoline, die sich durch die Menge zu ihm durchgekämpft hatte. Ihr Gesicht erstrahlte in einem Lächeln, das Ludwig in diesem Augenblick als den Gipfel des Glücks empfand.

29

Picardie

— Frühjahr 1918 —

Als er wieder zu sich kam, wusste er nicht, wo er war. Doch kaum hatte er begriffen, dass er nicht mehr im Stollen lag, verspürte er so starke Schmerzen in der Brust, dass ihn eine Welle von Angst überschwemmte. Was war passiert?

Ein Mann trat auf ihn zu, stellte sich als Arzt vor und bemühte sich, ihn zu beruhigen. »Was ist geschehen?«, fragte Louis.

»Sie waren bewusstlos«, sagte der Arzt. »Zu Ihrem Glück hat man Sie rechtzeitig gefunden und noch vor Ort beatmet. Die Sanitäter haben Sie zum Bataillonsarzt gebracht, der Sie sofort untersucht und den Transport hierher angeordnet hat. Sie befinden sich in einem provisorischen Lazarett.« Er machte eine Pause und fuhr fort: »Wir haben bei Ihnen beiderseitige Rippenbrüche diagnostiziert, die naturgemäß heftige Schmerzen verursachen. Außerdem haben Sie Abschürfungen und Prellungen am ganzen Körper. Aber Ihre Verletzungen sind nicht lebensgefährlich und werden keine Behinderung zur Folge haben. Sie werden sich relativ schnell erholen, aber noch eine Zeit lang unter starken Schmerzen leiden.«

»Gibt es denn keine Arznei dagegen?«, stöhnte Louis.

»Ich habe ein Pulver … gegen Kopfschmerzen«, sagte der Arzt verlegen. »Das ist alles, was wir noch übrig haben. Aber ich habe angeordnet, Sie in ein Militärkrankenhaus zu überführen. Dort bekommen Sie dann die richtigen Medikamente, die allerdings auch nur teilweise wirken. Gegen gebrochene Rippen kann man nichts machen. Der Körper heilt sich nach und nach selbst. Haben Sie Geduld. Ihrer gänzlichen Wiederherstellung steht nichts im Wege. In ein paar Stunden werden Sie abgeholt.«

Als es Louis nach einigen Tagen im Krankenhaus etwas besser ging, besuchte ihn sein Bataillonskommandeur, Oberstleutnant de la Meurette.

»Naquet«, begrüßte er Louis mit breitem Lächeln, »Sie können sich nicht vorstellen, wie froh ich über Ihre Rettung bin. Ich habe schon manchen Offizier verloren, aber es wäre mir sehr nahegegangen, wenn Sie nach allem, was Sie getan haben, Ihren Einsatz nicht überlebt hätten.«

De la Meurette galt als harter Bursche, der nicht zu sentimentalen Bekenntnissen neigte. Wenn ein Soldat neben ihm von einer Granate zerrissen wurde, nahm er das hin, ohne mit der Wimper zu zucken. Doch diesmal hatte er darauf bestanden, Louis persönlich zu besuchen.

»Sie wollen sicher wissen, was passiert ist«, fuhr de la Meurette fort. »Sie haben das Bewusstsein verloren, als der Stollen über Ihnen zusammenbrach. Die Explosion hat unseren ganzen Frontabschnitt erschüttert. Sie wurden gerettet, weil Sie den Sauerstoffschlauch nicht losgelassen haben. So haben die Bergleute Sie rasch gefunden und ausgegraben. Auf Befehl des Feldwebels sprangen sie einer nach dem anderen in den Stollen, schaufelten Erde und Steine in Behälter und reichten sie von Hand zu Hand weiter. Sie arbeiteten mit einer Kraft, wie man sie nur in Paniksituationen aufbringt, zogen Sie heraus und fingen sofort mit der Beatmung an. Niemand brauchte ihnen zu sagen, wie man das macht. Das ist ihr tägliches Brot.« Er lächelte und setzte sich auf den Stuhl, der neben dem Bett stand.

»Aus der Befragung der Kumpel und unseren eigenen Beobachtungen ergab sich schließlich ein vollständiges Bild des Geschehens«, sagte er. »Die Deutschen haben tatsächlich auch einen Tunnel gegraben. Unserer Schätzung nach hatten sie viel mehr Sprengstoff herangeschafft als wir. Anscheinend waren sie schon so nahe an uns herangekommen, dass die von Ihnen ausgelöste Detonation auch ihre Sprengladung zur Explosion brachte. Der Tunnel und die dahinter liegenden Stellungen des Feindes wurden vollständig zerstört. Was das im Einzelnen für Auswirkungen hatte, wissen wir nicht, aber nach Auskunft unser Späher wurden gewaltige Schäden verursacht. Die Deutschen holten sofort Verstärkung, um die Bresche in ihren Befestigungen zu schließen. Doch das Wichtigste ist, dass Sie uns wahrscheinlich vor einer Katastrophe bewahrt haben. Hätten Sie das Vorhaben der Deutschen nicht rechtzeitig bemerkt, wären wir womöglich alle in die Luft geflogen. Ihr schneller Entschluss, die Sprengladung nicht an der geplanten Stelle, sondern direkt an Ihrem Standort zu zünden, hat uns wahrscheinlich das Leben gerettet.«

De la Meurette machte eine Pause und sah Louis an, der noch kaum begriffen hatte, was geschehen war. Zu sehr war er mit den heftigen Schmerzen in der Brust beschäftigt.

»Danke, Herr Oberstleutnant«, murmelte er.

»Das ist noch nicht alles, Naquet. Ich habe Ihre Militärakte geprüft und festgestellt, dass Sie schon zwei Orden bekommen haben: die Militärmedaille und die Verdun-Medaille. Sie sollen wissen, dass ich Sie für eine weitere Auszeichnung empfohlen habe: das *Croix de guerre* mit zwei Palmzweigen.«

Louis unterdrückte ein trauriges Lächeln. Wenn das sein Vater noch erlebt hätte …

Beim Abschied drückte ihm de la Meurette die Hand. »Da hier im Augenblick nicht viel los ist, wurde beschlossen, Sie nach Ihrer Entlassung aus dem Krankenhaus zur Genesung ins Hinterland zu schicken und Ihnen einen wohlverdienten Urlaub zu gewähren. Das wäre alles. Kann ich noch irgendetwas für Sie tun?«

»Ja, bitte. Können Sie veranlassen, dass man mir Papier und Bleistift bringt?«

»Aha«, lachte der Bataillonsführer, »Sie wollen Ihren Eltern schreiben und sich Ihrer Heldentat rühmen! Natürlich lasse ich Ihnen Schreibzeug bringen.«

Doch in seinem Brief an Élise erwähnte Louis das Sprengstoffdrama, den Orden und seine Verwundung nicht. Er teilte ihr nur mit, dass er Urlaub bekommen werde und dass sie ihn auch schon vorher in dem Genesungsheim besuchen könne. Er steckte die wenigen Zeilen in einen Umschlag und bat die Krankenschwester, den Brief so bald wie möglich abzuschicken. Danach drehte er sich auf die Seite und suchte eine Lage, in der ihn die Rippen weniger schmerzten.

30

Ostfront

— 1917 —

Sie blieben lange im Bahnhof stehen. In enger Umarmung sahen sie einander an, ohne ein Wort zu sagen. Tränen standen ihnen in den Augen. Tränen des Glücks und der Aufregung. Sie nahmen nicht wahr, wie der Bahnhof sich leerte, und küssten sich immer wieder. Schließlich lächelte Karoline und griff nach Ludwigs schwerem Rucksack, der auf dem Boden stand, doch er kam ihr zuvor, nahm ihn auf die Schultern und fasste nach ihrer Hand. Mit verschlungenen Fingern verließen sie den Bahnhof, genossen die Strahlen der Frühlingssonne. Noch immer sprachen sie kaum, genossen schweigend das Wiedersehen.

Ihr erstes Ziel war die Meldestelle in der Festhalle. Karoline bekam die Erlaubnis, mit ihm in den Warteraum zu gehen. Zu Ludwigs Überraschung nahm der diensthabende Soldat nicht nur seine Personalien auf, sondern überreichte ihm auch einen Umschlag und forderte ihn auf, den Inhalt zur Kenntnis zu nehmen und den Empfang durch seine Unterschrift zu bestätigen.

Karoline, die keinen Blick von ihrem Liebsten wandte, fühlte einen Stich im Herzen, als sie sah, dass Ludwig beim Lesen des Schriftstücks blass wurde und mit zitternder Hand unterschrieb. Im Hinausgehen sah sie ihn fragend an, und Ludwig sagte mit düsterer Miene: »Man hat mir den Urlaub gekürzt, und zwar radikal – von drei Wochen auf drei Tage. Dafür bin ich jetzt Feldwebel.«

»Aber warum?« Mehr brachte Karoline nicht heraus.

»Keine Ahnung, du hast ja gesehen, dass der Soldat mir kein Wort der Erklärung gegönnt hat. Am Montagmorgen muss ich wieder hier sein.«

Doch bis dahin waren noch drei Tage Zeit. Und die wollten sie nutzen. Sie eilten zu Ludwigs Eltern, um seine Mutter zu umarmen und seinem Vater kurz die Hand zu drücken. Dann gingen sie zu Friedes Wohnung. Karolines Eltern besuchten sie nicht. Ludwig protestierte zwar, da er es als grob unhöflich empfand, sie nicht wenigstens zu begrüßen. Aber Karoline wollte ihm die bittere Erkenntnis ersparen, dass die Einstellung ihrer Eltern zu Ludwig sich seit seinem letzten Besuch in Frankfurt noch massiv verschlechtert hatte. Deshalb sagte sie nur, sie wolle keinen Augenblick ihres Zusammenseins mit Höflichkeitsbesuchen vergeuden, nachdem sein Urlaub so stark verkürzt worden sei. Die nächsten drei Tage und Nächte sollten nur ihnen gehören. Für andere Menschen gab es keinen Raum.

Blitzurlaub, so nannte Karoline die wenigen Stunden, die ihnen vergönnt waren. Beide kämpften gegen die Niedergeschlagenheit an, um sich nicht auch noch die verbliebenen Tage zu verderben. Doch für nichts schien genug Zeit, vor allem nicht für die Liebe. Sie konnten sich nicht alles erzählen, was sie auf dem Herzen hatten. Zumal es ihnen schwerfiel, in so kurzer Zeit die Distanz zu überwinden, die durch die einjährige Trennung entstanden war. »Mir ist, als hätte ich Asche im Mund«, sagte Ludwig eines Abends leise. »Das Herz schnürt sich mir zusammen, ich spüre ein Ziehen im Magen.«

»Ich habe noch nie Asche geschmeckt«, sagte Karoline mit künstlicher Heiterkeit und verdächtig geröteten Augen, »aber ich habe genau dasselbe Gefühl.«

Wenige Tage darauf zog Ludwig wieder in den Krieg, diesmal in östlicher Richtung. Nun wusste er, warum sein Urlaub so drastisch verkürzt worden war. Er musste sich seinem Bataillon anschließen, das von der Westfront in den Osten gesandt worden war. Die Russen hatten im Februar ihren Zaren gestürzt, aber die Regierung Kerenski schien unbedingt weiterkämpfen zu wollen und hatte sogar eine überraschende Offensive gestartet.

Dabei war man allgemein davon ausgegangen, dass sich Russland nach dem Sturz des Zarenregimes endgültig aus dem Krieg zurückziehen würde. Als Ludwigs Bataillon Mitte Juli die Front erreichte, wurde die Kerenski-Offensive blutig zurückgeschlagen, und im Oktober übernahm ein gewisser Lenin mit der Parole »Brot und Frieden« die Macht.

Zu Ludwigs Überraschung und Erleichterung waren die Bedingungen an der russischen Front sehr viel erträglicher als im Westen. In dem Bewegungskrieg, der hier geführt wurde, änderte sich der Frontverlauf ständig. In riesigen Umfassungsbewegungen wurden Gebiete von Hunderten Quadratkilometern erobert und bei Gegenangriffen wieder zurückgewonnen. In den langen Gefechtspausen kampierten die Truppen in Zeltlagern, die in meist noch bewohnten Dörfern aufgeschlagen wurden. Es gab kein endloses Vegetieren in der stinkenden Fäulnis ratten- und läuseverseuchter Gräben, die nur wenige Meter von den Stellungen des Feindes entfernt waren und ständig unter Artilleriefeuer lagen.

»Ist das nicht ein Paradies?«, fragte Johann, den Ludwig nach langer Zeit an dieser Front wiedergetroffen hatte. Auch Adalbert, der in Verdun verwundet worden war, stieß zu ihnen. Man hatte sich viel zu erzählen, doch wie sich herausstellte, blieb wenig Zeit dafür, fanden sie sich doch bald im Schwung der österreichischen und deutschen Gegenangriffe wieder. Die ehemals russischen Teile Polens wie auch das Baltikum und Teile Weißrusslands und der Ukraine wurden erobert.

Dann wieder herrschte wochenlang Ruhe. Ludwig und seine Kameraden bekamen manchmal einen halben oder gar einen ganzen Tag Urlaub. Zu Ludwigs Überraschung empfingen die Einwohner der kleinen Orte die Deutschen freundlich, ein himmelweiter Unterschied zur belgischen oder nordfranzösischen Bevölkerung. Dank Johann entdeckte Ludwig, dass hier erstaunlich viele Juden lebten, die ihre Ankunft begrüßten. In ihren Augen waren die Deutschen und Österreicher so etwas wie Befreier. Auch wenn Ernteerträge und andere Güter für den täglichen Truppenbedarf und Häuser oder Zimmer für die Offiziere beschlagnahmt wurden, galten die Deutschen und Österreicher im Gegensatz zum antisemitischen Regime des Zarenreiches als »anständig«.

Als Ludwigs Bataillon sich in Nadwirna aufhielt, stellte Johann den Antrag, als Verbindungsmann zwischen dem Bataillonskommando und der jüdischen Gemeinde eingesetzt zu werden. In der Ortschaft lebten an die zwölftausend Menschen, darunter einige Hundert Juden.

»Sieh dir an«, sagte Johann zu Ludwig, »wie die Leute hier leben. Das sind noch richtige Juden, anders als die Juden, die du in deiner Synagoge im Westend antriffst, wenn du alle Jubeljahre mal hingehst. Für dich und deinesgleichen ist das Judentum so etwas wie eine Zirkusvorstellung. Ihr kommt im Alltag damit gar nicht in Berührung. Doch hier kannst du ein intensives jüdisches Leben beobachten. Das solltest du dir wenigstens einmal anschauen.«

Neugierig geworden, begleitete Ludwig seinen Freund zur Synagoge. Sogleich fiel ihm auf, dass Johann gerade in dieser Umgebung aufrechter und selbstbewusster wirkte, und das war nicht nur seiner deutschen Uniform geschuldet.

»Sag mal«, fragte er seinen Freund. »Warum gibt es eigentlich hier in Polen und der Ukraine so viele Juden?«

»Sie sind gerufen worden!«, erklärte Johann.

»Von wem?«, fragte Ludwig. »Vom lieben Gott?«

»Nein«, lachte Johann. »Das heißt, letzten Endes wahrscheinlich schon. Aber ganz konkret war es ein polnischer König. Kasimir der Große hat deutsche Ärzte, Handwerker und Bauern in sein Land gerufen, um das Königreich Polen reicher und schöner zu machen – und die Juden waren die Ersten, die kamen.«

»Warum gerade die Juden?«

»Na ja, du weißt doch: das finstere Mittelalter. Jedes Mal, wenn die Deutschen zu einem Kreuzzug gegen die Heiden aufbrachen, haben sie erst mal zu Hause die Juden erschlagen. Da waren die Juden froh, dass sie in Polen gebraucht wurden. Aber Deutsch haben sie trotzdem weiter gesprochen.«

»Aber das ist doch kein Deutsch, was die Leute hier reden. Das ist doch dieses schreckliche Jiddisch.«

»Na, so schrecklich find ich es eigentlich nicht. Es stammt halt aus dem Mittelalter. Aber es ist ganz eng verwandt mit dem Deutschen. Eigentlich heißt es Juden-Deutsch.«

»Aber die Schrift ist so komisch. Sieht aus wie Hebräisch.«

»Das ist auch Hebräisch. Die meisten Juden konnten im Mittelalter schon lesen und schreiben, was viele Christen nicht konnten. Aber sie haben halt hebräische Buchstaben benutzt, und nicht die lateinischen wie die Kirchenleute, die ständig gegen die Juden gehetzt haben. Aber die Sprache ist Deutsch.«

In der Synagoge herrschte Aufregung. Der Rabbiner und die Gemeindevorsteher waren in eine heftige Diskussion verstrickt. Als die beiden Soldaten eintraten, verstummten alle, um sogleich herzlich zu rufen: »Willkommen, willkommen!« Johann sprach die Juden mit ein paar jiddischen Worten an, was bei einem deutschen Soldaten eher selten vorkam. Auch Johann konnte das Jiddische zwar einigermaßen verstehen, aber nicht sprechen. Immerhin hatte er von osteuropäischen Auswanderern, die seine Synagoge in Worms besuchten, einiges aufgeschnappt.

Der Rabbiner und seine Gläubigen drängten sich um Johann, erzählten ihm aufgeregt von einem Missgeschick und baten ihn um seinen Rat. Ludwig versuchte, dem Gespräch zu folgen, begriff aber nicht, worum es ging. Das lag nur zum Teil an der fremden Sprache, denn Ludwig konnte sich aus Johanns deutschen Antworten einiges zusammenreimen. Doch der Inhalt des Gesprächs war ihm völlig unverständlich, denn es ging offenbar um eine religionsgesetzliche Frage.

Nachdem sie eine Zeit lang diskutiert hatten, riet ihnen Johann, sich an den Bataillonskommandeur zu wenden und ihm das Problem zu schildern. »Dem Kommandeur selber?«, fragte der Rabbiner mit ehrfürchtigem Staunen. Ein deutscher Offizier würde bereit sein, mit einem Rabbiner zu sprechen?

»Habt ihr vergessen«, sagte Johann mit kaum verhohlenem Stolz, »dass ihr nicht mehr unter der Knute des Zaren lebt? Gewiss, unser Kommandeur ist kein Jude, vielleicht mag er die Juden auch nicht besonders. Aber er ist Deutscher, das heißt, er ist ehrlich und anständig.«

»Wenn das so ist«, sagte der Rabbiner, »werden wir das versuchen. Aber bitte begleiten Sie uns bei diesem Gespräch.«

Ludwig war sehr beeindruckt von diesem Besuch. Als sie auf dem Rückweg zu ihrer Kompanie waren, sagte er: »Die Juden haben hier eigene Dörfer. Das ist schon erstaunlich. In Deutschland gibt es so gut wie gar keine jüdischen Bauern.«

»Ja, die polnischen Könige waren sehr großzügig und haben den Juden auch erlaubt, Grundbesitz zu erwerben. Nur wenn die katholischen Geistlichen wieder einmal gegen die ›Christusmörder‹ gehetzt haben, mussten die Könige den Juden Beschränkungen auferlegen.«

»Und was hast du über die antisemitischen Zaren gesagt?«

»Die Zaren haben eine ganz andere Politik verfolgt als die polnischen Könige. Die orthodoxe Kirche hat das verlangt. Katharina die Große hat deshalb verboten, dass Juden das Heilige Russland betreten. Nur in Litauen, Polen, Weißrussland und der Ukraine durften sie wohnen. Wenn ein Jude nach Moskau wollte, brauchte er eine schriftliche Genehmigung.«

Wenige Tage später erschien der jüdische Gemeindevorstand beim Bataillonskommandeur. Die Männer hatten sich dem Anlass entsprechend feierlich gekleidet und trugen festliche runde Pelzhüte sowie lange schwarze Mäntel mit breiten Gürteln. Johann fragte sich insgeheim, ob diese Aufmachung eigentlich jüdisch war oder von der Kleidung polnischer Adliger im Mittelalter herrührte. Als der Gemeindevorsitzende begann, sein

Anliegen vorzutragen, schaukelte er mit dem Oberkörper vor und zurück wie beim Gebet in der Synagoge.

Für eine wortgetreue Übersetzung reichten Johanns Jiddischkenntnisse nicht aus, aber er konnte dem Bataillonskommandeur, Oberstleutnant Erich von Korff, zumindest die allgemeine Richtung des Antrags erklären. Dennoch vermochte von Korff dem kuriosen Vortrag keinen Sinn abzugewinnen. Und Ludwig, den Johann zu diesem Treffen mitgenommen hatte (und sei es nur, um sein jüdisches Wissen zu erweitern), ging es zunächst nicht anders.

Alles hatte damit angefangen, dass der Bataillonskommandeur wie alle anderen Kommandeure an der russischen Front seinen Soldaten befohlen hatte, auf den Straßen und in den Häusern der eroberten Ortschaften Altmetall zu sammeln. Je länger der Krieg dauerte, desto mehr hatte Deutschland unter Rohstoffmangel zu leiden. Laut Befehl sollten keine Gegenstände des täglichen Bedarfs requiriert werden, nur Metallteile, die nicht lebenswichtig waren, vor allem Schrott oder selten benutzte oder weggeworfene Objekte.

In Nadwirna fanden die Soldaten etwas besonders Wertvolles: einen dünnen, über Stützen gespannten Kupferdraht. Als sie ihm folgten, entdeckten sie, dass er Hunderte von Metern lang war. Er war aber weder an eine Stromquelle noch an ein Telefon angeschlossen. Also rissen sie ihn herunter und wickelten ihn zu einer beachtlichen Rolle auf. Der Kommandeur war sehr zufrieden mit dem Fund gewesen und fiel nun aus allen Wolken, als er von den aufgebrachten Juden erfuhr, dass der Draht keine herrenlose Sache sei, sondern eine wichtige religiöse Funktion habe.

»Das müsst ihr mir näher erklären«, sagte er kopfschüttelnd.

Die Gemeindevorsteher brachen erneut in weitschweifige Höflichkeiten und Demutsbezeugungen aus, die Johann weder verstand noch ernsthaft zu übersetzen vermochte. Deshalb erklärte er den Sachverhalt so, wie er ihn verstand. »Die orthodoxen Juden dürfen ja am Sabbat nicht arbeiten und sich auch nicht über die Grenzen ihres Wohnorts hinaus bewegen, die im Allgemeinen mit der Stadtmauer identisch sind. Wenn es eine solche Stadtmauer nicht gibt, wie im Falle von Nadwirna, behilft man sich mit einer symbolischen Geste: Man umgibt die Ortschaft mit einem über Stützen gespannten Metalldraht, dem Eruw, und erklärt ihn zur Stadtmauer. Innerhalb dieser Grenze können Juden sich am Sabbat frei bewegen und Gegenstände von einem Ort zum anderen tragen. Das ist natürlich sehr wichtig für sie, denn ohne diese Grenze dürften sie am Sabbat gar nicht aus dem Haus gehen.«

Der Kommandeur kratzte sich am Kopf, während er über diese seltsame Geschichte nachdachte. Eine amüsante Anekdote, die er nach dem Krieg zu Hause erzählen konnte, aber was sollte er jetzt und hier tun?

Ludwig verfolgte die bizarre Szene mit wachsendem Unbehagen. Er fürchtete einen Wutausbruch des Offiziers, der es sicher als Zeitverschwendung ansah, sich diesen Unsinn anhören zu müssen, und dachte, er würde sie alle hinauswerfen. Aber nein, von Korff dachte lange nach und verkündete schließlich: »Ich werde euch den Draht nicht zurückgeben. Eure Bitte muss ich leider ablehnen, obwohl ich euch und eurer Religion nicht schaden will. Aber wenn ihr euch wirklich vorstellen könnt, dass ein Draht eine Stadtmauer ist, dann könnt ihr euch sicher auch vorstellen, dass in der Luft zwischen den Stützen ein Draht hängt.« Damit stand er auf, drückte seinen verblüfften Gästen die Hand, erwiderte den militärischen Gruß der beiden Soldaten und ging aus der Stube.

Johann sorgte dafür, dass Ludwig öfter in die jüdischen Gemeinden eingeladen wurde, mit denen sie an der Front in Berührung kamen. Je weiter sie in die Ukraine vorstießen, desto mehr lernte Ludwig von der jüdischen Welt kennen, die über den gesamten Osten verbreitet war. Die Herzlichkeit und Gastfreundschaft der meist bitterarmen Juden schienen keine Grenzen zu kennen. Johann schleppte Ludwig immer wieder in die eine oder andere Synagoge, die sich oft glichen wie ein Ei dem anderen. Große und prächtige Synagogen gab es selten, die meisten Bethäuser waren klein und höchst bescheiden mit langen, schmalen Holzbänken ausgestattet. Als Beleuchtung dienten Petroleumlampen oder auch nur Kerzen. Der Ehrenplatz an der Ostwand, in Richtung auf Jerusalem, war dem Rabbiner vorbehalten. Er saß nicht auf einer Bank, sondern auf einem grob gezimmerten, ungepolsterten Stuhl. Nur der Schrein, der die Thorarollen enthielt, war verziert und mit einem reich bestickten Vorhang versehen. Wenn die Liturgie es erforderte, wurden eine oder mehrere Thorarollen ausgehoben, von der Gemeinde ehrfürchtig gegrüßt und behutsam auf ein Vorlesepult gelegt, damit der Vorbeter daraus vorlesen konnte.

Johann und Ludwig schlossen sich noch andere jüdische Soldaten an, wenn nicht zum Gottesdienst in der Synagoge, dann wenigstens zu Besuchen bei jüdischen Familien. In seinem Bataillon erzählte Johann allen von dem Brauch, dass am Sabbat nach dem Gottesdienst die meisten jüdischen Häuser fremden Gästen offen standen. Er fühlte sich dazu ausersehen, Kontakte zwischen den orthodoxen Juden des Ostens und den deutschen Soldaten jüdischen Glaubens zuwege zu bringen. Vor allem ging es ihm darum, seinen Kameraden die Schönheit, Wärme und Menschlichkeit des orthodoxen Judentums nahezubringen, das den meisten deutschen Juden als kuriose Mischung aus Glaubenseifer und einer fanatischen Gesetzestreue erschien. Mussten die orthodoxen Juden nicht Hunderte von Gesetzen und Regeln einhalten, von denen eine verrückter schien als die andere?

Die meisten jüdischen Soldaten ließen es bei einem oder zwei Besuchen der Synagoge bewenden. Ihnen genügte, dass sie »das Prinzip verstanden« hatten. Die Gottesdienste dauerten stundenlang, ähnlich wie in den christlich-orthodoxen Kirchen.

Zwar musste man beim jüdischen Gottesdienst nicht die ganze Zeit stehen, aber die meisten Soldaten fanden ihn dennoch anstrengend. Dagegen waren die Sabbat- oder Feiertagsmahlzeiten bei den jüdischen Familien eine höchst willkommene Abwechslung. Die reichhaltigen, schmackhaften Gerichte, die von der Hausfrau zubereitet wurden, stellten die eintönige Armeekost weit in den Schatten.

Der Hausherr sagte den Segen über dem bis zum Rande gefüllten silbernen Kidduschbecher, trank daraus und reichte ihn an die Familie und die Gäste weiter. Auch die beiden geflochtenen Sabbatbrote, die Challa, wurden gesegnet und an die Tischrunde verteilt. Dann wurden die klare Hühnerbrühe mit Knödeln, der Gefillte Fisch, gehackte Leber, Eier mit Zwiebeln und Kalbsfußsülze aufgetischt. Und dann kam der Höhepunkt! Man trug in einem riesigen Topf den Tscholent auf, ein Eintopfgericht aus fettem Rindfleisch, Kartoffeln, weißen Bohnen, Graupen, Zwiebeln, Knoblauch, verschiedenen Gewürzen und hart gekochten Eiern, die durch das langsame Garen eine braune Farbe annahmen. Der Tscholent wurde am Freitag vorbereitet und zum Bäcker getragen, wo er die Nacht über im Backofen stand, bis die Männer ihn gegen Mittag nach dem Morgengottesdienst abholten und nach Hause trugen. Dabei breitete sich auf der ganzen Straße ein unwiderstehlicher Duft aus.

›Nach einer Portion Tscholent ist ein erwachsener Mann eine Woche lang satt‹, dachte Ludwig, ›und ein Soldat an der Front einen ganzen Monat …‹ Doch selbst nach dem Tscholent wurden noch selbst gebackene Kuchen und Kompott serviert. Ohne wenigstens davon zu probieren, durfte man nicht vom Tisch aufstehen.

Was die Soldaten amüsierte, aber auch in Verlegenheit brachte, war die Aufmerksamkeit, die ihnen die Hausfrau und ihre Töchter widmeten. Während sie zwischen der festlichen Tafel und der Küche hin- und herliefen, drängten sie die Gäste ständig zum Essen. Sie wiesen auf die gefüllten Schüsseln und mahnten in fast vorwurfsvollem Ton: »Habt ihr das schon probiert? Aber sicher zu wenig … Da hinten steht noch ein Gericht, greift bitte zu und nehmt euch noch von der Challa.«

Der Hausherr und die Söhne standen während der ganzen langen Mahlzeit nicht vom Tisch auf und nötigten die Gäste immer wieder, von dem ungewohnt schweren süßen Wein zu trinken. Das Mahl verlief in heiterer Stimmung und wurde von Sabbatliedern und hebräischen Gebeten begleitet, die alle auswendig hersagen konnten, auch wenn sie sie zum Teil nicht verstanden. Unter den Liedern waren chassidische Weisen, denen man anhörte, dass sie von Märschen der napoleonischen Armee inspiriert waren. Auch Johann kannte nicht alle Lieder, erfasste aber sofort den Marschrhythmus und sang ohne Worte mit. Der Wein half den Soldaten, ihre Verlegenheit zu überwinden, und nach kurzer Zeit klatschten alle in die Hände und stampften rhythmisch mit den Füßen. Selbst Adalbert vergaß seine anfängliche Schüchternheit und fiel erst leise, dann immer lauter in den Gesang ein.

Liebste Karoline,

ich könnte Dir noch und noch Geschichten und Anekdoten über dieses seltsame Osteuropa erzählen. Über den Krieg hier, der so ganz anders ist als derjenige an der Westfront. Er ist nicht weniger schrecklich und grausam. Wie viele Männer in den Julikämpfen gefallen sind und verwundet oder gefangen genommen wurden, wage ich mir kaum vorzustellen. Besonders besorgt sind wir um unsere Gefangenen. Unter welchen Bedingungen müssen sie leben? Die Gerüchte über den Zusammenbruch des Zarenregimes und damit auch der öffentlichen Ordnung in Russland, über Hungersnöte und Epidemien verheißen nichts Gutes.

Der unschätzbare Vorteil gegenüber der Westfront besteht darin, dass wir in den Kampfpausen nicht im Schützengraben sitzen müssen. Dieser Umstand hebt die Kampfmoral be-

trächtlich. Wir Juden genießen noch einen weiteren Vorteil: die Zuneigung und Gastfreundschaft der einheimischen Juden, wo immer wir auch hinkommen. Sie sehen in uns einen Hoffnungsstrahl: Juden in Uniformen der deutschen Armee, die sie von den Russen befreit.

Manchmal wird mir der ostjüdische Gefühlsüberschwang allerdings fast zu viel. So aufregend und faszinierend die Begegnung mit dem vitalen Judentum des Ostens auch sein mag: Ich bin froh, dass ich einen Einblick in diese Welt gewonnen habe, aber noch froher, nach Frankfurt zurückzukehren. Letzten Endes ist das hiesige Judentum nicht mehr als eine schöne und bewegende Reminiszenz an eine Vergangenheit, zu der kein Weg zurückführt. Die Gegenwart und die Zukunft gehören dem progressiven Westen, und das gilt auch für uns Juden. Vielleicht ist mir gerade durch den Kontakt mit den »authentischen« Juden in den Dörfern und Kleinstädten des Ostens klar geworden, wie – glücklicherweise – deutsch ich tatsächlich bin.

Und doch, meine Liebste, kann man nicht alles allein mit dem Verstand beurteilen. Vor einigen Wochen waren Johann, Adalbert und ich bei einem alten jüdischen Ehepaar zu Gast. So arm diese Menschen waren, so sehr bemühten sie sich darum, uns großzügig zu bewirten. Sie waren zu bescheiden, um auch nur die geringste Bitte zu äußern, doch ich wurde das Gefühl nicht los, dass sie etwas auf dem Herzen hatten. Daher drängte ich sie, uns zu sagen, ob wir irgendetwas für sie tun könnten. Die Alten wehrten mehrmals ab, doch dann gestand die Frau endlich, was sie bekümmerte. »Wir haben einen Sohn«, sagte sie, »das heißt, wenn er noch am Leben ist. Er heißt Pjotr Appelboim, hier ist ein Foto von ihm. So sah er aus, als man ihn mit Gewalt zur zaristischen Armee holte. Seit Kriegsbeginn ist er verschollen. Auf unsere Briefe haben wir nie eine Antwort bekommen. Deshalb wissen wir auch nicht, wohin wir schreiben sollen. Wir fürchten, dass er gefal-

len ist, aber da wir keine Nachricht bekommen haben, möchten wir die Hoffnung nicht aufgeben.«

Johann, Adalbert und ich standen hilflos vor diesen armen Menschen. Wir murmelten ein paar banale Trostworte und verabschiedeten uns.

Nachdem wir die Appelboims schon fast vergessen hatten, wurde ich gestern vom Bataillonskommando mit einer besonderen Aufgabe betraut. Ich bat darum, Johann mitnehmen zu dürfen, und meine Bitte wurde gewährt. Nach einigen Stunden unbequemer Fahrt auf holprigen Wegen kamen wir zum Divisionsstab in Weißrussland. Ganz in der Nähe liegt ein riesiges Gefangenenlager. Mein Auftrag war, dem Divisionsstab einen Umschlag mit Berichten meines Bataillons zu übergeben und die entsprechenden Anweisungen und Befehle zurückzubringen. Bis diese ausgefertigt wurden, hatten Johann und ich einige Stunden Zeit. Ein Arbeitstrupp war gerade auf dem Weg ins Gefangenenlager. Ich wurde neugierig, da ich so ein Lager noch nie gesehen hatte, und erbat die Erlaubnis, den Trupp begleiten zu dürfen. Nun, ich würde Dir keinen Spaziergang durch ein Lager mit russischen Kriegsgefangenen empfehlen. Es war ein trauriger Anblick, der mich unendlich deprimierte.

*Wir gingen in die Lagerkommandantur, wo uns ein russischer Kriegsgefangener heißen Tee servierte. Aus irgendeinem Grund konnte ich den Blick nicht von der ausgemergelten Gestalt mit den erloschenen Augen abwenden. Er kam mir bekannt vor. Aber wieso, fragte ich mich. Wann habe ich je einen Russen kennengelernt? Vielleicht erinnert er mich an jemanden? Der Anblick dieses Mannes ließ mir keine Ruhe, auch als er den Raum längst verlassen hatte. Schließlich stand ich auf und ging aus dem Zimmer. Der Gefangene stand im Hof, bereit, weitere Befehle zu erfüllen. »Heißen Sie Appelboim?«, fragte ich ihn aus einer spontanen Regung heraus. Er erschrak und nickte unsicher. Fast flüsternd sagte er: »*Da, da.*«*

»Pjotr Appelboim?«, fragte ich weiter und wagte es kaum zu glauben. Der Gefangene zögerte. Er schien zu überlegen, ob er dem deutschen Muschkoten weiter Rede und Antwort stehen solle. Schließlich nickte er. »Johann«, rief ich meinen Freund, »komm her und rede mit ihm!«

Und so stand kurz darauf auch Johann mit staunend aufgerissenem Mund vor einem Phänomen, das ihm beinahe übernatürlich erschien. In gebrochenem Jiddisch, das Pjotr sofort beruhigte, erzählte ihm Johann, wie wir seine Eltern kennengelernt hatten. Ich kann Dir gar nicht sagen, wie glücklich wir alle drei waren. Pjotr gab uns einen Brief an seine Eltern mit, dem Johann ein paar erklärende Worte hinzufügte. Als wir zu unserem Bataillon zurückkehrten, war ich in einer Hochstimmung, wie ich sie schon lange nicht mehr empfunden hatte. Und ganz gewiss nicht in der Armee. Du siehst, Karoline, auch hier gibt es Lichtblicke. Und sie werden noch wertvoller, wenn ich sie mit Dir teilen kann.

Ludwig genoss wie die meisten seiner Kameraden die Waffenruhe nach den Erfolgen im Osten. Doch schon bald ereilte ihn die Nachricht, dass sein geschätzter Bataillonskommandeur Oberstleutnant Erich von Korff Anfang September bei der Eroberung Rigas schwer verletzt worden war. Er und einige seiner Kameraden beschlossen, ihn im Lazarett zu besuchen, auch wenn dies unüblich war, waren sie doch nicht mit den höheren Offizieren befreundet.

Der Offizier hatte beide Beine in Gips, konnte jedoch den Militärgruß erwidern und allen freudig die Hand schütteln. Korff schien dankbar für die Abwechslung im langweiligen Krankenhausalltag, beantwortete die Fragen nach seinem Befinden jedoch nur knapp und erkundigte sich sogleich seinerseits, wie es den Soldaten ging. Er hörte mit Skepsis, wie zufrieden sie mit der veränderten Situation waren.

»Richtig wäre es«, sagte er mit erschreckender Ernsthaftigkeit, »uns jetzt hier nicht auszuruhen, sondern sofort an die Westfront zurückzukehren. Russland kann nicht mehr kämpfen, und das Gros unserer Truppen wird hier nicht mehr benötigt. Für unsere Leute im Westen könnte unsere Hilfe aber entscheidend sein.«

»Und warum tun wir es nicht?«, fragte Ludwig.

»Das können Sie sich doch denken. Natürlich geht es darum, dass wir von den Russen Territorien und Entschädigung einfordern wollen. Ich meine, wir verlieren hier wertvolle Zeit.«

Auf dem Rückweg vom Krankenhaus kamen sie an einer Gruppe von kleinen hölzernen Kreuzen vorbei, die neben der Straße standen. An einigen hingen zerschossene Helme. Ludwig blieb stehen und las die Namen.

»Das hier scheint ein Jude gewesen zu sein«, sagte er. »Offiziersstellvertreter Immanuel Saul, gefallen am 23.8.1915.«

Johann, der das Gräberfeld nicht betreten mochte, schlug die Hand vor den Mund. »Den kenne ich«, sagte er.

»Persönlich?«

»Nein, aus der Truppenbibliothek. Er hat ein Gedicht geschrieben, ›An meine Kinder‹, das hat mir sehr gefallen. Warte mal ...« Johann zog einen zerknitterten Zettel heraus und las vor:

»Als ich hinauszog, für das Vaterland
Zu streiten wider Tücke und Verrat,
Da sprangt ihr frohbewegt um mich herum –
Und jauchztet eurem tapfern Vater zu.
Euch freute wohl der kriegerische Schmuck,
Die neu errungene Würde eures Vaters,
Verborgen blieb dem kindlichen Gemüt,
Was es bedeutet, wenn von Weib und Kindern
Der Gatte, Vater zieht in Kampf und Tod. –

Doch später, wenn ihr reifer, klüger seid,
Und wenn vielleicht im Osten mein Gebein
Fern, einsam unter schlichtem Holzkreuz bleicht –
Dann wird ein Graun euch, ein Entsetzen packen,
Und jener Stunde werdet ihr gedenken,
Da er von euch den letzten Abschied nahm,
Dann tröst' euch die Gewissheit, dass er freudig
Begeistert sich den Reihen angeschlossen,
Die kämpfen sollten für des Reiches Ruhe.
Und wollt ihr wissen dann, *warum* ich einst
So freudig, so begeistert mitgezogen,
Ich, dem ein süßes Weib das Leben krönte,
Dem eurer Kindheit erste, holde Blüte
So schön, so lieblich doch entgegenprangte? –
Ich sag es euch. Nun merkt es wohl und segnet,
Der einst von euch hinwegzog, euren Vater! –
Mich zog's hinaus, weil ich ein *Deutscher* bin!«

Johann hatte am Ende fast frei gesprochen, man merkte, dass er das Gedicht oft gelesen hatte. »Das Gedicht ist noch viel länger«, sagte er mit leiser Stimme, »aber die letzte Zeile gefällt mir besonders: ›Ein *deutscher Jude*, in den heil'gen Kampf.‹«

»Hier steht, er hatte das Eiserne Kreuz«, sagte Ludwig. Er bückte sich, hob einen kleinen Stein auf und legte ihn auf das Kreuz. »Was wohl aus seiner Familie geworden ist?«, sagte er, als sie weitergingen.

Anfang 1918 wurde Ludwigs Division schließlich doch an die Westfront verlegt. Zwischen den beiden Fronteinsätzen, fast ein Jahr nach seinen wenigen freien Urlaubstagen in Frankfurt, bekam Ludwig wieder Urlaub, der allerdings auch diesmal nicht sehr lang war. Er wusste nicht, dass der Generalstab fieberhaft die bisher größte Offensive vorbereitete und ihm ein längerer Aufenthalt im Trainingslager nur deshalb erspart blieb, weil er nach vier Jahren Frontdienst als kampferprobter Soldat galt und einer seiner Vorgesetzten ein gutes Wort für ihn eingelegt hatte.

»Dieser Winter ist der kälteste seit Langem«, sagte Ludwig zu Karoline und erwartete, sie würde ihm entgegnen, dass man diese Behauptung jedes Jahr zu hören bekäme. Stattdessen gab sie ihm recht. Nicht nur, dass der Winter bitterkalt war, es gab vor allem kein Heizmaterial.

»Uns bleibt wohl nichts anderes übrig, als die drei Wochen im Bett zu verbringen«, sagte sie lächelnd. Friedes kleine Wohnung war dafür wie geschaffen.

Ludwigs Geschichten vom Krieg, die er ihr bei jedem Urlaub erzählte, wurden diesmal durch Karolines Berichte über das schwere Leben an der Heimatfront fast übertroffen: Mangel an Heizstoffen und vor allem an Grundnahrungsmitteln und ein eingeschränkter öffentlicher Verkehr. Darunter litt natürlich die arme Bevölkerung am meisten. Viele mussten buchstäblich hungern. In ganz Deutschland und vor allem in der Rüstungsindustrie gab es immer mehr Streiks. »Die Leute müssen Steckrüben fressen, weil es kein Brot und keine Kartoffeln mehr gibt«, sagte Karoline wütend, und Ludwig fuhr erschrocken zurück. »Fressen« – ein solches Wort hätte Karoline früher nie in den Mund genommen.

»Ich glaube, die Moral der Bevölkerung wird bald einen Tiefpunkt erreichen«, fuhr sie fort. »Die Leute haben natürlich gehört, was in Russland passiert ist. Immer mehr Leute verlangen, dass die Regierung sich aus dem Krieg zurückzieht.« Sie zeigte keine Spur von Bedauern. »Meine Eltern sehen das natürlich anders. Die fragen sich, ob die Kriegsanleihen jemals zurückgezahlt werden, die sie in solcher Menge gekauft haben.«

Für Ludwig kamen Karolines Worte nicht überraschend. Viele seiner Kameraden hatten ihm erzählt, dass die Familien zu Hause Hunger litten und immer häufiger darum baten, die Soldaten sollten ihnen doch Lebensmittel aus den besetzten Gebieten schicken. Ludwig fand das empörend.

»Verstehen die Zivilisten denn nicht, dass es in diesem Krieg um unsere Existenz geht?«, sagte er zu Karoline. »Begreifen sie nicht, dass wir jetzt *alles* für das Vaterland opfern müssen? Gerade jetzt, wo die Chancen für den Endsieg besser denn je stehen! Sieh doch, was in den letzten Monaten geschehen ist: Alle unsere Feinde auf dem Balkan sind besiegt. Dort wird niemand mehr die Hand gegen uns erheben. Die Österreicher haben die Italiener geschlagen. Nach der Schlacht von Caporetto kommt die italienische Armee nicht mehr auf die Beine. Und der Höhepunkt: unser Sieg über Russland, diesen Giganten ohne Grenzen, der nun endgültig aus dem Krieg ausgeschieden ist. Ja, es ist wahr, du kannst es mir glauben. Wir werden siegen, und dann werden wir einen Frieden zu unseren Bedingungen schließen. Die Engländer behaupten, sie hätten Verstärkung von Amerika bekommen, aber wo sind die Amerikaner? Vor einem Jahr haben sie uns den Krieg erklärt, doch auf dem Schlachtfeld trifft man sie nicht an. Ehe sie sich hierherbequemen, ist der Krieg aus.«

Karoline streichelte sein vor Eifer glühendes Gesicht und redete ihm gut zu wie einem Kind: »Ja, so ist es, du hast völlig recht. Die Leute hier sind zu dumm und beschränkt, um die Realität zu begreifen. Lassen wir das«, fügte sie hinzu und zog ihn am Ärmel, »komm ins Bett, dort gibt es keinen Krieg und keinen Ärger, komm, mein Liebster.«

Sie umarmte ihn heftig und begann, ihm die Kleider vom Leibe zu streifen. Aber es dauerte eine ganze Weile, bis seine innere Spannung sich löste und er den Krieg vergaß.

Am nächsten Morgen sprachen sie nicht mehr über den Krieg. Stattdessen machten sie Zukunftspläne. Der Krieg würde früher oder später zu Ende gehen. Und dann kam ein viel größerer Kampf – sie mussten sich gegen die Eltern durchsetzen.

31

Frankreich

— 1918 —

Bei allem Schmerz über den Abschied von Karoline empfand Ludwig eine gewisse Erleichterung, als er an die Front zurückkehrte. Er war beinahe dankbar, der bedrückenden Stimmung in der Heimat entronnen zu sein. Im Vergleich dazu war die Stimmung bei den Soldaten geradezu optimistisch. Große Ereignisse schienen ihre Schatten vorauszuwerfen. Sie alle hatten das Gefühl, dass Dramatisches bevorstand, ein Umschwung, der das Kriegsglück wenden würde. Diese Atmosphäre flößte Ludwig Mut und Zuversicht ein. Wie es weitergehen würde, wusste niemand zu sagen, doch die erwartungsvolle Spannung hob die Moral der Truppe.

Und tatsächlich begann nach einer zermürbenden Wartezeit im März endlich die große deutsche Offensive. Erst an der Somme, dann an der Lys stürmten, unterstützt von sechstausend Geschützen, anderthalb Millionen deutsche Soldaten voran und durchbrachen die französischen und englischen Linien. Der Stellungskrieg schien noch einmal in einen erfolgreichen Bewegungskrieg überzugehen. Bald würde Paris fallen und der Krieg zu Ende sein. Der Endsieg schien zum Greifen nahe. Ludwigs Herz schlug höher. ›Diesmal‹, dachte er, ›wird unsere siegreichen Truppen nichts aufhalten, auch nicht die paar Amerikaner, die jetzt in Frankreich eintreffen. Zu wenig und zu spät, ihr Yankees …‹ Er lächelte spöttisch.

Die Euphorie hielt aber nur ein paar Wochen an. Dann wendete sich das Blatt. Wie zu Beginn des Krieges gelang es den Franzosen erneut, die Deutschen an der Marne zu stoppen. Und am 8. August begann die Hundert-Tage-Offensive der Alliierten. Die Deutschen mussten sich auf die »Hindenburglinie« zurückziehen. Generalstabschef Ludendorff befahl, beim Rückzug die Taktik der verbrannten Erde anzuwenden. Alles, was dem Gegner irgendwie nützen konnte, wurde zerstört und verbrannt. Weite Landstriche in Frankreich und Belgien wurden verwüstet. Ludwig war schockiert. Hatte der Generalstab die Hoffnung auf die Rückeroberung dieser Gebiete aufgegeben?

Die Stimmung verschlechterte sich zusehends. Der Nachschub wurde drastisch gekürzt. So kalt wie der Winter gewesen war, so heiß und stickig wurde der Sommer. Ein verfluchtes Jahr, so sagten viele. Die von der Armee entfachten Brände machten die Hitze unerträglich und erschwerten das Atmen. Unter diesen Umständen konnte man dem Bewegungskrieg nichts mehr abgewinnen. ›Ein Bewegungskrieg ist nur dann gut, wenn es vorwärtsgeht‹, dachte Ludwig.

Eines Nachts erhielt Ludwigs Bataillon den Befehl, sich von der Division abzusetzen. Am nächsten Morgen wies der Bataillonsführer die Soldaten ohne weitere Erklärung an, eine Reihe von Lastwagen zu besteigen. Ludwig entging natürlich nicht, dass sie Richtung Süden fuhren, während alle übrigen Einheiten der Division weiter nach Norden zogen. Die Fahrt war eine einzige Tortur. Zu der quälenden Ungewissheit über Ziel und Zweck der Reise kamen unangenehmste Bedingungen. Die Wagen holperten und schwankten, sodass die Soldaten hin und her geworfen wurden und Prellungen am ganzen Körper erlitten. Am schlimmsten war es, wenn die aus Mangel an Kautschuk völlig reifenlosen, eisenbeschlagenen Wagen über Schlaglöcher und Gruben hinwegpolterten und die Soldaten mit den Köpfen an die Decke stießen. Die Helme bewahrten sie vor ernsten Verletzungen, doch nicht vor Kopfschmerzen und Benommenheit. Ludwigs Abteilung war nicht die einzige, die aussteigen musste, weil ihr Wagen unter ihnen zusammenbrach.

Schließlich marschierte das ganze Bataillon zu Fuß weiter.

Nach einem stundenlangen Marsch wurde das Zeichen gegeben, unter freiem Himmel zu kampieren. Jede Abteilung wurde in drei Gruppen aufgeteilt: Eine durfte schlafen, die zweite musste Wache halten und die dritte provisorische Stellungen ausheben.

Erst hier erfuhren die Soldaten das Ziel ihrer Sondermission: Ludwigs Bataillon sollte die Nachhut bilden und den Feind möglichst auf Distanz halten, damit die Division sich sammeln und neu formieren konnte. Die Soldaten erfuhren nicht, wie lange sie die Stellungen halten mussten und wann sie sich zurückziehen und der Division wieder anschließen durften. »Wir halten so lange aus, wie wir können«, war die von den Offizieren ausgegebene Parole. »Wir sind nicht allein. Hinter uns im Wald lagert ein Artilleriebataillon, das uns Deckung geben wird.«

Im Morgengrauen wurden sie von französischen Spähflugzeugen entdeckt. Kurz darauf wurde aus im Wald verborgenen feindlichen Stellungen Artillerie- und Maschinengewehrfeuer eröffnet. Ludwig hatte das Gefühl, in der Falle zu stecken. Dass der Feind nicht zu sehen war, zerrte an seinen Nerven. ›Werden wir angreifen? Und wenn ja, wo und wann?‹, fragte er sich und wechselte ratlose Blicke mit seinen Kameraden. Da hörte er seinen Bataillonsführer per Funk die Artillerie um Feuerschutz bitten.

Und damit begann der Albtraum. In nächster Nähe krachten Explosionen. Ludwig mochte es zunächst nicht glauben: Das deutsche Artilleriebataillon in seinem Rücken hatte das Feuer eröffnet, traf jedoch nicht den Feind, sondern Ludwigs Bataillon! Man munkelte, dass die Artillerie schon seit geraumer Zeit keine Ersatzteile mehr bekam und die Geschützrohre so verschlissen waren, dass man damit nicht mehr richtig zielen konnte. Das Bataillon hatte insofern Glück, als die Munition knapp und das Feuer breit gestreut und sporadisch war und daher weniger Verluste verursachte.

Endlich verlangte der Bataillonskommandeur, das Feuer sofort einzustellen, und beschloss, nur noch die schweren Maschinengewehre einzusetzen. Doch auch hier trat ein technisches Problem auf. Die Mannschaften hatten genügend Kampfrationen, aber nur sehr wenig Wasser mitnehmen können. Ihre Ausrüstung bestand größtenteils aus Waffen, Munition und Grabgeräten. In der drückenden Hitze waren die Feldflaschen bald leer. Die Soldaten litten von nun an nicht nur unter Durst, sie hatten auch kein Wasser, um die glühenden Läufe der Maschinengewehre zu kühlen. Daraufhin wurde befohlen, auf die Gewehrläufe zu urinieren. ›Dass mein Urin nicht besonders kühl ist, macht nicht viel aus‹, dachte Ludwig, ›aber woher soll ich ihn nehmen, wenn ich nichts zu trinken habe?‹

Der Bataillonskommandeur hatte die Verbindung zum Divisionsstab verloren und befahl schließlich den Rückzug. Da es keine Lastwagen mehr gab, mussten die Truppen sich zu Fuß zurückziehen. Sie marschierten im Schutz der Dunkelheit. Die Toten wurden in aller Eile begraben, die Verwundeten mitgeschleift oder getragen. Unter dem Befehl von Hauptmann Schumacher, einem kampferprobten Soldaten, der erst im Krieg zum Offizier ernannt worden war, brach Ludwigs erschöpfte Kompanie nach Norden auf. Die Soldaten setzten ihre ganze Hoffnung darauf, im offenen Gelände Wasser zu finden. Ludwig konnte an nichts anderes denken als an Wasser. Seine Zunge war so geschwollen, dass er kaum Luft bekam.

Nach Mitternacht befahl Hauptmann Schumacher, das Nachtlager auf einem niedrigen Hügel aufzuschlagen. Ludwig war für die letzte Wache eingeteilt. Wegen des aufziehenden Nebels war die Sicht so schlecht, dass er sein Gehör aufs Äußerste anstrengen musste. Wenn feindliche Soldaten sich näherten, konnte man sie nicht sehen. Es kam darauf an, jedes noch so geringe Geräusch wahrzunehmen.

Der Durst plagte ihn immer noch. Auf dem Weg zum Hügel waren die Soldaten an einer kleinen Quelle vorbeigekommen.

Doch Schumacher hatte sie nicht trinken lassen, weil er befürchtete, dass der Gegner ihnen auf den Fersen war. Sie durften nur in aller Eile ihre Feldflaschen füllen und mussten gleich weitermarschieren. Ludwig hatte sich etwas Wasser für die Nacht aufgespart, doch kurz vor Morgengrauen war er wieder so durstig, als hätte er seit Tagen nichts getrunken. Die Angst, die er bei jedem nächtlichen Rascheln und Knacken spürte, und der quälende Durst hielten ihn wach und verhinderten, dass er auf dem Posten einschlief.

Um den Durst zu vergessen, konzentrierte er sich darauf, an Karoline zu denken. Das hatte ihm bisher immer geholfen. Diesmal beschwor er nicht nur seine Liebe und Sehnsucht herauf, sondern auch die Hoffnung, sich nicht nur auf den nächsten Urlaub, sondern auf ein endgültiges Wiedersehen freuen zu können. Der Krieg würde nicht mehr lange dauern. Man musste mit einem tragischen Ende rechnen, dessen Auswirkungen schwer vorauszusehen waren, aber für ihn und Karoline bedeutete das einen neuen Anfang. Oder vielmehr den wirklichen Anfang. Diesmal würden sie ohne Rücksicht auf die Bedenken der Familie gleich am Tage seiner Rückkehr ein gemeinsames Leben beginnen. Konnte es ein größeres Glück geben?

Ludwig malte sich sein künftiges Glück in glühenden Farben aus. Doch der Weg zurück nach Frankfurt war noch weit und übersät mit Hindernissen und Gefahren! Das Schlimmste war, dass er schon seit Wochen keinen Brief mehr von Karoline bekommen hatte. Die Feldpost wurde nicht mehr zugestellt. In seiner Tasche steckte ein Stoß von Briefen an Karoline, die auf Abholung warteten. Es half nichts, Ludwig gab den Versuch auf, sich optimistische Gedanken vorzugaukeln, und versank in eine trübe Stimmung. »Wenn doch der Morgen schon anbräche! Dann könnten wir aufbrechen«, murmelte er vor sich hin. Beim Rückzug wusste er wenigstens, dass jeder Schritt ihn der Heimat näher brachte.

Bald darauf versuchten die ersten Sonnenstrahlen vergeblich, den Morgennebel zu durchdringen. ›Das war's‹, dachte Ludwig, ›die Wache ist zu Ende. Bald geht es los, und dann werden wir wieder den ganzen Tag nicht trinken und nicht rasten dürfen.‹ Da hörte er ein Geräusch. Waren das Schritte? Bevor er einen klaren Gedanken fassen konnte, erahnte er durch den Nebelschleier hindurch eine Bewegung. Er beschloss, sich vorsichtig zu nähern. Waren das nicht Menschen? Viele Menschen? Ein Teil der Gestalten, die er verschwommen wahrnahm, lagen auf der Erde. Offenbar handelte es sich um eine große Einheit, größer als seine Kompanie. Das Herz schlug ihm bis zum Halse. Wie von der Tarantel gestochen, sprang er zurück.

Er lief zum diensthabenden Offizier, der aus dem Schlaf fuhr und mit ihm zum Kompanieführer ging, um ihn zu wecken. Zu dritt schlichen sie zu der Stelle, wo Ludwig die fremde Einheit erspäht hatte. ›Wer ist das dort unten?‹, dachte Ludwig, angespannt. ›Sind das die Unseren? Vielleicht unsere Artillerieeinheit? Und wenn nicht? Soviel ich weiß, haben wir keine anderen Truppen in dieser Gegend. Man hat uns ja eigens zurückgelassen, um das Vorrücken des Feindes aufzuhalten.‹ Ludwig spähte durch die Nebelschwaden, in der vergeblichen Hoffnung, die Umrisse deutscher Geschütze zu erkennen.

Der Hauptmann beobachtete das Tal nicht länger als eine Minute, bevor er den Befehl gab, die Kompanie sofort zu wecken. Er ordnete absolute Stille an und führte seine Leute im Eilmarsch auf die andere Seite des Hügels. Ludwig begriff bald, dass Schumacher einen Beobachtungspunkt suchte, wo er die aufgehende Sonne im Rücken hatte. Nachdem er den Abteilungsführern Befehle erteilt hatte, gaben diese sie im Flüsterton an die Soldaten weiter. Schumacher war zu dem Schluss gekommen, dass es sich um eine feindliche Einheit in Bataillonsstärke handelte, und befahl, die Kompanie möglichst weit auseinanderzuziehen. Die Soldaten verteilten sich in langen Reihen über das Gelände und legten sich in Erwartung des Feuerbefehls bäuchlings auf die Erde.

Als der Nebel wich, konnte man die Soldaten im Tal erkennen. Es waren Amerikaner. Ludwig hatte noch nie amerikanische Truppen zu Gesicht bekommen. ›Was machen wir jetzt?‹, dachte er. ›Zahlenmäßig sind sie uns ungefähr vierfach überlegen. Wenn wir angreifen, muss es ein Überraschungsangriff sein.‹ Doch es kam kein Feuerbefehl. Das Feuer durfte erst eröffnet werden, wenn der Kompanieführer persönlich den Befehl gab.

Nach und nach standen die Amerikaner auf. Ludwig warf hin und wieder irritierte Blicke auf seinen Abteilungsführer und den Kompaniechef, doch der rührte sich nicht. Die Amerikaner fingen an, das Frühstück vorzubereiten. Sie hatten offenbar genug Wasser und Lebensmittel. ›Ein kluger Kerl, unser Hauptmann‹, dachte Ludwig. ›Er wartet mit dem Angriff, bis die Amerikaner mit Essen beschäftigt sind.‹

Das Frühstück zog sich hin, doch nichts geschah. ›Spinnt er, dieser Schumacher?‹, fragte sich Ludwig. ›Was ist mit ihm los? Wir verpassen eine einmalige Gelegenheit. Will er noch warten, bis die Amerikaner gefechtsbereit sind, und dann auf sie losgehen, vier gegen einen? Wie Don Quichotte im Kampf gegen die Windmühlen?‹ Doch er hatte keine andere Wahl, als schweigend zu warten, obwohl ihm der Bauch vom langen Liegen wehtat.

Die Amerikaner hatten ihr Frühstück beendet und verstreuten sich über das Gelände, um ihr Geschäft zu verrichten. Auf diesen Augenblick hatte Schumacher gewartet. Er gab den Befehl, pausenlos aus allen Waffen zu feuern.

Die Amerikaner hatten keine Deckung. Sie sahen den Feind nicht, der vom Hügel aus auf sie schoss. Ihr Nachrichtendienst hatte gemeldet, dass die ganze Gegend bereits von deutschen Truppen gesäubert sei. Als sie mit heruntergelassenen Hosen dahockten, konnten sie nicht schnell genug an ihre Waffen gelangen. Diese entscheidenden Sekunden genügten, um den Feind niederzumähen.

Schumacher sprang auf und rief: »Los, Männer! Lasst keinen leben! Erledigt alles, was sich bewegt! Wir können keine Gefangenen und Verwundeten mitnehmen!« Die Soldaten stürmten ins Tal. Es gab weder Gewissensbisse noch Zweifel. Sie mussten zwei Ziele erreichen: verhindern, dass es Überlebende gab, die Verstärkung herbeiholen konnten, und schleunigst mit der Beute an Wasser und Proviant verschwinden. Die Waffen der Gefallenen mitzunehmen, erwies sich als unmöglich, weil die Kompanie nicht motorisiert war und die Soldaten ohnehin schwer zu schleppen hatten.

Ludwig empfand keine Genugtuung nach dem Coup des Kompaniechefs. ›Wir haben ein ganzes Bataillon vernichtet und selber keinen Kratzer abbekommen‹, dachte er. ›Warum versetzt mich unser Sieg nicht in Hochstimmung? Warum kann ich mich nicht freuen?‹

Nach zweistündigem Eilmarsch beschloss Hauptmann Schumacher, eine Rast einzulegen, da er nicht mehr befürchtete, dass amerikanische Verstärkungs- oder Rettungstruppen ihnen auf den Fersen waren. Die Soldaten öffneten die Säcke, in die sie in aller Eile Brot, Fleisch, Konservenbüchsen und volle Feldflaschen geworfen hatten. Die Augen gingen ihnen über. So etwas hatten sie seit vier Jahren nicht mehr gesehen. »Schaut euch das an«, rief ein Soldat, »für die Amerikaner ist es erst 1914!« Ludwig leerte eine Feldflasche nach der anderen. ›Wie viel Wasser kann der Mensch trinken?‹, dachte er. ›Wo geht das alles hin?‹

Doch auch nachdem sie ihren Hunger und Durst gestillt und gerastet hatten, fand Ludwig keine Ruhe. Hatte er nicht als Junge und auch noch als Gymnasiast und Student von ritterlichen, ruhmreichen Kämpfen geträumt? Wie albern! Warum kam ihm das plötzlich wieder in den Sinn? Seit Jahren hatte er nicht mehr an diese naiven Vorstellungen gedacht. Warum gerade jetzt? Nach vier Jahren Krieg – nein, es war kein Krieg, sondern ein Massaker. Ein bestialisches, grausames Abschlachten ohne Ruhm und Ritterlichkeit. Was hatte die Realität mit seinen Kindheitsträumen zu tun? Ludwig wurde das Gefühl nicht los, dass etwas geschehen war, was nicht hätte geschehen dürfen. So lächerlich ihm seine kindlichen Illusionen schienen, so grausam und unmenschlich der Krieg sein mochte, der Überfall, bei dem die Amerikaner wie Lämmer abgeschlachtet worden waren, durchbrach eine Grenze. Ja, natürlich hatten sie keine andere Wahl gehabt. Hoch lebe unser schlauer Kompaniechef! Und doch … Er konnte sich selbst nicht erklären, was in ihm vorging. Was Karoline wohl dazu sagen würde?

Hauptmann Schumacher war zwar ein gewiefter Frontsoldat, der jeden taktischen Vorteil zu nutzen verstand, aber strategische Weitsicht besaß er nicht. Zudem hatte er wie so viele Offiziere während des Rückzugs den Kontakt zu seinem Vorgesetzten verloren. Vor diesem Hintergrund rief er Ludwig wenige Tage später zu sich und trug ihm auf, mit einem beschlagnahmten Fahrrad nach Le Cateau zum Stab des List-Regiments zu fahren. Dort sollte er den Regimentsadjutanten, Leutnant Hugo Gutmann, aufsuchen.

»Gutmann ist ein guter Freund von mir und einer der besten Frontoffiziere, die ich je kennengelernt habe«, sagte Schumacher. »Wir haben oft Seite an Seite gekämpft, ihm wurden das Eiserne Kreuz Erster Klasse und zahllose weitere Orden verliehen. Wenn Sie sich in meinem Auftrag an ihn wenden, wird er Sie sofort empfangen.« Er erklärte Ludwig genau, welche Fragen er übermitteln sollte.

»Sie werden den Besuch bei Gutmann nicht bereuen«, fügte Schumacher hinzu und klopfte Ludwig auf die Schulter, »er wird Sie bevorzugt behandeln.«

»Wie meinen Sie das?«

»Ach, nichts Besonderes«, winkte Schumacher ab, »mir fiel gerade ein, dass Gutmann Jude ist. Sie sind doch auch Jude, nicht wahr, Kronheim?«

Ludwig musste sich zusammenreißen. Immer wieder dasselbe Vorurteil: Alle Juden halten zusammen. Natürlich auf Kosten anderer. Doch er nahm die Stichelei schweigend hin und machte sich auf den Weg.

Leutnant Gutmann empfing Ludwig tatsächlich überaus herzlich, obwohl er nicht wissen konnte, dass er Jude war. Er saß in einem halb zerstörten Bauernhof mit zerschossenen Fenstern, hörte sich Ludwigs Anliegen an und sagte, er werde ihm später Bescheid geben. Er müsse jetzt seinen Regimentsstab empfangen.

Als Ludwig sich anschickte, draußen zu warten, hielt Gutmann ihn zurück: »Sie können hierbleiben, es wird nicht lange dauern.« Und schon trat der Regimentskommandeur, Oberst Emmerich von Godin, herein, begleitet von einem der Bataillonsführer, Oberstleutnant Wilhelm von Lüneschloss. Ihnen folgten etwa zwanzig weitere Offiziere.

»Gutmann«, wandte sich Godin an den Regimentsadjutanten, »Sie haben uns die Namen von sechzig Soldaten vorgelegt, die Sie für das Eiserne Kreuz Erster Klasse empfehlen. Diese Liste wurde von den direkten militärischen Vorgesetzten gebilligt, mit einer Ausnahme. Wie war doch gleich der Name? Ah, hier steht es: der Meldegänger Adolf Hitler. Womit hat er die Auszeichnung verdient? Wenn ich seinen Kompanieführer recht verstanden habe, hat dieser Gefreite nie in der ersten Frontlinie gekämpft. Anscheinend hat er im ganzen Krieg keinen Schuss abgegeben. Er hat auch keine Heldentaten oder besonderen Verdienste im Kampf vorzuweisen. Warum empfehlen Sie ihn für den Orden?«

»Herr Oberst«, sagte Gutmann, »der Gefreite Hitler hat seit Kriegsbeginn gedient und wurde schon zweimal verwundet. Beim zweiten Mal erlitt er eine Augenverletzung durch Senfgas.«

»Richtig«, warf Lüneschloss ein, »aber in beiden Fällen wurde er nicht an der Front, sondern beim Einsatz in der Etappe verwundet, also nicht im Gefecht. Der Orden wird für Tapferkeit vor dem Feind verliehen, er ist keine Entschädigung!«

»Herr Oberst«, entgegnete Gutmann, »ich habe bei meiner Empfehlung die kürzliche Anweisung Seiner Majestät des Kaisers berücksichtigt, nicht nur Offizieren, sondern auch einfachen Soldaten das Eiserne Kreuz zu verleihen.«

»Das ist doch bereits geschehen«, mischte Lüneschloss sich wieder ein. »Sie haben ja schon dafür gesorgt, dass der Bursche das Eiserne Kreuz Zweiter Klasse bekommt. Auch damals war mir nicht klar, warum, doch ich habe Ihre Empfehlung unterschrieben, weil ich keine Zeit hatte, der Sache nachzugehen. Aber warum wollen Sie ihn jetzt für das Eiserne Kreuz Erster Klasse vorschlagen? Nur weil er in der Zwischenzeit eine Gasverletzung erlitten hat? Und dazu noch in der Etappe?«

»Ich bitte um Entschuldigung, Herr Oberstleutnant. Der Bursche, wie Sie ihn zu nennen belieben, ist seit vier Jahren in der Armee. Der arme Mensch ist sehr introvertiert und hat keine Freunde. Er braucht dringend einen Ansporn und hat regelrecht darum gefleht, für den Orden empfohlen zu werden.«

»Genug«, erklärte von Godin. »Wir vergeuden unsere Zeit mit Bagatellen. Gutmann, wenn Ihnen dieser Gefreite so wichtig ist, formulieren Sie ein Empfehlungsschreiben. Sie werden allerdings Ihre Fantasie anstrengen müssen, um die Verleihung des Eisernen Kreuzes Erster Klasse zu begründen. Ich werde die Empfehlung unterschreiben. Was ist der nächste Punkt auf der Tagesordnung?«

Der Regimentsstab erörterte nun die Befestigung der neuen Stellungen. Was Ludwig bereits vermutet hatte, wurde zur Gewissheit: Die deutsche Armee plante keine Gegenangriffe mehr. Es galt nur noch, dem Ansturm der Alliierten zu trotzen.

Nach der Besprechung setzte sich Leutnant Gutmann an einen kleinen Klapptisch und skizzierte detaillierte Befehle für seinen Freund Schumacher. Er bot Ludwig ein Glas Wein an und sorgte dafür, dass man ihm einen Imbiss für den Weg mitgab. Ludwig, der lange keinen Wein mehr getrunken hatte, sprang beschwingt auf sein Fahrrad.

Zwei Tage später erfuhr er, dass sein guter Freund Johann, der in einem anderen Bataillon gekämpft hatte, verwundet worden war und in einem Feldlazarett etwa drei Kilometer hinter der Frontlinie lag. Zu Ludwigs Überraschung gab ihm der so hart wirkende Hauptmann Schumacher ein paar Stunden Urlaub, um seinen Freund zu besuchen. Vielleicht lag das an der andauernden Hochstimmung, in die Schumacher sein glänzender Sieg über die Amerikaner versetzt hatte.

Ludwig wusste nicht, was mit Johann passiert war, und freute sich auf das Wiedersehen mit seinem Freund, den er seit ihrer gemeinsamen Rückkehr von der Ostfront nicht mehr gesehen hatte. Angespannt musterte er die dicht an dicht auf schmalen Feldbetten in dem großen Saal liegenden Soldaten. Doch so sehr er sich auch bemühte, er konnte Johann nicht finden. Eine Krankenschwester, die er schließlich um Hilfe bat, blätterte in ihren Listen und zeigte auf eines der Betten. Ludwig eilte in die angegebene Richtung, warf einen Blick auf den Verwundeten und erstarrte vor Schreck.

Der junge Mann lag mit offenen Augen da und sah aus, als schwebte er in anderen Welten. Er schien Ludwig gar nicht wahrzunehmen. Augen und Lippen waren eingefallen, die Zähne stachen kalkweiß aus dem aufgerissenen Mund heraus. Er war zum Skelett abgemagert, die Stirn lag in Falten, seine Wangenknochen traten hervor, und unter der Decke ragten dünne Storchenbeine hervor.

»Johann«, sagte er schließlich, »ich bin es, Ludwig. Sag doch etwas.« Johann senkte den Blick und gab keinen Laut von sich.

Mit wachsender Verzweiflung wandte sich Ludwig an einen neben ihm stehenden Sanitäter. »Bitte«, sagte er mit flehender Stimme, »glauben Sie, dass er mich erkennt?«

»Wahrscheinlich nicht. Er wurde mit einer Senfgasvergiftung eingeliefert. Seine Lungen sind verbrannt.«

Ludwig war wie vor den Kopf geschlagen. »Und warum stehen Sie hier?«

»Ich brauche das Bett«, antwortete der Sanitäter trocken. »Wir haben hier schon zu viele frisch Verwundete, die auf dem Boden liegen.«

In den folgenden Wochen, als der deutsche Rückzug begonnen hatte, litten Ludwig und seine Kameraden unsäglich. Die äußeren Bedingungen wurden immer härter: Hunger, Durst, Kälte – Entbehrungen, die sie schon kannten und die kein Außenstehender nachempfinden konnte. Doch was das Schlimmste war: Diesmal fehlte ihnen die seelische Bereitschaft, das Leiden zu ertragen. Wenn man nicht mehr an den Krieg glaubt, wenn die Hoffnung auf den Sieg schwindet, warum soll man dann leiden? Nur um weiter durchzuhalten? Zu Ludwigs Entsetzen griff ein Phänomen um sich, das er für undenkbar gehalten hätte: Immer mehr Soldaten desertierten, und es kam zu Erschießungen.

Desertion war in Ludwigs Augen das schlimmste Verbrechen: Verrat. ›Geschieht ihnen recht, diesen Verrätern, dass sie exekutiert werden‹, dachte er voller Empörung. Das Nachlassen der Disziplin machte ihm schwer zu schaffen. Er erlebte immer häufiger, dass Soldaten sich ihren Offizieren gegenüber unverschämt benahmen und Befehle missachteten. In seinen Augen gefährdete dieser Mangel an Disziplin die Existenz des Vaterlands. ›Ohne Disziplin ist Deutschland verloren! Es muss absolute Disziplin herrschen‹, sagte er sich immer wieder.

Eines Abends saß er mit einem Feldwebel namens Zwolle zusammen und sprach ihn darauf an.

»Wo soll die Disziplin herkommen?«, sagte der Mann achselzuckend. »Sieh dir doch die Offiziere an, die man uns schickt. Die traditionelle Führungsschicht ist im Krieg aufgerieben worden. Also ernennt man wahllos Leute, von denen viele nicht das

Zeug zum Offizier haben. Und wenn du dich jetzt fragst, warum *du* noch kein Offizier bist, Ludwig, wo du doch gebildet bist, ein ausgezeichneter Soldat und mittlerweile über reichlich Kampferfahrung verfügst, dann sag mir nicht, das läge daran, dass du Jude bist. Der Grund ist, dass du keine Ellbogen hast. Guck dir Fritz Schwarzenberg an, unseren *Leutnant.*« Er sprach dieses Wort mit deutlicher Verachtung aus. »Wir haben zusammen als Rekruten gedient und wurden gleichzeitig zum Feldwebel ernannt. Aber im Gegensatz zu mir hat er Druck gemacht, bis er zum Leutnant befördert wurde. Jetzt spielt er sich als großer Herr auf und behandelt mich wie einen Leibeigenen. Und da erwartest du von mir, dass ich ihn respektiere? Warum denn? Weil man ihm ein bisschen Stoff an die Schultern geheftet hat?«

Und als hätte er gespürt, dass über ihn gesprochen wurde, trat kurz darauf Schwarzenberg auf sie zu. »Ah, Zwolle, gut, dass ich dich sehe. Ich habe dir einiges zu sagen.«

»Warum nennst du mich Zwolle?«, unterbrach ihn der Feldwebel. »Seit unserer Rekrutenzeit hast du mich immer beim Vornamen genannt.«

Der Leutnant sah ihn mit geringschätzigem Lächeln an und wies auf sein Rangabzeichen. »Das geht nicht mehr, Zwolle. Ich bin jetzt dein Vorgesetzter.«

»Komm her, Fritz«, sagte der Feldwebel, »setz dich zu uns, und ich erzähle dir eine Geschichte, die dir im Leben nützen wird.«

Der Leutnant setzte sich, und Zwolle fing an zu erzählen. »Es war einmal ein wunderschöner, bestens gepflegter Schäferhund. Allerdings hatte dieses Luxusgeschöpf keinen Erfolg bei den Hundedamen, was ihn sehr betrübte. Eines Tages sah er einen struppigen, hinkenden alten Wolf, dem alle Hündinnen nachliefen. Er ging zu ihm und sagte: ›Schau dir an, wie du aussiehst, und schau mich an. Wie kommt es, dass ich keinen Erfolg bei den Hündinnen habe, während dir alle nachlaufen?‹

›Ganz einfach‹, antwortete der Wolf, ›ich bin zwar alt und nicht sehr ansehnlich, aber dafür bin ich ein edles Tier. Wölfe sind edle Tiere. Du siehst zwar jung und schön aus, aber man merkt gleich, dass du nur ein Hund bist.‹

›Woran merkt man das?‹, fragte der Schäferhund bestürzt.

›Das werde ich dir erklären‹, sagte der Wolf. ›Wenn du eine Hündin siehst, läufst du ihr nach und riechst an ihrem Hintern. Wenn ich eine Hündin sehe, gehe ich gemächlich auf sie zu und schnuppere an ihrer Nase. Das ist der Unterschied zwischen einem vulgären Hund und einem edlen Tier.‹

Der Hund war sehr beeindruckt. Von diesem Tag an ging er immer, wenn er eine hübsche Hündin sah, langsam auf sie zu und roch an ihrer Nase. Und wirklich hatte er mit diesem System großen Erfolg bei den Damen, was ihn stolz und glücklich stimmte. Als er eines Tages den Wolf sah, dem er so viel verdankte, lief er voll Freude zu ihm und roch an seiner Nase. ›Nein, nein‹, wehrte der Wolf ab, ›bei mir nicht. Ich kenne dich ja und weiß genau, wer du bist. Mir kannst du am Hintern riechen.‹«

Der Leutnant sprang mit hochrotem Kopf auf und rief seinem ehemaligen Freund zu: »Das wirst du mir bezahlen, Zwolle! Ich werde mich über dich beschweren.«

»Beschweren?«, lachte der Feldwebel. »In dieser Armee? Wo lebst du eigentlich? Ich gebe dir dieselbe Antwort, die der Wolf dem Hund gegeben hat.« Am nächsten Tag war er verschwunden. Der dreifach ausgezeichnete, treue Soldat war desertiert.

Ludwig war sehr deprimiert. Und es war nicht nur der Niedergang der Armee, der ihm so zusetzte. Alles, was sich um ihn herum abspielte, nahm erschreckende Dimensionen an. Ob das an seinem elenden Zustand lag? Der Hunger plagte ihn und schwächte seine Moral bis zur totalen Verzweiflung. Als das seltsame Gespräch zwischen Zwolle und Schwarzenberg stattfand, hatte seine Einheit schon seit zwei Tagen keine Verpflegung mehr bekommen. Doch dann ging ein Gerücht durch die provisorischen Schützengräben: Wir kriegen Brot! Richtiges Brot! Und tatsächlich wurde noch in derselben Nacht Brot geliefert.

Der Quartiermeister verkündete, dass ein Laib Brot für vier Mann reichen musste. Auch Ludwig bekam als Unteroffizier ein Brot, das er mit drei Kameraden teilen sollte. Es war kleiner als gewöhnlich, grau, hart und geruchlos. Aber es war Brot. Die drei Kameraden saßen ihm gegenüber wie Raubtiere auf der Lauer. Ihm fiel eine schwere Aufgabe zu: Wenn einer von ihnen ein Stück bekam, das um einen Millimeter kleiner war als die Portion der anderen, würde es Krach geben.

»Ich schlage vor«, sagte Ludwig, »dass wir das Brot in zwei gleiche Teile schneiden. Die eine Hälfte verteilen wir jetzt, die zweite heben wir für morgen früh auf. Wir wissen ja nicht, ob wir morgen etwas zu essen bekommen, müssen aber den ganzen Tag durchhalten.«

Widerstrebend stimmten die anderen zu. Das war der leichtere Aspekt der Verteilung, weil niemand sich benachteiligt fühlen konnte. Dann ging Ludwig daran, vorsichtig und konzentriert wie ein Chirurg das halbe Brot, das zum sofortigen Verzehr bestimmt war, in vier gleiche Teile zu schneiden. Er prüfte sein Werk, und um den Beschwerden der Kameraden zuvorzukommen, zeigte er auf einen der vier Teile und sagte: »Mir scheint, dass dieser etwas kleiner ist. Findet ihr das auch?« Die anderen nickten, und Ludwig nahm den »kleineren Teil« für sich selbst. Er hatte keinen Unterschied zwischen den Brotstücken gesehen, aber so waren alle drei zufrieden und fühlten sich nicht benachteiligt.

Ludwig steckte die zweite Ration in einen Beutel, band ihn zu und hängte ihn mit einem Draht unter die Decke, damit die Mäuse und Ratten nicht an das Brot gelangen konnten.

32

Vincennes

— Mai 1918 —

Im Mai konnte Louis endlich den aktiven Dienst wieder aufnehmen. Als er sich in Vincennes meldete, wusste man nicht, was man mit ihm machen sollte. Sein Name erschien auf keiner Liste. Nach der feindlichen Offensive in der Picardie Ende März hatte man ihn offenbar als vermisst registriert. Louis erfuhr, dass nicht nur sein Bataillon, sondern auch seine ganze Division nicht mehr existierte. Nach den dramatischen Verlusten, die diese Division erlitten hatte, waren die noch kampffähigen Soldaten auf andere Einheiten verteilt worden. Schließlich schickte man Louis in ein Ausbildungslager, wo er gemeinsam mit anderen überlebenden Offizieren ein neues Bataillon gründen sollte, das aus Rekruten bestand, die gerade die Grundausbildung absolviert hatten.

»Mit diesen Grünschnäbeln soll ich an die Front?«, fragte Louis verbittert. Doch er hatte keine Wahl. Wegen des Mangels an Offizieren, die der deutschen Offensive zum Opfer gefallen waren, wurde Louis zum Hauptmann ernannt und übernahm das Kommando über eine Kompanie.

Es verging noch einige Zeit, bis das neue Bataillon einsatzfähig war. Im Juli kehrte Louis an die Marne zurück, wo er 1914 schon einmal gekämpft hatte. Wieder musste der deutsche Vormarsch aufgehalten und der Durchbruch nach Paris verhindert werden. Seit 1870 waren die Deutschen der französischen Hauptstadt nicht mehr so nahe gekommen. Mit Hilfe dreier riesiger Spezialgeschütze, deren Rohre 37 Meter lang waren und mit Gitterkonstruktionen gestützt werden mussten, gelang es ihnen sogar,

Paris zu beschießen. Aus einer Entfernung von 130 Kilometern feuerten sie Sprenggranaten, die ungefähr 250 Zivilisten töteten. Der schlimmste Treffer tötete 88 Gläubige, die sich am Karfreitag 1918 in der Kirche Saint-Gervais-Saint-Protais zum Gottesdienst versammelt hatten.

Und wieder endete die deutsche Offensive mit einer Niederlage. Allmählich wagte Louis zu hoffen, dass das Ende des schrecklichen Krieges in Sicht war.

33

Frankreich

— *1918* —

Der Herbst hatte begonnen. In der deutschen Armee machten sich nur noch wenige Illusionen über den Ausgang des Krieges. Nach dem Scheitern der großen Frühjahrsoffensive gab es keine Perspektive mehr. Es hieß nur Rückzug, Rückzug und wieder Rückzug vor der Gegenoffensive der Entente. Man hoffte, dass es zum Waffenstillstand käme. Um die Versorgung stand es miserabel. Auch vorher hatte es an Lebensmitteln gefehlt, doch inzwischen schien sich dieser Mangel zum Dauerzustand zu entwickeln. Die Armee wurde mit Ersatznahrungsmitteln beliefert, die den Soldaten nicht selten Bauchschmerzen oder sogar Durchfall verursachten.

Ludwig hatte manchmal Angst, im Durcheinander des Rückzugs seine Einheit zu verlieren. Das hätte bedeutet, dem Feind in die Hände zu fallen oder, schlimmer noch, den Feldjägern, die ihn möglicherweise als Deserteur verdächtigen und vor ein Kriegsgericht stellen würden, was einem Todesurteil gleichkam.

An einem der letzten Septembertage wurde Ludwig aufgefordert, sich unverzüglich beim Regimentskommandeur zu melden. ›Lieber Gott‹, dachte Ludwig, ›was ist jetzt wieder los? Schon wieder eine Judenzählung?‹

Vor dem improvisierten Bunker des Regimentskommandeurs, ein paar Dutzend Meter hinter der vorläufigen Frontlinie, an der Ludwigs Kompanie sich eingegraben hatte, warteten schon zehn andere Soldaten. Der Kompaniechef rief sie herein und teilte ihnen mit, sie würden ab sofort als Aufklärungstrupp eingesetzt werden. »Sie wurden ausgewählt, weil Sie über die nötige Bildung und Kampferfahrung verfügen«, sagte er, warf einen Blick auf die Dokumente, die er in der Hand hielt, und fragte: »Wer von Ihnen ist Feldwebel Kronheim?«

Ludwig trat vor und nahm Haltung an: »Hier, Herr Hauptmann!«

»Ich sehe, dass Sie einige Zeit bei der Funkkoordination eingesetzt waren, Kronheim.«

»Jawohl, Herr Hauptmann.«

»Ihre Erfahrung auf diesem Gebiet kann Ihnen bei der Erfüllung der Aufgabe nützen, die ich Ihnen hiermit übertrage. Ich ernenne Sie zum Zugführer des Aufklärungstrupps.«

Dann erklärte ihnen der Kompaniechef ihre künftige Aufgabe. »In der Phase des Krieges, in der wir uns jetzt befinden, haben wir so gut wie keine Unterstützung durch unsere Flieger. Der Feind beherrscht den Luftraum fast vollständig. Daher wissen wir meistens nicht, wo der Feind sich befindet, und sind in Gefahr, abgeschnitten und eingeschlossen zu werden. Die Zivilbevölkerung fürchtet uns nicht mehr und hilft dem Feind. Wir müssen deshalb auf herkömmliche Methoden zurückgreifen, um den Feind auszukundschaften. Ihre Aufgabe ist es, die gegnerischen Streitkräfte aufzuspüren und eventuelle Truppenbewegungen zu melden. In unserer Kompanie sind zwar nur Sie damit betraut, doch Sie könnten auf Spähtrupps anderer Einheiten stoßen. Sie müssen also darauf achten, Freund und Feind korrekt zu identifizieren, was natürlich auch für unsere anderen Aufklärungsgruppen gilt.«

In einem einstündigen Schnellkurs erklärte ein erfahrener Kundschafter der Gruppe ihre Aufgabe. Er würde sie bei ihrem Vorstoß ins Niemandsland aber nicht begleiten, sondern in der Kommandantur bleiben, um die Meldungen auszuwerten und weiterzuleiten.

Der Herbst war ungewöhnlich sonnig und warm. Es war, als wollte der Sommer sich nicht verabschieden. Die Kastanienbäume warfen ihre Früchte nicht ab, die goldenen Blätter der Laubbäume trotzten den ersten herbstlichen Winden. In den

Wäldern roch es nach Harz, die Bäche sprudelten munter. In dieser pastoralen Stimmung würde Ludwig sich mit seinem Trupp auf Kundschaft begeben müssen. Sie brachen noch in der Nacht auf und hatten Befehl, bei Tagesanbruch zurückzukehren.

Liebste Karoline,

ich bin körperlich sehr erschöpft, und mir steht eine Aufgabe bevor, die mir Angst macht. Ob sie besonders gefährlich ist? Ich glaube nicht. Nach all den Gefahren, die ich in diesem Krieg überstanden habe, werde ich auch diesen Auftrag überleben. Er ist bestimmt weniger gefährlich als die bisherigen Kämpfe und Bombardements. Ich habe nur Angst vor der Ungewissheit darüber, was mir bevorsteht. Warum schreibe ich Dir das jetzt? Vielleicht rede ich nur mit mir selbst und versuche, mich zu beruhigen.

Ich habe Dir so viel zu sagen. So viel wichtigere und vor allem erfreulichere Dinge. Seit Du mir mitgeteilt hast, dass Du schwanger bist, empfinde ich ein tiefes inneres Glück. Sogar in den schwersten und gefährlichsten Momenten. Wenn ich an Deinen schwellenden Bauch denke, durchströmt mich eine Welle des Entzückens. Ich weiß nicht, was es heißt, Vater zu sein. Ich weiß nicht, was ein Baby ist. Kleine Kinder, mit denen man noch nicht sprechen kann, haben mir nie viel bedeutet. Ein Kind von mir? Das kann ich mir kaum vorstellen. Doch ein Kind von Dir, unser beider Kind, ein Kind, das uns in einer Weise verbindet, wie kein Ehering es vermag, das ist ein himmlischer Gedanke! Ein Gefühl, wie ich es mir nicht schöner vorstellen kann.

Die Krönung unserer Liebe. Oh Karoline, meine geliebte Karoline, die Liebe meines Lebens! Wie oft habe ich Dir schon gesagt, dass ich Dich immer und immer mehr liebe. Und doch ist es die Wahrheit! Ja, in jener Nacht vor dem Krieg, in Friedes Haus in Berlin, glaubte ich, den Gipfel der Liebe zu erleben. Ich war überzeugt, dass ich nie eine größere Liebe empfinden würde. Und doch wird sie immer stärker und fester. Erst recht, seitdem ich weiß, dass in Deinem Leib unsere gemeinsame Zukunft heranwächst. Jetzt weiß ich wirklich, dass ich das höchste Glück erreicht habe! Wie gern würde ich während der Schwangerschaft an Deiner Seite sein, Deinen dicken Bauch streicheln und küssen. Glaube nicht, was die Leute und vor allem Frauen Dir sagen – dass eine schwangere Frau keinen erotischen Reiz ausübt. Ich begehre Dich mehr denn je!

Die Probleme mit Deinen Eltern und sicher auch manche anderen Sorgen müssen Dich sehr belasten. Für Deinen Vater und Deine Mutter ist Deine Bitte, uns ihren Segen zu geben, gewiss ein schwerer Schock gewesen. Schwerer noch, als wir geglaubt hätten. Und nicht nur, dass Du mich heiraten willst, Du bekommst auch noch ein Kind von mir, und noch dazu unehelich! Sogar die Vorwürfe meines Vaters (ich bin sicher der einzige Soldat im gesamten Heer, der sich nur bedingt freut, wenn endlich die Post kommt, weil ein Brief meines Vaters dabei sein könnte) sind ein geringes Problem im Vergleich zum Zorn Deiner Familie. Von hier, von diesem verfluchten Loch aus kann ich Dir weder helfen noch raten. Wir werden das alles besprechen, wenn wir uns wiedersehen.

Es wird hoffentlich nicht mehr lange dauern. Urlaub bekomme ich jetzt sicher nicht mehr, doch der Krieg wird bald aus sein, vielleicht schon in wenigen Wochen.

Ich möchte Dir noch einmal sagen, was ich seit Monaten in jedem meiner Briefe geschrieben habe: Nichts bewegt und rührt mich mehr als das, was Du für mich und für uns tust. Dass Du Dich für mich und unser Kind entschieden hast, ist der Höhepunkt eines Glücks, von dem ich niemals zu träumen wagte. Und obwohl unser beider Schicksal schon jetzt für immer verwoben ist, sollst Du wissen, dass ich Dir ewig dankbar bin für alles, was Du auf Dich genommen hast.

Mir wird gerade gemeldet, dass es Zeit zum Aufbruch ist. Wir sollen den Feind auskundschaften, der uns dauernd im

Nacken sitzt. Wie macht man das? Ich bin nie für einen solchen Auftrag ausgebildet worden, der viel Übung und besondere Fertigkeiten erfordert. Vielleicht werde ich es einfach machen wie die Indianer in den Karl-May-Romanen: Old Shatterhand und seine Freunde haben von den Indianern gelernt, mit dem Ohr an der Erde zu horchen, um ferne Schritte oder Hufgetrappel zu hören. Sie haben das Ohr sogar an Wasser gelegt, wenn es welches gab, weil man dann die Bewegungen des Feindes noch besser hören kann. Kindergeschichten, wirst Du denken. Aber etwas Besseres fällt mir nicht ein.

Als ich anfing, Dir zu schreiben, spürte ich einen starken Druck in der Magengegend. Jetzt bin ich ruhiger. Ich gehe erleichtert an meine Aufgabe heran. Siehst Du, was Du für einen guten Einfluss auf mich hast? Gibt es etwas Schöneres? Ich bin verliebter denn je. Grüß bitte Deinen Bauch von mir und sag dem kleinen Wesen darin, der Gruß sei von mir.

Für immer und ewig
Dein Ludwig

34

Frankreich

— Oktober 1918 —

Mitten in der Nacht war die Post eingetroffen. Nach einem langen Gewaltmarsch hatte das Regiment einen schmalen, reißenden Bach erreicht, und es wurde Befehl gegeben, unter den Bäumen am Ufer ein Biwak aufzuschlagen. Die Zelte hatten die Offiziere zusammen mit den Soldaten aufgebaut.

Louis schleppte sich müde zur Postverteilstelle. Eigentlich wollte er nur noch schlafen. Aber die Hoffnung war stärker. Seit Beginn des Vormarschs musste alles vor der Lieferung von Ausrüstung, Waffen, Munition und Lebensmitteln zurückstehen, umso schöner waren die Tage, wenn doch einmal Post kam. Für Louis war nur ein Brief dabei, aber der, auf den er am meisten gewartet hatte.

Ein dicker Brief von Élise! Wie viele Seiten sie ihm wieder geschrieben hatte! Er schnupperte an dem Umschlag. Nur mit viel Fantasie konnte er noch einen schwachen Hauch ihres Parfums erahnen. Louis schwankte, ob er ihn gleich lesen oder erst schlafen gehen sollte, und beschloss, ihn erst zu öffnen, wenn er ausgeruht und erfrischt war. So konnte er sich noch ein paar Stunden lang darauf freuen.

Doch als er zu seinem Zelt zurückkehrte, holte ihn ein Soldat ein, salutierte und meldete: »Herr Hauptmann, Sie sollen sofort zu Major Joubert kommen.« Louis drückte einen Kuss auf den Brief, steckte ihn in die Brusttasche seiner Uniformjacke und ging schwankend vor Müdigkeit zur Kommandostelle.

Joubert, der Nachrichtenoffizier des Regiments, kam gleich zur Sache. »Hauptmann Naquet, gut, dass Sie so schnell kommen konnten. Unser Kommandant Oberst Berthier hat Sie für einen dringenden Auftrag vorgesehen. Wir haben Befehl, morgen anzugreifen. Bis dahin muss geklärt werden, wo der Angriff genau erfolgen soll. Und das hängt von Ihnen ab, Naquet.«

»Wieso von mir?«

»Sie sollen den Schwachpunkt in den feindlichen Linien finden. Suchen Sie sich Ihre Leute aus, und brechen Sie sofort auf. Die Erkundung muss vor Tagesanbruch abgeschlossen sein, damit Sie nicht entdeckt werden. Der Feind darf nicht merken, dass wir einen Angriff planen.«

»Aber warum meine Kompanie?«, fragte Louis und sah den Offizier aus müden, geröteten Augen an. »Wir sind nach einem langen Marsch hier angekommen, und anstatt uns auszuruhen, mussten wir die Zelte aufbauen. Sie wissen ja selbst, dass wir auch vor dem heutigen Marsch wenig geschlafen haben. Wir sind vollkommen erschöpft, und ich glaube nicht, dass wir in diesem Zustand einer solchen Aufgabe gewachsen sind.«

»Das verstehe ich gut, und vor allem weiß auch Oberst Berthier, wie es um Sie steht. Doch gerade darum hat er Sie für diese heikle Mission auserwählt. Das ganze Regiment ist restlos erschöpft und muss morgen trotzdem versuchen, gemeinsam mit den anderen Regimentern die feindlichen Linien zu durchbrechen. Deshalb ist es wichtig, dass wenigstens ein Teil der Soldaten vorher ein paar Stunden Schlaf bekommt. Unter diesen Umständen kann nur ein erfahrener und bewährter Offizier wie Sie diese Mission übernehmen.« Joubert breitete eine Karte aus und erklärte ihm kurz die Topografie der näheren Umgebung.

Damit war Louis entlassen. Er ging zum Bach, zog Uniformjacke und Hemd aus und tauchte den Kopf ins kalte Wasser. Danach sah er sich nach einer seichten Stelle um, die zum Überqueren geeignet war, und machte sich mit einigen seiner besten Soldaten auf den Weg.

Als sie sich darüber beklagten, dass ihnen wieder der dringend notwendige Schlaf verwehrt wurde, versuchte er, sie zu beruhigen. »Ihr habt ja recht«, sagte er, »ich habe mich auch beschwert. Wisst ihr, wie man die besten Soldaten Napoleons genannt hat? *Les grognards de Bonaparte.* Sie murrten zwar, waren aber die tollsten Draufgänger!«

Louis wusste, dass es zunächst darauf ankam, sich dem Feind unauffällig zu nähern und ein Gelände zu wählen, das ihre Schritte dämpfte. Sie würden den Bach an einer Stelle überqueren, wo man von Stein zu Stein springen konnte. Danach würden sie sich bemühen, auf feuchter, weicher Erde zu gehen. So hatte es ihm der Nachrichtenoffizier eingeschärft. Louis ließ seine Männer in einer Schützenkette mit großen Abständen zum ersten Beobachtungspunkt vorrücken, damit möglichst wenige von ihnen entdeckt wurden, wenn der Feind sie überraschte. Auf diese Weise wurde auch das Geräusch ihrer Schritte verringert und das Sichtfeld des Spähtrupps erweitert.

Die Nacht ging zu Ende, und dichter Morgennebel lag über dem Tal. Der Trupp durchkämmte langsam das Gelände. Ab und zu pflanzten sich geflüsterte Meldungen durch die lockere Reihe fort. Auf diese Weise erfuhr Louis, was die Soldaten sahen und hörten. Nach einer Weile kamen sie an den kilometerlangen, schmalen See, den Major Joubert erwähnt hatte. ›Dieser See könnte die Schwachstelle sein‹, dachte Louis, ›er ragt wie ein Keil in das Terrain hinein, wo sich die Deutschen vermutlich aufhalten.‹

Er gab den geflüsterten Befehl durch, die Soldaten sollten am Ufer in Deckung gehen und ihm, falls nötig, Feuerschutz geben. Er selbst würde in den See hineinwaten, der nach Jouberts Angaben sehr flach war, und das Gelände auskundschaften. Mit vorsichtigen, möglichst geräuschlosen Bewegungen tappte Louis Schritt für Schritt durch das seichte Wasser. Die Sicht war durch dichten Nebel behindert. Seine Soldaten hatte er schnell aus den Augen verloren. Er hielt sich dicht am Seeufer, um die Richtung nicht zu verlieren.

Plötzlich blieb er erschrocken stehen. Durch die Nebelschwaden hindurch sah er eine reglose Gestalt am Ufer liegen. Vermutlich eine Leiche, die auf der Seite lag, mit dem Kopf im Wasser. Er kniff die Augen zusammen und erkannte eine deutsche Uniform. Der Schreck verschlug ihm den Atem. War er schon in feindlichem Territorium? Hatte er sich in der Vermutung geirrt, dass die Deutschen sich nicht am Seeufer, sondern in einiger Entfernung auf den umliegenden Höhenzügen verschanzt hatten? Während er noch fieberhaft überlegte, was er tun sollte, richtete die vermeintliche Leiche sich langsam auf und sah zu Louis hinüber. Mit einer instinktiven Bewegung riss er das Gewehr hoch und schoss. Der Schuss hallte laut durch den Nebel. Der Deutsche sank in sich zusammen. Louis spähte angestrengt zu ihm hinüber.

War er allein, oder gehörte er zu einer Einheit, die sich in der Nähe befand? ›Kein Risiko eingehen‹, sagte er sich. ›Am besten kehre ich um. Wenn der Feind den Schuss gehört hat, bin nicht nur ich in Lebensgefahr, sondern auch meine Soldaten.‹ Louis wandte sich um und fing an, in gebückter Haltung zu der Stelle zurückzuwaten, wo er seine Männer zurückgelassen hatte. Plötzlich hörte er einen Ruf aus der Richtung, wo der deutsche Soldat lag. Einen erstickten Ruf. Ein Röcheln, das ihm das Blut in den Adern gefrieren ließ.

35

Frankreich

— Oktober 1918 —

Ludwig hatte keine Ahnung, wie er den Auftrag erfüllen sollte, der ihm von seinem Kompaniechef übertragen worden war. Er marschierte mit seinem kleinen Trupp in südlicher Richtung. Von dort mussten die Franzosen kommen. Ab und an warfen er und seine Männer sich auf den Boden und legten das Ohr an die Erde, um verdächtige Geräusche festzustellen. Es war nichts zu hören. Sehen konnte man ohnehin nichts, denn noch kündigte kein heller Schein am Horizont den Tagesanbruch an. In dem dichten Nebel, der über dem Gelände lag, würde auch die aufgehende Sonne die Sicht kaum verbessern.

›Vielleicht werden uns die Sonnenstrahlen sogar blenden, wenn der Nebel sich verzieht‹, dachte Ludwig. Und dann sah er plötzlich den See vor sich liegen. Er befahl den Soldaten, sich auf den Boden zu legen, und kroch zum Seeufer. ›Wie haben die Indianer das nur gemacht?‹, fragte er sich, während er versuchte, seine Bewegungen dem geräuschlosen Anschleichen seiner Vorbilder anzupassen. Am Ufer angekommen, legte er das Ohr ans Wasser. Hie und da glaubte er, etwas zu hören, doch dann brach die Bewegung, die er im Wasser wahrgenommen hatte, wieder ab. ›Vielleicht sind es nur Ratten, Fische oder Frösche‹, dachte er, ›ich vergeude meine Zeit mit kindischem Unsinn.‹ Er richtete sich langsam auf, um zu seinen Soldaten zurückzugehen. In diesem Moment spürte er einen heftigen Schlag auf seinem Stahlhelm. Der Aufprall hallte ihm dröhnend in den Ohren, er verlor das Gleichgewicht und fiel zu Boden. ›Was ist los?‹, dachte er. ›Warum falle ich um, von einem Schlag auf den Helm? Ich bin doch nicht verletzt. Es tut mir nichts weh. Der Helm hat mich gerettet. Ich muss aufstehen.‹ Da fühlte er warme Flüssigkeit übers Gesicht rinnen. Sie drang ihm in Nase, Ohren, Mund, drohte ihn zu ersticken. ›Was ist das?‹, fragte er sich.

›Es kann nicht sein, dass ich verletzt bin, ich spüre keinen Schmerz!‹ Er versuchte, den Arm zu heben, um seinen Kopf zu berühren, und war verblüfft, wie schwer ihm das fiel. Endlich gelang es ihm, mit dem Finger den Kopf zu betasten. ›Also doch‹, dachte er, ›ich bin verletzt! Ein Splitter oder eine Kugel ist durch meinen Helm geschlagen! Aber warum bin ich so verwirrt, obwohl mir nichts wehtut? Ja richtig, ich habe ein Loch im Kopf‹, sagte er sich und versuchte nachzudenken. Er erinnerte sich daran, dass ein Freund, der einen Kopfschuss erlitten hatte, einmal zu ihm gesagt hatte: »Auf die ersten zwei Minuten nach der Verletzung kommt es an. Wenn du die überstehst, kann alles noch gut werden.« Er spürte, wie die Minuten verstrichen, wie sein Bewusstsein wegdämmerte.

»Karoline«, wollte er rufen, »Karoline, ich brauche dich, jetzt, sofort! Spiel mir das Requiem von Berlioz vor, das wird mir helfen.« Noch ein paarmal versuchte er, »Karoline« zu rufen, dann kam ihm ein Gedanke: Beten! Ich muss beten. Das ist sicher das Beste. Aber was soll ich beten? Ach ja, wie ging das Gebet noch, das Rabbiner Rosenak mir beigebracht hat: »*Schma Israel, Adonai Elohejnu, Adonai echad* [Höre Israel, der Herr ist unser Gott, der Herr ist einzig].« Noch zweimal drangen die Worte *Schma Israel* röchelnd aus seinem blutgefüllten Mund. Dann verstummte er.

36

Frankreich

— Oktober 1918 —

Louis hatte anfangs nur das Röcheln vernommen. Doch als er genau hinhörte, konnte er die Worte verstehen. Seine Mutter hatte ihm eingeschärft, er solle diese Worte sagen, wenn er Angst habe oder in Gefahr sei. Er hatte das *Schma Israel* bei seiner Bar-Mizwa in der Synagoge rezitieren müssen. Damals glaubte er, der Rabbiner habe ihn das Gebet aufsagen lassen, weil er solche Angst vor der schrecklichen Zeremonie in der Synagoge hatte. ›Aber was hat das mit dem feindlichen Soldaten zu tun, der dort, ein paar Meter von mir entfernt, auf dem Boden liegt? Ob er auch Jude ist? Ein deutscher Jude? Hat seine Mutter ihm auch dieses Gebet beigebracht?‹ Doch Louis fasste sich schnell. Wer immer der Deutsche war, den er getroffen hatte, er lief gewiss nicht allein im Nebel herum. Er musste schnellstens zu seinen Männern zurück.

37

Berlin

— Herbst 1918 —

Nachdem sie von ihrer Schwangerschaft erfahren hatten, wurden die Spannungen zwischen Karoline und ihren Eltern unerträglich. Zwar verlangten sie nicht direkt eine Abtreibung von ihr, doch sie bestanden mit allem Nachdruck darauf, dass sie sich gänzlich und für immer von Ludwig lossagte. An Ludwigs Eltern mochte sich Karoline nicht wenden. Die waren ihr letztlich doch fremd. Nur Friede kam ihr zu Hilfe und lud sie nach Berlin ein. Zunächst zögerte Karoline, die Einladung anzunehmen. ›Ich muss mich erst mit meinen Eltern einigen‹, dachte sie, ›man darf diese Dinge nicht ungeklärt lassen. Jede noch so schlechte Übereinkunft ist besser als der jetzige Zustand.‹ Da reiste Friede kurz entschlossen zu ihr nach Frankfurt. Der Empfang im Hause Schulzendorf war kühl. Im Gegensatz zu früher sahen die Eltern in Friede nicht mehr die reifere, erfahrene und vernünftige Freundin, die einen guten Einfluss auf Karoline ausübte, sondern regelrecht eine Feindin. Schließlich ist sie Jüdin, sagten die Eltern sich. Sie wird unter allen Umständen zu ihrem Glaubensgenossen, diesem Kronheim, halten.

Doch die Eltern Schulzendorf brauchten sich nicht lange mit ihren Zweifeln zu plagen. Friede überzeugte ihre Freundin sehr rasch, mit ihr nach Berlin zu kommen. Erst im Zug erzählte sie, was in den langen Monaten seit ihrem letzten Treffen passiert war. Innerhalb weniger Wochen hatte die Familie zwei Hiobsbotschaften erhalten: Friedes Brüder Max und Julius waren gefallen. Der Ältere in den sinnlosen letzten Gefechten mit den Italienern, die eigentlich schon geschlagen waren. Der Jüngere in einem U-Boot, das aus Wilhelmshaven ausgelaufen und vermutlich von einem feindlichen Zerstörer versenkt worden war. Einige Wochen nachdem es spurlos verschwunden war, gab das Reichsmarineamt bekannt, die gesamte Besatzung sei umgekommen. Auch von Friedes drittem Bruder hatten sie keine Nachricht. Sein letzter Brief war vor geraumer Zeit von den Schlachtfeldern am Chemin des Dames gekommen. Friede widmete den größten Teil ihrer arbeitsfreien Zeit der Betreuung ihrer verzweifelten, völlig gebrochenen Eltern.

»Es ist so bitter«, sagte sie schließlich mit leiser Stimme. »Erst verliere ich gleich zu Beginn des Krieges meinen Verlobten, und dann brechen nacheinander, wie die ägyptischen Plagen, die Nachrichten vom Tod meiner Brüder herein, und auch von dem dritten Bruder fehlt jede Nachricht. Wie kann man Menschen in diesem Zustand trösten? Meine Mutter weint Tag und Nacht, und mein Vater starrt in die Luft. Es klingt grausam, aber um ehrlich zu sein: Ich wünsche mir, dass der Tod sie so bald wie möglich erlöst.«

»Warum hast du mir nichts davon erzählt?«, sagte Karoline beschämt. »Ich schreibe dir seitenlang über meine Probleme, und du erzählst mir von deinem Alltag, um mich aufzuheitern, ohne ein Wort davon zu sagen, was euch passiert ist!«

»Warum hätte ich es dir schreiben sollen? Das hätte dich nur belastet und die Stimmung in deiner Familie noch verschlimmert. Genützt hätte es jedenfalls nichts. Jetzt bist du fort von zu Hause, und wenn du bei uns in Berlin ankommst, wirst du ohnehin die schreckliche Wahrheit erfahren. Deshalb musste ich es dir erzählen.«

Ludwigs letzten Brief erhielt Karoline in Berlin. Er war schon lange dazu übergegangen, ihr nur noch postlagernd zu schreiben. Vor ihrer Abreise aus Frankfurt hatte Karoline im Postamt einen Antrag auf Nachsendung postlagernder Sendungen an Friedes Adresse gestellt. Der Brief gab ihr neuen Mut. Wie sehr Ludwig sie liebte, wie verständnisvoll und einfühlsam er war!

Zu Friede sagte sie: »Ich bin mir ganz sicher, dass ich mit Ludwig ein wunderbares gemeinsames Leben aufbauen kann, auch ohne die Zustimmung und Unterstützung meiner Eltern.« Auch er werde seinen Eltern nicht erlauben, sich in ihr Leben einzumischen, versicherte sie. Seine Mutter stehe auf ihrer Seite, auch wenn sie das nicht offen zeigen könne. Sie habe sich hin und wieder mit ihr getroffen und sei immer freundlich und liebevoll gewesen. Sein gestrenger Vater werde wohl noch eine Weile den Beleidigten spielen und sich letzten Endes damit abfinden, und wenn nicht, sei das auch kein Unglück. Ludwig sei ohnehin froh, sich von der Bevormundung durch diesen Mann zu befreien.

Karoline half ihrer Freundin nach Kräften im Haus und bei der Betreuung der Eltern, damit Friede ihren Dienst in einem Baubüro leisten konnte. Allein die Eltern aus dem Schlafzimmer in den Wohnbereich zu locken forderte größte Überredungskunst.

Die Lektüre der Briefe ihrer Eltern aus Frankfurt schob Karoline immer wieder auf, weil sie wusste, dass sie Vorwürfe und Anweisungen enthalten würden, wartete aber täglich auf eine Nachricht von Ludwig. »Warum schreibt er nicht«, klagte sie Friede ihr Leid, »er hat doch immer so oft geschrieben.«

»Woher weißt du, dass er nicht schreibt?«, hielt Friede ihr vor. »Wenn du gewöhnt bist, die Zeitungen kritisch zu lesen, das heißt, auch zwischen den Zeilen, dann wird dir klar, dass es an der Front sehr schlecht für uns steht. Wir sind im Rückzug, und es herrscht dort ein Durcheinander, das man schon fast als Chaos bezeichnen kann. Ich würde mich nicht wundern, wenn ganze Stapel von Ludwigs Briefen irgendwo auf einem Postkarren oder in einer vergessenen Feldpoststelle herumliegen. Wenn der Krieg zu Ende ist, werdet ihr alle eure Briefe, die jetzt nicht zugestellt werden, auf einen Schlag kriegen«, fügte sie lachend hinzu. »Wieso beklagst du dich überhaupt, dass du keine Briefe bekommst? Hauptsache, du hast deinen Liebsten noch!

Der Vater deines Kindes lebt! Er wird bald zurückkehren, und dann könnt ihr zusammen leben.«

Einige Tage später verspürte Karoline Schmerzen. Friede brachte sie zu Dr. Stolte, dem Hausarzt der Familie. Der Arzt untersuchte sie und riet ihr, ins Krankenhaus zu gehen, doch Friede wusste, dass sie wegen des Notstands in den Krankenhäusern nicht sofort einen Platz für ihre Freundin finden würde. Während der Arzt und die beiden Frauen noch überlegten, was zu tun sei, überrollte Karoline eine Welle heftiger Schmerzen.

Dr. Stolte untersuchte sie nochmals. »Das sind die Wehen, junge Frau!«

»Aber sie ist doch erst im siebten Monat«, mischte Friede sich ein.

»Das kommt häufiger vor«, sagte der Arzt. »Frühgeburten können auch durch Kummer und Sorgen ausgelöst werden. Und wer hat in diesen schweren Zeiten keine Sorgen?« Zu Friede gewandt, fügte er hinzu: »Sie müssen mir helfen, ich bin keine Hebamme, und die Krankenschwester ist noch nicht da. Sie müssen nur meinen Anweisungen folgen.«

Der Grund für die Frühgeburt sollte sich bald herausstellen. Karoline brachte Zwillinge auf die Welt! Einen Jungen und ein Mädchen. Die Siebenmonatskinder kamen zum Glück gesund auf die Welt, waren jedoch noch sehr schwach. Der Doktor wandelte kurzerhand seine Praxis in eine Wöchnerinnenstation um. Als Erstes musste er seine Fantasie und seine ganze Überredungskunst aufbieten, um einen Inkubator zu organisieren. »Wer hätte das geglaubt«, murmelte er kopfschüttelnd, »in meinem Alter müssen mir solche Sachen passieren! Wenn dieser verfluchte Krieg nicht wäre, hätte ich mich schon längst pensionieren lassen. Und jetzt muss ich auch noch den Geburtshelfer spielen, und das ohne Entbindungsraum!« Als er sicher war, dass die Frauen ihn nicht hören konnten, murmelte er in seinen Bart: »Und all das, um zwei Juden zur Welt zu bringen!«

In ihrer körperlichen und seelischen Erschöpfung war Friede einem Zusammenbruch nahe. Ab und zu erlaubte ihr der Arzt, die Praxis zu verlassen und Einkäufe zu erledigen. In der Teeküche der Arztpraxis kochte sie für alle, und geschlafen wurde auf Sofas und Sesseln. Nach drei Tagen kam der Arzt zu dem Schluss, dass die Frühchen die erste Krise überstanden hatten, und erlaubte ihr, für kurze Zeit nach Hause zu gehen.

Friede kam nach einigen Stunden wieder und schwenkte freudig einen Brief in der Hand. Doch zu Karolines bitterer Enttäuschung kam er nicht von Ludwig. »Hör zu, Karoline«, rief Friede, »ein Brief von der Armee! Darin steht, dass mein Bruder Willi verwundet ist. Er liegt in einem Krankenhaus hinter der Frontlinie, es besteht keine Lebensgefahr. Vielleicht kommt er bald zurück nach Berlin.«

»Wie kannst du dich darüber freuen, dass Willi verwundet ist?«, fragte Karoline erstaunt.

»Weil das heißt, dass er lebt«, rief Friede, »und dass er nicht sterben wird, weil er nicht mehr an die Front muss, denn es wird bald keine Front mehr geben! Ich habe die ganze Zeit befürchtet, dass auch mein dritter Bruder nicht mehr nach Hause zurückkehrt. Ach, was für eine Erleichterung! Willi wird der Trost unserer armen Eltern sein. In ihrer Verzweiflung glauben sie, alle ihre Söhne verloren zu haben. Sie murmeln immer nur vor sich hin, dass alle drei gefallen sind!«

Am vierten Tag nach der Geburt ging Friede mehrere Stunden nach Hause, um ihre Eltern zu ermutigen und ein Zimmer für die Wöchnerin und die Frühgeborenen herzurichten. Gegen Abend kam sie zurück. Karoline hatte gerade die Zwillinge gestillt und lag erschöpft auf dem Sofa.

Schon an der Tür rief Friede: »Karoline, ich habe dir eine Überraschung mitgebracht!«

»Ist noch jemand verwundet worden?«, fragte Karoline trocken. Als Friede nicht antwortete, sondern an der Tür stehen blieb, wandte Karoline den Kopf. Vor Überraschung blieb ihr der

Mund offen stehen. »Frau Kronheim! Was machen Sie hier? Wie sind Sie hierhergekommen?«

Ludwigs Mutter sah aufgeregt und ein wenig verwirrt aus. Sie ging auf Karoline zu, umarmte und küsste sie, beglückwünschte sie und ließ sich die Zwillinge zeigen. Sie brach in Tränen aus. Noch immer schluchzend, setzte sie sich auf einen Stuhl neben Karoline. Friede ergriff an ihrer Stelle das Wort.

»Stell dir vor, Karoline«, sagte sie, »ich bin heute Morgen stundenlang herumgelaufen, um Lebensmittel aufzutreiben, doch kaum war ich zu Hause, klingelte das Telefon. Und wer war am Apparat? Frau Kronheim! Hier in Berlin! Sie war gerade angekommen. Die Ärmste hatte schon ein paarmal vergeblich bei uns angerufen. Sie stand am Bahnhof und wusste nicht, was sie tun sollte. Und das nach der langen Fahrt!«

»Das war wie eine Erlösung, als ich Ihre Stimme gehört habe«, fiel ihr Ludwigs Mutter ins Wort. »Vor der Telefonzelle stand eine endlose Schlange, und ich musste mich immer wieder aufs Neue anstellen.« Sie hatte sich inzwischen gefasst. »Mein Mann war bis zum letzten Augenblick gegen die Reise.«

Sie räusperte sich, und plötzlich fing sie wieder an zu weinen. »Karoline«, sagte sie. »Sie müssen jetzt sehr stark sein. Ich bringe keine gute Nachricht.« Sie schluckte, warf Friede einen Hilfe suchenden Blick zu und sagte schließlich, zu Karoline gewandt, mit leiser Stimme: »Unser Sohn hat uns verlassen. Ludwig ist gefallen.«

Karoline war wie gelähmt. Ihr starrer Blick glitt hilflos zwischen ihrer Freundin und Ludwigs Mutter hin und her. Eine furchtbare Kälte stieg in ihr auf, und sie hatte das Gefühl, ganz weit weg zu sein.

Schließlich stieß sie mit zitternder Stimme hervor: »Woher wissen Sie das? Wann ist es passiert?«

Nach einem lastenden Schweigen sagte Ludwigs Mutter, sie und ihr Mann hätten schon vor zwei Wochen die bittere Nachricht erhalten, doch sie habe sich in einem Schockzustand befunden, in dem sie zu nichts fähig gewesen sei. Ihr Mann habe ihr nicht beigestanden. Er habe die Nachricht mit aufeinandergepressten Lippen aufgenommen und seitdem nicht mehr darüber gesprochen. »Ich habe keine Ahnung, was in ihm vorgeht.« Erneut brach sie in Tränen aus. »Er ist so ein harter Mann. Sie wissen, wie streng er immer mit Ludwig war. Er wurde noch abweisender, seit er wusste, dass Sie und Ludwig heiraten wollten, und erst recht, nachdem wir erfuhren, dass Sie ein Kind erwarten. Ich durfte Ihnen nicht mitteilen, dass Ludwig gefallen ist. Als ginge sein Tod Sie nichts an. Als er eines Tages außer Haus war, habe ich die Gelegenheit genutzt und Ihre Eltern besucht. Ich wurde mit eisiger Kälte empfangen. Sie fragten mich, was ich wolle, und sagten gleich, Sie seien nicht da und würden auch vorläufig nicht zurückkommen. Ich sagte ihnen, dass Ludwig gefallen sei. Ihre Mutter reagierte nicht. Ich glaube nicht, dass die Nachricht sie kaltgelassen hat, aber sie schwieg. Ihr Vater murmelte ein paar förmliche Beileidsworte und gab mir zu verstehen, dass unser Gespräch damit beendet sei. Ihre Mutter begleitete mich allein zur Tür. Als wir außer Hörweite waren, flüsterte sie mir zu, dass Sie bei Friede seien. Ich solle Sie hier besuchen.«

Karoline hörte Frau Kronheims Worte wie aus einem Nebel. Die drei Frauen umarmten sich wortlos. Das Schweigen wurde erst unterbrochen, als eins der Babys zu weinen begann.

Erst Tage später hatte sich Karoline so weit gefasst, dass sie ihren Eltern zu schreiben vermochte.

Vielleicht ist dies der letzte Brief, den Ihr von mir bekommt, denn ich rechne damit, dass Ihr ihn nicht beantwortet. Dieses Risiko muss ich auf mich nehmen. Über Eure Reaktion auf unsere Heiratspläne zu diskutieren ist sinnlos. Ebenso zwecklos wäre es, Euch zu fragen, warum ich kein teilnehmendes Wort von Euch über den Verlust meines Verlobten gehört habe. Ich möchte Euch nur sagen, dass ich Ludwig für immer und ewig verbunden bin. Ich werde mein Leben unseren gemeinsamen Kindern widmen und sie so erziehen, wie Ludwig es sich gewünscht hätte: als Juden, als deutsche Juden. Als deutsche Patrioten, die stolz auf ihren Vater sind, der für sein Vaterland gefallen ist.

Ich glaube nicht, dass Ihr Näheres über Eure Enkel hören wollt, nachdem Ihr ihre Geburt völlig ignoriert habt. Doch so viel sollt Ihr wissen: Es sind Zwillinge, ein Junge und ein Mädchen, und sie heißen Sara und Israel. Und damit Ihr es gleich wisst: Daran ist nicht mehr zu rütteln. Sie sind unter diesen Namen offiziell registriert. Damit sage ich Euch Lebewohl. Ich verdanke Euch viel. Mein Herz war immer voll Liebe zu Euch, und daran hat sich nichts geändert. Doch ich muss meinen Weg gehen, den Weg, auf den mich die Liebe meines Lebens geführt hat.

Eure Tochter Karoline

38

Metz

— Winter 1918 —

In den ersten Novembertagen wurde noch immer geschossen. Für Louis und seine Kameraden ging der Krieg mit aller Härte weiter. Dann kam endlich der Waffenstillstand. Der Kaiser war zurückgetreten und nach Holland geflüchtet. Deutschland war Republik. Doch für Louis und seine Kameraden war das Soldatenleben noch nicht vorbei. Eine Woche nach dem offiziellen Waffenstillstand war seine Einheit wieder unterwegs.

Der Bataillonskommandeur, Major Edmond Giscard, hatte Louis einen Sonderauftrag erteilt: »Fahren Sie mit Ihren besten Männern nach Koblenz, und holen Sie die Kanone zurück, die 1871 von den Preußen aus dem Militärmuseum des Invalidendoms weggeschleppt worden ist. Es geht um die Ehre Frankreichs.« Louis salutierte und versprach, sich darum zu kümmern.

Zur Belohnung durfte er mit seiner Kompanie die Ehrenformation bei der großen Feier zur Befreiung von Elsass-Lothringen anführen, die Anfang Dezember in Metz stattfand. Die Stadt war nach achtundvierzig Jahren deutscher Herrschaft wieder französisch und sollte vom Präsidenten der Republik in der alten Heimat begrüßt werden.

Nach der Zeremonie wurde Louis aufgefordert, sich bei dem Armeerabbiner Jacob Kaplan einzufinden. Das war ihm gar nicht recht, hatte er doch wenig Lust, sich Dankgebete oder Predigten anzuhören. Die wenigen Urlaubsstunden in der Stadt wollte er dazu nutzen, Élise zu treffen, die sehnsüchtig auf ihn wartete. Die Familie Lichentin war aus Paris angereist, um Verwandte wiederzusehen, die auch unter deutscher Herrschaft in Metz geblieben waren. Louis und Élise hatten sich bei diesen

Verwandten verabredet. Doch da der Rabbiner Majorsrang hatte und damit sein militärischer Vorgesetzter war, musste Louis gehorchen. Ungeduldig fand er sich mit noch ein paar Dutzend Soldaten bei dem Rabbiner ein.

»Ich habe Sie aus einem besonderen Grunde hergebeten«, begann der Geistliche in Uniform. »Ich möchte Sie zu einer Ehrung der jüdischen Soldaten unserer Armee einladen, die heute Abend stattfindet und bei der wir auch der jüdischen Gefallenen gedenken. Die Feier wird unter der Leitung des Oberrabbiners Nathan Netter in der Großen Synagoge stattfinden, im Beisein des Präsidenten des Israelitischen Konsistoriums, Baron Édouard de Rothschild. Aber vor allem erwarten wir als Ehrengast den Marschall von Frankreich, Philippe Pétain. Ich möchte Sie nun nicht länger aufhalten«, fügte der Rabbiner hinzu, »aber vergessen Sie heute Abend nicht, in Ihrer Paradeuniform zu erscheinen.«

Louis fasste sich ein Herz und trat auf ihn zu. »Herr Major, ich habe eine Frage.«

»Nur zu«, antwortete der Rabbiner.

»Kann ich heute Abend eine Begleiterin mitbringen?«

»Sie haben reservierte Plätze, aber ich werde sehen, was sich machen lässt. Wen wollen Sie mitbringen? Ist Ihre Gattin in der Stadt?«

»Ja … ja gewiss, meine Gattin, Herr Major«, sagte Louis schnell, um weiteren Fragen zuvorzukommen.

»Ich werde dafür sorgen«, versprach der Rabbiner.

Die Feier in der Synagoge war eine Art jüdisches »Te Deum« zu Ehren von Frankreichs Sieg, aber auch ein Dankgebet für die endlich erfolgte volle Integration der Juden in das französische Volk. Pétains Stabsoffiziere saßen mit den jüdischen Honoratioren einträchtig auf einer Bank, und Pétain selbst saß auf einem vergoldeten, rot gepolsterten Prunksessel neben dem Thoraschrein. Auf der anderen Seite des Schreins saß ein weiterer Ehrengast, dessen Anwesenheit fast noch wichtiger war: Oberstleutnant Alfred Dreyfus in voller Montur, mit Paradeuniform, Orden und Säbel. Im Gegensatz zu jenem schrecklichen Januartag im Jahre 1895, als er im Hof der *École militaire* degradiert und sein Säbel öffentlich zerbrochen worden war, machte ihm jetzt niemand mehr das Recht streitig, die Paradewaffe zu tragen.

Rabbiner Netter hielt eine flammende Rede auf die französische Armee, die Republik und natürlich den Marschall von Frankreich. Er pries den General von Verdun, »der Frankreich gerettet« habe, seinen menschlichen Umgang mit den Soldaten, dem er seine allgemeine Beliebtheit verdankte, sowie seine väterliche Anteilnahme am Wohlergehen der jüdischen Soldaten. Der bejahrte Feldherr hob ab und zu den blauen Marschallstab, um seinem Dank oder seiner Zustimmung Ausdruck zu verleihen.

Nach der Rede trug der Vorbeter ein Dankgebet für die Wiedervereinigung von Elsass-Lothringen mit Frankreich vor und dankte Gott im Namen der Versammelten für den Sieg Frankreichs nach einem langen, bitteren Krieg. Der Chor sang, von der Orgel begleitet, das Halleluja und zum Abschluss die Marseillaise. Rabbiner Netter beendete die Feier mit einem an Pétain gerichteten Segensspruch, der nach jüdischer Tradition beim Anblick von nichtjüdischen Königen oder Herrschern rezitiert wird: »Gelobt seist du, Ewiger, unser Gott, König der Welt, der von seiner Herrlichkeit seinen Geschöpfen gegeben hat.«

Das Publikum erhob sich und wiederholte den Segensspruch auf Hebräisch und Französisch. Marschall Pétain und Oberstleutnant Dreyfus gingen zu den jüdischen Soldaten, die, angeführt von Rabbiner Kaplan, im hinteren Teil der Synagoge standen. Pétain drückte jedem von ihnen herzlich die Hand. Einige der Soldaten hatten Tränen in den Augen.

Als Louis und Élise nach der bewegenden Feier durch die Stadt bummelten, sagte sie nachdenklich: »Für mich ist das etwas ganz Besonderes gewesen. Ihr Juden aus Bordeaux seid ja schon seit jeher integriert. Wir in Elsass-Lothringen hingegen waren die Letzten, die als Franzosen akzeptiert wurden, und ich bin mir nicht einmal sicher, ob dieses Ziel wirklich erreicht wurde.« Sie lächelte. »Vielleicht bringt die Feier, die wir heute erlebt haben, tatsächlich den Durchbruch. Dass eine solche Ehrung der jüdischen Soldaten überhaupt stattfindet und dazu noch in Lothringen, kommt mir fast wie ein Wunder vor. So etwas wie ein göttlicher Fingerzeig. Oder die Ankunft des Messias.«

»Pétain als Messias?«, versuchte Louis, die Begeisterung seiner Liebsten ein wenig zu dämpfen.

»Allerdings. Das ist gar nicht so übertrieben, wie es klingen mag.«

»Na gut.« Louis nahm sie fest in die Arme. »Aber die nächste Feier, zu der ich gehe, ist unsere Hochzeit!«

39

BERLIN

— Dezember 1918 —

Karoline und Ludwigs Mutter wohnten jetzt schon seit einigen Wochen bei Friedes Eltern. Zum Glück waren sie Tag und Nacht mit den Babys beschäftigt. Karoline konnte sie nicht mehr stillen. Als Frühgeburten mussten sie noch öfter gefüttert werden als normale Kinder. Die Pflege rund um die Uhr glich einer Tretmühle: Flaschen sterilisieren, Milch wärmen, eines der Kinder mit unendlicher Geduld füttern, weil die Frühgeborenen nicht so kräftig saugen konnten wie andere Babys. Und danach Windeln wechseln. Dann kam das zweite Kind an die Reihe, und so ging es immer weiter. All das lenkte die Frauen von dem Unglück ab, das sie getroffen hatte.

Aus Frankfurt kam keine Nachricht, weder von Familie Schulzendorf noch von Ludwigs Vater. Eine Woche nach dem Umzug zu den Friedmanns kam Friede mit zwei Briefen in der Hand herein und verkündete, sie habe gute Nachrichten. Die Armee teilte der Familie mit, dass Willi bald aus dem Krankenhaus entlassen werde. »Sein Zimmergenosse im Krankenhaus hat zwar geschrieben, wir müssten ihm bei seiner Rehabilitierung helfen«, sagte Friede, »aber was tut das zur Sache! Er ist schwer verwundet, doch er lebt und wird wieder gesund werden!« Sie lächelte.

»Seltsam ist nur«, fügte sie leiser hinzu, »dass Willi nicht selbst geschrieben hat. Er mag sicher nicht gern darüber sprechen. Es fällt ihm schwer, sich als hilfloses Kriegsopfer zu sehen. Ach, der männliche Stolz! Ein bisschen albern ist das schon. Bald wird er alles überstanden haben.« Mit diesem Trost versuchte sie, ihre Eltern ein wenig aufzuheitern. Wenigstens einer der Söhne würde nach Hause kommen. Und tatsächlich belebte sich der stumpfe Blick der Eltern. Die Mutter rang sich sogar ein halbes Lächeln ab.

»Und jetzt, meine Lieben«, sagte Friede, »kommen wir zu dem zweiten Brief. Ob ihr es glaubt oder nicht, er ist von Leopold Rosenak!«

»Wer ist das?«, fragten Karoline und Selma.

»Das wisst ihr nicht?«, staunte Friede. »Rosenak ist ein berühmter Rabbiner. Hindenburg und Ludendorff haben ihn mit Auszeichnungen überhäuft. Wisst ihr noch, wie tief verbunden unser Max diesem Rabbiner war?«, fragte sie, zu ihren Eltern gewandt. »Rosenak hatte Max ins Herz geschlossen, er hat sich persönlich um sein Begräbnis gekümmert und sogar das Kaddisch über seinem Grab gesagt. Er hat euch das alles auch selbst geschrieben, erinnert ihr euch nicht?

Dank der Beziehung zwischen Max und Rosenak haben wir eine unverhoffte Einladung bekommen«, fuhr Friede fort. »Nächste Woche findet in der Neuen Synagoge in der Oranienburger Straße eine Feier zum Gedenken an die Gefallenen statt. Und nun seht euch an, was auf der Einladung steht: Als Ehrengast wird Hindenburg persönlich erwartet.«

Karoline hatte die Bedeutung des Ereignisses zwar sofort begriffen, wunderte sich aber über den Enthusiasmus ihrer Freundin. Seit wann begeisterte sich Friede für Generäle? Selbst wenn es Hindenburg war? Erst später begriff sie, dass Friede versuchte, ihre Eltern auch auf diese Weise aufzumuntern.

Aufgrund ihrer Beziehungen gelang es Friede, auch für Karoline und Selma eine Einladung in die Neue Synagoge zu besorgen. Nach und nach steckte sie auch die übrigen Hausbewohner und sogar die trauernden Eltern mit ihrer Euphorie an. Als die aufgeregten Gemüter sich etwas beruhigt hatten, sagte Karoline zu Friede: »Ich habe eine Bitte an dich: Ich möchte Sara und Israel zu der Feier mitnehmen.«

»Wie? Du willst da mit den Zwillingen auftauchen? Zu einem historischen Ereignis wie diesem kann man nicht mit zwei Säuglingen kommen! Stell dir das vor: Hunderte von prominenten Gästen sitzen in ehrfürchtigem Schweigen, und plötzlich mittendrin Babygeschrei! Das kommt nicht infrage. Für ein paar Stunden kannst du die Zwillinge ruhig dem Dienstmädchen überlassen. Oder ich bitte eine Freundin, sie zu hüten. Du brauchst dir wirklich keine Sorgen zu machen.«

»Darum geht es gar nicht«, gab Karoline zurück. »Auch wenn die Kinder noch so klein sind, soll sich der historische Wandel, dessen Zeugen wir sind, ihren zarten Seelen von Anfang an einprägen. Ein Wandel, von dem ihr Vater geträumt hat. Der sich in einem Deutschland vollzieht, aus dessen Tragödie jetzt neue Hoffnung erwächst. Die Hoffnung, dass Juden endlich Deutsche wie alle anderen sein können, ohne Angst und ohne Minderwertigkeitsgefühle. Sie sollen erfahren, dass zu diesem hart erkämpften Glück auch ihr Vater beigetragen hat.« Friede war zu sehr Verstandesmensch, um sich von den sentimentalen Argumenten ihrer Freundin beeindrucken zu lassen, doch sie wusste, dass sie diesmal Karolines Gefühlsausbruch keinen Widerstand entgegensetzen durfte.

Ludwigs Mutter hatte bescheiden dabeigestanden und mit Tränen in den Augen zugehört. »Ich hätte eine Idee«, sagte sie, »wie man verhindern kann, dass die Zwillinge die Feier stören. Viel verstehe ich zwar nicht von der jüdischen Tradition, aber doch genug, um zu wissen, wie man dafür sorgt, dass ein Säugling sich bei einer Zeremonie in der Synagoge ruhig verhält. Verlasst euch auf mich.«

Seit Karoline und Frau Kronheim mit Sara und Israel zu den Friedmanns gezogen waren, waren die beiden Frauen sich nähergekommen. »Du bist meine Tochter, die Mutter meiner Enkel«, sagte Selma immer wieder zu Karoline. »Dank dir und den Kindern kann ich den Verlust meines Sohnes vielleicht überwinden. Ihr seid meine Familie, und dieses Gefühl ist noch stärker geworden, seit du beschlossen hast, sie als Juden zu erziehen. Ich hoffe von ganzem Herzen, dass du mich in deine Familie aufnimmst.«

Karoline schwieg eine Weile. »Auch du bist mir ein großer Trost«, sagte sie schließlich. »Du bist nicht nur die Mutter meines Liebsten, sondern auch die Großmutter meiner Kinder.« Von Vater Kronheim und Karolines Eltern sprachen beide nicht.

Ein lautes Klingeln unterbrach das Gespräch. Friede ging ans Telefon und rief nach kurzer Zeit mit aufgeregter, hoher Stimme: »Ja, natürlich, sofort! Ich warte vor dem Haus.« Sie legte auf und lief jubelnd zu den Eltern: »Willi! Willi kommt! Gerade hat jemand von der Armee angerufen, ob sie Willi bringen können. Ich gehe schon nach draußen, ich habe keine Geduld, drinnen zu warten.« Weder Friede noch die anderen Hausbewohner kamen auf die Idee, sich zu fragen, warum Willi von der Armee gebracht wurde. Soldaten kehren normalerweise selbstständig und ohne Begleitung nach Hause zurück. Die Aufregung war so groß, dass niemand sich darüber Gedanken machte.

Alle begleiteten Friede zur Haustür, auch Karoline und Frau Kronheim mit den Zwillingen auf dem Arm. Dort warteten sie lange in der Kälte, bis endlich eine Ambulanz vor dem Haus hielt. Der hintere Wagenschlag öffnete sich, und ein Soldat stieg aus. Er beugte sich mit dem Oberkörper in den Wagen und half Willi beim Aussteigen. Der hatte einen langen weißen Stock in der Hand. Seine Augen waren von einer schwarzen Maske verdeckt. Willi war blind.

»Ein Angriff mit Senfgas«, sagte der Sanitäter. »Er hatte wohl keine Gasmaske.«

40

Berlin

— Dezember 1918 —

Als sich die Familie auf den Weg zur Oranienburger Straße machte, waren die Straßen voller Menschen. Doch die Menge drängte sich nicht zur Neuen Synagoge, sondern zum Brandenburger Tor. Es hatte sich herumgesprochen, dass Friedrich Ebert, der Präsident der neu gegründeten Republik, dort anlässlich der Heimkehr vor Frontsoldaten eine Rede halten würde. Die Limousine, die Friede bestellt hatte, kam nur langsam vorwärts und musste anhalten, weil die Straßen verstopft waren. Die Friedmanns, gefolgt von Karoline und Frau Kronheim mit den Zwillingen auf dem Arm, stiegen aus und betrachteten das Gedränge, während Willi im Wagen blieb. »Hören kann ich auch im Sitzen«, sagte er. Zeit hatten sie genug, weil sie vor Aufregung viel zu früh aufgebrochen waren.

Eine Abordnung gut gedrillter Soldaten marschierte in Paradeformation durch das Brandenburger Tor, das mit den Fahnen der Reichswehr geschmückt war, und machte vor einem Podium halt, auf dem Reichspräsident Ebert und eine Gruppe von Honoratioren standen. Ebert sprach mit großem Pathos. »Eure Opfer und Taten sind ohne Beispiel. Kein Feind hat euch überwunden … Allen Schrecken habt ihr mannhaft widerstanden – Mannschaften und Führer –, sei es in den Kreidefelsen der Champagne, in den Sümpfen Flanderns oder auf dem elsässischen Bergrücken, sei es im unwirtlichen Russland oder im heißen Süden. Unendliche Leiden habt ihr erduldet, unvergängliche, fast übermenschliche Taten vollbracht, unvergleichliche Proben eures unerschütterlichen Mutes Jahr um Jahr abgelegt … Erhobenen Hauptes dürft ihr zurückkehren. Nie haben Menschen Größeres geleistet und gelitten als ihr. Im Namen des deutschen Volkes tiefinnigen Dank und noch einmal herzlichen Willkommensgruß in der Heimat.«

»Sehr richtig«, ertönte Willis Stimme aus der Limousine, »das kann ich bezeugen. Ich habe ja den Endsieg mit eigenen Augen gesehen«, fügte er in sarkastischem Ton hinzu.

Die Menge brach in lauten Beifall aus und zerstreute sich langsam, nachdem die Soldaten weitermarschiert waren. Friedes Limousine setzte sich wieder in Bewegung.

Die große Synagoge in der Oranienburger Straße war brechend voll. Im Publikum waren viele jüdische Soldaten in Uniform zu sehen. Am Eingang stand Rabbiner Rosenak in ordengeschmückter Paradeuniform, auf dem Kopf die Pickelhaube, den Helm mit der Stahlspitze. Sobald er Friedes Familie und ihre Gäste erblickte, ging er ihnen entgegen. Er erkannte Willi sofort und verstummte vor Erschütterung, als er begriff, dass er blind war. Nachdem er allen die Hand gedrückt und den Zwillingen über den Kopf gestrichen hatte, sagte er zu Friede: »Für Ihre Familie sind Plätze in der vordersten Reihe reserviert. Bitte kommen Sie gleich nach der Feier zu mir, ich habe eine Überraschung für Sie.«

Nachdem die Anwesenden Platz genommen hatten, ertönten Fanfarenstöße, und Rabbiner Rosenak führte den obersten Befehlshaber der Reichswehr, Paul von Hindenburg, in den Saal, gefolgt von einer Gruppe hoher Offiziere, die wie der Generalfeldmarschall Paradeuniform und Pickelhaube trugen. Das Publikum erhob sich respektvoll. Niemand wagte sich zu rühren, auch die Frauen und alten Leute standen stramm wie eine Ehrengarde. Rosenak geleitete Hindenburg zu einem vergoldeten, rot gepolsterten Prunksessel rechts vom Thoraschrein. Daneben standen die etwas weniger aufwendigen Sessel des Oberrabbiners und des Präsidenten der Reichsvertretung der Deutschen Juden und dahinter eine Reihe von Stühlen für das Gefolge des Feldmarschalls.

Rosenak hielt eine formvollendete patriotische Rede. Er erwähnte weder den Kaiser noch die Republik, sondern sprach in allen möglichen Variationen über Deutschland und die Armee, den Nationalhelden Hindenburg und die jüdischen Soldaten, die sich begeistert fürs Vaterland geopfert hatten.

Der Vorbeter trug ein Gebet für Deutschland, die Reichswehr und den Generalfeldmarschall vor, und der Oberrabbiner sprach, zu Hindenburg gewandt, den Segen, der beim Anblick eines nichtjüdischen Königs oder Herrschers rezitiert wird: »Gelobt seist du, Ewiger, unser Gott, König der Welt, der von seiner Herrlichkeit seinen Geschöpfen gegeben hat.« Dann sang der Chor, von der riesigen Orgel begleitet, vaterländische Lieder. Der alte, schwerleibige Hindenburg nickte ab und zu und hob seinen Marschallstab, um seinem Dank oder seiner Zustimmung Ausdruck zu verleihen.

Als die Feier zu Ende war, gingen Friede, ihre Eltern und Willi, den sie am Arm führten, zum Podium. Karoline und Frau Kronheim blieben mit Sara und Israel im Hintergrund. Selma hatte ihr Versprechen gehalten, dass die Zwillinge die Feier nicht stören würden. Bei der jüdischen Beschneidung wird dem Säugling etwas Wein auf die Zunge geträufelt, damit er den Schmerz vergisst und sich beruhigt. Sie hatte ein Fläschchen Rotwein in der Manteltasche in die Synagoge geschmuggelt und das altbewährte Rezept bei den Zwillingen angewandt. Und tatsächlich schlief das Pärchen während der gesamten Feier.

Als Rabbiner Rosenak Friede sah, sagte er mit einem Blick auf Karoline und Frau Kronheim: »Bringen Sie doch auch die beiden Damen mit den Kindern her.«

Nachdem Hindenburg den Honoratioren die Hand gedrückt hatte, führte Rosenak die Friedmanns und ihre Hausgäste zu ihm. Als Ersten stellte der Rabbiner ihm Willi vor, dem man trotz der schwarzen Brille seine Aufregung ansah. Er erstarrte vor Respekt und wäre nicht in der Lage gewesen, Hindenburg die Hand zu reichen, wenn Friede nicht nachgeholfen hätte.

Dann stellte Rosenak ihm Friede und Karoline zu deren Überraschung als Kriegerwitwen vor – »jüdische Kriegerwitwen«, fügte er hinzu, was Karoline nicht wenig verblüffte. Frau Kronheim und Friedes Eltern bezeichnete er als Eltern gefallener Söhne und die Zwillinge als jüdische Kriegswaisen, die im Sinne ihres Vaters zu deutschen Patrioten erzogen werden würden.

Der Generalfeldmarschall schüttelte allen die Hand, strich den schlafenden Zwillingen über den Kopf und sagte: »Ich salutiere Ihnen als Juden und Deutsche.«

Friede antwortete im Namen aller: »Herr Generalfeldmarschall, wir haben heute diese beiden Kleinen mitgebracht, damit sie das Glück, Deutsche zu sein, in ihren ersten Lebenstagen mit der Muttermilch einsaugen. Es wird nie wieder einen Unterschied zwischen jüdischen und christlichen Deutschen geben, wir sind ein Volk und haben ein Vaterland.«

Hindenburg senkte sein schweres Haupt zum Zeichen der Zustimmung und deutete mit seinem Marschallstab einen militärischen Gruß an.

Als Friede und Karoline aus der Synagoge kamen, blieben sie stehen und sahen sich an. »Ich weiß, was du denkst, Karoline«, sagte Friede: »Wenn Ludwig das erlebt hätte …«

»… wäre es für ihn der Einzug ins Gelobte Land gewesen«, ergänzte Karoline. Wie bei der Feier traten ihr auch jetzt wieder die Tränen in die Augen. Friede warf einen Blick auf ihre Schutzbefohlenen, die in ihr das Familienoberhaupt sahen. Ihre Eltern, deren Lebensgeister ein wenig erwacht waren, als die Nachricht von Willis Heimkehr gekommen war, waren wieder in einen Dämmerzustand verfallen, als sie erkannt hatten, dass ihr Sohn als blinder Invalide zurückkehrte. Willi würde sein Leben lang von Friede abhängig sein. Sein Gesicht war versteinert. Die Feier hatte ihn bewegt, doch jetzt kehrte er in die Finsternis zurück, zu der er verurteilt war. Selma hatte ihre Lebensbasis verloren und würde mit Karoline und den Kindern bei Friede bleiben.

Friede sah ihre Eltern und Willi an. Ihr Blick streifte die prächtige, beleuchtete Fassade der Neuen Synagoge, aus der die letzten hochgestimmten Ehrengäste heraustraten, und blieb an den Zwillingen hängen. »Nach viereinhalb Jahren ägyptischer Finsternis«, sagte sie mit einem leisen Seufzer, »sehen wir endlich den Silberstreif am Horizont. Das Aufleuchten einer wahren Hoffnung.«

Karoline sah sie erstaunt an. »Von dir ein solches Pathos, Friede – das hätte ich nicht erwartet.« Die beiden Freundinnen lächelten sich an und umarmten sich mit Tränen in den Augen.

Feldmarschall Paul von Hindenburg (1847–1934) wurde 1926 zum Reichspräsidenten gewählt. 1933 ernannte er Adolf Hitler zum Reichskanzler.

Marschall Philippe Pétain (1856–1951) wurde nach der Niederlage von 1940 französischer Staatschef. Er berief das Vichy-Regime, das mit den Nazis kollaborierte, und übertrug die nazistischen Rassengesetze auf Frankreich. Im Juli 1942 begann die Regierung Pétain mit der Deportation der Juden in die deutschen Vernichtungslager. Trotz der intensiven Verfolgung gelang es 75 Prozent der französischen Juden, der Deportation und Ermordung zu entkommen, was vor allem auf die Hilfe vieler einfacher Franzosen zurückzuführen ist, die dabei oft ihr Leben riskierten. Dies galt leider nicht für die Juden von Bordeaux, die fast alle ermordet wurden, weil der Zugriff der Gestapo und der Pétain-Polizei zu schnell erfolgte.

Aufgrund der »Zweiten Verordnung zur Durchführung des Gesetzes über die Änderung von Familiennamen und Vornamen« mussten alle jüdischen Deutschen vom Januar 1939 an zusätzlich den Vornamen Israel *oder* Sara *annehmen, sofern sie nicht ohnehin einen »typisch jüdischen« Vornamen trugen.*

Historische Personen und Anmerkungen

Leo Baeck (1873–1956), der damalige Gemeinderabbiner Berlins und Dozent der Hochschule für die Wissenschaft des Judentums, war im Ersten Weltkrieg Feldrabbiner.

Melli Beese (1886–1925), erste deutsche Pilotin

Louis Bernheim (1861–1931), belgischer Generalleutnant

Alfred Dreyfus (1859–1935), französischer Offizier, der 1894 fälschlich der Spionage für Deutschland bezichtigt wurde.

Otto Frank (1889–1980), Vater der Anne Frank

Wilhelm Frankl (1893–1917), deutscher Pilot, war Sohn einer jüdischen Kaufmannsfamilie. Als Jagdflieger erzielte er 19 Abschüsse und erhielt den Orden Pour le Mérite.

Das Schicksal von Karolines Freundin Friede (eigentlich Frieda) Friedmann beschreibt Saul Friedländer in seinem Buch »Das Dritte Reich und die Juden« (München 2008). Ihre Brüder Julius und Max fielen an der Front, der dritte Bruder Willi verlor das Augenlicht. Ihr Verlobter Friedrich fiel bereits in den ersten Tagen des Krieges. In einem Brief an den Reichspräsidenten Hindenburg vom 28. Februar 1933 schilderte sie nach der Machtergreifung ihr Opfer für Deutschland und verwahrte sich gegen die Judenhetze der Nazis. Der Brief wurde an Hitler weitergeleitet.

Eugen Fuchs (1856–1923), Rechtsanwalt, Vorsitzender des Central-Vereins der deutschen Staatsbürger jüdischen Glaubens

Edmond Giscard (1894–1982), Vater des französischen Präsidenten Valéry Giscard d'Estaing, geboren 1926 in Koblenz

Hugo Gutmann (1880–1962), jüdischer Leutnant und Regimentsadjutant. Gemeinsam mit Oberleutnant Wilhelm von Lüneschloss und Oberst Emmerich von Godin als Befehlshaber aus dem List-Regiment für die Auszeichnung Hitlers mit dem Eisernen Kreuz Erster Klasse verantwortlich. Nach der Machtergreifung der Nazis wurde er verhaftet, jedoch dank Freunden aus dem List-Regiment wieder auf freien Fuß gesetzt. Er floh mit seiner Familie in die USA aus Angst vor den Nazis, denen er wegen seines Wissens um die Umstände von Hitlers Ehrung ein Dorn im Auge war. Unter dem Namen Grant ließ er sich in St. Louis nieder. Die historischen Tatsachen sind dem Buch »Hitlers erster Krieg: Der Gefreite Hitler im Weltkrieg – Mythos und Wahrheit« von Thomas Weber (Berlin 2011) entnommen.

Fritz Haber (1868–1934) war ein deutsch-jüdischer Chemiker und erhielt 1919 den Nobelpreis für Chemie für die Synthese von Ammoniak aus der Luft. 1901 heiratete er die promovierte, deutsch-jüdische Chemikerin Clara Immerwahr (1870–1915). 1911 wurde er zum Direktor des Kaiser-Wilhelm-Instituts für physikalische Chemie und Elektrochemie in Berlin berufen. Aus Protest gegen die von ihm auf der Grundlage von Phosgen und Chlorgas entwickelten chemischen Giftwaffen erschoss sich seine Frau am 2. Mai 1915 im Garten ihrer gemeinsamen Dienstvilla.

Jacob Kaplan (1895–1994), langjähriger Oberrabbiner Frankreichs. Im Ersten Weltkrieg diente er nicht als Feldrabbiner, sondern auf seinen Wunsch hin als gewöhnlicher Frontsoldat.

Ernst Lissauer (1882–1937), Dramatiker und Publizist, Verfasser des »Hassgesangs gegen England«

Nathan Netter (1866–1959), Oberrabbiner der Stadt Metz

Dr. Anton Nobel (1871–1922), seit 1910 Rabbiner in Frankfurt

Leopold Rosenak (1868–1923), Gemeinderabbiner von Bremen, diente als Feldrabbiner und erhielt u. a. das Eiserne Kreuz.

Baron Édouard de Rothschild (1868–1949), Vorsitzender des *Consistoire central israélite de France*

Immanuel Saul (1876–1915) wurde als Sohn eines Rabbiners in Rügenwalde geboren und war bis zum Ausbruch des Ersten Weltkriegs in Duisburg als Rechtsanwalt tätig. Er fiel als Offiziersstellverteter im Reserve-Infanterie-Regiment 219 in der Nähe von Jasiolda in Weißrussland und hinterließ drei Söhne im Alter von fünf, sieben und neun Jahren. Seine Ehefrau Hedwig beging im Januar 1942 in Berlin Selbstmord, als sie deportiert werden sollte. Im Jahr 1936 hatte sie noch das Glück, in Palästina ihr erstes Enkelkind zu besuchen, kehrte dann aber nach Deutschland zurück.

Mardochée Georges Valabrègue (1852–1934), französischer General, nach dem Krieg Generalinspekteur der französischen Streitkräfte

Vorlage für den Rabbiner Joseph Vidal ist Abraham Bloch (1859–1914) aus Lyon. Er reichte 1914 bei Taintrux einem sterbenden katholischen Soldaten das Kruzifix und wurde dabei erschossen. An ihn erinnert eine Granitstele am Ort des Geschehens in den Vogesen.

Die sogenannte JUDENZÄHLUNG ist ein Faktum. Sie wurde allerdings sehr uneinheitlich durchgeführt, meist nur aufgrund der militärischen Stammrollen. Lediglich bei der 4. Armee wurden Juden tatsächlich von der Front abgezogen und »nachgemustert«. In seinen antisemitischen Hetzreden der Zwanziger- und Dreißigerjahre hat sich Hitler mehrfach auf die Judenzählung berufen. Die historischen Fakten zum Thema Judenzählung stammen hauptsächlich aus dem Buch »›Die Ehre des jüdischen Soldaten‹. Die Judenzählung im Ersten Weltkrieg und ihre Folgen« von Jacob Rosenthal (Frankfurt am Main 2007).

Zur KANONE GREIF von Koblenz: Tatsächlich haben französische Soldaten diese Kanone, aus der nie ein Schuss abgegeben wurde, 1799 von Koblenz nach Frankreich geschafft. Was Ludwig und seine Kameraden nicht ahnen konnten, war, dass sie 1940 wieder nach Koblenz, 1946 zurück nach Paris und erst 1984 durch eine Vereinbarung zwischen Kanzler Kohl und Präsident Mitterand friedlich und diesmal endgültig in die Stadt am Deutschen Eck gebracht wurde.

Danksagung

Menschen aus vielen Ländern haben mit ihren Geschichten zu diesem Buch beigetragen. Ihnen allen möchte ich an dieser Stelle ausdrücklich danken.

Mein besonderer Dank gilt darüber hinaus in Deutschland dem Historiker Professor Gert Krumeich, der mich mit Ratschlägen begleitet und mir ausführliche historische Korrekturen empfohlen hat, dem Historiker Dr. Thomas Weber, der mir mit Ratschlägen und Bemerkungen zur Seite gestanden hat, Frau Michelle Schumacher, ehemalige Historikerin im Jüdischen Museum Frankfurt, Frau Regine Weisbrod für ihre geduldige und detaillierte Lektoratsarbeit und Frau Esther Beate von Schwarze für die Übersetzung des hebräischen Urtextes, sowie Herrn Dieter Walter und Dr. Lutz-W. Wolff für ihre Vorschläge und Anregungen.

In Jerusalem schulde ich dem Leo-Baeck-Institut großen Dank, das sich auf die Geschichte der Juden in Deutschland spezialisiert hat und mir sein Material großzügig zur Verfügung gestellt hat.

In Frankreich schulde ich besonderen Dank den Historikern Philippe E. Landau und Professor Gerard Nahon sowie Dr. Erick Aouizerate, dem Vorsteher der jüdischen Gemeinde in Bordeaux, und Frau Anne Luiggi-Duprez, die mich mit Bordeaux und der Geschichte seiner Juden vertraut gemacht haben. Jean-François Kahn habe ich dafür zu danken, dass er mir die Briefe seines Großvaters gezeigt hat.

Schließlich möchte ich noch meinem Sohn Daniel danken, der mir wichtige technische Hilfe geleistet und mir viele literarische Ratschläge erteilt hat.

Ramat Gan, Israel, im Juli 2013 Avi Primor

FSC
www.fsc.org
MIX
Papier aus verantwortungsvollen Quellen
FSC® C014496

Papier: holzfrei Schleipen - Werkdruck, der Cordier Spezialpapier GmbH

Dieser Titel ist auch als E-Book erschienen.

Quadriga Verlag, Berlin, in der Bastei Lübbe AG

Originalausgabe

Dieses Werk wurde vermittelt durch die Verlagsagentur Lianne Kolf.

Umschlaggestaltung: fuxbux, Berlin
Umschlagmotiv: Reservisten im Niemandsland zwischen Saint-Quentin und Laon (Private Collection / The Stapleton Collection / Bridgeman)
Layout und Satz: fuxbux, Berlin
Gesetzt aus der Documenta
Druck und Einband: GGP Media GmbH, Pößneck

Printed in Germany
ISBN 978-3-86995-058-7

1 3 5 4 2

Sie finden uns im Internet unter: www.quadrigaverlag.de